逆光的臺北

蕭颯

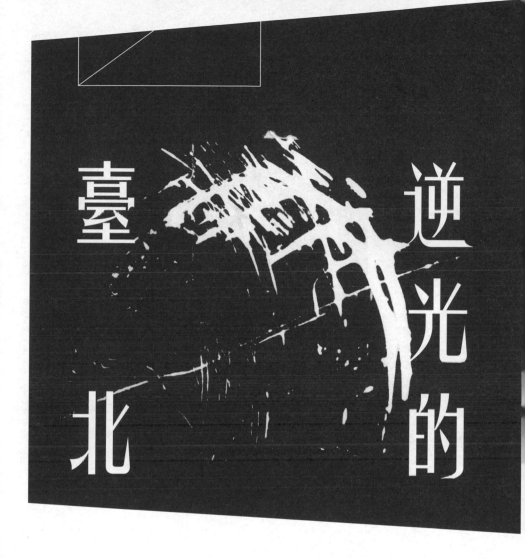

代序

回首二十年，匆匆只在瞬間

——蕭颯答於《逆光的臺北》出版之前

一九七八年，蕭颯寫《我兒漢生》，冷靜，犀利，簡潔的文字直探現實，備受讚譽。嗣後，除了探討青少年問題的《死了一個國中女生之後》，她寫女性婚姻、愛情、外遇等的《走過從前》、《單身薏惠》，更是叫好又叫座，建構極具個人特色的寫實風格。青少年，各種女性議題之外，她也寫社會新貴，都會邊緣人，以小說深入社會各層面，尤其是首善之都臺北。也因此，她筆下的人物，被視為七〇年代中期以後，因社會結構和經濟型態產生新變貌的臺北人。

一九九五年寫完《皆大歡喜》後，蕭颯無預警地在文壇中銷聲匿跡。她為人低調、極少接受媒體訪問，如此的隱匿，原因無從探詢。二十年後她交出最新著作，再度復出，藉由書信往返，一問一答，看時光的流轉為小說家帶來什麼新的轉變。

問：一九八七年你接受季季的專訪曾說：下一回再次面對公眾時，自己必須是和現在有所不同，尤其是思想的成熟和轉換。當時你說：「在寫作上，我是接近『寫實』的，而我自己處理生活的態度，卻一直熱衷於保持著浪漫。」二十餘年過去，你從學校退休，生活態度有什麼改變？對寫作的要求呢？

答：三十歲以後，大多數人都會有時間過得飛快的感嘆，就是所謂韶光荏苒？甚至，不論是過得順遂或是坎坷。人世間最公平正義的一件事，可能就是每個人都年輕過，而只要活著，就必然會老去。我也不例外，回首二十年，也是匆匆只在瞬間而已。

因為擔心一下子退休，無法立刻適應，我回校園念了兩年書。修學位不是為了想繼續教書，只是想緩衝一下突然成為無業。那兩年我全心投入碩士論文，應該也算是一種書寫。

對我而言，浪漫一直只是心態，而非現實生活。我的日子一直只在簡潔和單調中重複，加上生性懶散，不喜歡太過繁複的人際關係和生活方式，於是「純淨」就也有了「繁複」的趣味。從前如此，現在亦然。

我只接受隨興自在的生活，想做什麼就去做，盡可能的拒絕自己不想做的事情。寫作也一樣，我隨興而為，有創作欲望的時候就寫，沒有創作欲的時候就不寫，沒有給過自己太大壓力。

＊

問：上一部小說《皆大歡喜》出版於一九九五年，距今正好二十年，我知道期間你曾寫過幾萬字歷史女人的小說，為什麼放棄了？與你過去創作頻率相比，二十年沒有新作，是一段很長的時間，重新復出，令人驚喜。這期間你曾有放棄寫作的念頭嗎？

答：我最羨慕的，就是那些有源源不絕創作欲望的作者，唯有保有那樣的欲望才能創作。當我有想寫的題材，和非寫不可的欲望時，都會付諸行動去寫。這期間，其實我曾寫過好幾次長篇小說，最長的達三十多萬字，短的也寫有十幾萬字。所以並沒有「放棄寫作」的問題。我可是一直都在寫，只是沒有完成罷了。

至於為何沒有完成？當然是覺得缺失太多，不夠好，連自己這一關都過不了，只好放棄。

＊

問：女性一直是妳創作的主體，寫《走過從前》時，妳說婚變對妳個人是一個關口，跨過了這個關口，妳看待女人的角度是否有所改變？對兩性相處又有怎樣的體會？

答：就算不是因為婚變，年紀增長後都會對人、事，有不同的體認，當然包括看男人、女人，和兩性關係。凡事應該都看得更明晰，更包容，也比較不講究執著，而且心境更平和吧。

以我自己為例，我和前夫在許多年前，我們便已經化解恩怨，成了關係良好的朋友，而非外界所認為的彼此不容。這可能也是因為歲月輾轉，不再執著而有的結果。

＊

問：創作《逆光的臺北》過程中是否碰到瓶頸？

答：創作中遇到瓶頸是經常發生的，如何克服挫折成了重要課題，若是過不了關，便只好收在抽屜裡（現在是收在電腦裡）的難產之作。

寫《逆光的臺北》時，我曾痛苦怨懟的對同樣做創作的朋友（她是畫家）道：「創作過程大概簡單說可以分成兩種吧？一種是作品渾然天成，一氣呵成，簡直一如踩在雲端的歡欣；另一種則是百轉千迴，痛苦萬狀，每天過得宛如地獄。兩種境況，大概每個創作者都經歷過，感受真是天壤之別啊。」

至於是什麼樣的瓶頸，那就一言難盡，創作時各式各樣的問題都會產生，經常真正進入寫作時，不太可能會機械化照著原先設定好的大綱發展，人、時、地自會發生不同的撞擊和變化，會一而再，再而三的改換、變動。不過，那樣的陣痛，不也正是創作者最大的挑戰和成就感所在。

＊

問：《逆光的臺北》的女主角與你過去作品中的角色相較，我覺得衝突性與偏執性更高，她苦苦追尋初戀的記憶、當年未解的疑惑，甚至可說是飛蛾撲火孤注一擲，透過這樣的角色，妳想表達的是什麼？

答：作者在完成作品後，也就結束了他的表達。所以這個問題就留給願意閱讀這本書的讀者，各自感受的空間吧。

問：《逆光的臺北》敘事的節奏舒緩起伏，也多了些抒情，這是妳創作時的自覺？讓故事的發展隨著主角的個性走。還有為什麼選擇托爾斯泰的《復活》作為主角愛情的信物？

答：我一直希望自己的小說有著音樂的節奏和起伏，如果真能做到，很覺得欣慰呢。

《復活》是我年輕時讀托爾斯泰最為欽佩的小說，因為那麼真實的寫出男主角艱難的抵禦世俗各式誘惑，最後能做出高道德的救贖。那不是任何人能輕易做到的，所以高尚的人格絕非容易之事，這正是小說家的體恤胸襟。當然全書非僅男主角點的描寫，還有當時社會整體的詳盡寫實，甚至於獄政。托爾斯泰全面的反應了那個時代——貴族、中產階級和貧民。

而我們身處資本主義越走越難回頭的現代，俗世間真的已經很難有《復活》男主角那樣偉大的情操。但是，我們也無須絕望，只要有人願意讀托爾斯泰的《復活》，世界就仍然充滿可能性。

＊

問：過去妳的作品被視為七〇年代中期以後，以臺灣社會結構和經濟型態產生新變貌的臺北人。跨越新世紀，新作品直接標示出臺北，描繪出臺北的種種面貌，包括房價高漲，社會新貴的面貌，當然還有妳最擅長的中下層生活。針對臺北這個元素，妳還會有後續的創作嗎？

答：我這個世代的創作者，幾乎都曾經歷過「社會寫實主義」的洗禮，所以反應社會是必然，講求公平正義成了使命。

寫作《逆光的臺北》，我盡可能的保持客觀，相信每個人有不同成長背景，不同理念，不同人生；不是每個人都必須如《復活》男主角一般，高道德標準的追尋生命救贖。我也盡量對《逆光的臺北》中每個人物的人生選擇，只做敘述不做褒貶。

《逆光的臺北》是我想寫的幾個臺北故事中的一個，目前已經開始為下一個臺北故事布局和收集資料，希望能順利完成。

＊

問：在創作的過程中，是否也會閱讀其他作家的作品？這幾年看了哪些作品？

答：習慣上，我正式進入寫作，比較少看書，覺得容易受其干擾。但也不全然，譬如寫《逆光的臺北》時，為了不增加視力負擔，下載了一個可以用耳朵聽「書籍」的 **APP**，經常也會找些讀得好的作品來聽。不只是小說，旅遊散文，美學論述……，都很喜歡。

關於閱讀，我也向來隨興，大多時候沒有目的性，拿到什麼都看一看。目前人在國外，購買或網購中文書都不是那麼方便。房間裡有一個書架，架上有什麼現成的書，我就看什麼書，黃仁宇的《中國大歷史》、《萬曆十五年》、《近代中國的出路》、《資本主義與二十一世紀》與史景遷的《太平天國》、《天安門》、《曹寅與康熙》並列，另外還有數本中南美洲的翻譯小說……。有第一次閱讀的，也有重新再看的；才看完的是伊斯蘭回教女作家娜吉馬所寫情慾小說《杏仁》。

而之前數日，則重看了張愛玲的《小團圓》，覺得有些書還真是需要重看，發現二〇〇九年初版就急急搶看過一遍，而如今再看，卻別有一番感受。張愛玲的成長背景，造成了她的負面性格和負面人生觀，但卻成就了她豐饒的創作生命。人生就是這樣神祕不可測知，所以才特別耐人尋味，所以才會有文化和創作吧？

逆光的臺北

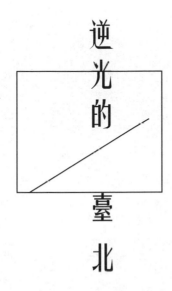

1

勤美偶爾會在電視新聞裡看見王光群，就算鏡頭只是帶到他的側影，勤美仍然能夠一眼認出。更何況王光群和他那家世顯赫的妻子，兩人無論走到哪裡，永遠都是新聞的焦點，想要不看見也不容易。

五十一歲的王光群，當然不再似當年清朗，頭髮不再濃密蕪亂，眼神也不清澈閃耀。他由瘦瘦高高彷彿有些營養不良的書卷氣質，成了現在稍微發福、成熟穩重的企業家形象。唯一沒有改變的，是他每每接受訪問、發表論述時，嘴角總是微微上揚，一如往昔仍舊帶著一抹淡淡的讓人難以捉摸的淺笑。那笑意不特別體會，一般人是不易察覺的，勤美認為，只有她才能夠真正了解到那抹淺笑的深意。

那些年輕貌美的女記者們，又能真正懂得他多少呢？她們看見的，應該只有他成熟英挺的外貌、昂貴的西裝、名貴的腕錶、數萬元一雙的皮鞋，進出幾百萬、千萬的名車。她們永遠看不見他心靈的深處，就是他的妻子，那個每次出現都精心打扮，全身上下用金錢堆積出美麗的富家女，也不會懂得他最深沉的內心。勤美一直認為，王光群的內心世界，只有她一個人懂得，也只有她能契合。

只要看見有關他們夫妻的新聞報導，勤美的心就要悸動很久。有時候像根寸長的鋼釘，直接扎在她的胸口，痛得她想大哭，想吶喊，想用榔頭砸掉電視。但有時候，王光群牽動起薄脣淺淺微笑，然後慢條斯理的說話，那熟悉但卻離她遙遠的聲音，就似一道暖流拂過了勤美的心。多年前的總總，如夢似幻的烘暖了勤美早已經乾涸的心，她甚至隱隱嗅聞到了當年初春時節，他們坐公車上陽明山看櫻花，空氣中彌漫的清冷植被氣味。

勤美沒有砸掉電視，因為這麼多年來，她就是依賴著在電視新聞裡驚鴻一瞥的看見那個人，才存活了下來，不是嗎？雖然活得那麼艱難，不論是物質上的匱乏，還是精神上的蹂躪，但最終她還是以她的方式活了下來。

當然是很不起眼的活著，簡單的維持著老舊小屋的整潔，罩在破舊塑膠皮沙發上的深咖啡色布套，早被她多次清洗，成了淺淡的灰褐色；夾板做的舊餐桌，鋪上厚厚白色棉布桌巾；廚房流理臺是舊的；盥洗室衛浴設備也是舊的。生活裡唯一生氣盎然的，只有小陽臺上種植的植物，每逢春、夏，三色菫、仙客來、麒麟花……開得花團錦簇，還有綠意盎然的薄荷葉、檸檬草。因為附近臨近山坡，鳥來得很多，經常嘰嘰喳喳在她陽臺駐足，而且總是一對一對的，有白頭翁、綠繡眼、紅嘴畫眉……，為勤美單調生活多少增添了點熱鬧。

除了去速食店打工和尋找王光群外，其他時間她都待在家裡，小小空間裡轉悠著，細心的清潔著每一塊地磚，每一處牆角，每一片玻璃窗，和陳舊的家具……。大家都以不以為然的口氣，說勤美有潔癖。她自己也覺得她有某種強迫症，見不得任何髒汙，看不慣一點灰塵，只要稍微不潔她就一定想要除去。

有關王光群的公司要買下倫敦商辦大樓的新聞結束後，勤美關掉電視，走進廚房。一組她還沒嫁進這個家，就開始使用的三十年前舊款綠色流理臺，上面擱放著電鍋、小烤箱、爐具、鍋子……，所有東西都被勤美刷洗得閃閃發亮，各有各的位置，擺放得整整齊齊。廚房裡四處張望一遍，她想找些事來做，但是偏偏沒什麼可以做的事情。

今天勤美輪休，不用清晨四點鐘天還矇矇黑，就趕著出門去店裡上工。以她的年紀，能在這家連鎖漢堡速食店保住工作的原因，正是她願意四點半就到班工作。像這樣秋天大清早出門，還不算艱難；冬天若是遇上寒流，手腳僵冷，寒風像刀子一樣剮在臉上，那才是辛苦。

休假對勤美是奢侈的，不用和店裡油膩的煎炸食物為伍，不用清潔爐具、咖啡機器、點收進貨、整理垃圾……，也不用在櫃檯操作電腦為點餐客人結帳。更不用天不亮就出門，可以睡到自然醒，但是她的自然醒竟然也就是清早四、五點鐘。

然而當真休假在家，勤美又感到無事可做的空虛。此刻唯一能做的，就是踮腳打開流理臺的上櫃，取出裡面平常很少使用的咖啡杯、玻璃水杯、馬克杯，她一隻一隻的用菜瓜布清洗，全部洗一遍，仔細小心得簡直像給嬰兒洗澡。

當她感到鬱悶、憤懣時，尤其是在電視上看見王光群的時候，勤美就會找些東西來清洗，那些清潔劑和使力搓揉產生的細白泡沫，不止清潔了杯盤鍋碗，對她也起了洗滌身心的作用，勤美覺得連心靈都清洗潔淨了。既然她仍然潔淨，仍然美麗，那麼她更應該找到王光群，讓他與自己相逢，讓他們的愛情延續。

她不會再尋死覓活，吞食安眠藥自殺已經是很多年前的事了，當時的她是因為太過驚訝，報紙醒目標題寫著財團千金下嫁上班族，她一時無法承受，不知道該如何自處，才做了那樣的傻事。那以後她終於找到了活下去的理由，她要找回她失去的愛情，人死了一切就煙灰物滅，什麼都消失殆盡，包括他們美麗的愛情，所以她一定要活下去。

那天臺北的天色陰霾沉黯，是個深秋的午後。天母的馬路因為人車不多，更顯得淒清苦楚，冷風颯颯吹著，路樹飄散一地落葉。勤美牽著才剛滿兩歲的女兒由由，走過一條街又換一條街。其實天母地方不大，她帶著女兒漫無目的天母東路、天母西路走著，又由中山北路七段、六段走往忠誠路。她和黃家輝大吵了一架，衝出門時沒加外套，單薄的T恤和短褲走在這樣蕭瑟的天氣裡，好幾次忍不住打起哆嗦。

好在孩子一早就穿了燈心絨褲和絨外套，不過因為風大，勤美還是問著由由：「冷不冷？」孩子搖晃著腦袋，表示不冷，但卻說：「抱抱。」

孩子是累了，勤美也累了，她舉目四望，見對街有家便利超商，便說：「買餅餅給你吃。」她原想買了米果，和孩子馬路上隨便找處地方坐著休息，卻沒料到收銀臺結帳時，一眼瞥見了報紙上醒目的婚紗照，新郎的身影那麼熟稔，一個仍然藏匿在她內心深處的男人，竟然赫然出現報紙頭條。勤美曾經那麼深深愛著的那個男人，手臂中挽著個嬌羞可人的新娘子，還做了什麼大財團的女婿？

勤美手中的錢包和為由由買的那袋米果，全掉在了地上。她自己搖晃了兩下後，也跌坐在了地上。勤美的失常讓孩子受到不小的驚嚇，由由大哭起來，滾在媽媽懷裡。

「媽媽！媽媽！」

「由由，由由……。」勤美淚眼摟住女兒，也放聲大哭道：「怎麼辦？我怎麼辦？媽媽怎麼辦？」

要不是因為當時懷了由由，勤美無論如何不會和黃家輝結婚的。她始終還在盼望著有一天，王光群會再次出現在她面前，黃家輝只是她無意間認識的陌生人，蠱惑了太過傷心又寂寞的她。

「那你還跟他在一起？」母親問得直截了當。這就是母親的本領，總能找到女兒最深的傷口，一針見血的刺下去。

勤美不言語，她早已經學會應對母親的方法，就是不要理會她說的話。

母親是自己猜著勤美已經懷孕，她沒有表現得太過訝異，可能因為勤美那時已經二十七、八歲不算年輕，所以她叫勤美立刻結婚，不要再癡心妄想的四處打聽王光群的下落。

她嚴厲的跟勤美說：「你不滿意姓黃的？還跟人家在一起打得火熱？這算什麼？男男女女，最後不就是那樣嗎？你現在不嫁他？以後是他不想娶你。你還等著嫁博士？高官？大老闆？你等著吧，別做夢了，天底下有幾個有錢人願意娶住國宅的老婆？你自己也要照照鏡子，女人老得很快，能嫁就快點嫁吧。」

「國宅」兩個字是勤美心底的撕裂傷，她相信就是因為王光群去過她那國宅的家以後，兩人的關係才有了改變。誰會喜歡有個住在那種老舊又髒亂，居住空間狹小得一如鴿籠，樓層走道還會發出難聞氣味地方的女朋友呢？

那天夜裡他們看完晚場電影，王光群送她回家，他們在路口遇見了母親。勤美當時就心臟往下一沉，她沒想到夜晚十一、二點母親不睡覺，還會出現在大馬路上。勤美攀著王光群的手臂抓得他更緊了，她想躲，想逃，可是已經沒有後路。

母親搖晃著手上拎著的幾個雞蛋，也不管有沒有人想聽，她先解釋了她為什麼會夜晚出門。她說勤美哥哥晚上坐夜車從臺南部隊休假回來，一早會到家，所以她出來買雞蛋預備明早的早餐。母親唯一強項就是做菜，快手快腳三兩下就能端出色澤油亮的菜餚，餵飽她的一對兒女，也是她對兒女表示愛的唯一方法。

母親一邊說話，一邊上下打量勤美身邊的年輕男人，然後問勤美：「這位是誰？」

王光群雖然也感到意外，但是他個性穩重，知道遇事不能慌亂。他彬彬有禮的向勤美母親點頭又行禮，說道：「伯母，你好。我叫王光群，是勤美的朋友。」

「我怎麼不知道她有男朋友？」勤美母親雖然話這麼說，但是也不想讓對方太過尷尬，畢竟眼前的年輕人看上去不像地痞流氓，是可以接受的女婿人選。於是她說：「去家裡坐坐吧。」

「啊！」一直沒開口的勤美，終於不得不說話了，她說：「太晚了！不用坐了！明天，我們還要上班。」

「你在哪裡上班啊？」母親問王光群。

「我正準備考試，預備出國念書。」

「出國啊？出國好。」母親還有很多事想問，堅持的說：「樓上坐一下吧！來！」

勤美再三不願意，說時間太晚了，不用去家裡坐。但是母親卻像聽不見她說話似的，連拖帶推，硬將王光群帶往家去。那不是什麼值得炫耀的家，他們小時候住的違章建築被拆後，政府分派給他們的國民住宅只有十坪大，一家擠了四口人；隔壁老王家還有祖父母，一共住了八口。父親過世後，家裡經濟狀況更糟，哥哥只能去念軍校做了職業軍人，從此很少回家。這樣小房子裡才稍稍有些空間，勤美有了個只能放張單人床的隔板房間。

勤美和王光群約會後，王光群總是體貼的要送她回家。藉口母親不喜歡她太早交男朋友，勤美每趟只讓他送到大馬路口，沒告訴王光群她家真正的地點。她那個家，不要說屋內了，光是走在狹窄骯髒，燈火混沌又臭味陣陣的樓梯間，勤美就羞愧得恨不能有個地洞可以鑽進去。

那晚母親反常的歡天喜地，對王光群有說有笑，快活開心得很。後來勤美才想通，母親喜歡王光群。為什麼不呢？他長相體面，身材高挺，說話文質彬彬，又是臺大經濟研究所碩士，不久後將出國留學念博士學位，任誰見都會喜歡吧？

母親轉動門鎖，推開屋門的那一刻，勤美立刻先聞到一股難聞的廚餘味道，是昨天晚餐鹹魚蒸肉餅的腥臭味。因為屋子小，惡味本來就難散除，平常勤美聞慣了不以為意，可是這一刻，偏偏味道特別濃重明顯。

「坐啊！坐啊！」勤美母親說。

勤美家沒有沙發沒有茶几，因為根本沒有客廳。進門有的只是一張可以收疊的廉價四腳餐桌，上面鋪著舊報紙，飯後嫌髒膩就換掉，十分方便。餐桌配了三把折疊椅，因為加上偶爾放大假回臺北的哥哥，他們家是三個人。而且桌子貼著牆放，也只能有三把椅子。

勤美母親叫王光群坐在那張鏽黑的折疊餐椅上，然後去倒了杯冷開水出來。勤美從來沒發現，原來她們家的玻璃水杯是如此的油膩不透光。王光群沒有碰那杯水，但是他還是微笑著回答母親每句問話：家住哪裡？幾個兄弟姊妹？父親做什麼？母親有沒有上班？……？勤美母親可能真正想問的是，你們家有錢嗎？臺北有幾棟房子？結婚後不用租屋吧？會帶著我女兒一起去美國吧？

勤美不知道母親怎麼又將話題扯到他們住的國宅上，母親驕傲地說：「你別看我們這房子不怎麼樣，再破再舊也是自己的窩。我一輩子最不能忍受的，就是跟人家租房子住。再小也是自己的，夠住就好，老頭子走掉什麼都沒留下，就剩下這房子。」

「是，是。」王光群淺淺笑著，臉上幾乎沒有表情，因為他也不知道他該有何表情。他只能順著勤美母親的話回答：「房子夠住就好，不需要太大。租房子很受氣的，小時候我們家也跟人租過房子，房東凶得很，租金一天不能拖，規矩又多。」

「對吧！對吧！我就說……」

勤美打斷了母親，說：「不早了，讓人家回去吧。」

王光群人都站了起身，母親卻仍不肯輕易放過他，還絮絮叨叨說著：「改天來吃飯，我做幾道好菜請請你。」

「不用客氣，伯母。」

王光群走的時候，很輕很輕的將門帶上，優雅得體的離開了這不屬於他的地方。母親叫勤美送客人下樓，他堅持不允，說哪有女生送男生的呢？其實當時他腦子裡也想得不多，甚至不知道自己是否仍然愛或不愛勤美，總之他什麼也沒想，只是希望快速離開這個陌生的環境，陌生的人家。王光群讓自己的離開，表現得含蓄又自然。但是在勤美看來，他仍然是落荒而逃的。

報紙刊登的婚紗照上的王光群，與和勤美戀愛時的他，有著明顯差異，他笑得心滿意足，人精壯了許多，神態亦益發沉穩；新娘則一臉的嬌媚，洋溢無限幸福。昂貴的西服、百萬的婚紗、千萬的鑽飾，打造出甜美的氛圍，加上豪華世紀婚禮的描述，在在深刺中勤美的心。

她想抱起由由，離開便利商店，離開報紙上的婚紗照片，但是她的身體卻由不得她控制，整個人再次像從萬丈深淵筆直的墜落入谷底。她虛軟的搖晃兩下後，再次摔倒地上。恍忽間，勤美還隱約聽見由由的啼哭，還有店員的驚叫，之後她便完全人事不知的昏厥過去了。

勤美再醒來時，她身體飄飄忽忽好像沒有重量般，睜開眼看見女兒坐在身邊吃著米果，黃家輝正瞪著她的臉看。

「這是哪裡？」她虛弱的問著。

「你以為呢？」黃家輝說：「醫院急診室。」

黃家輝是在拍戲現場，被他母親電話找到，說他老婆在醫院，叫他快點過去看看。那時他們正在一間咖啡廳拍男、女主角吵架的戲，導演一直很不滿意那間咖啡廳，說裝潢沒有格調、沒有特色。黃家輝是副導演，當初看景的時候，他也沒聽導演抱怨，現在到了現場說這樣的話，明明就是讓他難做。製片預算又扣得緊，再換場景浪費一下午的人力物力，根本是不可能的事，所以導演再怎麼臭臉給他看，他也只能吃下去，總不能頂回去問導演：沒格調、沒水準，你怎麼當初不說……？

接到電話時，戲連一場都還沒開始拍，他這個副導演竟然說要走人，導演的臉更臭了，連著罵了場記和化妝師，最後才勉強對黃家輝說：「家裡有事？那有什麼辦法？要走就快走吧。」

以黃家輝看來，急診室就是一片混亂和等待。混亂的是醫生、護士還有病患家屬，個個無頭蒼蠅一樣走來走去，和拍片現場沒什麼兩樣。病人則永遠是等待的角色，量血壓、聽心跳，只要不是重症需要立刻處理的，就將人晾在一邊等了又等，也不知道到底在等些什麼？像勤美明明已經醒了，可是仍然要他們繼續等待，說是要觀察。

他們一家三口就這樣在雜沓人多的急診室裡，等了許久許久，等到醫生終於認定勤美只是貧血，沒有其他毛病，這才簽字准許離開。

勤美被帶回家時，已經晚上將近十點。黃家輝放下熟睡的由由，在客廳和臥室間來來回回走了兩圈，他有心事。他約了人，說好晚上一收工就會去找她。後來他去了醫院，打電話給她，說醫院出來再過去，所以他現在要出門，卻苦於一時找不到藉口。

結果是勤美幫他說了：「你要出去？就出去吧！」

勤美說這話時，仍然有些頭重腳輕，全身癱軟。剛才在醫院時，她就看見黃家輝在遠處打公用電話，來來回回打了五次，每次一講就是大半天。勤美知道他是打給女人，問他，他還不承認。在醫院裡，她不想吵架，回到家她也不想再吵架。他們經常吵架，下午才為了黃家輝拿回家的生活費不夠用吵過，現在勤美不想吵了，而且她想今後都不和他吵了，因為她真的累了。

「是要出去。」既然話都說破了，黃家輝也不再躲避，他衣櫥翻找半天，換了件新夾克，甩門出去了。

勤美猜測夾克應該是那個女人買的，深藍色，胸口繡了個紅色打馬球的標誌，有點錢的戀愛中女人最愛做的，就是買衣服送給男人。勤美痛恨的不只是黃家輝外面有女人，而是他打死不承認的個性。從開始交往，這男人嘴裡就沒有一句實話，吹牛膨風是他的強項；但是勤美也無法否認，兩人會在一起，也就因為他的甜言蜜語，讓她暫時忘記王光群帶給她的傷痛。

那時候勤美已經辭去出版社助理編輯的工作兩年，因為失戀，她每天失魂落魄，還得了憂鬱症，經常看醫生、吃藥。遇見黃家輝時勤美病情轉趨穩定，可以自己出門走走。那天她一個人去公館看電影，也是為了緬懷和王光群六個月又三星期的熱戀，從前兩人經常在那家叫做「東南亞」的戲院看電影。

王光群是臺大畢業的，特別喜歡在公館一帶約會，看電影、逛街、吃小吃、校園散步，傅園池畔或黯黑的樹叢深影中和勤美親吻、愛撫⋯⋯。王光群不再與她聯絡後，勤美天天哭泣，介紹兩人認識的汪小姐說時間久了，失戀的傷痕會逐漸結痂，或者新的戀情也會幫助她的疤痕褪去。但是，後來她才知道不是那樣的，時日再久，她都忘卻不了，她的疤痕是一輩子的標記，褪不掉了。

黃家輝就是那時候出現在她生活之中，來得太快太突然，她連說不的力氣都沒有。勤美站在戲院售票處，對著小小的只能伸進一隻手臂的玻璃窗口，說要一張全票。冷不防的，她身後出現了另一隻強而有力的手臂，突如其來的強伸過來，幾乎壓住了她抓著錢的手腕，使得她動彈不得。

然後一個低沉的男人聲音，在她耳邊低低說著：「兩張全票。」

勤美回過神時，男人已經將她擠開售票口，手中握著兩張電影票，笑兮兮的在她面前揮舞兩下，說：「一起看場電影嘛。別太介意，我不是壞人，別害怕。」

短短幾秒間，勤美的心念已經轉了好幾番。眼前的陌生男人不算很高，但也不矮，總在一百七十二、三公分以上，長相雖然有些痞，甚至有些討人厭，但是這麼一個嚴冬剛過，好不容易陽光普照的大好天氣裡，滿街人車沸揚，人人成群結隊熱鬧滾滾，只有自己孤單、無聊、寂寞⋯⋯。既然有人主動邀約，她似乎應該放開一點，或者放肆一天？不知底細的陌生人又怎樣？就算朋友介紹知根知底的男人，又能保證就是正人君子？真心相愛後，又一定能不離不棄？想到這裡，勤美鬆動了，她口氣淡淡的言道：「我又不認識你。」

黃家輝不愧是追女高手，見到對方給的一點好顏色，立刻知道把握機會。他正了正臉色，說話也正經八百起來，道：「我真的不是壞人，念過大學，從事藝術工作，只是想交個朋友，真的不是壞人。」

勤美被他連說幾次不是壞人給逗得苦笑了。她答應一起看電影，也讓自己這個下午有個伴，寂寞有時候真的是很熬人的。

法國電影調子很慢，不怎麼好看，敘述兩個女人愛上同一個男人，糾纏了大半生。散場後，黃家輝說一起吃個刨冰，勤美沒有拒絕，他們聊了兩句剛看的電影，黃家輝說：「何必呢？不用為了一個男人，花費一輩子力氣吧？簡直是浪費生命，可以做點其他有意義的事啊！」

勤美說：「不是每個人都活得有意義……」

「那可以做些別的，像我有朋友超喜歡旅行，也有人喜歡跳國標舞，有人喜歡種花、集郵……」

勤美輕聲感嘆：「可能兩個女主角沒其他喜好。反正人生在世怎麼過，都是這麼一生，無所謂啦。」

黃家輝歪著頭想想，說：「也對。」

吃完刨冰，黃家輝得寸進尺說既然這麼聊得來，一起晚餐再回去吧？勤美拒絕了，是不想和這男人再繼續下去，一個下午她覺得足夠了。但是，這也給了黃家輝絕好的藉口，他要了勤美家的電話號碼，說下次要誠心誠意的訂家好餐廳，請她吃晚飯。

三天後黃家輝真的訂了一家南京東路上的法式餐廳，開著一輛老舊的福特車來接勤美。高檔餐廳勤美不是沒有去過，就是因為去過，所以更難忘那樣的奢華裝潢、優雅氣氛，還有被當成貴賓服務的尊榮優越感，再加上美食在舌間流轉，這些都會讓人成癮。而第一次帶勤美去那樣餐廳的人，就是王光群。

黃家輝坐在勤美對面，兩人間隔著一支插在小白瓷瓶裡的黃色玫瑰花，黃家輝努力的說著什麼，想逗勤美開心，可是那男人的臉卻總是和另一個男人的臉孔重疊，勤美幾次忘情的幾乎對著他呼喚出王光群的名字。

「我的志向不大，就是想讓我的未來老婆歡喜過日子。其實讓老婆歡喜過日子，這其中可是寓意深遠，要讓老婆能夠歡喜，那就要賺夠錢，要賺錢就要努力工作、出人頭地。總之呢，我會是個顧家的好男人。你說是不是這樣，老婆就會每天歡喜度日？」

黃家輝說得很認真，勤美也分不出他是說笑話呢？還是說真話？反正這對她一點都不重要；可能這些話對黃家輝也不重要，和女人說話有什麼要緊？需要當真的呢？

勤美將只吃了一半的菲力牛排推開，刀叉整齊的照著規矩擺入盤中。黃家輝一眼瞥見，說：「食量這麼小？真好養啊！」

「好不好養，不關你事。」勤美說。

「世事難料呢！」黃家輝又壞壞笑了。

晚餐後，黃家輝開著那輛老爺車，載著勤美說要上陽明山看夜景。他由天母忠誠路轉天母東路，再開上狹窄坡陡的東山路，七拐八轉的往上開，竟然到了文化大學的校區下方，他告訴勤美，那裡是眺望臺北夜景的最佳地點。

車就停在產業道路上，居高臨下眺望，幾乎整座臺北盆地盡收眼底，到處華燈閃爍，車燈如遊龍，真是像極了天上繁星都掉落進這塊盆地裡。勤美忍不住驚呼道：「好美啊。」

「我念那裡！」黃家輝指了指山坡上方的文化大學。

其實黃家輝大學沒念畢業，大三就給二一，就是被退學了。他跟著叔叔進了電影行業，先是做燈光小弟，後來跟個年輕「一片導演」——就是只拍過一部電影的導演，由場記做起，工作經驗多了，又能言善道，就有人找他做了副導演。

副導演頭銜聽起來拉風，其實說穿了就是貫徹導演要求，類似內務總管負責上下聯繫協調，什麼事都要管，從人事調停到燈光、道具……。譬如電影場景裡的一面鏡子或一幅圖畫或一個杯子……，導演看了不滿意，一個眼神飄向副導，他就得趕著找道具組更換，直到導演滿意為止。照黃家輝的說法，只要有戲開拍，從「前製」作業到「後製」結束，他都忙得跟狗一樣，連個喘氣的時間都沒有。

可惜的是，黃家輝進這一行的時機不對，趕上臺灣電影極不景氣，所以整年也不一定接得著一部片子。就算接到了工作，酬勞也低得可憐。雖然工作不定，收入又不多，但是黃家輝仍然有他自己的一套過日子方法。他花錢從不手軟，只要錢一到手便盡情的花；沒錢了就父母、哥哥、姊姊、親朋好友東借西挪，然後過一天算一天。

至於追女人，是他生活絕不可缺的樂趣，勤美後來才慢慢體會出，黃家輝追求她的方式，正是他一貫追女人的風格。他習慣大街上狩獵，看準了獵物便緊盯不放，然後厚著臉皮、不計得失的窮追猛攻。他的想法很簡單，上前糾纏不一定成功，甚至挨罵招白眼的機率很高，但是不行動就永遠不會成功，所以他勇於主動，起碼有機會成功。何況臺北單身寂寞的女人真不在少數，黃家輝成功的機率不低，勤美就是最好的例子。

勤美被閃爍美麗的夜景迷惑了，車上音響又悠悠播放著她熟悉的英文情歌，她全身酥軟心神蕩漾，身旁的男人身上散發著暖暖的特殊氣味，不是好聞的芬香，但是那氣味令她慾念在全身串走，呼吸開始急促，而黃家輝的左手早已經摟住了她纖細的腰，另一隻手則十分輕柔、熟練的解開了她襯衫胸前的鈕釦。癡迷中的勤美，還是理出了清明的抉擇，她堅定的拒絕了那隻急躁貪婪的、想探究她胸乳的手掌。當然不行，這只是個陌生男人，並不是她心心戀戀的王光群。

「不行。」她說。

「一下子，一下子就好。」那哀求的聲音，連呼吸都亂了。

「不。」她說。

勤美和黃家輝約會了三次，三次都同一個模式，高價的餐廳，豐盛的美食。第二次換成東區日本懷石料理，第三次泰國菜，餐後黃家輝載著她臺北四處兜風，最後的節目必然是找個幽靜少人煙的地方，兩人肆意擁吻。勤美在第三次約會時終於繳了械，任由黃家輝雙手在自己身上四處探索，最終兩人還是在車上發生了關係。

身體得到釋放後的勤美，猶如大夢初醒，雖然不甘心，也痛恨自己這麼輕率的就範於黃家輝這樣隨便的男人，但是她那極度渴望著有個人來安慰撫愛的受傷很深的身體，使得她的推卻十分軟弱。她想要拒絕，但是卻一次又一次的失敗，她也悔恨，然而日子便就在悔恨中一天過去一天。

黃家輝直接將勤美帶回了他獨居的舊公寓，從此不用再屈就於車後座的狹窄空間。他住在石牌路二段底，繞過榮民總醫院還要走一大段路，幾乎都快到山邊上。那裡有很多巷弄，巷子裡一排又一排蓋著平庸難看的四層樓公寓。黃家輝住在四樓，房子屬於黃家輝父母名下。公寓的水泥外牆早就斑斑駁駁，屋內坪數也不大，只有兩個房間。房子本來是黃家輝父母收租貼補家用的，他母親疼小兒子，見他沒什麼餘錢，就騰出來給他住了。聽說為了這事，兄姊都不高興，怨他們母親偏心。

勤美自己家簡陋，所以嫌不了別人家房子破舊。但是每次樓梯間往上爬四樓時，她還是會說：「樓梯怎麼蓋得這麼陡？下樓直溜溜的，有點危險。」

「那你就少見多怪了，你別處看看去，臺北格局怪異的房子多的是。上星期我和劉導去看景，有棟公寓，樓梯上去又分出左右兩邊樓梯，奇怪得很。還有更奇怪的，我見過一棟老房子，裡面有摩托車車道通往各樓層的住家。還有，還有南機場的飛天旋轉梯……。」

石牌的老公寓再破舊，也強過一層樓住上三、四十戶人家的擁擠國宅。勤美知道自己雖然不那麼中意這個男人，但還是繼續和他糾結纏綿，除了捨不下肉體的慰藉外，還有個原因就是這棟房子。一個可以完全讓她隨心所欲的空間，如果嫁給他，這裡就是她的家，一個完全屬於她的房子，這是勤美從小到大的夢想。

勤美終究選擇了和黃家輝結婚，因為已經懷孕，因為黃家輝沒有失蹤不見人影。至於為什麼一定要生下孩子？勤美也無法很明確的說明，可能就是基因裡帶來的對下一代的執著本能，根本不需要理由。

當時的勤美，很迫切的需要一個完全屬於自己的家，安安穩穩的屬於她和她生下的小生命的家。她想像著可以照自己的意思，布置起石牌的小公寓，客廳、臥室刷上淡淡的粉色油漆，不是俗麗的粉紅，是淡淡的淺粉透出似有似無的紅灰色。她還要掛上粉粉的窗簾，粉色的沙發、桌巾布；臥室也是一樣的窗簾布、粉色系床組和化妝臺。陽臺要種很多花草植物，尤其是薄荷和紫蘇。王光群喜歡喝漂浮有薄荷葉的咖啡，他們約定好以後的家，一定要種薄荷和紫蘇，紫蘇可以入菜，還可以釀紫蘇梅。

但是結婚後住進屋子沒多久，勤美就知道她錯了，再多的夢想也只是夢而已。她唯一做到的，只有將小小的一方陽臺，布置得綠意盎然。其他窗簾、家具、大床、櫥具……，都延用舊有的，因為黃家輝沒有經濟能力添置新家具。他母親更是冷言冷語的說：「住男方的房子，女方不是應該陪嫁些家具嗎？」

勤美母親則堅持不肯買家具，說那是消耗財，花了錢到時候用用就沒了。她去金飾店，給勤美打了一套金項鍊、金鐲子、金戒指、金耳環做嫁妝。婚禮也很簡單，菜館裡擺了六桌酒席，勤美沒什麼朋友，再說她也不想讓從前同事知道她懷孕，匆忙結婚。娘家更沒親戚、朋友，除了母親和哥哥勤立，只請了住在國宅隔壁和對門兩家鄰居。所以婚禮上來的客人，多半是婆家的親友。

讓勤美真正後悔的不只是房子、家具，而是她的婚姻。和黃家輝交往，勤美是被動的，當時的她傷慟難癒需要慰藉，需要個男人的撫慰，但是進入婚姻後，兩人的相處、互動，讓她痛心疾首。黃家輝不是壞人，個性活潑，愛笑愛說話，尤其愛逗女人開心，自己也開心。不能說他是沒什麼大志的人，而是他逐漸認清事實，做大事發大財的可能性渺茫，所以他只要日子過得開心就好。他和勤美有著截然不同的人格特質，就連互補也談不上，兩人完全是平行線。

黃家輝比勤美大五歲，但是基本上他再添歲數，仍是個頑童，八十歲、九十歲都是頑童。他也覺得這個婚結得太匆忙，十錯萬錯都怪雙方家長催促得太緊，他母親一直認為這個小兒子結了婚便會轉性，定下心成為有擔當的大人，從此離開那漂浮不定的電影行業，老老實實做個上班族。當然最後證明她是一廂情願，天下沒有轉性這件事。

勤美的肚子一天一天大起來，前三個月她幾乎無法進食，吃什麼吐什麼，最後連膽汁都吐出來了。之後三個月陰道出血，去檢查，醫生說有流產跡象，必須臥床休息兩個月。再接著的三個月也沒有好過到哪裡去，因為胎兒的壓迫感，讓她每天都不能好好睡上一覺。

做為孩子爸爸的黃家輝，在勤美懷孕其間，他心情複雜，知道自己的責任是應該多待在家裡陪伴老婆，但是他做不到。他不想面對一個病懨懨的大肚婆，而且是個愛生氣、愛埋怨、總說他是騙子的孕婦。黃家輝也不是能忍氣吞聲的人，他質問勤美：「我騙了你什麼？你倒說說看啊？你娘家家財萬貫？還是你哥哥是政府高官？我到底騙了你什麼？」

勤美無言以對，但她更恨的就是他讓她無言以對。她挺著大肚子只能說：「是啊！你沒有騙我，是我自己犯賤，要跟著你這樣的人……。」

「我這樣的人又怎麼了?」黃家輝也有他的心病,他知道勤美有過一個什麼都比自己強的男朋友,而且從頭至尾勤美沒有忘記過那個男人,而自己只是個替代品。他說:「起碼我有肩膀,不是那種玩過就丟,成了縮頭烏龜不見人影的孬種。」

勤美咬牙問他:「你說誰?」

「我說誰你還不清楚嗎?那個賤男啊!你現在還深深愛著人家,人家卻避不見面的賤男啊!」

「你閉嘴!」

「我為什麼要閉嘴?……。」

「你走!你走!我不要再看到你!你走!」

其實不用勤美攆他,黃家輝那一陣子也很少在家。他接了部新要開拍的電影,總說工作忙,要去南部出外景、要拍通宵戲、要看景、要和劇組開會、要和導演討論……,經常十天半個月都不見人影。勤美發現自己有丈夫,其實和沒有差不多,唯一不同的是腹中多了個孩子。

由由這孩子,勤美懷得辛苦,生也生得辛苦。預產期過了兩天的半夜裡,她開始肚子痛,知道是要生了。這晚黃家輝也不在家,勤美甚至不知道他在哪裡?如何聯絡?其實那之前,勤美就對這丈夫死心了,她就沒打算要找他。

勤美知道生孩子沒這麼快的,於是她洗澡、洗頭,把自己收拾乾淨,然後通知母親直接去醫院和她會合,再拎了預先準備好的住院用品包,路上攔輛計程車,寒夜裡孤零零的忍著一陣陣疼痛,獨自趕往醫院。

計程車司機見狀,也對她同情不已,說:「老公不在臺北喔?一個人生孩子,真可憐。」

勤美從半夜陣痛,一直痛到中午,全身都汗水濕透,卻還只能和母親手牽著手坐在產室外面,因為護士說羊水沒破、陰道還沒有開夠，不能進去產房。一直到下午，勤美才被帶進產房，但是疼痛不是結束而是真正的開始。勤美一共哭天喊地的痛了二十多個小時，醫生最後才決定為她做剖腹產。那時候痛不欲生的勤美，恍忽間聽護士說，她老公已經來了，人在外面，簽了開刀的同意書……。

由由雖然足月生下，但是體重過輕，又有黃膽，保溫箱裡住了好幾周。勤美做母親了，自然產程受到的痛處她經歷了，之後又還要忍受開刀傷口的痛。勤美望著自己的女兒，奇妙的是所有肉體疼痛一下子全忘記了，只是感動莫名的摟著小小的新生命，像摟抱著人生的另一個希望。

做了爸爸的黃家輝也感受到新生命的神奇，有那麼短暫的一段時日裡，他期許自己要做個負責任的好爸爸。但是事與願違總是經常發生，他需要出去工作、賺的錢總是不夠用、勤美總是沒有好臉色給他看、夫妻總是常常吵架……。女兒雖然很可愛，但總是喜歡半夜啼哭，沒人知道她為什麼啼哭，奶也餵了，尿布也換了，餵奶後也打嗝了……。沒有經驗的新手媽媽哄不了孩子，自己也啼哭不止。新手爸爸實在受不了，找出大堆理由，開始經常不回家。

帶大嬰兒原來不是簡單的事，必須寸步不離，必須焦點都在小寶寶一個人身上，但小寶寶還是成天啼哭，聲嘶力竭，哭得全身通紅，哭得勤美的心像烈火燒過，成了焦土。勤美都不知道自己是怎麼熬過來的，沒有幫手，沒有奧援，婆婆不肯幫忙，連自己母親也都避之唯恐不及，說有婆家在，娘家多做多錯。產後，勤美別說出去找工作了，小嬰兒就已經讓她心力交瘁，甚至得了產後憂鬱症，又吃了好一陣醫生開的抗憂鬱藥。

黃家輝外面有女人的事，她又是怎麼知道的？她已經不記得了。什麼時候開始？對方是什麼樣的女人？她完全不知道，也不在意。可以肯定的是，她在便利超商昏倒住院，黃家輝不停的打著公用電話，回家後又立刻外出，點點滴滴證明了她的直覺沒有錯。

對於丈夫有外遇，勤美不像一般妻子那麼激動、受傷，或因為愛情的背叛而痛徹心肺。因為正如黃家輝每次吵架，都會恨恨說出口的——你根本不愛我。她不愛黃家輝是事實，但是由黃家輝親口說出，勤美還是有些訝異。訝異他竟然知道，原來自己表現得如此明顯？勤美並不覺得愧疚，反而有種事情說開也好的輕鬆。所以黃家輝外遇，也意味著兩人關係扯平，互不相欠。

但是這天不同於平常，王光群風光結婚的照片被刊登在報紙上，這天夜晚勤美不想活了。當初以為是個可以安身的小屋，其實並不安穩，黃家輝母親常因為兒子、媳婦住在這裡卻沒付房租，來找勤美麻煩。現在沒有丈夫，只剩下勤美和幼小女兒的家，空落落的，顯得房子更加破舊殘敗，尤其每當下雨天，頂樓的房子舊了，比其他樓層更麻煩，會漏水。

躺在客廳那張裂隙斑駁的塑膠皮沙發上的勤美，全身癱軟，看著天花板上的咖啡色水痕，還有牆壁上的嚴重壁癌，勤美腦子裡亂哄哄一片，雜亂中卻有個念頭是清晰的，有個聲音一直重複著同樣的話，叫她死了算了，死了算了，一死百了不是嗎？

勤美自從和王光群失去聯絡，她就一直嚴重失眠，醫生說她有憂鬱症傾向，連續開給她抗憂鬱劑百憂解和安眠藥，讓她能稍微鬆弛安靜，晚上得以入睡。安眠藥吃成習慣，一顆不管用，勤美為自己加重份量吃兩顆、三顆，醫院的安眠藥不夠吃，再去藥房買替代品，積少成多，所以抽屜裡堆了大把的藥丸。

這天晚上，勤美沒有思前想後，她什麼也沒想的只是一古腦的想去死，連死的理由也懶得想，更沒去想孩子什麼……。

2

將所有咖啡杯、馬克杯、玻璃杯清洗潔淨後，勤美再用雪白的新抹布將它們一一擦乾，然後踮著腳尖一隻一隻放回原本的位置，流理臺的上層櫥櫃。這時勤美聽見了後陽臺清脆又響亮的啾啾聲，她知道是白頭翁。

每逢春天，來到勤美陽臺喧鬧最多的就是白頭翁，其次才是麻雀、綠繡眼、畫眉、喜雀……。偶爾，也有其他鳥類，勤美甚至見過藍鵲，還有色彩豔麗的小鸚鵡。但是現在已經入秋很久，鳥兒變少了，很難得的還聽見啾啾聲。勤美連忙悄悄推開紗門一角，果然是一對白頭翁跳躍在陽臺的鐵鑄欄杆上，叫聲還越來越聒噪。勤美就這樣掩身在紗門後面，看著那一對鳥兒唧唧許久之後，才雙雙不回頭的飛走，留下難免有些落寞的勤美。

她是住來這鄰近小山坡的公寓，才開始認識這些鳥兒。從前她認識的小鳥只有麻雀而已，麻雀總是做夥一群群的來去。勤美搬來石牌後才發現，很多鳥兒和麻雀不一樣，牠們是一對一對的飛來，一對一對的飛去。勤美很訝異，鳥兒們是去哪裡找到了合拍的伴侶相伴相守？

經常失眠又淺眠的勤美，只要太陽一探出頭，她就會醒轉，無論前晚是多晚才睡。所以早起成了她的習慣，不用去打工的早晨，她都是這樣過的：看晨間新聞、洗洗刷刷，還有就是給前陽臺的花草澆水。她專心澆花的時候，由由已經換穿好外出的T恤和牛仔褲，從臥室出來，準備去盥洗。由由是嗅著了什麼氣味，她和勤美一樣小巧的鼻子皺了兩下，然後問她母親：「咦？廚房在燒開水嗎？」

「開水？」

勤美完全不記得剛才洗滌完各式杯子後，曾經接了自來水燒開水的事。不過聽女兒這麼一說，她也聞到了滾水沸騰的氣味。勤美慌忙扔下澆水壺，奔去廚房關了瓦斯爐，這時水壺裡的沸水也只剩下一半了。

由由從盥洗室出來，便開始數落母親說：「媽，你今年已經燒乾幾隻水壺了？這樣真的很危險，不是說要買那種叫叫壺嗎？」

「嗯，等壺燒壞了……，去買。」勤美有些做錯事的心虛，她支吾著。

「每次都說等燒壞！等燒出事情才要買嗎？真是，一隻壺能有多少錢！」

不知道從什麼開始，母女倆的關係有些倒過來，勤美懼怕由由多過女兒怕她。由由動不動指責母親顢頇、閃神，不知道每天都在想些什麼？說從小勤美就對她心不在焉，也不知道這個媽媽的心在哪裡……。勤美聽了並不生氣，她甚至無法否認女兒對她的指責。就一個母親而言，就像由由說的，她的心一直不在這個家裡，甚至不在女兒身上。

但是說到了錢，勤美還是相當委屈，忍不住有話要說：「多少錢？有錢我也……也會買，就是沒錢……。你們黃家……。」

「又來了，你又來了。一說到錢，就罵東罵西，罵姓黃、姓藍、姓紅。是我要姓黃嗎？你們的恩怨關我什麼事？為什麼動不動就罵到我頭上來？」

「我又沒罵你，你……」勤美急著搶白，但是只要面對由由，她話就說不暢順，還會打結。

由由卻一點也不讓步，話總搶得比她母親還快，一聲尖銳過一聲，到最後幾乎是狂吼、叫囂道：「你不是罵我是罵誰？不就都是我的錯嗎？害你一定要嫁進黃家？我爸有女人，也是我的錯；我奶奶不給生活費，也是我的錯。哪一樣不是我的錯？你說，你說，你說啊！所有事都是我的錯！你沒錢，每天晃來晃去，都是我害的？所有事都是我害的？」

勤美抓起澆水壺躲去陽臺，她顫抖著手繼續澆花，她害怕聽女兒這樣的搶白，這樣的咄咄逼人。這時又飛來一對白頭翁，一點不怕人的，停在勤美種植花草的陶盆緣上，吱吱喳喳久久不去。勤美特地輕手輕腳，怕驚走牠們，她喜歡牠們的叫聲多過人的聲音。

勤美清醒過來時，發現自己仍在前一天便利超商昏倒後送入的同一家醫院裡。但她已經洗過胃，手臂上吊著點滴，鼻子、下體都插著管子，全身動彈不得。二十四小時內進出同一家醫院的人，可能並不多吧？這是母親見她清醒後，對她說的第一句話。

是她命大，早一步被送進醫院，醫生說否則後果不堪設想。勤美前一天下午在外面昏倒被送進急診室，她母親是黃昏才知道的，本來想要立刻趕去看女兒，但是黃家輝說只是貧血，沒什麼事。勤美母親知道他們夫妻不合，經常吵架，女婿還很少回家，她放心不下，半夜打電話想再去問問情況，但是電話許久沒人接，她想可能都睡了，正想掛斷，電話卻接通了。勤美母親連續喂喂喊了許久，線那頭才斷斷續續傳來外孫女的啼哭，而且越哭越大聲，還不停的叫著媽媽，媽媽……。

勤美母親心臟怦怦直跳，感覺不妙。她叫了計程車趕往石牌路女兒住處，果然樓下就隱約聽見外孫女嚶嚶的啼哭聲。她按電鈴叫醒樓上下鄰居，雖然平日大家冷漠少來往，但是真遇到事情，眾人還是很熱心的，有人打電話找來鎖匠打開鐵門，然後七手八腳，幫忙將已經昏厥的勤美送進了醫院。

黃家輝接獲消息趕來醫院，已經是第二天中午。為了掩飾心虛，他先嘮嘮叨叨怪勤美做這樣傻事，是個不負責任的媽媽。勤美臉色青綠，手上吊著點滴，一句話也不說。她怪母親為什麼救活了她？她一點也不想再見到這個丈夫，也沒有力氣顧念女兒，只想放下一切，什麼都不要聽，什麼都不要看；因為聽見、看到的，都讓她覺得痛苦。

黃家輝每天會來醫院看望勤美，但是從第三天起，他又開始三不五時的，溜出勤美住的四人病房，到走廊上打公用電話給外面女人。母親看見告訴勤美；勤美哥哥勤立只來探病一次，也看見。

勤立長得乾黑瘦小，怎麼看也不像個軍人，尤其他穿便服的時候，無精打采模樣還比較像個無業遊民。他比勤美大六、七歲，兄妹倆從小就各自玩各自的，長大了勤立又在部隊時候多過在家，兄妹從來沒有交集，見面時，也只說說你好，我好，母親可好？其他也就沒了話題。

「媽天天來吧？」

勤美點頭。

「照顧好孩子，其他就不要想了。」

「嗯。」勤美還是點頭。

勤立再想不出別的話來說，褲袋裡將準備好的一萬塊錢掏出來，擱在病床旁小桌上，說：「叫媽買些有營養的東西，給你補一補。」

勤美這次沒再點頭，眼睛順勢看向窗外。這病房難得的有景觀，對著醫院後方小塊山坡地，雖然已經是深秋時節，仍然綠樹蔭蔭。但是勤美的心，卻是死寂的靜默，一無生氣。

勤立什麼時候離開的，勤美也不太清楚，只知道病房裡經常人進人出，她住的是四人病房，進出的人數就多了四倍。護士進出量血壓、送藥、打針；勤美母親帶著由由送午餐、晚餐；黃家輝為了良心好過，也會來看看，但是他根本坐不住，不到一個鐘頭就找了藉口說電影公司找他，泥鰍一樣滑溜的溜走了。

勤美心裡好笑，何必找什麼藉口呢？他想留下，她還看著憋氣。只是女兒每次見爸爸要走，便淚眼婆娑捨不得，哭鬧半天。有回勤美聽女兒哭煩了，便對黃家輝說：「她這麼黏你，你帶她走吧。」

「啊？我要工作，把她帶去哪裡啊？」

勤美道：「是你女兒，你愛帶去哪裡，就帶去哪裡。」

黃家輝說：「哪有人帶孩子上工的？也是你女兒啊。」

「不是你女兒嗎？你帶走！帶走！」勤美突然歇斯底里，聲調尖銳起來，鄰床的病人是個阿巴桑，床上驚跳兩下，只聽勤美更大力的拍打著床沿，狂吼道：「帶走！帶走！你的女兒，你帶走！我不要，我不要……。」

勤美這一叫鬧，同病房的病人不高興，家屬都跑去護理站抗議。趕來兩個小護士，架起勤美安撫半天，而黃家輝則趁亂，走得不見人影，最後仍然只留下披頭散髮喘氣空吼的勤美，和受到驚嚇的由由。

一個星期後勤美出院了，母親來幫她辦的出院手續，大人、小孩祖孫三代，大包小包塞進一輛計程車回石牌路家裡。至於勤美婆家人，則是從勤美入院到出院，就沒人露過面。出院當天，黃家輝也一樣未見人影。

勤美看著年歲漸老的母親，步履蹣跚的樓梯上上下下，忙進忙出，她有些疑惑起來，這是她母親嗎？勤美一時間都有些不認識她了，那個一向壞脾氣、說話尖酸刻薄的母親跑哪去了？怎麼變成這樣好的性子？從勤美住院就沒對她哼個大氣，更不要說對她發脾氣了。母親始終好聲好氣的，大概是被她自殺鬧得嚇壞了。

勤美臥房門開著，看母親客廳裡忙著收拾，又忙著照顧由由，還進廚房燒晚飯。突然母親一聲尖叫：「燙啊！不要！」

母親的叫嚷聲還沒停，便聽見女兒哀慘的啼哭聲，接著又是母親連番的數落：「看吧！叫你不要碰，就是不聽！燙傷了吧？我看看……。」

女兒大概餓了，廚房裡等不及要喝外婆煮的玉米濃湯，手指給熱湯潑到，有些紅腫。母親將她帶到臥室來交給勤美，意思要她給女兒上些藥膏之類。但是勤美只是呆呆看著女兒，任她哭鬧一無感覺。

「已經沖過冷水了，給她擦點藥啊！你，這是怎樣……？」

母親看勤美仍然呆滯不動，只好嘆了口氣，自己從抽屜裡找到一罐膏藥給孩子抹。

晚飯勤美只吃了兩口，便推開碗筷回房間去躺著。母親當她剛出院人虛弱也不介意，自己去洗碗筷、刷鍋子，給孫女洗澡，再將她哄睡了，然後抱到勤美房間。

母親說：「你這是幹什麼？小孩子總是無辜的，也不理理她？」

母親順手又將床頭櫃上堆積如山的衣服分類摺疊整齊，然後繼續說道：「還有你老公，人家不都這麼說嘛，少年夫妻老來伴，什麼都會過去，等都過去了，回頭看看也沒什麼了不起的事。」

「你之前不是還叫我離婚嗎？」勤美終於開口，但聲音仍然細微無力。

「仔細想想，離婚也不是辦法，你帶著由由……，一個人養孩子不容易，就連住的地方也沒有。難道你想回來跟我住？你哥哥現在常回臺北，他總有一天也要結婚的，根本沒地方住啊，除非等你哥買了新房子。可是，那是什麼時候啊？」

勤美一聽到回國宅去住就緊皺眉頭，就算哥哥不回來住，她也絕不想再回到那個地方。現在住的家再老舊殘破，也好過打開門一條走道通到底，髒亂吵雜的國宅。

母親也是看透了她的心思，說：「所以啦，你就忍耐一下吧！婆家再不好，由由總是姓黃，他們家的孫女，只要你不走，他們難道把你們趕出去？你老公再怎樣，總要拿錢回來養活你們，就算他沒錢，你婆家人也不能不管你們啊？」

勤美冷笑：「他們管什麼？你有看到他們人影嗎？」

「唉！」母親又是嘆氣：「你，就一切為孩子想吧，孩子可憐啊！」

「是嗎？」勤美喃喃重複著：「孩子可憐嗎？孩子可憐？」

母女倆沉默對坐，各自想著各自的心事。勤美母親始終想不通的是，自己已經六十好幾，早沒有體力了，但為了女兒仍然得這般忙進忙出，所為何來呢？女兒心情好時勉強對她笑笑，心情不好時，她這母親就是出氣包。現在勤美自己也有了女兒，就勤美母親有限的人生經驗，她想往後勤美和她自己女兒的關係，又能有多大的不同？就算對孩子再好，命一樣的疼愛，等孩子大了又有幾個會領情？父母永遠好像欠著他們似的。

然而即便如此，勤美母親仍得跟勤美說：一切為了孩子，孩子可憐啊。她嘆口氣，想著這大概就是人生？只是真的活得越久，她越不知道什麼是人生了。

此時的勤美只是呆滯的看著熟睡中的由由，心中有著不知所以的空虛和困惑。女兒的額髮生得很低，髮質細膩髮量不多，眼睛細長是標準的單鳳眼，鼻梁不高但小巧可愛，總之大家都說孩子鼻頭以上像極了勤美。但是孩子尖尖的下巴、小小的粉潤嘴唇，像的又是誰呢？由由是黃家輝的女兒，但是由由笑起來總是唇角上揚，像極了勤美思思念念的一個人，難道想望某個人久了，他的容貌就會轉換在由由臉上？

當然，那只是她的幻想而已，勤美不得不承認，她經常就是這樣無法自拔的幻想著，想著有一天她和王光群再次見面，多年未曾謀面的王光群，一定是困惑非常的呆望勤美良久，最後他認出了眼前依舊清麗的女子，就是他曾經讚美過，說她美得像林風眠筆下仕女圖的勤美。

當年的勤美確實長相清新秀麗，沒去拍電影可惜了，很多人都這麼說。大學時代追她的人不少，但她念的是所三流私校，勤美看不上那些同班同學或者學長。

勤美母親在勤美青春期時，就開始對她嘮叨不停：「我可跟你把話說在前面，念大學以前絕對不准交男朋友，玩野了心，書不好好念，怎麼對得起你哥哥？要不是勤立當了兵，哪有能力供你上大學啊。」但是說著說著，母親又轉了話鋒，說：「女孩子啊！千萬不能隨便，一失足成千古恨，看男人眼睛一定要張大一點，看看你媽就知道了，苦了一輩子，就是沒嫁到個好男人。」

「爸爸又沒什麼不好。」

那時父親剛過世不久，勤美很不喜歡母親這樣批評父親。父親十三、四歲就從老家重慶，跟了部隊輾轉到臺灣。也不知道是父親際遇不好，還是資質問題，聽說很多像他這樣的娃娃兵後來不是高陞為將軍，就是轉業有成。而父親卻始終待在部隊裡開大卡車，後來又因為和長官不睦早早退役，從此靠著微薄的退休俸和開計程車養活全家。

父親三十多歲時娶了二十歲不到的本省籍母親，也就是一般所謂的老芋頭、番薯配。母親是養女，據說受盡養父母和養兄弟的虐待，十五歲就從宜蘭跑來臺北給人幫傭，那時候叫做「下女」。她恨透了養父母一家人，嫁給父親後就再也沒有回去過老家。

母親比父親小了十幾快三十歲，老夫少妻，兩人吵鬧怨恨的時候多過恩愛。雖然和父親感情不睦，但是卻受父親生活習慣感染很深，她基本上說話和飲食習慣都受了父親和住違章建築時那幫外省籍鄰居影響，母親遣詞用句像個外省人，做菜先是從父親那裡學會做四川菜，後來鄰居有江浙、廣東、湖南人，她又學會了燒江浙菜、廣東菜、湖南菜……，過年還會做糍粑。母親做其他事不行，唯有做菜很有天分，燒菜也是她唯一引以為傲的事，母親很喜歡燒菜，做各種菜討好兒子，丈夫和女兒只是順便沾光而已。

母親自始至終厭恨父親，嫌他窮，嫌他小氣，嫌他愛嘮叨，嫌他不愛洗澡，嫌他鄉音重……，其實就是因為不愛他。直到父親肺癌過世，母親都還是不肯放過咒罵父親的任何機會。

「你爸哪裡好了？哪裡好了？跟著他，窮了一輩子。」

「說了半天，你就是嫌他窮。」

「你這丫頭，到時候嫁了個窮鬼，你就知道了。」

母親和父親吵架，勤美永遠是站在父親這邊，總覺得被欺負的是父親，弱勢的是父親，被嫌棄的是父親。勤美永遠記得，那年她才上小學一年級，哥哥勤立不肯牽她手去學校，說女生很煩，父親就騎著腳踏車載她去學校，小勤美坐在載小孩的藤椅架上，覺得自己高高在上，驕傲的被父親載著穿越小巷和大馬路。

小勤美高人一等的，與其他背著書包上學的孩子大不同的去到學校，那是她對父親最深刻的記憶。後來她上國中時，騎了父親的舊腳踏車沿著淡水線鐵道邊小路上、下學，那年父親已經得病住院，勤美每天都想哭，可是在家不敢哭，在醫院看著瘦得只剩皮包骨的父親也不敢哭，她經常只能在放學半路上，停住腳踏車，蹲在鐵軌邊啜泣。只有當老火車喀嚓喀嚓，像背負了很大拖累的一長串又一長串駛過時，勤美才真正咧開嗓子嘶喊的痛哭，因為只有那樣才不怕讓人聽見。

勤美不用母親教，從懂事她就知道，她不想再過原生家庭那樣的生活了。從小他們全家擠在薄磚搭的違章建築裡，總共只有一間房，一家四口吃飯睡覺都在那裡，上廁所還得出門到隔壁另外鐵皮搭蓋的小房間。裡面一半是廚房，簡陋的架了瓦斯爐燒飯炒菜，瓦斯桶就擱在旁邊；另外一半用塑膠布簾隔開，有個抽水馬桶。至於刷牙、洗臉、洗澡，則要蹲在地上，用牆邊裝置的水龍頭接水在塑膠盆裡使用。

後來搬到國民住宅，最大的好處是冬天不用頂著寒氣衝出門去刷牙、洗臉、上廁所。母親窮怕了，所以對國宅的滿意度極高，逢人便說：「我們搬家了，搬去國民住宅，裡面廚房、洗澡間什麼都有，真不錯。」

剛搬新家那兩年，勤美年紀還小，也覺得新房子好過從前破爛的家。但是等她上了高中，開始生出會和同學比較的虛榮心後，她知道自己家很是不堪。不說別的，光是每天一打開門，整個走道堆滿雜物，每家大人、小孩的鞋子擱在外面好像是天經地義的事。走下樓，樓梯間牆壁、地上，都染得暗紅血色一大塊一大塊的，到處檳榔汁痕。

勤美從小就沒有帶過同學回家，倒是受邀請去過幾個同學家。小學六年級他們班長過生日，請同班同學家裡吃披薩、炸雞。那是勤美第一次吃到那類似蔥油餅的義大利烤餅，也第一次知道什麼是起司。但更讓勤美難忘的，是班長家的房子，勤美從來不知道有人可以住那麼大的房子。

他們班長是個長得粗壯黝黑的胖女生，平常大家都不喜歡她，但是她媽媽常帶糖果、餅乾到學校來請大家吃，所以當老師提名她當班長時，連續好幾年大家也就把票投給了她。

老師對班長偏心，這是全班都知道的祕密。但是直到這天，大家才知道班長家的房子是這麼的大，又這麼的漂亮。那是棟兩層樓的樓房，還有大大的院子，院子裡種了芒果樹和玫瑰花，還鋪了草坪。

那天並沒有全班到齊，但是也來了三十多位同學，大家分坐在客廳和餐廳吃披薩、炸雞又切蛋糕，一點也不覺得擁擠。樓下除了有好大的客廳和餐廳，廚房也很大，還有兩間大浴室，浴室裡的洗澡缸都比勤美家浴室大。

吃完蛋糕，班長帶大家參觀她的房間，二樓左邊第一間。班長一間一間指給大家知道：「這是我哥房間，這是我姊房間，那間我弟房間，最裡面我爸媽房間。」

樓上一共五間房，而且每間房都有自己的盥洗室，班長說，這叫做套房。那時候勤美全家還住在違章建築，班長的房間在勤美看來，比她家全部加起來還大。班長不但有自己的盥洗室，還有明亮的窗戶，窗外種著好幾株芒果樹，樹上已經結了許多青綠的果實，有同學說：「等芒果熟了，伸手就可以拔下來吃，好好喔。」

「我不喜歡吃芒果。」班長說。

窗子掛有蕾絲窗簾，床上鋪的是當時臺灣不多見的，粉紅色 Kitty 貓圖案床組，都是小女生最愛的夢幻裝飾，好幾個女生連連驚呼道：「好漂亮喔！好可愛喔！好像公主住的地方喔！」

勤美依稀記得，她也同大家一起豔羨的驚叫不已。

後來國中、高中，勤美也曾去過同學家作客，雖然都不及小學班長家豪華、闊綽，但也是三房兩廳或四房兩廳的公寓、華廈。其中比較特別的，是高一時的年輕女導師，或許因為年輕，所以對學生特別滿腔熱情吧？新曆年時邀請學生去家裡作客。

她家很特別，是五樓公寓樓頂加蓋，公婆住五樓，她和新婚丈夫住頂樓加蓋小屋，有自己的廚房，也有整套衛浴設備。夫妻倆住得相當愜意，還種了許多花草盆栽，又能眺望遠山，視野非常開闊。勤美靠在牆邊看遠山，也看樓底下巷道來往的行人，心裡想著，和相愛的人住在這種地方真是浪漫。

「老師家很適合中秋節烤肉呢。」有位同學讚嘆說。

「是啊！頂樓看月亮真的很棒。中秋節請你們來烤肉、賞月。」

「好啊！好啊！」

大家興奮的拍手叫好。但是，那年中秋節老師懷孕了，沒有邀請同學去她家烤肉。

勤美從那時就懷下夢想，希望和女導師一樣幸福，嫁個有自己房子的男人。原來這個世界充斥著各式各樣的房子，她不要再住在窄小髒亂的地方了。但是並不是只要努力，夢想就都會成真，交友圈有限的勤美，要認識條件不錯的對象，其實不是那麼容易。那年她大學畢業，到處寄履歷找工作，唯一錄取她的是家規模普通的出版社，她毫無選擇的去上班。但是工作後，發現要遇見理想對象更難了，因為出版社裡女同事占了絕大多數，少數男同事也都已婚。

那是家以出版文學作品為主的出版社，早些年還算風光，也為老闆賺到不少錢，但是勤美進入公司時，娛樂產業多元化，文學作品、文學作家已經式微，市場上文學書籍正逐漸減量中，他們出版社也不例外。

勤美職稱是助理編輯，做的卻多是打雜工作，到處跑腿而已。工作雖然不盡理想，但是同事間相處還算不錯，尤其總務科裡的會計阿姨，為人豪爽，專愛管人閒事，五十出頭的她不准人家叫她阿姨，只准大家叫她汪小姐。就是經過汪小姐介紹，勤美認識了干光群。

出版社裡也不是每個同事都喜歡汪小姐，很多人嫌她愛管閒事，又愛囉唆，但礙於她和老闆有親戚關係，大家也就都對她客氣幾分。但是像勤美這樣的新進人員，除了工作上要人指點，私事上勤美也不介意汪小姐總想為她作媒介紹男朋友。相親可能是她唯一認識對象的管道，任她再漂亮再驕傲，這時的勤美也已經認清了現實。

「像你長這麼漂亮，個性又乖巧，怎麼會沒有男朋友呢？我不信。」

「真的，沒有男朋友，大姊。」

已過五十歲的汪小姐一直未婚，但是對於為人配對很有興趣，可能是生活太過單調，幫人介紹對象正好可以增加她自己的生活樂趣。汪小姐第一次幫勤美介紹的對象，是個國中數學老師，身高不到一百六十八公分，勤美就算穿了矮跟的鞋赴約，站起身來還是比對方高，勤美十分失望。兩小時的約會，對方又一直興致高昂的談著他的數學教育理念，無趣得很。

見面後汪小姐一直逼問勤美對男方的印象如何？還說對方十分滿意。

勤美竭盡所能的婉轉，說道：「我們可能不適合……」

「怎麼？不喜歡啊？」

「也不是，人很老實。」

「但就是不喜歡？」

「沒緣分吧。」

「不來電？」

勤美笑而不答，汪小姐因為眼睛老花，又不肯戴老花眼睛，瞇著一雙從前應該很可愛，但此時卻布滿皺紋的大眼睛，點了點頭表示明白了。

有很長一段時日，汪小姐沒有再提起為勤美物色對象的事。但是勤美還是經常陪伴寂寞未婚的汪小姐，假日時喝咖啡，閒聊天。汪小姐家附近有家「蜜蜂咖啡」專賣虹吸式咖啡，早些年臺北很流行，酒精燈煮沸後的滾水，由底下圓球體的玻璃瓶衝往上頭的玻璃球體，與研磨過的咖啡豆粉粒交融後，成了濃郁咖啡再經過濾布，重新回流到下面的玻璃球內。光是欣賞這樣的燒煮過程，勤美就覺得相當有趣。

那家咖啡店生意不算太好，假日裡客人也不多，可能也是因為那種「蜜蜂咖啡」店的流行已經將近尾聲。勤美和汪小姐一坐就是整個下午，聽汪小姐說她從前的種種，包括初戀、家人、親友……。那時候勤美還年輕，總覺得人的一生，一定有著無限的可能，無限的延展，但是聽汪小姐娓娓道來，人的一生好像也不過如此——經歷些生老病死，其他不過就是夫妻、親人或朋友間的糾糾葛葛。

勤美感嘆的問汪小姐：「老人家常說，做人沒什麼意思，總不過如此。真的這樣嗎？」

汪小姐對勤美淡淡苦笑，說：「你以為呢？以為人生在世，一定都活得多采多姿？有聲有色？算了吧，小姐，你如果那樣期盼，一定會大失所望的。能那樣多采多姿過生活的人並不多，大部分的人能活得三餐不缺，平安無事，就已經感恩上天了。」

正屬於心高氣傲年紀的勤美，哪裡會相信這樣沒勁頭的說法？她沒回嘴，但心中暗自想說，汪小姐說的是平凡大眾，她宋勤美怎麼可能如此平淡一生呢？

汪小姐不是猜不著面前坐的年輕漂亮女生想些什麼，但是以她的人生歷練知道，根本不需要勸阻勤美的美夢。上天做得最公平的一件事，就是誰都青春洋溢的年輕過，而只要活著，也就都會雞皮鶴髮的老去。

汪小姐也年輕過，她的初戀有些若有似無。她商專一年級時，鄰居哥哥高中三年級，每天神氣的穿著建中制服，騎著腳踏車帥氣的飛馳而過。有一次在巷口遇見，誇她越大越漂亮了；又有次西門町遇見，還請她去冰果室喝汽水。鄰居哥哥笑起來左臉頰有個酒窩，她就這樣無法自拔的愛戀上他了。

「後來呢？」勤美問。

「後來他們搬了家，就沒往來了。」

「沒去找過？」

「沒。」汪小姐搖搖頭。

兩人連手都沒牽過，汪小姐卻思念了他大半輩子。汪小姐自己也知道，那樣的思念，只是因為她一直沒有其他的人可以思念。汪小姐的人生之後就只剩下父、母、兄、弟，從此她彷彿只是為了這些家人而活著。父親中風，雖然有母親看顧，但家中經濟來源，只有她這個沒出嫁住在家裡的女兒負擔。她哥哥、弟弟、妹妹都藉口有小孩要養，不但不給家用，也不負起照看父母的責任，都說反正一切有她這個女兒會處理。

她弟弟更糟，成天不務正業，還欠下一屁股債，經常要她這個姊姊拿錢出來還債。汪小姐每次氣得牙齒打顫，說再也不借錢給弟弟，但是只要她弟弟涎著臉多叫她兩聲姊姊，她就立刻去標會湊錢，雙手捧了去給他。

「為什麼欠債？賭錢嗎？」

「不是。說和人做生意。現在我只要聽到他要做生意，就害怕。」

汪小姐辛苦工作了二十多年，卻一毛錢也沒存下。她也不是那麼心甘情願，怨言很多，說等到她老了，可能會流落街頭，連個住的地方都沒有，因為房子是父母的，最終父母會將房子留給兒子，她一定會被她大嫂趕出門去。

「我那個大嫂，什麼義務也不盡，別說照顧我爸了，她來家裡，就連筷子也不會扶一下。但要說到權利，到時候她一步也不會讓的。」

「你弟以後會還你錢吧？」

「想得美囉，他不再找我借錢，就已經阿彌陀佛了。」

對於汪小姐的抱怨，勤美只能說些安慰的話：「你爸媽好在有你這個女兒，不然現在能靠誰呢？你媽一定很慶幸……」

「我媽才不這麼以為，她還是覺得兒子最好，最孝順。我這女兒就算做到死，她也不會有感覺，只當活該。」

汪小姐說起她父母的重男輕女，就氣得牙癢癢的，似乎說上三天三夜也難盡興。勤美一樣也覺得自己母親疼愛哥哥勤立甚過她，但是她並不想和汪小姐談論這個話題，這是她成長中的另一個痛。

勤美將視線拋遠了，離開了坐在對面圓圓的臉和圓圓有著皺紋大眼睛的汪小姐，離開了咖啡店……。她隔著玻璃窗看向外面大街，太陽是熾烈的，只是坐在冷氣間裡不覺得而已。臺北高溫的下午，只剩馬路兩邊的路樹有些生氣，行人一個比一個走得匆忙，各個急躁無奈、汗水淋漓。但是每個人都似乎有著明確的目標，就是抱怨連連的汪小姐，也知道她的下一步該往哪裡走去。而好像只有勤美的未來，呈現著一片茫然混沌，她完全不知道接下來將何去何從？

一個月後，勤美終於看見曙光，汪小姐再次為她安排了相親的對象。汪小姐興沖沖的把勤美拉到辦公室後面的茶水間，告訴她：「這次介紹給你的對象，保證你滿意。」

是汪小姐念商專同學的外甥，汪小姐將對方說得人間少有，地上無雙，不但長相端正，身材高大，還是臺大經濟碩士，半年後將要去美國念博士。

勤美雖然心中怦然欣喜，但表面還是相當矜持，說：「人家都要出國了，幹麼還要介紹……？」

「別想太多，做個朋友嘛，就看你們有沒有緣分了。沒緣分吃個飯拉倒；有緣分的話，什麼事都很難說的，說不定可以一起去美國啊？他家環境還算不壞，錢不是問題。我說啊，你就不要想太多了，一切隨緣，隨緣，不是嗎？」

勤美後來才又聽心直口快、什麼事都瞞不住人的汪小姐說起，其實男方父母並無意接受汪小姐的介紹，他們覺得這麼優秀的兒子，一個普通大學畢業，工作也一般，家世聽說也平平的女生，有什麼好認識的？都是汪小姐發揮了她舌燦蓮花的本領，硬是說好說歹，讚美勤美漂亮、能幹、孝順……，也是人間少有，地上無雙的極品女子。

「人家不肯，就不要見啊。」勤美也是有自尊心的，噘嘴說。

「別管他，別管他。重要的是你們年輕人來不來電。哎！早知道就不告訴你這些了。」其實汪小姐的個性，哪裡是有話忍得住不說的呢？

勤美那天特別臉上淡淡化了點妝，一大早還去路口美容院做了個頭髮，將一頭垂肩的自然鬈長髮吹得蓬鬆有型，然後換上沅陵市場新買的百合白的細紗洋裝。雖然是地攤貨，但是經過勤美的改造，將V領上縫的俗氣亮片全拆去，變成一件素淨的小洋裝，腰間繫上一條也是便宜貨，但是真皮編織的七色彩虹細腰帶，整體看上去相當高雅有質感。淡金色涼鞋和淡金色皮包，也是她花了心思在百貨公司打折品裡挑選的，不是同一家的物品，但看起來卻極像一套。

母親看她如此精心打扮，覺得異樣，問她：「打扮成這樣，幹麼去？」

「見朋友。」勤美不想和母親說太多，覺得沒有意義。

「午飯也不吃？你不是說喜歡吃茭白筍炒肉絲嗎？」

「吃不下。」

偏偏母親又那麼喜歡知道兒女的事，她追在勤美身後，問個不停：「為什麼吃不下？見什麼朋友？做了頭髮，還穿成這樣？」

「我穿成怎樣？穿這樣有什麼問題嗎？」勤美面對母親就是一古腦的不耐煩，總覺得她對自己的人生幫不上任何忙，卻又喋喋不休，很是煩人。

「你這孩子怎麼越大越不像話？每次跟你說話，就好像跟我有仇似的？不知道的人，還以為我欠你幾百萬呢。」

又來了！又來了！勤美煩躁得幾乎要叫嚷出聲來。不過她什麼也沒說，開了門要出去。但是母親用力把門再關上，還一把扯住她臂膀不讓她走。母親說：「難得周末放假，也不肯家裡待著，一天到晚外面跑，成天家裡就我一個人，你就不會房間整理整理，幫著打掃一下嗎？」

「說了半天，就是見不得我出去，見不得我好。」

「誰見不得你好了？你又對我好過嗎？不知道我每天家裡就一個人，連說句話的對象也沒有？」

「我要上班啊。」

「星期天也要上班？」

「我去見朋友也犯法？也不行？」

「你又這樣！我只要跟你說句話，你不是愛理不理，就是我說一句你頂一句，天下有你這樣做人家女兒的嗎？今天你不給我把話說清楚，就哪裡也不准去。」

「說什麼？你要我說什麼？」

「說你為什麼這樣對我？」

「我到底是怎樣對你了？」

母女間對話完全沒有了交集，一種無法溝通的痛永遠在兩人間擴散。其實勤美知道母親要什麼，母親要她乖巧順從一如幼時，但是勤美做不到，她有自己的煩惱，自己的生活，自己的喜怒哀樂，她無法與母親共享，也不希望她參與。可是母親卻是個喪夫後寂寞無奈至極的老婦人，身心靈完全的只依賴在子女身上，勤美哥哥就是為了避開母親的喋喋不休，才躲在軍營中很少返家。勤美的怨懟是，她卻躲無可躲。

「你今天不跟我說清楚，就不准出去。」母親雙眼早已布滿血絲，兩手按住門把，彷彿只有大門是她可以捍衛的最後利器。

勤美覺得自己的忍耐已經到達頂點，她隨時可能爆炸——壓力鍋般炸開。她雙拳越握越緊，全身發抖，頓時扯開了嗓子尖叫起來：「啊！」

「你，你，這是幹什麼？你……」母親軟弱了，她知道自己又輸給了女兒。她全身因為氣惱和無奈而抖顫不停，說：「你，你以為，這樣我就怕你啦？」

勤美的尖叫聲又長又淒厲，左右鄰居都打開門探出頭來想看個究竟。還有那更好事的，拍打起勤美家門板，問說：「怎麼啦？出了什麼事嗎？」

母親這才不情願的打開大門，回答說：「沒事！什麼事也沒有。」

勤美趁著母親向鄰居抱怨兒女不孝的空檔，奪門衝了出去，但背後仍聽得見母親絮叨不停的咒罵。

走在昏昏暗暗幾乎透不進一點天光的長走道上，淚水莫名的直流，勤美皮包裡掏出手絹來掩住口鼻，但仍停不住眼淚。一個和她擦身而過的肥胖男子，穿著背心短褲，猥瑣的上下打量她，嘴裡還發出嘿嘿笑聲，說：「妖嬌喔。」

勤美當沒聽見，加快了腳步衝下樓去。只有走出這棟國宅，她才能有個清新的世界，才能舒暢的呼吸。

公車上的勤美努力的忘記所有的不愉快，她抬頭看窗外晴空蔚藍，遠天朵朵白雲。看著長空，特別讓她感覺到自己的渺小，可能只有知道自己是無關重要的人時，才能平撫所有的躁鬱和不滿吧？平靜後的勤美，開始想像著即將會面的男人，他到底是個什麼樣的人呢？一個原本陌生的男人，會因為這樣一次的相遇，兩人從此就有了共同的未來？如果真是如此，還真是奇妙的事。想著想著，勤美有了深深的期待。

王光群稱不上多麼英俊、帥氣，但是勤美不能否認，她的生活圈和可能的交友對象裡，是極難遇見這樣優質的男人。王光群穿件白色的POLO衫，戴著金邊近視眼鏡，斯文但不呆板，給人的第一印象就是極好教養的人。勤美坐在他的正對面，不停的玩弄著咖啡盤中那支小小的銀湯匙，但是鼻間仍能隱約聞到王光群身上淡淡散發出的香皂氣味。那氣味是男人的味道，夾雜了點檀香的香氣，她覺得溫和好聞，立刻就戀上了那氣味。

王光群身高一百八十公分，有點瘦但肩膀寬闊，臉形容長，眉眼開朗。尤其讓勤美感到心儀的，是他溫潤的談吐，說話不疾不徐，和勤美聊時事、聊國際局勢……，勤美一點也不覺得無聊或煩悶，反而迫切的想知道更多屬於他的想法。

勤美非常清楚，坐在她對面的男人，是很多女人夢寐以求的好對象。而他是否也一樣對自己中意呢？勤美努力保持著最佳狀態，優雅的喝咖啡，安靜的傾聽，適時的表達贊成或不贊成。她身體稍稍前傾，據說這是表現出對對方有好感的身體語言。

勤美也仔細觀察王光群是否對她有意？他說話時坐得直挺，嘴角總是帶著淺淺微笑。當時最熱門的話題是北京的天安門事件，王光群並未慷慨激昂表達他對學生運動的贊同，但他讓勤美知道他常看的雜誌是黨外雜誌，他中間偏綠。講到臺灣未來的經濟發展，他認為臺灣現在是前景一片看好，錢多到淹腳目，但是並不表示會一直好下去，所以必須有更宏觀的規劃。適時的，王光群也會問詢勤美的意見，但對於政治、經濟冷感的勤美，只想專心傾聽，點頭表示同意。

知道勤美在出版文學作品的出版社工作，王光群還特別說起，最近在看俄國作家托爾斯泰的小說。他喜歡托爾斯泰，也認同財富會腐蝕人的靈魂，敬佩托爾斯泰終其一生都站在農民這一邊，批判農奴制度、關懷弱勢，是有著社會改革理想的偉大作家。

勤美問他正在看托爾斯泰哪部作品？

王光群說：「復活。」

「我看過《安娜．卡列尼娜》。」勤美說。

「你該看一看《復活》，我看完拿給你看。」

王光群還是個溫暖、心細的男人，當勤美的水杯空了，他叫來服務生為她倒水；咖啡喝完了，會問勤美還要不要再叫一杯？或是加塊蛋糕好嗎？

「這裡蛋糕都是店家自己做的，很有名。」他說。

「謝謝，不用了。」勤美溫婉回答：「中午家裡吃得很飽。」

「喔，那就下一次吧。」

聽他這麼說，勤美立刻心中一動，陰暗的心立時彷彿煙花滿空。那就是說他們將會再次見面？那麼，為什麼不乾脆一起吃晚餐呢？

「真抱歉，晚上家裡有親戚來，不然可以一起吃飯，多聊聊。」王光群微笑看著勤美，這麼說。

像是心事給人看穿，勤美霎時紅了臉。不過紅暈滿面的勤美，應該看起來更加溫婉可人。王光群也正是這麼覺得。這是他第一次相親，對於這樣認識女生，其實並不感興趣，更何況目前他目標確定，考試還有準備資料、請教授寫推薦函、申請美國前二十名大學博士班，這些就夠他忙了。但是大阿姨來家說了兩次，不停的誇獎對方懂事、孝順、長得漂亮……。他母親不是很贊成，最後說：隨便兒子想不想見囉？不過好像念的大學差了點。

王光群答應阿姨和勤美見面，原因很單純，因為阿姨一直誇獎對方漂亮。漂亮女生就去見見吧。他幾乎沒有任何想法的赴了約，只是去喝杯咖啡，消磨一個空閒的下午。

但是長相秀麗的勤美，讓王光群眼睛一亮，而且王光群覺得兩人很談得來。這一點對王光群很重要，他始終認為男女朋友談得來比什麼都重要。他一直就喜歡念文學的女生，在學校時交往過一個外文系女生，兩人糾糾葛葛了兩、三年，因為女生有個高中時就在一起的男朋友，男生念清華核子工程，女生從來沒有鬆口要放棄那段戀情，但是仍然口口聲聲也愛著王光群。

那場戀愛王光群談得很辛苦，他深愛那女生，尤其是她飄散著及腰的長頭髮、以原文念葉慈詩句的時候，王光群的心是痛的。原來心痛並非只是個形容詞，深愛一個人的時候，糾結的心臟真的會疼痛。

柏拉圖式的愛情，結束於女生大學畢業後，她與清華畢業的男友一起去了美國攻讀碩士。王光群必須留下來當兵兩年，然後他回母校念了個碩士學位。遇到勤美時，已經對初戀釋懷，對於自己的未來又充滿抱負和憧憬。勤美的清新，讓他認為自己終於找到更正面的能量，可以再次出發向前。

「還有點時間。」王光群看著錶，表現出誠意說：「我送你回家。」

「喔！不用了，你忙你的，我自己回家。」

「那，我再打電話給你。」

「好。」勤美低頭答應。

勤美沒有選擇搭公車回家，她讓王光群送她上計程車。王光群為她關上車門那一刻，勤美有著從來沒有過的尊榮感，這就是她要的男人，她要的生活方式。

司機是個愛說話的人，按下計程錶後問勤美：「你男朋友吧？」

「嗯。」

「好帥，都可以當明星了。」

「他是碩士。」

「碩士喔。」司機聽了，更加肅然起敬。

一路上司機又說了些什麼，勤美都沒有聽進去。她的思緒像大雁一樣，由小小的計程車車窗飛得老高老高，穿山越嶺甚至可以橫跨洲、洋。王光群是喜歡她的，他們將再次見面，然後陷入熱戀。和那樣斯文的男人親吻，會有什麼樣的感覺呢？如果兩人難以把持，又將進入另一層次的關係吧？從此便再也難解難分了吧？王家的父母應該也如王光群一樣溫文儒雅？或許也可能會阻撓兩人的戀情？但是堅決愛著勤美的兒子，一定會與父母抗爭到底，最後贏得勝利的一定也是兒子……。

然後他們或許會先訂婚，勤美順理成章的陪同未婚夫前往美國留學。王光群去念學位，勤美去上英文課，她的英文一直很差。不久他們就會在美國註冊結婚，然後再回臺灣補辦婚禮。王光群的父母將會為他們安排在五星級飯店宴客，勤美將穿上最華美的白紗新娘禮服，她在服裝雜誌上看過，用法國的純絲軟緞縫製而成，設計典雅，做工精細，上面有手工綴滿的珍珠；頭紗也是手作蕾絲，長達丈餘，一樣以珍珠妝點。頭飾則是那種勤美從小女生時代就嚮往的公主頭冠，白金和鑽石打造……。

「小姐，是這裡嗎？小姐！小姐！」

計程車司機連叫了勤美兩次，才將她拉回現實。仍有些神情恍忽的勤美，喃喃問著：「這，這是哪裡？」

「你說的國民住宅啊。」

3

勤美已經不記得女兒從什麼開始，一和她起衝突便會握拳尖叫。可能國中？或者更早，小學就開始了？不過有一點她是肯定的，就是由由越長大，對她這個母親尖叫的次數就越多。勤美現在只要一聽到女兒的尖叫聲，便會緊閉嘴巴，咬住牙關，就怕自己任何言語會再激怒女兒。

她知道不能再讓女兒尖叫，因為這樣會引來警察。兩年前就是因為由由生氣尖叫，三樓和二樓鄰居打電話報警，管區警察來得很快，警車嗚嗚嗚的開進巷子，震天價響的警笛聲嚇壞了勤美。

因為勤美安靜的躲去陽臺，由由終於控制住情緒。盥洗後，她臨出門跟勤美說：「我要去工作了，冰箱有昨天帶回來的披薩。」

勤美對著女兒點頭，但不出聲。

由由去年上了大學，開始在知名連鎖咖啡店打工賺錢。經濟獨立後的女兒和勤美更加沒了交集，母女不但沒什麼話說，更糟的是兩人一對話，由由便會氣怒不已。勤美有時候也想，確實她並不是個好母親。

由由甚至覺得勤美不是個正常的母親，從她懂事以後，就明白自己有一個異於一般的家庭，一對異於常人的父母。父親很少回家，祖父母總是在她面前用些奇怪的話談論爸爸，希望年幼的孩子別聽懂。但是說多了，她總是有懂得的一天——爸爸外面有別的女人。可是更怪異的是媽媽，每天都失魂落魄的，由由越長大越明白，媽媽不是因為爸爸不回家傷心，她為其他的事日復一日，如掉了魂一樣的活著。

小時候由由每次跟媽媽說話，媽媽永遠聽不見，臉上也沒有任何表情，只是呆呆的望著她。大概上小學後，由由開始不再主動找媽媽說話，她學會也呆呆的看著媽媽，母女有時候就這樣在客廳裡一言不發的對坐整個下午。那樣的日子由由記住了，也深深受到傷害，她開始不喜歡媽媽，一直到長大成年，她都不喜歡媽媽。

「你今天沒有班，就待在家裡不要亂跑了好嗎？」由由說：「每天跑來跑去，搞出一堆有的沒的事情，不覺得很煩人嗎？」

母親總去些奇怪的地方，惹出許多奇怪的事情，由由已經到了無法忍受的地步。雖然她知道自己說了等於沒說，母親對要做的事不會罷手，但是由由還是忍不住要說。

「你去上班吧！」勤美這麼說，是希望女兒快些出門。不知道從何時開始，和女兒在一起成了她極大的壓力，她希望女兒出門，然後家裡只剩她一個人，這樣便可以自在的想做什麼就做什麼，今天她可是有很多事要做。

「你不用趕，我也要出門了。」

由由背了大背包，帶上門下樓去了。勤美豎著耳朵聽，一段時間後，聽見摩托車噗噗噗的聲音，確定女兒真的走了，勤美這才走進臥室，看看手機有沒有人打電話找她？

手機沒有任何顯示，沒有人打電話給她。勤美沒什麼朋友，很少會有電話，但是每隔一段時間，她還是要檢視一遍手機，近乎強迫症般。勤美總是擔心有人要找她，而她卻沒接聽到。勤美尤其擔心的是，如果王光群打電話給她呢？她可不想錯過。這不是不可能的事，天下事很難說的，大家不都這麼說嗎？

勤美只能像母親說的，好好帶大孩子。她被由由束縛住，好幾年哪裡都去不了，也無法工作。看著日漸成長的由由，覺得孩子很奇妙，一張稚嫩的小臉上，竟然能清楚看見屬於爸爸的容貌，也能見著媽媽的眉眼。勤美別無選擇，帶著這個自己生的孩子過生活，這就是女人的宿命。

不過一定要找到王光群的念頭，從來不曾打消過。無論如何她都要再見王光群一面，不管用什麼方法、需要多久的時間，她要找到他，問問他為什麼不留隻字片語便棄她而去？她要知道原因，要一個解釋。勤美相信，只要再見到王光群，他會解釋離開的理由，並且請求她的諒解。

一直盼到由由上小學，勤美帶她去學校報到，由由背著書包怯生生的躲在母親身後，怎麼也不肯進教室和其他小朋友排排坐在一起。勤美蹲在地上勸她、哄她、罵她……都不管用，而且越勸她越拗，最後還大哭起來，哭聲震天，教室裡的小朋友全衝到窗口和門邊看熱鬧。

開學的第三天，中年女老師也失去了頭幾天和藹可親的耐性，板起嚴肅的臉對勤美說：「她可能很少離開媽媽，特別沒有安全感，所以愛哭鬧，過兩天就好了。」

「可是……」

「黃太太，你一直留在這裡，我看不行。小孩都這樣，越勸越哭，我們還怎麼上課呢？請把黃曉由留下，你快點離開吧。」

勤美完全不知道怎麼處理啼哭不休的女兒，茫然道：「可是，她一直哭。」

「哭久了就不會哭了。她看見你在這裡，更哭個沒完沒了。」

「喔。」

勤美聽從老師的話，想留下由由狠心離去，但是女兒卻更加哭喊得聲嘶力竭，抱著她的腰不肯隨老師進教室。女老師很有力氣，硬生生扯開了由由拖進教室，還將教室門碰的關上。

勤美的心在女兒被扯開的那一刻，有著撕裂般的疼痛。但是她還是選擇相信老師，雖然耳朵裡盡是教室裡傳來的由由哭喊，但她慢慢走下樓，走出因為是上課時間所以特別安靜的學校。

從由由接獲入學通知那天，勤美就已經盤算好，她終於可以放下孩子，去她想去的地方，做些她想做的事情，不需要再天天守著由由了。走出國民小學的勤美，不是漫無目的，她有目標有計畫，勤美要去從前工作的出版社找汪小姐。

勤美已經打過電話去出版社，汪小姐聽見勤美的聲音相當意外，但熱情是汪小姐的本性，她立刻就熱絡的問起勤美近來可好？這些年都做些什麼？結婚了嗎？有孩子嗎？在哪裡上班？怎麼都沒有聯絡？

汪小姐的殷殷問詢，讓勤美一下子像又回到了當年二十多歲時候，她還是那個備受關注的漂亮小姐。勤美在電話線這頭笑了，她很久不曾這樣笑過，連聲音都變柔軟了，說：「汪小姐，好想你呢。我們見個面，慢慢聊，好不好？」

「當然好啊！勤美，我也好想你。」

兩人約在出版社附近的麥當勞吃早餐，汪小姐是出版社元老，又是老闆親戚，她要溜個小差出來一、兩個小時根本不是問題。

勤美穿了衣櫥裡最好的一套裙裝，打扮得乾淨整齊。她雖然少出門，但只要常看電視，也能知道這仍然是個「人要衣裝」的社會。她將自己打扮妥貼，讓自己精神抖擻，神采奕奕，沒有人喜歡和萎靡不振的人打交道的。

勤美到得比約定時間早，她點了兩份滿福堡早餐，配熱咖啡，然後選了靠窗的位置坐下。陽光雖然有些刺眼，但是那樣的明亮日照，讓她感到溫馨，想起以前很多美好的事：和汪小姐坐在蜜蜂咖啡喝咖啡；和王光群在一家有座玻璃屋的西餐廳吃義大利麵；夜市裡逛地攤、吃小吃；去石門海邊看蔚藍的大海……。勤美多想留住那些美好，但是美好的事卻一樣一樣的，逐漸在她記憶中變模糊。

一直望著對街的勤美，終於看見不遲到的汪小姐，正搖擺著發胖不少的臃腫身軀，穿越馬路而來。

「幹麼幫我買？給你錢，給你錢。」汪小姐還未坐定，就在皮包裡拚命找皮夾，要還勤美早餐錢。

「大姊，好久沒見了，就讓我請一次吧。」勤美央求著。

「不可以，不可以。親兄弟明算帳。」

「這麼小的事，何必……」勤美拗不過她，只好收下汪小姐硬塞過來的一把銅板。

看著汪小姐的臉，從前和王光群所有發生過的事，無可避免的一件一件又重新浮現在眼前。他們的愛情有著太多美好的記憶，但是再美好的回憶也無法抵銷失戀的傷痛。他怎麼可以這麼無聲無息的消失？在說過愛她、要娶她為妻之後，再也不見了人影，是發生了什麼事故嗎？還是家裡出了意外？勤美每天都在猜測……。但她心中更多的是期盼，希望王光群消失一陣後，會再次回到她身邊，撫摸著她的長髮，訴說自己有多麼的思念勤美，再也不想和她分開。

勤美足足苦等了一個月後，才拋開了自尊心，向汪小姐哭訴，告訴汪小姐王光群已經很久沒有聯絡，一個人怎麼可能如此就消失了呢？

「他，難道想分手？」汪小姐狐疑的問：「你們不是交往得很順利嗎？」

「不知道，我，不知道……」

「怎麼會這樣呢？」

「不知道。」

勤美每天打電話去王光群家裡，先時還有人接聽，說王光群不在家；後來又說沒這個人；再之後只要聽見她的聲音，就直接掛斷電話。最後，那支電話退租成了空號。

嚴格來說，勤美和王光群不算分手，因為男方什麼話也沒有說，更不曾留下片言隻語說要分開，他只是從此不見了人影。勤美在沒有其他辦法的情況下，請汪小姐去問王光群阿姨，但是得到的答案，竟然是王光群已經去了美國。

「為什麼會這樣呢？為什麼會這樣呢？」失魂落魄的勤美，只會喃喃重複著同樣的話。

汪小姐也相當不解，跟著勤美一起呢喃：「為什麼會這樣呢？」

那段時日，勤美天天只是蜷縮在床底下哭泣，只是想死。她頭也不梳，臉也不洗，連續半年手軟腳軟，根本走不出家門，連工作也辭了。勤立說這樣下去不行，讓母親帶勤美去看醫生。醫生說是憂鬱症，腦中多巴胺、血清素太低，給她吃抗憂鬱劑百憂解。吃了藥，勤美整個人變得木木麻麻的，也就什麼都不想，也不用憂鬱了，她空殼子似的活著。

勤美辭職後，汪小姐還打電話去關心過，說要去家裡探望她。但是勤美拒絕了，她不能讓汪小姐看見她那個不體面的家，後來索性也不再接聽汪小姐的電話。

兩人事隔八年後再坐下敘舊，汪小姐仍然覺得自己對勤美有那麼點虧欠。但歉疚歸歉疚，男女之事，分分合合，她又能奈何呢？

不過汪小姐還是主動提起了王光群這個人，說：「你知道嗎？他結婚了。」

不用提名道姓，勤美也知道汪小姐說的是誰。她克制住自己微微顫抖的手，穩住聲音，平靜的回答：「知道。」

「知道他娶了誰家女兒嗎？」

勤美依舊安靜點頭，說：「知道。」

「唉！你們就是無緣啊，緣分，緣分，強求不來的。」汪小姐深深嘆息後，又轉換成歡愉的語氣，說：「那些都過去了。你看，你現在也很好啊！也嫁人、做媽媽了。小孩都上學囉？男生還是女生？」

「女兒。」

「女兒好。你看我就知道了，現在也只有我在照顧家。」

汪小姐除了變胖，其他一點沒變，話題說著說著，又開始說到她的家務事，抱怨她的兄、嫂和弟弟，說他們多麼不孝，不拿錢供養父母，還很少回家。

勤美還是像從前一樣，很認真的聽著，也適時的給她個反應，提出些問句：「都不回家嗎？」

「過年過節回來而已。回來了我更累，還得準備他們吃的喝的，燒菜燒飯。」

「難得回家，他們飯菜都不準備？」

「都我一個人張羅。」

勤美花了些時間聽完汪小姐的牢騷，才將話題再繞回王光群身上，她悠悠問道：「他，還好吧？」

「誰啊？喔！他啊？應該很好，好得不得了。尤其他那阿姨，現在眼睛更是長在頭頂上，去年我們同學會，她到處向人炫耀王光群是她姊姊的兒子，是她外甥。哼，其實外甥又怎樣？外甥有錢不表示她有錢，難道她外甥會把錢搬到她家，成為她家的錢？臭美而已。」

勤美才問一句，汪小姐就一籮筐說了好大長串。勤美仔細聽，仔細發問：「我……可以請他阿姨出來，我們見見面嗎？」

「啊？你要見雪華幹麼？」

「我，有點東西，想託她還給王……王先生。」

「王先生喔。」汪小姐當然知道勤美口中的王先生，指的是王光群，她好奇問道：「是什麼東西要還給他？」

「一些……私人東西。」

「不能讓我知道嗎？」

「見到他阿姨，就會知道了。」

充滿好奇心的汪小姐知道也問不出所以，只好閉嘴。除了對勤美有愧疚感外，汪小姐會答應為她奔走問詢，其實更大的原因還是強烈的好奇心。如今王光群已非泛泛之輩，勤美也結婚生子，卻還有和他聯繫的理由，那會是什麼呢？

勤美在家守著家用電話機，苦等了三天，終於等到汪小姐的回音。

「雪華問你要轉交什麼東西給她外甥？她說已經那麼多年了，什麼都過去了，各自有各自生活，何必……。雪華還說，其實他們姊妹現在也不常來往，去年還想讓她兒子進去他們親家公司上班，聽說王光群媽媽一口回絕，還把雪華罵了一頓，說好多難聽的話……。」

汪小姐電話裡說得含糊曖昧，勤美想要知道更多，當然不是電話裡三言兩語說得清楚。她約汪小姐晚上見面，說一直很受汪小姐照顧，上次連早餐也不讓她請，所以一定要請汪小姐吃頓飯。

「晚上啊？不行，我晚上很少出門，要顧家裡兩個老的啊。」

「那麼，明天？明天周末，我們去麗晶酒店喝下午茶。」

「麗晶喔？好久沒去了。」汪小姐十分心動，說：「現在好像改叫晶華了。但是不要你請，各付各的。」

「好。」只要汪小姐肯見面，勤美什麼都會說好。「我來訂位。」

中山北路上的晶華酒店、老爺飯店，勤美都曾經和汪小姐去過，吃那種自助式吃到飽的下午茶，滿桌滿檯的食物，生冷、炒、炸，中式、日式、西式，甜的、鹹的……。兩人由生魚片、生菜沙拉，吃到炒螃蟹、燴牛肉、咖哩雞、炸春捲、德國豬腳……，最後還有提拉米蘇、草莓蛋糕、布朗尼……配卡布奇諾。哈根達斯冰淇淋和水果，則是最好的句點。

經歷滄桑的勤美，已經不似當年把胡吃海吃當成樂趣，她此刻只是不停的將一盤取來的沙拉，用叉子攪拌過來又攪拌過去。面對著仍然胃口極佳，食物一盤接著一盤歡愉吃喝的汪小姐，勤美只希望她能說出更多有關王光群的消息，就算說的是王光群的阿姨、王光群的父母、王光群的表哥……，都可以，只要和王光群有關聯的她都愛聽。

汪小姐知道的事其實也很有限，說來說去，重複最多次的仍然是王光群阿姨的抱怨，說近幾年和王家來往並不密切，兒子和女兒想找工作，希望姊姊、姊夫向他們有錢親家說項，卻都被拒絕。

「為什麼？以前不是說王先生母親和他阿姨感情很好嗎？」勤美追問著每個細節。

「雪華電話裡好像也不想說太多，不過聽得出來，很不滿意王家有了闊親家，身家地位今非昔比，眼睛都長在頭頂上，不太看得起雪華他們一家人。你也知道，雪華老公只是個小公務員，一般上班族，在有錢人家眼裡沒什麼看頭的。」

「要幫兒子、女兒找工作？」

「其實那不是重點，雪華說只提了一次，她姊姊就每次都說雪華家的孩子沒多大出息，雪華氣得要命。」

「喔！」勤美沉吟後說：「他表哥我見過。」

「是嗎？哪裡見到？」

「和王先生一起時，路上遇到。」

勤美還記得王光群表哥叫葉國誠，那天她和王光群去西門町看電影，遇上也來看電影的表哥夫婦，表嫂懷孕挺著大肚子，四個人站在商店騎樓底下寒暄。事後王光群捏著勤美手說，好在我們看不同的電影，不然二加一，三個電燈泡照著，妨礙我們談戀愛呢。

王光群的話讓勤美感到甜蜜，這是他第一次明明白白的說出他們是戀愛的關係。勤美回家後又再三回味，她的心因為被愛而雀躍，甚至高飛起來。

「他爸爸、媽媽還住原來地方嗎？」勤美問道。

「不知道耶。」汪小姐停了刀叉，從餐盤滿滿的食物堆裡抬起頭來，問勤美：「你去過他爸媽家？他那時候帶你回家？還介紹你給父母認識？」

其實勤美沒有進去王家，也沒見過王光群父母。是一天晚上王光群帶她去國賓飯店的一樓咖啡廳吃晚餐，說那裡的咖哩飯很好吃。可能是和喜歡的人一起，咖哩飯真的很美味，侍者還端來各種配料，勤美加了好多葡萄乾、杏仁片在牛肉咖哩飯裡。

吃完飯兩人散步談心，一走就是兩、三小時。他們由民生東路穿過松江路、建國北路、復興北路，一直走到敦化北路……。王光群問勤美累不累？勤美搖頭，她滿心希望和身邊男人像這樣手牽手，有說有笑的永遠永遠走下去。

「都走到這裡了？我家在富錦街，帶你附近看看。」

寬闊的敦化北路上辦公大樓林立，還有五星級飯店、百貨公司，進入民生東路四段，富錦街就藏在巷道裡。那一帶是臺北市中心少數道路種植了綠樹十分蔥郁的地方，榕樹、菩提、楓香……，宛如進入一條綠色隧道，而且還能清晰嗅聞到陣陣植物的青澀香氣。

勤美用心感受著附近的氛圍，這裡是王光群居住的地方，完全不同於自己住過的違章建築和國民住宅。王光群家是路邊一棟四層樓公寓的一樓，公寓本身很普通，水泥外牆，家家陽臺裝了防盜的鐵窗。但是他家用紅磚砌牆，別致漂亮，院子前前後後種植了花草，茂茂密密，扶疏的枝葉還竄出了紅磚牆外，有桂花、芒果樹、雞蛋花，因為正值盛夏，綠色小芒果結實纍纍掛在枝頭；雞蛋花也正盛開，一株開著白花，一株開滿紅花。

王家大門漆成大紅色，紅磚牆上卻釘了一隻綠色信箱，十分醒目。勤美由牆的外面就可以隱約聽見屋內開著電視的聲音，客廳毛玻璃窗透出溫暖的黃色燈光，讓路過的人都感覺到溫馨。

「我媽一定又在看連續劇了。」

王光群邊說邊牽起勤美的手，要往家大門走。勤美本能的退後了一步，她在想，這樣的家，應該不是她能輕易走得進去的吧？

「怎麼啦？」王光群將她的手握得更緊了，溫柔的說：「要不要進去打聲招呼？」

「啊？太……晚了，快十點了，下次吧。」

「快十點了嗎？怎麼跟你在一起，時間就過得這麼快？那就下一次吧。」王光群爽朗笑著，說：「那我們再走走，反正明天周末你不用上班。」

「還走？要走通宵嗎？」勤美為了隱藏不安，想用笑語帶過。

結果兩人竟然真的走了一整夜。當然也不是全程走路，他們由松山機場走往中山北路圓山一帶，然後兩人都累了，坐在行人鐵椅上聊天到天亮。那天晚上也是兩人第一次接吻，勤美很意外，沒想到那樣斯文的男人，原來接起吻來是那般狂野，像是剛放出柵欄的猛獸似的，抱著她糾結舌吻，雙手更是肆無忌憚，在勤美胸乳和下體狩獵。勤美內心深處的情慾，終於也被完全喚醒，她回應了相同的熱情。

那是個令勤美永生難忘的夜晚，就因為有過那樣的夜晚，而且是無數個那樣的夜晚，勤美才如此意志堅定，在事隔多年後，堅持要再見到王光群，問他為什麼？許許多多的為什麼？

「問你話呢！」汪小姐沒有放棄追問：「他到底有沒有帶你回家見過父母？」

「這……，不重要了。」勤美說。

「但是，還是意義不同。見過父母，……就不一樣囉。」

勤美不看汪小姐，只是玩弄著桌面上的玻璃小胡椒罐，停頓了好久，才再開口道：「當然，當然見過他爸媽，去過他富錦街一樓的家。」

汪小姐感到意外，甚至有點生氣的說：「原來雪華騙我，那時候她說得輕描淡寫，說你們連手都沒牽過，根本不算戀愛，只是普通朋友。」

「是嗎？」勤美並不生氣，只是玩著小胡椒罐的雙手有些顫抖。

「是啊，她是這麼說啊！」

「什麼時候說的？」

「你們分手那時候，你不是叫我去問分手原因嗎？」

汪小姐仍記得，那時候勤美每天對著她哭，說她不是不能接受分手，但總要給個理由。汪小姐當然知道女人要理由，就是接受不了分手的事實，但是她也不好說穿，就叫勤美自己去問王光群。勤美哭得更傷心了，說話都接不上氣，分了好幾段才說完：「就是……，找不到人，他……，不接電話，打去他家……，總說不在。又……，又說沒這個人……。我……，我，你，叫我怎麼辦？……怎麼找他問……？」

勤美辦公室裡哭，蜜蜂咖啡廳裡也哭。有時候只是紅著眼圈默默的掉眼淚，有時候則是哭得抽抽搭搭，一把鼻涕一把眼淚。汪小姐最害怕的，則是勤美不分時間、地點，尖著嗓子哀號，好幾次兩人走在馬路上，她也不顧周圍路人目光，說哭就哭，還夾著尖銳號泣。

汪小姐是給勤美哭怕了，她打電話去老同學李雪華家。雪華卻說外甥和勤美只是普通朋友，根本不算戀愛，也談不上分手。語氣中明顯的是怪汪小姐多事，怎麼還來問這樣的問題？也怪汪小姐介紹了根本不適合的人。

汪小姐受了一肚子窩囊氣，當時便源源本本把雪華的話轉述給勤美聽過，但這時才發現，原來勤美已經都不記得了。汪小姐感嘆一聲後說：「勤美啊！我看你現在也過得不錯，有老公，有孩子，房子也是自己的，以前的事，就都不重要了。」

「當然，過去就過去了。」勤美挺了挺胸，讓自己坐得更正更直，然後仰起臉告訴汪小姐：「我不是過得不好才想找他，只是想把一些當年的東西還給他。」

「啊？寫給你的情書嗎？」

王光群和勤美交往時，家用電話已經相當普遍，住在同一個城市的男女，很少以通信戀愛了。勤美所謂要還給王光群的東西，是當年王光群借給她或送給她都沒說清楚的一本小說，托爾斯泰的《復活》。

勤美收到書時看了一遍，王光群失去聯絡後她又看了兩遍，生下由由後勤美又再看過兩遍，每一次看都有不同的感受，但最讓她堅定相信的是，王光群終有一天會如男主角一樣，再回到她的身邊。難道那就是個「徵兆」？象徵著他們不幸的愛情？她和王光群第一次約會，竟然得到的就是這樣一本書。

那本《復活》是民國七十五年出版，沒有翻譯者姓名，可能翻印自大陸，譯筆尚稱流暢，只是多處地方還是必須閱讀者自行解讀，但是好過許多勤美看了卻讀不下去的翻譯小說。書早已經被勤美翻得又舊又皺，一直藏在勤美的床頭櫃抽屜裡，除非物歸原主，她不可能輕易將書交予外人，因為那是唯一見證了他們曾經相愛的印記。沒有情書，沒有照片，她跟王光群的愛情，除了那本書，再沒有留下其他證物。

「今天不說這些。」勤美適時的轉了話題，說：「我老公也說，一直受大姊照顧，一定要請大姊吃一次飯。他對臺北餐廳可熟了，這樣吧，我叫他帶我們去新同樂吃魚翅套餐。」

勤美其實沒有吃過魚翅套餐，但他聽黃家輝說嘴，誇耀說多麼的高檔、美味。

「東區一品大廈那家嗎？」

勤美並不確定餐廳的地點，但她點點頭。由魚翅套餐繼續說起勤美的老公，勤美告訴汪小姐她老公是電影製片，每天進出大筆資金；因為臺灣電影這兩年不太景氣，最近正打算接拍連續劇。

下午茶結束，勤美直接在飯店大門口叫了計程車，要送汪小姐回家。汪小姐不好意思讓勤美送，一直說不順路。勤美說：「沒關係，小繞一下而已。」

勤美送了汪小姐回松江路，再坐原車回家。這一趟計程車費不便宜，中途她也想過下車換公車回去，或者中山北路上坐捷運到石牌，然後走路回家。淡水線的捷運不久前開通了，她搭乘過幾次，只是石牌站下車後還得走二十多分鐘才到家，對她而言並不是很方便。但是坐捷運不用等紅綠燈，車班固定，好處還是多過壞處。

最後勤美沒有換車，選擇了直接坐計程車回家。因為她累了，說了一個下午的話很費力氣，心更累。只是真正讓她不想換省錢的大眾運輸工具回家的原因，是她想假裝一次貴婦，在五星級飯店用餐後，不用斤斤計較一塊錢、兩塊錢車資的貴婦。

但是才踏出計程車，勤美就後悔了，她不是什麼貴夫人，她是必須為了一塊錢、兩塊錢斤斤計較，才能生活下去的女人。這樣花費兩百多塊錢的車資，加下午茶的支出，雖然各自付帳，一個下午她還是花掉七百多塊錢，足夠她和由由一個星期的伙食費用。

爬上四樓推開家門，疲累不堪的勤美更是一古腦的哀怒攻心。又窄又小的舊公寓客廳裡，擠坐著她母親，還有由由，讓她更為不悅的是黃家輝竟然也在家裡，祖孫三人正和樂融融的看著電視歌唱節目。

勤美母親是下午被勤美臨時召來看顧外孫的，其實她一點也不喜歡見到這個不顧家不負責任，還經常外宿不回家的女婿。但是每次遇見，她又不能不忍住氣和他閒話家常。否則怎麼辦呢？勤美和他到底沒有離婚，他又是由由的爸爸。好不容易盼到勤美回來，勤美母親立刻說要回家去。

「吃過晚飯再回去嘛。」黃家輝說。

「你們自己吃，我回去了。」

母親走後，勤美為了不想面對黃家輝躲去廚房，又聽見由由在客廳說肚子餓，勤美打開冰箱，發現裡面除了一把空心菜，什麼也沒有

「我們出去吃飯吧。」黃家輝揚著嗓子對廚房裡的勤美說。

「你帶她去吃，我吃過了。」勤美站在廚房回答。

由由則吵著說：「媽媽也去。」

黃家輝順應著女兒，也說：「吃過就再吃一點啦。」

勤美從廚房出來，看見黃家輝手上正玩著一支比巴掌還小的黑色行動電話。那年頭只有中華電信獨家釋出少量行動電話門號，有錢也不一定申請得到，黃家輝不知花了多少錢多少工夫，才弄到了門號和那支小巧的摩托羅拉翻蓋手機。他當寶貝一樣的把玩著，剛才一定是礙於勤美母親在，所以忍住沒拿出來，這時好不得意的掏出手機給女兒玩，還說：「可以講電話喔，不用電話線，直接可以通話，任何地方都可以收到電話或打電話。很貴耶，小心拿，別掉在地上，掉地上五、六萬塊錢就飛了。」

由由覺得新奇，將小型電話正過來看又翻過去看。黃家輝還教她怎麼撥打、怎麼接聽，父女倆玩了好半天電話，才商議好去大馬路上麵店吃牛肉麵。

麵店裡，黃家輝難忍炫耀，又拿出他的行動電話，放在油膩膩桌上，惹得端麵的小女生忍不住好奇，眨巴著清澈的大眼睛，問說：「最新的小手機喔？很貴吧？」

黃家輝就怕沒人問他，有人問正中下懷，他得意洋洋道：「貴喔！光機子就四萬多。」

「這麼貴？好用嗎？講電話清楚嗎？聽說根本排不到門號。」

「很難很難，託了點關係才拿到門號的，電話機子也要預訂，等很久喔。不過真的很好用，清楚得不得了，只有地下室收訊比較差。」

「這種手機真精巧，不像那種水壺一樣的大哥大，醜死了。」

「是啊，現在沒人用那種了。」

兩人說得高興，黃家輝還將手機遞給小女生把玩，又教她如何使用，但最終還是沒有撥號通話給她聽，因為通話費很貴。小女生才一走開，那支手機竟然滴鈴滴鈴響了起來，幾乎全麵店的人都投來好奇又羨慕的目光。

黃家輝等電話鈴又響了一陣，完完全全感受了眾人豔羨的目光之後，才慢條斯理翻開電話掀蓋，將小機器湊近左耳，大著嗓門說道：「喂！喂！誰？誰啊？」

是一通不適合在勤美面前接聽的電話，黃家輝講沒兩句，人就離開了桌子，也離開了麵店，乾脆出去外面講。當然是女人來的電話，勤美不用聽也知道。

黃家輝背著勤美有女人，根本是由由沒出生就開始的事。勤美知道的第一個女人，是黃家輝當時拍戲的場記，五專剛畢業什麼都不懂的小女生。黃家輝在她眼裡簡直是百變神通，導演交代的話，他什麼都有本事辦到；聊起天來，活脫一部臺灣電影史，老導演、新銳導演好像沒有黃家輝不認識的。每天收了工，他又是用那輛老爺車，載著小女生復興南路青粥小菜吃消夜；沒通告的日子一定約了去吃西餐……。對於丈夫的老招數，勤美十分熟悉。

黃家輝是個家裡待不住的人，要他守著一個女人過一生，根本是不可能的事。勤美當初就是沒看清楚這一點，還以為既然有了孩子，這男人又答應結婚，應該會收心守著妻女。不是常聽人說，男人婚前玩過，婚後便不會暈船？但是黃家輝並不是。勤美她婆婆可以說是知子莫若母，婚後勤美才聽黃家輝母親嘀咕道：「從小就愛玩，成天外面跑，家裡一刻也坐不住的人，你叫他別出門，哪有這個可能啊？」

勤美是婚後孩子都生了下來，她婆婆才這麼告訴她。那時候小場記已經和黃家輝分手，據說是交了新的男朋友。被人甩了的黃家輝那時又沒有新戲開拍，確實在家安分了好幾個月，只能偶爾出去和些狐朋狗友喝酒打屁而已。

丈夫三天兩頭不回家，勤美生氣和他吵鬧；當丈夫天天回家，她還是生氣和他吵不停。不是勤美矛盾，而是這個丈夫沒有一點讓她看得上眼的。他不回家是去睡別的女人；他回家則天天酒氣沖天，還會吐得整間屋子惡臭熏天，勤美得收拾善後。後來的日子，勤美寧願他別回來，睡哪個女人都可以，就是別再回來惹人厭。

小場記之後，黃家輝又認識了百貨公司化妝品專櫃的女店員、糕餅店的女店長、餐廳女服務生……，都是他馬路上追求來的，就像當初他追勤美差不多的伎倆。其中和黃家輝維持關係最久的，是一個年紀大黃家輝五歲的貿易公司職員，她上班的公司離黃家輝父母家不遠，有天黃家輝回父母家，進門就嚷餓，他媽說沒燒飯，叫他去巷口吃飽了再回來。

辦公樓多的地方，上班的人多，小餐館就多。到了中午午餐時間，每家小店都擠得滿滿的，尤其是黃家輝中意的那家排骨飯，因為排骨厚實、配菜多、價錢便宜，所以每天中午小店擠得水泄不通，客人都得併桌吃飯。黃家輝走進店裡，雖然一屋子人沒有一張空桌，但是他立刻便相中了他要坐的地方。一個背坐著的單身女子，身材高䠷，燙了波浪鬈長髮，穿著合身的小洋裝，黃家輝雖然只看見背影，便知道那是他的菜。

黃家輝之後是有些微辭的，勤美也是聽她婆婆抱怨才知道。

「那個姓林的女人，年紀比他大很多，兩個人搞不久的，你就別管他們，自己帶好孩子。連阿輝自己都說，後來才知道她年紀這麼大，長得又不怎麼樣，當初只看見她背影……。」勤美婆婆猛然發現自己說多了，頓了一下，才又繼續：「反正不會長久，我也罵過阿輝好多次。」

勤美婆婆錯估了情勢，黃家輝和那姓林的女人糾纏在一起時日很久。由由十歲念國小四年級時，勤美和女兒在士林馬路上遇過兩人一次，果然像她婆婆說的，女人年紀看得出比黃家輝大，只有身材好但不漂亮，臉長長的，皮膚粗糙，還有些牙花外暴。她穿件極緊身的藍白條紋超短洋裝，繃出好身材，胸是胸屁股是屁股，露著修長的雙腿，如果不是知道她在貿易公司上班，還以為是做特種行業的女人。

那女人看見勤美母女，一臉不關己事的別過臉去，只假裝看櫥窗裡展示的新到貨春裝。比較尷尬的是黃家輝，尤其要面對已經懂事的女兒，他擠出滿臉笑容，問由由：「吃過飯沒有？」

由由只點頭，什麼話也不說，甚至爸爸也沒叫。

黃家輝又問勤美：「不上學？帶她哪裡去啊？」

那幾天學校放春假，由由根本不用上學。勤美帶女兒出門買球鞋，由由的鞋前面已經開口笑，惹得其他小朋友笑了她很多天。但是看著黃家輝和那女人，勤美什麼都沒說，像對待陌生人一樣，牽起由由走開了。

母女倆走了好遠以後，由由才開口問勤美：「你怎麼不罵他們？你就是這樣，什麼都不管，只管你自己的事。」

「我……」勤美一時間不知道該如何回答由由，她空張著嘴。

由由卻不需要她的回答，狠狠的甩了一下頭，說：「我再也不要叫他爸爸了。」

勤美一直都在想，由由是多大的時候知道黃家輝外面有了其他的女人？她實在想不起來。可能是她真的關心女兒不夠，大半時候勤美的腦子裡想的都是別的事。她和一般人一樣，以為小孩子不懂事，不會知道大人所作所為。其實這是錯的，光是周遭的氣氛，就足以讓小孩子明白大人發生的一切。

由由應該在三、四歲就知道她的爸爸不同於一般的爸爸，不定時回家、常和媽媽吵架、奶奶也常提起另外的女人。上小學後她就什麼都清楚明白了，爸爸外面有女人，每個月會拿生活費給媽媽，如果他沒給錢，媽媽會叫她去找奶奶要錢。奶奶通常會很不高興，勉強給個幾千塊，所以隔幾天還得再去要一次。

由由十歲以後沒有再叫過黃家輝爸爸，她怨恨爸爸，同時也不喜歡媽媽，這個媽媽總叫她去討債，還經常閃神，成天心不在焉，對女兒很少理會。

不只是女兒，所有人都覺得勤美魂不守舍，每天飄飄忽忽的，不知道腦子裡都想些什麼。可是勤美自己很清楚她在想什麼，她想的可都是很重要的事，做的也是很重要的事。

4

勤美聽從了女兒臨出門交代的話，冰箱裡取出兩片披薩，用小烤箱熱來當做午餐。電視已經開始播報午間新聞，勤美就坐在舊沙發上吃披薩看電視。家裡是有張四人餐桌，但是母女倆都從來不在餐桌上用餐，黃家輝也幾乎沒在家吃過飯。由由國中後需要用電腦，餐桌就成了電腦桌。

由由的桌上型電腦只升級過一次，她上大學時自己去光華市場買了臺體積精巧可愛的電腦主機回來，將原先龐大占據了半張餐桌的舊電腦主機換掉。桌上電腦先是由由使用，寫功課、搜尋資料、上網和朋友聊天。後來勤美也學會上網，寫 email、打關鍵字搜尋……。直到由由打工賺錢，買了第一支智慧型手機後，桌上型老電腦就很少碰過，從此成了勤美專用。

網路世界無邊無界，但是對勤美而言，卻無甚意義。她只透過由由買的小喇叭用電腦聽聽音樂，電腦上有收音機FM古典音樂臺，電臺播什麼她就聽什麼，並不挑剔，反而還經常有驚喜，因為聽見熟悉或喜歡的曲目。另外勤美就是搜尋一下王光群的新聞和關於他的資訊，但都只是些冰冷的訊息，對勤美而言沒有任何溫度。

兩片披薩吃完，卻仍未見重播王光群的獨家專訪。勤美有些失望，關了電視，打開電腦讓悠揚的樂聲充斥了整間屋，讓她不覺得那麼孤單。

勤美在廚房裡清洗碗盤時，耳朵裡聽見自來水聲嘩啦，應和了蕭邦的夜曲鋼琴聲，兩種聲音唐突間，竟然出現了第三種聲音，是刺耳的門鈴響。勤美第一個反應是不相信自己的耳朵，覺得那只是幻聽，這時候誰會來呢？不可能。

勤美耳朵是有點問題，但是到底是什麼問題？因為沒看過醫生，所以她也不清楚。很多年來，她經常在家裡聽見蟬鳴。附近臨山樹多，聽見蟬叫並不奇怪，直到有個下午她在沙發上不小心睡著了，醒來又聽見蟬叫，她這才有些疑惑，明明是氣溫才十五、六度的冬天，哪來的蟬鳴？勤美這才意識到，她聽覺出了些問題，但因為對日常生活沒太大影響，也就不在意。不過從此以後，她對於自己聽見的任何特殊聲音，都開始存疑。

為了確定是不是門鈴聲？勤美特地將喇叭關閉，然後再豎起耳朵傾聽，果然沒有其他聲音了，只是幻聽。但是就在這時候，勤美的手機鈴響起，那是很真實的聲音，勤美忙接起電話。

「喂？」

「你在哪裡？」是黃家輝母親的聲音，氣呼呼的。

「家裡。」

「啊？我還以為你出去了，按了半天門鈴，怎麼也不開門？」

「喔。」

原來真的是門鈴響。勤美按了一樓大門的按鈕，再打開四樓陽臺鐵門，等黃家輝母親爬上樓來。七十多歲老太太爬樓梯相當吃力，勤美等了好半天才見她喘吁吁的爬上四樓，而她身後還跟了個四十多歲的矮胖男人。

黃家輝母親邊喘氣，邊謾罵著：「該死的樓梯，回家要爬，來這裡又要爬。我的膝蓋啊……。」

她罵完才指著身後矮胖男人說，是做泥水的，來看頂樓漏水。勤美相當意外，怎麼突然說要修漏水了呢？房子漏水、嚴重的長壁癌，已經不止十年，勤美向黃家輝抱怨過很多次，黃家輝把事情推給他媽媽，說他媽說舊公寓房子又是頂樓，哪有不漏水的？抓漏不容易，治壁癌更不容易，就算請人來修，過兩年一樣要漏，一樣壁癌會再長。

「那就不管了嗎？」勤美問。

黃家輝討厭這些麻煩事，摸摸鼻子，什麼也沒說，一溜煙人就跑不見了。

房子老舊又是頂樓邊間，兩間臥室牆面早就壁癌斑駁。勤美知道要花錢的事，誰也靠不了，只好自己買了一種便宜的單薄壁紙貼了貼，算是眼不見為淨。等壁紙久了脫落，她再換新的貼上。屋頂漏水她就不知道該怎麼辦了，只要一下大雨，廚房一定漏水。前年開始勤美臥室天花板也開始漏水，慶幸的是漏水不在床的位置。下小雨的時候，就只是天花板汗濕一片，當雨下大了，水會往下滴，勤美就在地磚上擱塊抹布吸水，抹布濕透後扭乾再吸。

黃家輝母親直接帶了泥水包工往屋後陽臺走，這房子上頂樓的方法很特別，不是樓梯間直接上去樓頂，而是要穿越客廳，由廚房後面的陽臺攀爬牆上的鐵踏條，然後掀開很重的鏽鐵蓋，鑽上去樓頂。

泥水包工人雖然胖，但這時便看得出手腳靈活，還適時的幫忙拉了黃家輝母親一把，老太太這才順利的上了頂樓。勤美穿的是寬鬆布袋裝，雖然有些不便，但也勉強爬了上去。

因為上、下樓頂很不方便，加上也沒那個眺望風景的心情，平時勤美很少上來。現在偶一為之，感覺視野很好，雖然附近早已經蓋滿高樓，石牌、天母的天空線改變得面目全非，但是居高臨下，仍然能讓人覺得心胸立時舒展不少。

黃家輝母親對觀景毫無興趣，她和包工指指點點，說這房子有多老，說當初偷工減料，說隔壁鄰居比他們家漏水更嚴重……。勤美最後才終於弄明白了，是因為隔壁鄰居想抓漏重修屋頂，但房子是雙拼公寓，工程最好是兩家一起做。隔壁鄰居找到黃家輝母親，老太太信不過鄰居給的估價單，所以又找了泥水包工來估價。

泥水包工東看看，西瞧瞧，當然也進屋去看了屋內的壁癌，然後只是搖頭，和順著黃家輝母親的話，批評房子蓋得有多糟。根據他的說法，整個屋頂要重做防水隔熱，外牆也要塗特別漆料防止壁癌，水塔也老舊到不堪使用……。至於價錢，他怎麼也不露口風，一再說要回去細算。

送走了包工，黃家輝母親這才在沙發上坐下，喝了勤美倒給她的開水，說：「這些工人都不老實，不知道要算多少錢呢？唉！越是沒錢，越是麻煩多。當初就不該買頂樓，都是我們家老頭子說頂樓好，不吵，不會碰到樓上天天給你拍皮球、釘釘子的惡鄰居。哼！現在好了，要花錢的地方多了……。不光是你們這裡這樣，我們那裡也一樣，跟個錢坑似的，再多錢也填不滿它。怎麼辦喔？真是！」

勤美只是聽，並不吭聲。

黃家輝母親卻越說越亢奮，嘴巴一張一合，一張一合，勤美為了眼睛必須找個落點，她開始集中精神盯住了老太太的嘴巴，那張嘴已經老皺，紋理很多，上面卻塗了不搭調的豔紅色唇膏，而且塗得極不勻稱，讓人看了很不舒服。但更讓人不舒服的，是那兩片一張一合的皺瘩嘴唇，一下快一下慢，一下左撇，一下右撇不停的說著話。

勤美心底有個聲音，幾乎要狂喊出來，說：「不要說了！不要再說了！求求你，不要再說了！」

勤美說老公工作得意，要請汪小姐去昂貴的魚翅餐廳用餐，為的是想要讓汪小姐相信她過得很好，不要看不起她，更不要以為她是因為生活拮据，才想要尋找舊時戀人。

為了去高檔魚翅餐廳，勤美將剛拿到的生活費，全數放在皮包裡帶了出來。打開頁冊印刷精美的菜單，最先映入勤美眼簾的，不是各式套餐的菜名，而是價位。勤美早就有著這是家「昂貴」餐廳的心裡準備，但還是暗暗吃驚，價錢竟然可以貴到這種程度？如果點最頂級的套餐，她皮包裡的錢根本不夠支付。

勤美強自鎮定後，微笑問汪小姐：「比較喜歡哪一種？我老公說剛好有事，不能來。要我一定得好好請人姊一次。」

「隨便，隨便就好，我中午也吃不了太多。」

「喔，這樣……。」

勤美點了午間才特別供應的較低價商業套餐，但每套價位也超過兩千元。不過菜色是沒話說的，除了份量不差的魚翅盅，配的還有龍蝦、鮑魚……。汪小姐連聲的讚美食材新鮮，而勤美則優雅的點頭，臉上始終保持著淡淡的微笑。

坐在這樣裝潢華麗的餐廳，接受貼心服務，享受精緻食物……，這裡的一切是那種吃到飽下午茶所不能比的。當侍者畢恭畢敬的端上咖啡後，勤美輕輕用小湯匙將奶精在骨瓷杯中攪勻，然後抿嘴一笑，開始要將兩人漫無邊際的閒聊，導入她真正想要的話題。她說：「大姊，你一定要幫我。」

「什麼？」汪小姐一時間，還沒從上一個話題轉換過來。

「就是王先生的阿姨……，請她轉告王先生，我在找他。」勤美一把握住了汪小姐的手，繼續道：「大姊，我知道你一直當我是妹妹，很多話只敢對你說，我和王先生那時候，真的很相愛，他說，要帶我去美國，說要結婚……。如果不是他那樣……，我怎麼會這麼傻，就跟他了呢？」

「是啊！是啊！」

「大姊你也知道，我朋友不多，只有大姊對我最真心，這些話，我才願意跟你一個人說。」

「當然，當然。」汪小姐深受感動，她簡單的人生，需要的就是這麼一點溫情。她鼻腔一酸，說：「當然是真心啊。我最受不了那種虛情假意的人。」

「嗯。」

「唉！」汪小姐終於對勤美作下了承諾，說：「我會去找雪華好好談談，我會去幫你說的。」

「大姊。」勤美感激得眼眶都紅了，說：「謝謝你。」

「跟我客氣什麼呢？真是。」

兩個寂寞女人在美食和華麗的餐廳中相濡以沫，得到了各自的慰藉，然後才滿足的步出餐廳。但是，外面仍是那個她們熟悉的現實世界，正以原有的姿態等待著她們，許多許多讓人不愉快、讓人惱怒、讓人勞累、讓人厭煩……，都正等著她們回去面對。

車水馬龍、人聲鼎沸的忠孝東路上，勤美搭上了計程車回家。這次她沒有直接坐車回家，而是在臺北火車站換乘公車，只為了省下百來塊錢計程車費，因為她皮包裡剩下的錢，根本不夠付回到石牌的車資。

因為不是上下班的顛峰時段，公車上人不是很多，但卻沒有空餘的座位，勤美只好單手吊著車環，隨著車子的節奏輕輕搖晃。那樣的搖晃讓她又想起和王光群一起乘坐公車，每當沒有座位時，他總是那麼溫柔又體貼的輕攬住她的腰，然後兩人身軀糾結彷彿成了一體，一起搖晃，搖晃，中山北路兩旁蒼綠的路樹，也就在兩人眼前一棵樹一棵樹悠悠倒退而過。

王光群總是在她耳邊喃喃細語道：「真想和你，一直這樣抱著，搖晃下去。」

「我，也是。」勤美羞赧的回應著。

公車有到站的時候，就像他們的愛情終於還是走到了盡頭。但是勤美不甘心，教她怎麼甘心呢？當年的王光群是她美麗的夢，而如今的工光群更是綺麗得高不可攀。而這個男人又並非只是她憑空的幻夢，曾經那麼真實的出現在她的生命裡，他們牽手、親吻、纏綿……，有血有肉，完完全全的屬於過她，教她如何能夠捨下？

汪小姐是真的盡心盡力了，但是事情並沒有想像中容易。雖然勤美三不五時的催促她，她也只能對勤美兩手一攤，說：「我真的打過八次電話給雪華，約她出來聊天，但是每次她都推三阻四，不是頭痛就是腳痛。」

「說我請她吃飯。」

「也說啦。她說不方便跟你見面，事情都過那麼久了。」

勤美蹙緊眉頭，道：「以為我會……怎樣嗎？威脅他們嗎？」

「我也說啦，說你不是那種人。」

「她說呢？」

「沒說話。」

「他們以為我會害他嗎？」勤美情緒開始激動起來，雙手也不由自主的顫抖，她說：「他們這樣，讓人很生氣。」

「別生氣，別生氣。」汪小姐向來只想息事寧人。「勤美，我看這事就算了，他們不想見面，我們也沒辦法啊。」

「不行。」勤美聲音高亢了起來。

「她不出來，我們也沒辦法啊。」

「大姊，你帶我去她家。」

「啊？」汪小姐沒想到勤美會提出這樣要求，一時間不知該答應？還是不？

「我們現在就去，大姊。」

勤美一把拖起汪小姐，三步兩步帶了汪小姐衝出那間三十元連鎖咖啡店，一點也不在乎其他客人對她們投以的好奇目光。汪小姐怕摔倒，是扯著勤美衣袖、跌跌撞撞出來的，嘴裡仍勸慰著勤美，叫她別生氣，別生氣。

大馬路上來往車輛很多，但是卻總不見計程車，勤美的氣憤不平轉向了攔不到車，說：「要叫車的時候，就一輛也沒有。」

「勤美啊！我們，要去哪裡啊？」汪小姐幾近哀求的問著。

剛好一輛計程車從左邊小巷鑽出來，勤美攔下車，將汪小姐推入後車座，然後吩咐司機：「臨沂街。」

勤美只知道當初介紹他們認識的王光群阿姨住臨沂街，是以前聽汪小姐說的，至於詳細地點，她並不清楚。計程車大馬路、巷道內、左轉右繞一陣後，司機開口問說：「臨沂街哪裡？」

勤美不言語，汪小姐有著騎虎難下的尷尬，磨蹭了一會兒，終於說出：「再往前，過了這個紅綠燈，下一個紅綠燈靠邊停。」

王光群阿姨家在臨沂街一處靜巷內，是棟七層樓電梯華廈，房子不是很新，但也不很舊，應該蓋好不滿十年。一樓的電梯間小小的，大門敞開著，沒有請管理員管理。

汪小姐沒有直接領了勤美乘電梯上樓，她按了五樓的電鈴，還一邊跟勤美說：「人家不一定在家。」

勤美並不言語，傾耳聽著對講機的動靜。半天後，終於等到了反應，對講機那頭有女人聲音問著：「誰啊？找哪位？」

「我啊！」汪小姐是聽出了對方是誰，叫喚著：「雪華，是我汪愛珠。」

「誰？」

「汪愛珠。」

「愛珠？」對講機那頭一點都沒有要開門的意思，女人聲音反而更有了戒心，說：「你，有什麼事嗎？」

「勤美……，勤美你記得吧？她想來看看你。」

對方靜默了很久，久到勤美覺得心臟快要停止跳動了，她緊緊抓住汪小姐手臂，直到汪小姐喊疼她才知道鬆開。

終於，樓上女人有了回應，遲遲疑疑的說：「家裡不方便，我……下樓來好了。」

王光群的阿姨雖說是和汪小姐差不多年紀，但是大概沒來得及換衣打扮，或是本來就不愛打扮，她穿著居家花布褲、舊襯衫，蓬著雞窩一樣灰白頭髮，緊皺著眉頭，一臉不悅的走出了電梯。看上去，人足足比汪小姐老十歲。

「什麼事啊？我外孫還在樓上，我不能跟你們說太久。」

「不會很久的。雪華，這是勤美，你們沒見過吧？」

王光群阿姨一邊搖頭，一邊寒著臉上下掃描勤美一遍。她一臉怨怒，看上去就不是個好脾氣的女人。她沒好氣的說：「沒見過。有什麼事嗎？」

汪小姐搶著幫勤美回答：「勤美想要雪華幫幫她，和你外甥見一面。」

「愛珠，這位小姐是不是頭腦不清？你怎麼也跟著瞎起鬨呢？事情都過去那麼多年，幹麼還要來說些有的沒的？不覺得無聊嗎？」

王光群的阿姨衣著雖然邋遢，但說話犀利。汪小姐被說得相當尷尬，臉上青一陣白一陣，一時間也沒話反駁。勤美則安靜異常的聽著，然後嚅嚅的細聲道：「阿姨，我沒有頭腦不清。」

王光群阿姨就像是氣非從一處而來似的，也不理會勤美說了什麼，自顧的繼續著：「別，別叫我阿姨，我也不是你阿姨。你們現在一直來找我也沒有用啊！不是告訴過你了嗎？我姊、我姊夫現在發達了，看不起人呢！我們根本不想和他們來往。我跟你們講這些幹什麼？反正，不關我的事，找我也沒有用。」

「可是……。」勤美一點也沒有就此放棄的意思，她說：「那請給我王光群地址，我自己去找他；電話也可以，拜託您了。」

「什麼電話、地址？不是跟你說了好久沒來往，哪來的電話、地址？人家現在住美國……。」

「美國嗎？」勤美追著問：「美國哪裡？」

「不知道。」

「阿姨，請你幫幫忙，我會很感激你的。」

汪小姐也開口幫勤美：「雪華，你就幫幫她吧。」

「啊！真是的！」王光群阿姨看著是不耐煩到要翻臉了，說：「真是說不清耶！好了，好了，我要上樓去了。」

勤美原想拽住王光群阿姨不讓她進電梯的，但是剛好有同棟樓住戶走了進來，是個人高馬大的中年男人，他還和王光群阿姨打了招呼，勤美只好縮手，眼睜睜看著電梯門無情的闔上。那一剎那，勤美有著再次落入深淵谷底的絕望，她按著怦怦亂跳的心臟，要不是汪小姐一把扶住，她一定摔跌在了水泥地上。

雖然絕望，但是勤美沒有放棄希望，在見過王光群阿姨之後，她開始經常漫無目的的徘徊在王光群阿姨住家附近。勤美每次都是由由上學後，她轉乘公車到金山南路、濟南路口，然後穿過濟南路，慢慢踱步往臨沂街。

那幾條路走了五、六趟後，勤美已經相當熟悉。濟南路上有很多菜館，做活魚三吃，家家生意都不錯。臨沂街巷子裡都是住家，環境清幽，上班上課時間，很少有人來去。附近有個小公園，如果勤美不是在王光群阿姨家樓下徘徊，她就是坐在小公園的翹翹板上冥想。

勤美就這樣在附近走來走去，長達一年之久。她沒有去按王光群阿姨家的電鈴，因為她覺得還是等等，等時機成熟。至於何時才是成熟的時機？她也無法確定，就這樣一直等待，春、夏、秋、冬都經歷一遍，漫漫等待著。

有一天半夜裡，勤美家裡睡不著覺，聽見一個聲音不停提醒著她說：臨沂街，臨沂街，去找他們，去找他們……。勤美終於知道她應該做點什麼了，她不能總是什麼也不做的惶惶終日。勤美將熟睡中的由由搖醒，她帶著孩子乘計程車去找母親。

被勤美捶門叫醒的母親嚇了一大跳，捧著胸口開門問她：「什麼事？大半夜的，發生了什麼事？」

「我要去個地方，幫我帶一下由由。」

「去哪裡？這麼晚？」

勤美將女兒像貨物般塞給母親後，掉頭便走，並不回答母親追在她身後拚命的追問：「去哪裡？大半夜的，要去哪裡？」

勤美坐上來時的計程車，直奔臨沂街。下車後她不計後果的，一指就按下了電鈴，因為夜已深沉大家都睡了，勤美半天等不到任何回應。冷風像刀片一樣的灌進她單薄的裙衫裡，勤美凍得直打哆嗦，但她還是相當堅持，將門鈴按了又按，一次比一次按得重，按得急。其實她也明白，這麼做不一定會得到什麼結果，但她就是抵擋不住非要那麼做的衝動。

王光群阿姨全家老小，都被電鈴聲驚嚇得一一醒來，個個憤怒不已，尤其問清楚按門鈴的是勤美後，王光群阿姨直截了當罵她道：「你是瘋子嗎？知道現在幾點鐘？兩點半，半夜兩點半。」

「請您開門，我只想找您說句話。」勤美哀求著，她甚至想跪下，如果對方看得見的話。

「不能開。」對講機那頭是個年輕男人，怒聲怒氣道：「報警！打電話報警！」

「不好吧？」

「有什麼不好的？這是騷擾！打電話報警。」

「請開門……。」勤美仍然苦苦哀求。

五分鐘後來了嗚嗚鳴笛的警車，走下兩名管區警員對勤美盤問，還將她帶回警局。那是勤美第一次進警局，她被帶到一間類似會議室的地方，然後有警察問她話，還做了紀錄。

年輕員警問勤美為什麼半夜按人家門鈴？不知道那是騷擾行為嗎？問她和那家人是什麼關係？有何恩怨？……？勤美什麼都不說，問她什麼，她都只是低著頭。

做筆錄的年輕警察不耐煩了，使眼色給同僚，說：「她……，秀斗？」

勤美仍然沒抬頭，但這時卻開口說話了：「你說我瘋？我就瘋！我就瘋吧……！」

王光群阿姨一家，沒有出面指證勤美有其他罪行，也聲稱不認識她，所以對警察局而言，勤美犯的案件不算大事，很快就草草了結。

勤美母親牽著睡眼惺忪的由由趕來派出所，將勤美帶回了國宅娘家。國宅房子越來越舊，也越來越髒亂，屋外環境不用說，就連屋內也牆壁斑駁，家具搖晃。更糟的是狹小空間裡，母親還堆滿了雜物，多半是些撿來的或捨不得丟，卻又一無用處的垃圾。

母親讓勤美坐了唯一空著的凳子，自己坐在堆疊的舊雜誌、書報上，一頭白髮的母親一直嗚嗚咽咽對著勤美流眼淚，問她：「你這樣鬧，要鬧到什麼時候？勤美，你到底要怎樣啊？為了由由，就別瘋了。」

「我就瘋，瘋給他們看。」

「給誰看啊？」

勤美沒有回答，母親什麼都不懂，又幫不上忙，勤美不想跟她說任何事。她只要自己知道就好，她沒有瘋，她什麼都清楚，心底像鏡子一樣明亮。

「你婆婆前兩天還打電話給我，說你每天東晃西晃，沒魂一樣，叫我把你帶回娘家。我氣極了，問她這說的是什麼話？她又支支吾吾，意思叫你們離婚。這個死老太婆，天下哪有叫兒子、媳婦離婚的婆婆？」

「她就是。」勤美冷淡道：「她就是這樣的婆婆，希望我們離婚。」

勤美第一次見到黃家輝母親時，她才五十多歲，穿著花色鮮豔的上衣，黑色長褲，是個相當俐落的中年女人。雖然和母親同年，但黃家輝母親顯然要精明許多。只是歲月流逝，再多的精明、俐落，剩下的還是發皺的身軀，和不過如此的一生。

那次也是勤美第一次被帶去男生的家裡認識父母，當時她已經懷有身孕，黃家輝母親看她的眼神極不友善，而勤美則是打定主意，什麼也不說，什麼也不在意。

黃家輝父母住在新買沒幾年的五層樓公寓頂樓，四十多坪房子有著寬敞的客、餐廳，三個不算小的房間。那時大女兒已經出嫁，最小的女兒仍住家裡。黃家輝的大哥和大嫂，住在五樓加蓋的六樓上，可以由樓梯間獨立進出，和五樓的父母保持著有點距離又不會距離太遠的關係。五樓加蓋並不合法，但臺北很多頂樓人家都這麼利用空間，據說臺北這樣的違章建築，數量多到用一世紀也拆不完。

勤美對黃家的公寓有著豔羨，比起她家的國宅簡直天壤之別，但是自尊心讓她絕對不在臉上表露出來。房子新就是容易整理，到處乾乾淨淨，因為是頂樓，周圍棟距又大，光線十分明亮。黃家輝帶著她屋裡四處看著，還小聲告訴她：「我媽說我們也可以住這裡，反正有一間空房間。」

勤美皺著眉搖頭。

黃家輝自己也笑了，小聲說道：「我也說不要，還是住石牌舊房子好了。只有我們倆，多自由啊。」

「你爸……，不太理人。」勤美對未來公公，有著莫測高深的感覺，因為他不太開口說話。

「別管他，他就那樣，沒事。」

黃家輝的父親在郵局上班，不是郵差，說管人事之類，他是個不多話、看起來很老實的人。但結婚之後勤美才了解，感情不好的夫妻一定是各說各話，各自為政；而感情不錯的夫妻，卻是生命共同體。黃家輝父親面對兒女時，經常保持著緘默，其實他所有的意見都傳達給了老婆，再由老婆去向兒女下達指令，所以好話、壞話都讓老婆去說，好人、壞人也讓老婆去當，自己樂得只當個有威嚴的父親。

晚餐後，黃家輝母親對勤美說：孩子都懷了，訂婚就免去，婚禮也簡單些，雙方至親請個五、六桌，意思到了就好。其實根本是他父親的意思，因為大兒子才結婚不到兩年，再次大宴親友，會被人批評為「打秋風」，要紅包。

勤美回到家，母親對她問東問西，問黃家輝父母家房子大嗎？勤美說大。問黃家輝父母對她好嗎？勤美說就那樣。問晚餐吃了什麼？勤美說番茄炒蛋、煎秋刀魚。她母親不悅道：「你第一次去，就沒燒兩個像樣一點的菜嗎？還懷了他家孩子。」

勤美面無表情，說：「他家大哥已經生兒子了，不希罕。」

「不希罕也是他家孫子啊。那……，說到結婚的事沒有？」

勤美就把黃家輝母親剛才說的話說了一遍，母親聽了很不高興，說女兒養這麼大嫁人，當然要請訂婚酒，男方當然要分送喜餅給女方親友。哪有人什麼錢都不想花，就想娶個媳婦回家的？

懷孕已經三個月的勤美，早、晚按時噁心、犯嘔，全身痠痛，胸部脹痛，她再無爭辯任何事的力氣。她哥哥勤立回來，也說：「爭什麼爭啊？以後小倆口好就好，其他有必要計較嗎？都不重要吧？」

勤美低著頭，沒說話。他們兄妹倆見著面的時間本來就不多，遇見了向來也沒什麼好說的。勤美說想睡了，留下母親和勤立說話，自己床上躺著。懷孕後她變得相當嗜睡，母親說很正常，孕婦都是這樣。因為屋子小，勤美房間和外面只隔著一道薄薄的夾板牆，外面任何聲響她都能聽得一清二楚。

她母親抱怨了半天黃家的小氣刻薄，又開始數落勤美的不是，從她脾氣壞一直說到她糊塗懷孕，總是不聽大人的話，每天頂嘴當她這個母親像仇人……。母親說著說著，聲音低了，氣也岔了，是在飲泣。之後勤美便聽見勤立溫柔低沉的聲音，一句一句都在安慰母親。

勤立沒有高大英挺的身材，不是帥氣的長相，但是卻有著低沉穩實、好聽的充滿男性魅力的聲音。母親一定就是在那樣聲調中找到了慰藉，她不再哭泣，又充滿活力的和兒子說東道西，而勤立也極有耐心的傾聽著。

勤美從很小時候就明白，母親疼愛哥哥的心，是她永遠比不上的，這不是簡單一句重男輕女便可以解釋得了。母親看勤立的眼神、和他說話的嬌癡口氣、貼近兒子的柔軟身體……，在在和眷戀脫不了關係。那是另一種愛情，勤美知道那是自己和母親之間沒有的。可能就是這樣的認知，使她一直無法和顏悅色的面對母親吧？

勤美的婚禮，母親雖然諸多不滿，但是在勤立的勸慰下，母親再無意見了。婚禮就照著黃家的意思，在家菜館擺了八桌，宴請雙方親友。勤美家本來就沒多少親戚、朋友，只占了兩桌。新娘子連租婚紗禮服的錢也省了，勤美只穿件沒腰身的改良式旗袍，勉強遮掩住肚子；新郎則穿了套打折買的西裝。新人逐桌敬酒的時候，勤美隱約聽見背後有太太們竊竊私語，嘻嘻笑說新娘子帶球跑。

原先就對這場簡陋婚宴一肚子氣的勤美，聽了更是火上加油，認定了說風涼話的是黃家輝家的親友。酒席上她一直臭著臉，公婆叫她向親戚問候，她也一律不加理會。

她公公不歡喜，叫她婆婆去罵兒子，黃家輝挨了罵，就來質問勤美，勤美恨恨的說：「你們家請來的都是些三姑六婆，背後說的是什麼羞辱人的話？還要我對她們有禮貌嗎？」

散席後，照原先預定好的新媳婦要先去趟公婆家，給阿公、阿媽遺照鞠躬，然後再回石牌。計程車上勤美就和黃家輝吵翻了天，連計程車司機都問說：「你們真的剛結婚嗎？」

勤美說：「你們那樣的家庭……，夠了！」

黃家輝也毫不相讓，說：「你說話客氣一點，我們什麼樣家庭？比你們家徒四壁好得多吧？」

「什麼家徒四壁？什麼家徒四壁？」勤美氣得臉頰通紅，雙手握拳，不停的搥打著黃家輝。「什麼家徒四壁？誰家徒四壁？你今天給我說清楚，不說清楚哪裡也不要去。」

計程車上，黃家輝躲無可躲，也只好任她搥打。

那天晚上兩人沒有去婆家給阿公、阿媽遺照鞠躬，為了這件事，婆媳更是結下心結，黃家輝母親足足罵了他們三年。回到做為新房的石牌老屋，新娘子還砸了杯子；新郎攔不住新娘砸杯子，自己也生氣甩門外出，一走了之。兩人就這樣，各自度過了一個沒有洞房的新婚夜。

5

勤美並不想和黃家輝母親吵架，她知道這位老太太的厲害，不是她輕易能夠贏得了的。所以除了剛結婚那幾年，她會忍不住跟婆婆頂嘴外，往後日子勤美幾乎是每次她婆婆一開口說話，她就閉上耳朵，什麼都不聽；也放空腦袋，什麼都不想，什麼都不回應。

可是帶了泥水包工來估價的黃家輝母親，像鐵了心要找勤美大鬧一場，一解她累積多年的不滿。當她發現勤美根本沒有認真聽她說話，抱怨工程費用有多貴時，她怒不可遏的爆炸開來，指著勤美鼻子叫罵道：「我說話你在聽嗎？沒在聽吧？別人的錢都不當錢，不知道心疼，你知道這樣修個房子要花多少錢嗎？我們家老頭子已經退休了，沒剩幾個錢啦。」

勤美仍然只是呆滯的看著黃家輝母親，見老太太雙手揮舞，蹬腳頓足，口沫四濺數落著錢錢錢：「這麼多年，由由都上大學了，你說說，你幫我們兩老做頓飯沒有？我們喝過一口你泡的茶沒有？人家媳婦不幫忙家事，是去上班賺錢，你呢？每天神經兮兮晃來晃去，沒有魂一樣，鄰居都說你像神經病！你呢？當你婆家是銀行？阿輝是搖錢樹啊？除了會要錢，你還會什麼？」

勤美這時很想提醒老太太，她和黃家輝已經離婚好幾年，早已經不是她媳婦了。不過勤美還是沒說話，保持原本姿勢坐著。

「你也不想想，養你們母女，我們黃家花掉多少錢？還有這房子，如果租出去，一個月少說也有一萬兩萬，也是錢啊！現在又來吵要修屋頂，你真以為我們家開銀行啊？……。」

勤美仍然靜默不語，恍忽間她好像聽見黃家輝母親說著什麼，但也並沒有完全聽明白，是不想明白。要不是黃家輝母親很突然的，伸出手來抓住她的頭髮，勤美會讓她一直說下去。疼痛使勤美本能的甩開了黃家輝母親的手臂膀，這樣的動作更加惹惱了黃家輝母親。老太太叫嚷起來：「你！打我？你敢打我？」

「沒有，我沒有……」勤美軟弱的說。

「造反了！造反了！這什麼世界？你竟敢打我？不行，這樣不行。」黃家輝母親臉漲得通紅，眼睛布滿血絲，她撥打起電話，是打給她最小的兒子。

「你回石牌來，立刻回來。」老太太對兒子疾言厲色的，那頭兒子可能還推推拖拖沒個定論，黃家輝母親火氣更大了，對著手機嗓門提到極限，說：「你這個不肖子，你媽都給人打了，還不回來？好，那就別回來，等著給你媽收屍好了。」

黃家輝母親啪的一聲大力關上手機蓋，然後沙發上一斜，是累了，聲音也減弱不少，但她還是繼續著：「你別以為我年紀大了，就看不起我，以為我好欺侮？別做白日夢了！我今天一定要跟你做個了斷，再也不要不明不白的讓你吃定了我們黃家。等下阿輝回來，等他回來，看你們要怎樣？既然都離婚了，現在孩子也大了，大學生了，不用再拿小孩做藉口賴在這裡不走，這房子我要收回來。」

就像勤美猜想的，老太太果然是來想要回房子。勤美小聲辯駁著，說：「當初離婚的時候，黃家輝說好，只要我沒有再婚，就讓由由和我住下去。」

「他說好？房子又不是他的，他說了能算嗎？我是一直想由由還沒成年，也就算了，讓你們母女住下去。現在由由都念大學，咖啡店打工，會養活自己了，你還霸著房子不走嗎？」黃家輝母親連珠炮一樣，道：「由由就是跟了你這種媽，個性也是古里古怪，看見爺爺、奶奶、大伯、堂哥……，連個招呼也不會打。你是怎麼教孩子的？把個孩子教得這麼沒禮貌，難怪不惹人疼……。」

對勤美而言，黃家輝母親的聲音雖然一直繚繞耳際，但是她只當是幻聽，不想當真。但是說到由由，勤美的耳朵突然清暢明晰起來，她抬起頭，狠狠瞪眼問：「由由怎麼沒禮貌了？不惹人疼了？你們黃家誰真的疼過她？誰不知道你們黃家重男輕女？當初一聽說我生的是女兒，連醫院也沒人來看過一次。」

「誰？誰重男輕女了？你說的是人話嗎？你和你女兒這些年是靠誰養的？這時候罵我們重男輕女？你這女人有沒有良心？……。」

黃家輝母親越說越氣，更加惡聲惡氣，而勤美則又慢慢閉上了耳朵，什麼都當聽不見，一直到門鈴響。最先聽見門鈴聲的也不是勤美，而是黃家輝母親。老太太一邊跑去開門，一邊自言自語：「自己家沒鑰匙嗎？還要按門鈴？」

走進來的果然是黃家輝，嘴裡說著些無關緊要的事：「樓下大門怎麼沒關？這種沒管理員的房子，安全就有問題。」

「你說的什麼瘋話？有管理員的豪宅嗎？我等著你買給我住啊！」他母親念叨著說。

「沒問題，你總會等到的。」

「說得輕鬆，聽你放屁。」

母子鬥嘴，越說還越高興了起來，一直板著臭臉的黃家輝母親，這時給兒子逗得直笑，像是暫時忘了勤美的存在。

黃家輝廚房自己倒了水出來，一口喝完，才問他媽媽：「又吵什麼呢？」

黃家輝母親橫眼一掃勤美，勤美立刻像做錯事的小媳婦般，低頭什麼也沒說。

「你問她！」

「沒話說了吧？剛才多凶啊？還推我。」黃家輝母親繼續向兒子告狀。

「那就是說現在沒事啦？沒事不就好了？」黃家輝邊說，邊看向勤美，這是他進門第一次看勤美：「由由呢？上學去囉？」

勤美依舊不語，但她也認真抬起頭，看著黃家輝。兩人總有半年沒見了，已經年過五十的黃家輝，其實和當年認識時差別不大，指的當然不是外貌，而是個性。他五十歲、六十歲、七十歲……，應該都還是這麼個頑童個性。不過對黃家輝而言，這卻是他引以為傲之事，自認年輕仍然帥氣，以為自己仍然人見人愛。然而還是勤美看的比較客觀，人哪有永遠年輕的？黃家輝雖然沒什麼白髮，頭髮依舊茂密，穿牛仔褲、潮T、時髦球鞋……，但是臉上肌膚紋路、眼袋、法令紋……，都是騙不了人的。

「你看啊！問什麼都不理人。」黃家輝母親又開始抱怨：「從娶她進門，就這樣一直給公婆看臉色。好，今天既然你們兩個都在這裡，我們就把話一次說清楚。阿輝你也不住在這裡，兩個人又簽字離婚這麼久了，我和你爸的意思，是想把房子收回來整理整理。剛才工人也來看過，沒有個二、三十萬解決不了問題的。我們住的房子也老了，都還捨不得花錢修呢。」

「修房子就修房子嘛！幹麼說這說那的？」黃家輝大大打了個哈欠，擺明了跟他媽耍賴。「我昨晚有通告，拍戲拍通宵，六點多才收工，別人都走了，我還得為導演善後，搞到剛剛才上床躺下，你就打電話來了。」

「你不是說這兩年臺灣電影又有人看了？有人要找你做導演嗎？怎麼還在給人當副導演？」

「正在談啊！幾千萬上億的預算，哪有那麼快就談成的。」

「那就是說根本沒影子的事？」

「什麼沒影事？當然有影啊！而且越來越具體了，到時候再告訴你，現在說了你也不懂。」

「我什麼不懂？你當你媽白癡啊？再說房子的事！我說的話，你們到底聽見沒有？」

黃家輝又不由自主的看向勤美，是希望她說句話，最好快點把事情解決，省得麻煩到他。

「你看她幹什麼？」黃家輝母親指責兒子說：「你不是男人啊？自己沒主意啊？」

黃家輝嘻嘻一笑，說：「我當然是男人。但是，也要為由由想一下，她要住吧？」

「由由可以回我那裡住，有間空房。」黃家輝母親說得斬釘截鐵。

「但是……」

「但是什麼？你們都離婚……。我和你爸已經決定了，房子這次一定要收回來。」

「這事……，再說了，媽，你幹麼一定要現在……。」黃家輝又在推拖拉，這就是他的個性，永遠不想面對問題。

勤美自從和王光群來過富錦街後，就不曾再走近這一帶。就連她自己都訝異，她渴望見到王光群，甚至那段漫長傷心的失戀日子，她也不曾想過找到他家去。是因為勤美內心深處藏著恐懼，臆測王光群不會原諒她靠近他父母，若是勤美去他父母家，他可能會連最後的情分也不再顧念吧？

所以十數年過去，勤美找汪小姐打聽王光群的消息、去介紹兩人認識的阿姨家問詢，但就是不敢踏近王光群父母的家。但是勤美的忍耐還是到了極限，王光群的阿姨那裡問不出消息，她只好去到富錦街……。

幾年間大臺北的變化很大，新大樓一棟一棟的完工，許多地方再不是從前空曠的模樣，信義計畫區、木柵、新店、天母、北投、淡水都變了樣貌，但還是有不少老舊社區保持了原先的擁擠、髒亂，而富錦街一帶卻難得的，保持了整潔、清新，成為擁有獨特風貌的舊社區。

多年前由王光群帶領，勤美毫無方向感的進入了這個社區，而現在她必須自己有些道路概念才行。這一天，勤美由民權東路、松山機場這一端走進巷弄，站在王光群當年指給她看的那棟四樓公寓的對街，一樓院屋與當年幾乎沒有兩樣，一樣透出溫暖的燈光，院子前前後後一樣花草扶疏，大樹枝葉茂密得竄出了牆外，一樣的桂花樹、芒果樹、雞蛋花。勤美怎麼也忍不住自己的眼淚，直直流個不停。此刻她甚至仍能感覺到，王光群牽著她的那隻屬於男人的大手掌上的熱氣。

勤美經常的前往富錦街，是由由小學畢業前一年，距離她半夜狂按王光群阿姨家門鈴、被帶去派出所，已經事隔兩、三年。同樣也是因為半夜裡，有個聲音提醒了她，說她應該去富錦街看看，王光群的父母可能還住在那裡，她應該去……。

白日的富錦街兩旁路樹和家戶栽種的各類植物，將整個社區打造得綠意盎然。夜晚它又呈現出另種風貌，各家各戶燈火隱約閃爍在樹木花草裡，那樣的燈火顯得特別的溫潤。

勤美白日裡去，夜晚也去，用心的默記了那房子裡的那個房間何時開燈？又何時關燈？夏天裡通常是下午六點過後客廳的燈會最先亮起，若是冬季天黑得早，下午五點半不到燈就開了。之後，就是其他房間的燈開開關關，應該是主人家進出房間或洗手間。通常十點後，客廳全黑換成後院某個房間亮起燈，是主人預備就寢。大約半個小時後，整棟屋子就再次陷入全黑，是都睡下了。

勤美只能利用女兒上學或夜晚時間來守候，為了避免引起鄰居注意，她經常調換位置。約莫一個星期後，她才第一次看見那扇紅漆淡舊的大門終於開啟，走出一位衣著講究的老先生，西裝雖然不新，但是質感極好，皮鞋一塵不染，老先生人往外走，還不時回頭和院子裡的人說著什麼。勤美立刻認定了那是王光群的父親，因為他和王光群有著一樣的容長臉形，高高個子。

高個子的老先生走出巷道，轉往民生東路。勤美一直緊跟在他後頭幾十公尺距離，她不知道老先生要往何處，也不知道自己如此尾隨又能做些什麼。雖然什麼都不知道，但是她就這樣跟了下去。

老先生邊走邊回頭，起先勤美還以為自己被發現了，後來才知道，老先生是想招計程車。路上竟然半天不見一輛空車經過，老先生可能走累了，乾脆馬路上停住腳步。勤美也隨即駐足，還本能的退後兩步，躲進商家騎樓底下，一直到老先生攔到計程車，揚長而去後，她才鬆口氣，慶幸自己沒被發現。

回家的路上，勤美在想自己想太多了，王光群父母根本沒見過她，怎麼可能發現什麼呢？那一晚勤美徹夜沒睡；她經常性的失眠，像這樣整晚瞪著天花板無法闔眼，是相當痛苦之事，但是這一晚她並不覺得辛苦，反而整夜亢奮不已，因為她看見了一絲希望。王光群父母仍然住在舊居，那麼王光群一定會回去那個家，她終有一天會在那裡見到他的。

一個月之後，勤美完全了解了老夫妻的作息。只要是晴天，王光群母親一定早上七點鐘穿著舒適的衣、褲，出門去做運動。附近小公園裡有一群老人，大家一起做些簡單運動，抬抬手，踢踢腿，擺擺腰。王老先生早上是不出門的，老太太做完運動，公園裡再和人閒聊兩句，然後附近豆漿店買了燒餅、飯糰、豆漿回家。偶爾也會換個口味，帶麵包、三明治回去，有時候也什麼都沒買就回家了。

老夫妻倆每星期帶外傭出門買兩次菜，多半避開周末。星期六中午，老夫妻會穿戴整齊，一對中年夫妻開著車來接他們，勤美猜是王光群的姊姊和姊夫。大約下午三點多鐘，就又都回到家，應該是外出用餐。王光群姊姊、姊夫會繼續留下來陪伴老夫婦家裡吃晚餐。黃昏時外傭出門去超市補買些菜蔬，大概八點後，停在大門口的車才噗噗的開走了。

老夫妻生活單調、規律，除了王光群姊姊、姊夫來家，偶爾也有些親友走動，但次數不多。

勤美也規律的每天早上七點不到，就由石牌趕來加入王光群母親參加的運動小團體。公園裡運動的除了老人，也有些中年家庭主婦，所以勤美的出現並不突兀。頭兩天沒有人找勤美說話，勤美也不與人交談，她站在距離王光群母親五步之外的地方，學人家甩手、扭腰，和頻頻注視著王光群母親的一舉一動。勤美想找個合適的機會認識她，和她說說話。

數天後，一位六十歲上下的太太，主動與勤美攀談起來，問她家住附近嗎？以前怎麼沒有見過？還說早上運動最好，空氣新鮮，叫勤美一定要持續下去。勤美雖然說話緩慢，但有問必答，很快的便與那位周太太熟稔起來。

周太太的老公前兩年過世，兒女各有家庭，老屋只剩她一個人獨居，大概很寂寞吧，見勤美好性情，肯聽她長篇大論說話，便抓著勤美大話家常。周太太最喜歡的話題，是讚美她一對孫子、孫女可愛，聰明，還隨身帶著孩子們的照片。勤美投其所好，也誇讚孩子漂亮、可愛，說一看就知道是聰明孩子。

「是啊！黃太太，你是沒聽過他們說話，大人都想不出來的話，他們也會說，聰明得不得了。」

周太太是認識王光群母親的，有天周太太和王光群母親有一搭沒一搭說著閒話，勤美慢慢的湊身過去，在她們身邊晃悠著，又藉口讓周太太教她踢腿，便自自然然的加入了聊天行列。勤美知道凡事不能操之過急的道理，她沒有和王光群母親說太多話，就只是認識而已。但是就這樣匆匆的照面，勤美已經捕捉到王光群母親和王光群的相似處。王光群母親鼻子飽滿俊挺，眉眼秀長，看得出年輕時是個美人，勤美立刻便覺得與這位老太太有著說不出的親密感情，也迫切地希望王光群母親能夠對她產生好感。

只要用心，時間確實可以換得友誼。勤美和王光群母親每天小公園裡見面，雖然是個姿態有些傲慢的老太太，但其實也是挺喜歡與人說話，只是她有些被動，而且相當謹慎，經過判斷確認對方無害，她才會開口多說兩句。

王光群母親學著周太太，也叫勤美做黃太太。勤美告訴她們，自己剛搬來民生東路，發現這邊小公園空氣好，所以來這裡做運動。她先生在電視公司工作，女兒馬上就要升國中了，她因為一直在家帶孩子，所以沒有出去上班。

周太太說：「小孩自己帶最好。我那媳婦就是非去上班不可，孩子丟給外婆帶，帶得瘦巴巴，看了都教人心疼。」

王光群母親最喜歡聊的話題，是講她家菲傭的壞話，說瑪麗亞如何會偷懶，擦地板時家具底下都不擦；院子裡花草樹木也常忘記澆水；不鏽鋼鍋底黑了也不刷……。她和勤美更熟些，才開始抱怨家裡老先生太黏人，除了運動不跟來，幾乎她走一步就跟一步。老先生更大毛病是只肯吃她燒的菜，請了菲傭她還是要每天做中飯、晚飯。也會說起女兒、女婿前兩天來，又帶他們老夫妻去吃了什麼大餐，上禮拜的泰國菜，辣死人了……。

勤美就這樣和王光群母親逐日熟稔，雖然稱不上交好，但是卻每天都可以說上兩句話。勤美覺得很滿足，能夠這樣與深愛男人的母親說說話，可以在老太太的一顰一笑中，找到王光群的身影，這一切都讓勤美的生活一下子活轉過來。

只是王光群母親很少提到兒子，這一點讓勤美相當失望，但是勤美並不氣餒，她還是經常順著周太太愛談兒、孫話題，引導著王光群母親說起兒子，或孫子。但似乎兒子和孫子的話題，對王光群母親是某種禁忌，老太太幾次話到嘴邊，任何人都看得出她是硬生生給嚥了回去。應該是受到家人嚴厲禁止，叫她不要在外面做無謂的炫耀吧？

「不說這個了，不說這個。」王光群母親猛搖著頭。

勤美有一回終於忍不住，小心翼翼問著：「為什麼？」

「你就別問了。」周太太笑嘻嘻的告訴勤美：「人家兒子，可真不得了的。」

「沒有的事，哪有什麼？」老太太謙虛著。

「怎麼沒什麼？她家兒子優秀人才啊！在美國做好大的事業，親家是集團大老闆，媳婦好漂亮。」

「這麼好？」勤美喃喃著。

王光群母親自己不願意多說，但是卻不反對別人讚美兒子，並且笑容滿面，得意得很。勤美伸長耳朵聽著，只可惜周太太知道的也不是很多，沒兩句就講完了。

勤美只好開口問：「有孫子了吧？」

「和我們家一樣，一男一女。」

「好福氣。」勤美說。

「還好啦！還好。」

「常回來嗎？」勤美問：「我是說孫子、孫女。」

「都在美國。」王光群母親終於鬆了口。

勤美心中一陣寒涼，但仍不得不勉強笑笑，說：「美國？哦！美國好。」

王光群和妻子是在美國念書認識的，後來就長住美國，岳家在矽谷也有創投事業，由他負責打理。周太太知道的有限，但也多虧她特別喜歡問人家務事，說：「兒子最近有回來臺北吧？」

「他忙，忙得不得了，不過每年還是會回來一、兩趟。他回來臺北開會，看父母是順便。」王光群母親笑說。

周太太忙道：「你兒子很孝順，大家都知道呢。」

「那也是。」王光群母親也笑開懷了，說：「我兒子真的很孝順，總叫我和他爸爸去美國和他們一起住。」

勤美重新燃起了希望，王光群回臺北探望父母，終有一天兩人會在他家附近「巧遇」。勤美不再經常出現王家門口，以免引人起疑，她每天只在清早趕去小公園，與王光群母親和周太太一起做運動，聊天說笑。有天周太太提議，附近一家小咖啡店早餐經濟實惠，兩個蛋、一片厚吐司加咖啡，才五十塊錢，於是三個人偶爾會在小咖啡店吃早餐、喝杯咖啡再各自回家。

很明顯的，獨居的周太太較為空閒，喜歡勤美和王光群母親的陪伴。王光群母親則總惦記著家裡老公，急著加買一份早點帶回家去。勤美就表現著無可無不可，說孩子上學，白天她沒什麼其他事可做，所以十分樂意陪她們吃早餐。

除了一起吃早餐，有天王光群母親感冒，鼻水直流，勤美勸她去看醫生，王光群母親說沒大礙，但是勤美還是堅持陪同她去附近診所看了醫生。勤美說：「感冒可大可小，轉成其他毛病就不好了。」

周太太直誇勤美熱心，王光群母親也對勤美的陪伴感到窩心。三個人從此變得越來越熟，喜歡美食的周太太，有天提議大家選一天一起去吃午餐，說民生東路上有家法國餐廳的商業午餐精緻美味。勤美連忙附和，說知道那家餐廳，主廚十分有名。但是王光群母親話還沒聽完，便不停搖頭，說：「我們家老先生一定要我回家燒飯，他不喜歡我外面吃飯。」

「王媽媽真是賢慧。」勤美早已經改口，稱王光群母親做王媽媽。

「什麼賢慧？遇上老公這樣，有什麼辦法？」

周太太也說：「是真的，王先生脾氣拗得很，除非假日，一定要在家吃飯，誰也改不了他。」

「是嗎？」勤美表現得像是隨口問問：「去美國看孫子，王伯伯也一定要王媽媽燒飯？」

「說到這個更氣人！」很少說起兒、孫的王光群母親，終於按捺不住，滔滔不絕起來：「我兒子是很孝順的，每年夏天都叫我們過去舊金山避暑。你們知道的，美國舊金山的夏天好涼快，白天完全不會出汗，到晚上卻冷得要蓋棉被，好舒服的天氣。可是他老先生去了一兩次，就再也不肯去了。說坐飛機飛太久，腰痠背痛，他兒子給他買頭等艙，他又嫌貴。哼！其實啊，是東西吃不習慣。雖然那裡各樣做中菜的東西都有得賣，可是……，兒子孝順，總帶我們出去大餐館吃飯，不讓我做菜，說怕我累，可是老頭子不喜歡去……。」

「那……，還是會想念孫子吧？」周太太問。

「怎麼不想？可是老頭子不肯去，有什麼辦法？」

「只好等他們回臺北了。」勤美說。

「這兩年其實也很少回來，他忙啊！真的很忙！他們大妻都很忙。尤其我們光群，公司的事都他在管，他岳父很信任他，所以什麼事都少不了我兒子。唉！」

王光群母親氣嘆得很深，怨懟應該不只一處而來，只是勤美怕她疑心，不敢再多問下去。不過背著王光群母親，周太太倒是為勤美做了些補充，她告訴勤美，其實王家婆媳相處並不融洽。

勤美說：「婆媳，本來就很難相處……。」

「話是沒錯，但像他們家那麼離譜的媳婦，也不多見。」

據周太太說，那位媳婦仗著娘家財大氣粗，根本不把公婆放在眼裡，兩老去美國小住，探望孫子，小孩小的時候不准抱，也不准親，怕有細菌。小孩大些又不准公婆和他們說英文，因為公婆英文說得不好；也不准和孩子說中文，因為公婆中文發音不夠標準。

「那要說什麼？」

周太太道：「她媳婦說，臺語還可以。」

另外也不准婆婆進廚房煮飯、做菜，因為油煙大，房子會有味道；不准踩大客廳的白色羊毛地毯；不准在家嘆氣，因為媳婦篤信的法師說不利氣場；不准大聲打噴嚏；不准大聲咳嗽；不准在餐廳以外的地方吃東西；不准……。

「所以老先生氣得再也不去美國了。」

「她兒子……沒說話？」

「說什麼？幫著老婆還來不及呢。」

「王媽媽說，兒子很孝順。」

「誰不這樣？外人面前誇讚兒女，好聽的話說盡；不好的，都留著自己眼淚往肚子裡吞。」

「我以為，他們兒子會……。」

「會什麼？為父母出頭？別想了。」周太太繼續道：「聽王太太說，他們要回臺灣那天，媳婦待在自己房間，連房門都不肯邁出一步，再見都沒說。」

「他兒子……。」

「兒子說老婆頭疼，需要休息。」

「常回臺灣嗎？」

「說到這個王太太更氣，聽說媳婦帶小孩回臺北度假，從來不回婆家，下了飛機就直奔娘家。兒子也一樣，難得回來，已經兩、三年沒回來過吧？」

「他們，住舊金山哪裡？」

「灣區……，聽這樣說過，不過灣區是個什麼，我也不知道，沒去過美國。」

勤美回家用電腦搜尋了 Google 地圖，知道所謂的灣區在舊金山南邊。面對著桌上電腦螢幕呈現的衛星鳥瞰圖，有山有海有房屋有公路，勤美在想，難道要飛去美國找他嗎？勤美又彷彿聽見一個聲音，不停對著她說：不能放棄啊！不能放棄！你是個有毅力的人。

王光群初次見面，就稱讚勤美，說她是個有毅力的女孩子。勤美永遠記得他是這麼說道：「聽汪小姐說，你們老闆不好伺候，對員工要求很多，你卻待下來了，工作又努力，是個有毅力的女孩子。我欣賞有毅力能堅持到底的人。」

熱戀中的女孩子，永遠會記得男友說過的每一句讚美，就算只是客套話也會當真，然後認真的珍藏起那些話很久很久。

勤美異於常人的美國夢，竟然因為勤立的女朋友，後來成為她大嫂的江莉莉而得以實現。當母親告訴勤美，勤立有女朋友時，勤美甚至還懷疑自己是否聽錯？勤立比勤美大兩歲，四十二歲的男人要結婚，算是晚婚了。其實勤美和母親早有心理準備，勤立可能單身一輩子，因為他對女人不主動，簡單說就是呆板，加上條件不好，一個升官無望的陸軍中校，又年過四十，要結婚好像不那麼容易了。

但是緣分真的很難說，偶然的朋友聚餐，早過了適婚年齡的勤立，遇見了一樣過了適婚年齡很久的江莉莉，兩人竟然看對了眼，加上女方願意主動，相識三個月後，兩人便開始論及婚嫁。

女方父母雖然不反對，但是堅持嫁女兒一定要先訂婚，說可以不收聘金，但男方一定要派餅給女方親友。勤美母親很不高興，背後抱怨許多次，對兒子說：「我們家嫁女兒都簡簡單單，訂什麼婚呢？還要餅？要花好幾萬吧？也不想想，他們家女兒多大年紀了？四十歲的老小姐，趕快嫁嫁吧，還規矩這麼多？不會不好意思嗎？」

然後母親又對勤美說：「其實我一點也不贊成你哥娶她，四十歲咧！你哥也不想想，四十歲女人能生孩子嗎？要娶，也找個年輕一點的。」

母親的反應讓勤美覺得訝異。勤立沒女朋友的時候，母親從未催促過兒子結婚，也從沒聽她說過急著要抱孫子，怎麼這時候竟然挑剔起對方過了生育年紀？至於勤立要不要結婚？生不生孩子？勤美是不在意的，甚至對未來的嫂嫂也不好奇，直到訂婚日期都訂好了，女方家長建議雙方親友見面吃餐飯，勤美母親叫勤美帶由由一起出席，勤美這才勉強帶了放完暑假就要升國中的由由去了餐廳。

勤美對她未來大嫂第一印象，江莉莉是個粗糙的女人，長相不細緻，個性更是大剌剌，愛說話愛笑，見人就熟。江莉莉對勤美卻很巴結，她讚美由由聰明、有禮貌；又誇勤美漂亮、有好氣質，還一直挽著勤美手臂怎麼也不放手，說：「看來，我跟你比跟你哥還投緣呢！」

勤美只覺得這女人很膩人，急著想甩開她，說：「你跟我哥坐一塊吧！」

「才不要，我要跟你坐。聽說我們同年，你是怎麼保養的？還像小姐一樣，教教我吧。」

「沒怎麼保養。」

一頓飯吃下來，江莉莉話說不停，她父母也任著這個女兒隨著性子，愛怎樣就怎樣。勤立坐母親旁邊，母子倆很少開口，但顯然是兩樣情懷，勤立臉上漾溢著滿足和慶幸，對江莉莉每句話都點頭讚賞；母親則緊蹙眉頭，聽未來媳婦說什麼都心底不痛快。勤美則完全無感，為女兒夾菜，叫她多吃點。女方是廣東人，約了這家開很久的廣東菜館便飯，菜做得很好，明爐烤鴨、叉燒肉、煲菜都不錯。

一直到飯局接近尾聲，江莉莉突然提到在美國開餐館的姊姊，勤美這才眼睛一亮，她轉頭問江莉莉：「你姊姊住美國？美國哪裡？」

「舊金山附近，聖荷西。」

「舊金山灣區？」

「對。」

「你去過？」

「當然去過！」江莉莉嘻嘻笑不停，說：「去過好幾次了。」

提起美國，連江莉莉父母也特別來精神，眉飛色舞的敘述著他們的美國經驗：超市好大，馬路好寬，房子好大，公園更大，連唐人街賣的空心菜、芥蘭菜也比臺灣的大。優點是空氣好、居住有品質、風景漂亮、街道整潔、可以散步的地方很多……，缺點是食物不是很好吃，東西價錢很貴，住久了很無聊……。結論偶爾去旅遊、住一陣還不錯，長住的話兩老都沒興趣。

可是江莉莉和她父母意見不同，她一直盛讚美國，說好喜歡美國。問她為什麼？她也說不出具體緣由，可能就是對外國尤其美國，莫名的迷戀吧？不過她說得興起，眼睛就不由自主瞄向坐在對面的勤立，而勤立的細眼睛也含滿笑意，對未來老婆說的每句話都由衷的信服。他也說：「美國真的值得去看看，房子大，還有花園，哪像我們臺北人住的簡直是鴿子籠。」

母親看兒子和未來媳婦一唱一和，默契十足，便很沒好氣的說：「你去過啊？怎麼知道？」

「他看過我大姊家的照片啊！後院有柿子樹，長好多柿子，對不對？對不對？」江莉莉一點都沒警覺到未來婆婆的不悅，連連催促著勤立附和。

不識相的勤立還回答得很歡欣，說：「真的，好多柿子，滿滿一棵樹上都是，樹枝都壓得撐不住全垂下來了。」

「而且又大又甜，就是我們臺北超市也有賣的那種富有柿，同一個品種喔。」

江莉莉媽媽也笑開懷道：「是啊！是啊！他們家院子好多果樹，還有蘋果、黃杏……，有機會親家母也去美國玩玩。」

聚餐後勤立送未來岳父、母回家，他們住在碧潭。臨走江莉莉拉著勤美的手搖個不停，親密得不得了，說：「我會去找你喝咖啡聊天喔！一定喔！我好喜歡好喜歡你喔，勤美。」

勤美帶了由由陪母親回國宅，母親一路上不停抱怨，說：「我看這一家人也只會吹牛，美國好？房子大？她父母怎麼不去住啊？又說得好像多有錢似的，美國常常去玩？我才不相信，有錢就叫她陪嫁棟房子來啊。那個莉莉，笑起來咯咯咯，鴨子一樣。一個女人怎麼這麼愛笑？隔壁桌一直看我們，真丟臉。那麼大年紀了，也不知道勤立看上她哪一點……？這下他們家撿到寶了，終於把個老姑娘嫁掉，看他們都笑得合不攏嘴呢。還有，還有她家住碧潭幹什麼？那裡不是人家去划船的地方嗎？還有人住在那種地方？」

聽母親連珠炮似的抱怨不停，勤美一句也沒聽進去，她腦子裡另外有個聲音不停的催促著她說：美國，美國，舊金山，舊金山，灣區……。

送母親回家後，勤美叫由由自己坐公車回家，說她還要去個地方。

「你又要去哪裡？」馬上要念國中的由由，長得比勤美還高，只有眉眼仍然稚嫩，還是個孩子。

「朋友家。你先回去。」

「你一出去就忘了回家。」由由揚起眉毛，不信任的瞪視著母親。

「我……什麼時候出去忘了回家？」

「上次啊，說去婆婆家，結果就不見了。」

「那是……。」

勤美也不太記得由由說的是哪次的事，她確實有好幾次外出，然後整晚未歸。其實她也沒去什麼特別的地方，只不過半夜裡睡不著，出去吹吹風。勤美經常失眠，一年三百六十五天她能睡著的夜晚，少過睡不著瞪著眼等天亮的日子。大部分睡不著的時候，她也只是看著眼皮底下的暗黑，一直等，等著這漫漫長夜逝去。偶爾她才會外出，有兩次是大馬路上走了一整夜，由石牌往天母方向，中山北路七段一直走到中山南北路口。那時天光已經大亮，路上開始有公車行駛，勤美這才乘坐公車回家。

還有幾次，勤美去了重慶北路百齡橋的底下，那裡有很長的堤防，她和王光群曾經在橋墩底下相擁熱吻。王光群說念小學時，父親失業一段日子，家計完全靠母親公家機關做小雇員的微薄薪水支撐。為了租金便宜，在河堤附近分租了一個房間，一家四口晚上擠在榻榻米上一起睡。兩年後父親終於進入銀行工作，家境才逐漸好轉，還貸款買了富錦街的一樓房子。因為母親一直想住在有前、後院的屋子，說可以種很多花，種很多樹。

勤美獨自坐在漆黑的堤防上，對岸有暖暖的燈火，路燈、住家、車輛，但那些都與她沒有任何關係。她就這樣靜靜坐著，沒有特別想些什麼，只是吹風，看著星星，看河流隱隱約約閃爍的水波。天光漸亮時，暗黑成了濛濛的淡灰，才又是一天的開始，勤美也就回家了。

勤美多次的徹夜未歸，嚇壞了單獨留在家中的由由。好幾回勤美推開門進屋時，看見女兒縮坐在沙發上，哭得臉色發青雙眼紅腫。看見勤美，由由立刻撲身投入母親懷裡，然後大發脾氣，指責母親出門也不說一聲，是個不負責任的媽媽，說可以報警把勤美抓起來。

勤美小聲說對不起，說下次不會了。但是她仍然還是會半夜外出，甚至白天外出後徹夜不歸。可能次數多了，由由知道母親有這毛病，從此便不再哭泣，只是經常冷眼看著勤美，甚至不再搭理她這個沒常理可言的媽媽。

「隨便你！隨便你！」站在國宅外，頑強與母親對話的由由，滿心憤懣，她並不想知道母親又要何處去，但她的憤怒還是需要出口，她用力跺著腳道：「你每天都只顧自己，想去哪裡就去哪裡。」

勤美根本聽不見由由說了什麼，她只是點頭，然後轉身走她想走的路。她要去富錦街找王光群母親，問清楚王光群住在美國灣區的地址，因為她要去找他。

黃昏時候的王光群家迎著夕陽餘暉，暈染出一層淡淡的金色光芒。勤美遠遠觀望，等待著王光群母親能走出家門，然後她將不顧一切的上前，問她……。勤美馬路上就這樣癡癡的站了三個鐘頭，客廳的燈已經亮了許久，勤美估計王光群父母這時應該用過餐，還在看電視吧？她鼓足勇氣，邁開發僵的步伐，按了電鈴。

開門的是外傭瑪麗亞，她見過勤美一、兩次，還記得她。瑪麗亞用口音很重的簡單中文問說：「找誰？」

「我找王媽媽。」

訓練有素的瑪麗亞，大眼睛精明的咕嚕咕嚕轉著，然後進屋將王光群母親請了出來。

王光群母親一臉訝異，問勤美：「你怎麼知道我住在這裡？」

「喔！王媽媽，因為……，見過你回家。」

「有什麼事嗎？」老太太存了戒心，臉色相當凝重，不似做晨運時那麼的和善。

勤美還以為自己會被邀請進屋，因為她不是陌生人，一起運動，一起吃早餐，還陪伴去看過醫生。但是勤美失望了，她並沒有被邀請進屋，而且氣氛相當僵硬不友善。

「我……。」

「你這樣……，隨便來我家，不太好吧？」王光群母親說。

勤美像是臉上狠狠被甩了一巴掌，她紅著臉，說話也結巴了：「我，因為過一陣子要去舊金山，所以來問問，要不要我幫忙帶……帶什麼東西，給……給您孫子。」

「你要去美國？」王光群母親稍稍猶豫一下，但立刻又恢復了戒慎恐懼，她說：「不需要，謝謝你。」

大門被關上了，還發出很大的聲音，顫慄無情的狠狠敲在勤美心上。勤美不知道自己是如何離開王家大門口的，又是如何回到自己家中，但是，她知道一件事，那就是她不會就此放棄，她一定要去美國。

第二天勤美仍然大清早便出現在小公園裡，像什麼事也沒有發生過似的，她和周太太說笑，做著甩手運動。只是那天王光群母親缺席了，一個早上都沒有看見她出現。

勤美輕描淡寫的告訴了周太太，自己昨天如何去過王家的事。她問周太太，這樣很失禮嗎？周太太認真的想了一下，回答勤美說：「一般人是沒什麼啦，但是有錢人想得特別多，聽王太太說她女兒沒事就教訓她，叫她不要和陌生人說話，不要讓人隨便進去家裡；說她弟弟可不是一般人，叫父母要特別小心居心叵測的人。」

「是嗎？」勤美仍然不死心，問著：「你知道他們兒子美國的地址嗎？」

勤美這一問，連周太太也疑惑了，說：「我哪知道？咦，你要他家兒子美國地址幹麼？」

「喔！沒有，隨便問問。因為要去舊金山，到國外多認識個人，遇到事情的時候可能比較好。」

「那也是。」

勤美要去美國的心意越來越堅定了，這麼多年過去，她沒能在臺北見到王光群，那麼美國可能就是他們重逢的地方吧？勤美曾經用電腦搜尋過王光群的資料，光是和大財團的長女結婚的消息，就不下三、四十筆，還有兩人的學經歷紀錄：王光群是美國賓州大學經濟學博士，他的妻子陳開莉，念的是藝術和服裝設計。王光群曾經在美林證券任職，然後又擔任一家資產管理公司和科技公司的總經理，但是勤美卻搜尋不到他目前的職務。

勤美估計王光群人在美國，使用的是她不知道的英文名字，所以她也無法可查。不過勤美還是在王光群曾任職的科技公司網頁中，找到了王光群的檔案，上面附有他的郵電地址。

勤美一直留有那個郵電地址，也一直想寫 email 給他，但是她遲疑很久，因為她不確定這個郵電地址對方是否還在使用？其次是她不知該如何寫這封信？千言萬語，不是寥寥數字可以表達清楚。但是當她下定決心要去舊金山的這天晚上，勤美發了簡短的 email 給王光群。

信很簡短，但是勤美卻在電腦前坐了整夜，她躊躇著怎麼開這個頭？思慮了整晚，最後勤美只簡單寫了七個字：「是你嗎？我是勤美。」標題也是那三個字——是你嗎？

6

黃家輝母親是鐵了心要收回房子，不論兒子怎麼好話說盡，連哄帶騙想將母親帶離，但黃家輝母親就是在沙發上坐著不動如山，擺明了今天沒有個結果，她是不會讓步的。

「媽，你這是幹什麼呢？」歲月累積終於在黃家輝身上多少起了些作用，他老成了一點點，這回沒有一走了之，留下來為勤美解決問題。他問他母親：「你現在就要她們母女搬家？那叫她們搬去哪裡呢？」

勤美聽黃家輝這麼說有些訝異，忍不住看了他一眼。正好這時黃家輝目光也瞟向勤美，這是兩人多年來，難得目光交會。

「我不管，我就是要收回房子。」黃家輝母親從年輕就事事有老公撐腰，年紀大了一樣驕縱霸氣，想說什麼就說什麼，想罵誰就罵誰。她說：「你們只管自己過好日子，什麼時候想過我和你爸爸？每天就倆老在家，你們兄弟姊妹誰理過我們？」

「大哥大嫂不是住家裡？」

「別提你哥和你嫂了，我和你爸這麼大年紀，還要受你大嫂的氣……。」

「大嫂又怎麼了？」就算黃家輝無心想知道這些婆婆媽媽的事，但是順著他母親的意，他還是得問一下表示關心。

「前兩天她和你哥串通好，跟我說他們宥祥考上了研究所，下面還有兩個在念大學，夫妻倆負擔重，每個月不能再給我家用了。」

「所以呢？」黃家輝聽著，覺得有些茫然。「這和我們有什麼關係？」

勤美則完全聽懂了，他婆婆要收回房子，收租金貼補家用。她也和黃家輝一樣茫然，只是她茫然往後自己和由由的居住問題；黃家輝的茫然只是一時還摸不著頭緒，不知道他母親的真正心意。

「哎！養孩子有什麼用啊？長大了只會顧自己。……當然和你有關係啦！你還好意思問，你摸著良心說，從開始賺錢，有養活過我和你爸嗎？有給過我和你爸一毛錢嗎？」

「那是因為……。」

黃家輝母親也不需要兒子的解釋，繼續著：「你不但沒給過我和你爸錢，我們還給你錢，幫你養老婆、孩子。你哥也不是東西，他生的孩子哪個不是我帶大的？你們以為帶孩子很容易嗎？那是一命換一命，有多辛苦你們知道嗎？」

黃家輝終於想到用什麼話堵他母親了，說：「當然知道，所以你和爸都不肯幫忙帶由由。」

「那是……，你老婆沒上班，幹麼要我帶？」

「好啦！不說這個。」黃家輝敗下陣來。

「不說這個？哼！你還有臉說？」

黃家輝母親狠狠瞪了兒子一眼，但勤美看來那眼神還是充滿情愛。勤美深深呼吸著，平撫著自己受傷的心，夾在母子二人間，她本來就是個外人。她一瞬間終於有了另外的領悟，覺得自己多年的尋尋覓覓，除了要找回屬於她的王光群，更是想要找回一種真正的親密。那種無間隙的親密，曾經在她和王光群身上發生過，從那以後，再沒有人讓她有過相同的感受。

「反正啊！」黃家輝母親又開始新的抱怨：「你爸的退休金，這些年都貼補給你們兄弟倆了。你姊姊和你妹妹很不高興，說既然你都不付錢，那叫你把房子還給我，我和你爸起碼還可以收個房租。」

「可是，哥就可以住家裡……。」

「你爸也叫他們搬出去。」

「他們會搬嗎？不是也買不起房子？」

「講到房子我更氣，現在年紀大了，每天五樓爬上爬下，總有天會爬不動。你們這些做兒女的，有為父母想過嗎？」

黃家輝立刻嘻皮笑臉道：「有啊！我每期都買大樂透，希望中他兩億，買有電梯的豪宅給你們住。」

「你混蛋！」

黃家輝臉上又浮起詭異的笑容，說：「大哥他們不會搬的。」

可能兒子說中了她的心事，老太太很不高興的垮下臉，轉向勤美說：「起碼你哥哥、嫂嫂住在一起，沒鬧離婚。你這樣又算什麼？既然離了婚，怎麼可以霸占人家房子不走？」

聽到這裡，勤美突然覺得自己還坐在這裡，才是謬誤，為什麼要聽別人的家務？而且永遠無解，沒完沒了。勤美緩緩起身，只抓了手機，便走向大門，身後還聽見黃家輝的聲音在說：「媽，你話也不能這麼講，由由也是你孫女……。」

「咦？你去哪裡？」黃家輝母親發現勤美不尋常的動作，大聲嚇阻著說：「不准走！我話還沒說完呢！」

勤美砰的聲將大門甩上，也將那些不屬於她的雜音，別人的家務、紛爭、無解……，全留在那間房子裡。隔了那道門，她的耳根一下子清靜下來，清明得一如春雨洗滌過一樣。勤美深深的呼吸，然後奔跑下樓，筆直的跑出家門口那條長長的窄巷，就像深怕有人在背後追趕她似的。

發了 email 給王光群之後，勤美幾乎每隔半小時，便會打開自己的電子信箱，看看有沒有來自王光群的回音。就連半夜裡，她也會每隔一陣就看一次電腦，因為臺灣的黑夜正是美國的白日啊。

小小一方螢光幕，經過電腦和網路的連結，可以無遠弗屆，這一點簡單道理勤美是懂的。但是當她真正收到王光群傳來的 email 那一刻，勤美突然間陷於癡滯，什麼都不懂了，只覺得這一切像是神蹟。

勤美小心翼翼的，以滑鼠點開那標題仍為「是你嗎？」的回傳信件，就怕自己一個大意，會使得信息消失無蹤。信上一樣簡單寫道：好久不見，你好嗎？一共七個字，但是勤美仍然看了千遍萬遍。

她迫不及待的回了信，寫得不是很長，因為就算千言萬語，也訴說不盡這些年的思念。勤美只簡單的，像是漫不經心、隨性想起般，說自己將赴美探親，因為聽說他在舊金山，所以希望能見面敘舊，如此而已。這信勤美寫得是有點心機的，就像第一封信她只寫了七個字，不想驚嚇到對方，第二封信她一樣不預備讓王光群感到壓力。

王光群沒有再給勤美任何回覆，但是勤美也不願意空等下去，她必須有所行動。勤美去電信公司辦了支最便宜的行動電話，然後打電話給江莉莉，約這位未來大嫂喝咖啡。江莉莉那天留了手機號碼給勤美，勤美知道自己以後可能經常需要和江莉莉聯絡，所以她也和別人一樣需要一支手機。

「上班時間打電話給你，沒關係吧？」勤美問。

「當然沒關係。我不是說過隨時可以找我嗎？」江莉莉雖然感到意外，但是聲音仍然充滿熱情。

「我想找你喝咖啡，可以等你下班時候再——。」

「喔！現在三點。」江莉莉想了想，說：「這樣吧，你到我們辦公室附近來，有家羅多倫咖啡，你在那裡等我。我大概四點鐘就可以找到人代我的班。」

江莉莉是公務員，這兩年公務員鐵飯碗開始吃香，就是基層也讓人豔羨，薪水不錯，做久了有年休假、退休金，有保障。勤美母親對未來媳婦樣樣不滿意，唯一覺得還順心的就是她的職業，認為配她軍人兒子算過得去。

勤美趕到咖啡廳時才三點半，她叫了三十五元的咖啡，耐心的等待著，順便將自己躍動難安的心先行平撫一下，想清楚等一下該如何向江莉莉提出，一起去美國旅遊的要求。

江莉莉早到了五分鐘，像一陣風一樣的掃進店裡，所有客人都投以注目，因為她穿了一身的紅，紅毛衣紅格裙。知道她即將訂婚的，當然覺得她是喜氣洋洋；不知原委的人，只當店裡闖進來個怪人。

「勤美！勤美！我的小姑，好想好想你喔！你今天不打電話給我，我也正要打電話給你呢。」江莉莉一屁股坐在了勤美對面，說話彷彿連珠炮般。

「我幫你叫咖啡。要喝什麼？」勤美也很殷勤。

「不用！不用！這裡我很熟，不點東西坐一下也沒關係。」江莉莉果然和櫃檯後面的女店員打起招呼，然後繼續和勤美說話：「我們先坐一下，五點的時候我請你吃晚飯，附近有家江浙菜館開了幾十年，菜不錯，生意很好。」

「我請你。」

「哎呀！你請、我請有什麼重要呢？你是第一次來，我剛才打電話給你哥了，叫他也來。」

「勤立也要來？」

「對啊！喔，你們家都直呼名字啊？」

「嗯。從小這樣，很少叫他哥哥。」

「這樣很親切。我們家都叫大哥、姊姊……，老古板。」

江莉莉找著話題閒聊，勤美則想著等下勤立要來，該和江莉莉說的話得快些說才行。勤美清了清嗓子，直接切入正題道：「莉莉，你說你姊姊住舊金山？我們一起去舊金山玩幾天可以嗎？」

江莉莉對這突如其來的要求，一時間摸不著頭緒，她支支吾吾不著邊際的回答著：「我也跟你哥說，想去美國度蜜月，但是你哥說他不能隨便出國。」

「是啊！」勤美說：「等他退伍了你們再去玩。」

江莉莉聽了，人立刻亢奮起來，說：「我們也計畫等你哥退伍，想去美國移民。」

「移民？」

「我已經申請依親，兄弟姊妹依親移民要等很久，五、六年吧？那時候你哥也退伍了，我也準備退休，我和你哥可以辦移民去美國。」

「去……幹什麼？」

「不知道。到時候再說啊！也可以和我姊一起開餐廳。」

「你們……已經決定了？」

「哎呀！沒有啦！只是說說而已，到時候再看情況啦。」

江莉莉說著又是一陣哈哈大笑，勤美也搞不清楚她說的是真？是玩笑？勤立他們是否要移民，她一點也不關心，就像江莉莉說的，那是很多年以後的事。現在最重要的，是她想要立刻去美國，想和王光群見面，他們一定要面對面，才能真正了結，或者重新開始。已經這麼多年空耗過去，勤美覺得自己絕不能再空等。

「莉莉，我有很重要的事想去美國。」

「去……美國幹麼？」

「見一個人。」

「誰啊？」

「到時候你就知道了。」

「住舊金山嗎？」

「對。」

「舊金山哪裡？我姊不是住舊金山 downtown，她住聖荷西。」

勤美昨天在天母誠品書店裡又買了一份舊金山地圖，研究了一個晚上，已經略有了些概念。她說：「市區和南灣距離也不是很遠。」

「那倒是。開車去市區，一個小時不到。」旅遊的美好經驗，讓江莉莉笑顏逐開，呵呵呵笑得合不攏嘴：「舊金山真的好美！隨便轉個彎，就可以看見海景，看見金門大橋，風景美得像圖畫一樣。」

看江莉莉陶醉模樣，勤美乘勝直追：「我們還可以去買東西，應該有很多東西可以買。」

「對啊！美國的家用品又漂亮又便宜，他們很重視居家生活，我每次去看床單、被套，恨不得全裝箱帶回來，又漂亮，又是百分百純棉。」

「包包、衣服。」

「啊！不要再說了。」江莉莉托著腮幫子，對著勤美跺腳撒嬌說：「好想去喔。」

「那就去啊！可以去辦嫁妝。」

「啊！是喔。」

江莉莉完全被蠱惑了，當勤立穿著軍常服趕來，江莉莉一直搖著未來老公的手臂呢喃：「我要去美國，我要去美國。」

就算是孩子大概也沒有江莉莉這麼黏涕涕、會撒嬌，連陌生人都看不下去，紛紛竊笑。但是勤立卻一點也不覺得膩味，滿臉幸福，難怪洋人說瑪莉總有約翰來配，兩人互相欣賞，就是一對沒錯。

江莉莉說的餐廳不是很大，裝潢也陳舊簡陋，但生意很好，五點多鐘就坐滿七成客人，據說過了六點就要排隊了。點菜也是江莉莉一手包辦，勤立對這未來老婆百依百順。

油膩膩的餐桌上擺滿紅燒下巴、炒鱔糊、雪菜百頁、肖肉，還有兩碟小菜：蒸臭豆腐和毛豆。勤美因為滿懷心事，吃不出菜的好壞，但也客套的讚美了一番。

江莉莉聽了歡喜，更加得意道：「我就說這家菜不錯吧？不輸給東區那些貴得要命的上海菜。」

江莉莉常跟同事們聚餐，去過臺北不少高級餐廳，開始一一評點。勤立聽得津津有味，也不在意妹妹在場，情不自禁的伸出左手，握住未來老婆的右手捏了又捏。勤美只當沒看見，她想的只有把話題快些拉回美國行才好。

「我和莉莉說好了，你們訂婚後，我們去美國玩一趟。」勤美終於找到縫隙，插進話去。

「你們當真啊？」勤立剛才已經聽見江莉莉不停的嚷嚷要去美國，但是他以為兩個女人只是說說而已。

「是真的。」勤美說。

勤立放下筷子，轉頭正視著江莉莉，問她：「你有假嗎？」

「有啊！」江莉莉看勤立不太樂意，口氣猶豫起來，小小聲道：「明年，當然有假休啊。」

勤立看未來老婆一臉無辜，又看妹妹表情堅毅，他則十分錯愕。服務生這時正好送上醃篤鮮砂鍋，並且遞了小湯碗，勤立開始舀湯，順便沉思這是個什麼樣的複雜問題？

飯後江莉莉建議散步去臺北火車站搭捷運，距離不是很遠，二、三十分鐘路程。沿路勤美沒有多說話，一直跟在勤立和江莉莉身後。已經是夜晚，路上光線昏暗，但勤美仍可看見前頭兩人手牽著手，而且身體越貼越近，越貼越近。一路上江莉莉嬌笑不停，偶爾也聽見勤立沉沉的笑語，至於他們都說了些什麼，她聽不清楚，也不想聽清楚，因為她曾經聽過更美麗的情話。

靜謐的中山南路上，大王椰高聳搖曳，每換一次新葉片，它就又長高些許。勤美抬頭看，也不知道那些大王椰是否當年的大王椰？知道那些高聳的巨大椰樹叫做大王椰，也是王光群告訴她的。

勤美問過王光群：「認識很多樹名？」

「我喜歡樹，小時候我們全家常去爬山，陽明山、圓山、象山，山上都是樹，榕樹最多，也有櫻花、欒樹、細葉欖仁、樟樹、橡樹、馬拉巴栗、楓香樹……。遠遠看以為山就是一整片綠，其實是深深淺淺，千百種不同的綠色組合起來的。我有沒有告訴你，我最喜歡梧桐樹？」

「為什麼？」

「整棵樹長得法相莊嚴，又有極富禪機的樹名啊。」

勤美沒說話，想著兩人的不同，她是那種隨處可見的榕樹，王光群則是尊貴的菩提。王光群父親失業過，但之後便工作順遂，家境好轉，全家不愁衣食，還買了大房子，能夠送兒子出國留學。王光群自身更是資質優秀，學歷好，前途無限。和這樣優質的男生交往，也激勵了勤美，希望自己變得更好。這不就是愛情的本質？讓人嚮往更好的未來。勤美讓自己堅定相信，只要兩人真心相愛，身分、家世、學歷、貧富……，都不重要，只要他們真心相愛。

事隔十多年後，走在同樣的中山南路上，夜風依舊，昏沉的路燈依舊，幾乎什麼都不曾改變。但是事實上，這個世界改變很多很多，只是勤美看不見，也不想看見。

勤立送江莉莉坐上往新店的捷運後，他站在月臺上開始盤問勤美，為什麼要去美國？晚上八點多鐘，已經過了下班的尖峰時間，但是捷運站仍然人流不斷，站在人來人往間，勤美覺得一陣暈眩，她跟勤立說：「人好多，我頭暈。」

「不舒服嗎？要不要坐一下？」

勤美發現哥哥談戀愛後，變得會體貼人了。她勉強一笑，搖搖頭。

「我陪你坐捷運回石牌，我們車上說。」

勤立本來是要回部隊的，和勤美方向各異，但他陪勤美上了淡水線。車上剛好有靠窗的兩人座位置，兄妹並排坐了。

「還頭暈嗎？」勤立問。

「還好。」

「那……，為什麼要去美國呢？莉莉她，很單純。」

勤美的心一陣刺痛，這一刻她多麼羨慕江莉莉，面前的男人有多疼愛她？竟然在自己妹妹面前說另一個女人單純。

「怎麼不說話？莉莉真的傻傻的，你不要利用她。」

勤美本來想回嘴，說勤立只會幫外人，但是她終將話嚥了回去。那根本是男女爭風吃醋的對話，用來質問哥哥，自己都覺得可笑。她說：「哥，我幹麼利用她？我自己會出錢。」

「不是錢的問題。」勤立表情嚴肅，充滿了對勤美的不滿：「我是問你為什麼要去美國？你不要以為我不知道，你一定又想幹麼？」

「我想幹麼？出國旅遊很奇怪嗎？」

「我不信。你要去找那姓王的，對吧？」勤立訓斥著勤美：「你也醒醒，那麼多年了，該忘記的就要忘記。」

「我早忘了。」勤美說。

「美國那麼大，你怎麼知道他在那一州？再說，找到他，你要幹麼？男婚女嫁，大家孩子都有了。」

「孩子？你怎麼知道……？」

「臺北有多大？我有個朋友的朋友，認識那姓王的，好像國中同學，沒事說起來。」

勤美眼睛瞪得很大，但卻不是看著勤立。她側身一直望著宛如鏡面的車窗上映出的自己，長髮披肩，因為瘦，下巴顯得更尖，臉蛋更小，只有一對瞪得圓圓的眼睛，像是用力的想要看穿窗玻璃似的。勤美對著車窗問她哥哥：「還說了什麼？」

「也沒說什麼，不就那些話！說他發了，現在不得了之類。」

「沒說其他？」

「沒有。」勤立嘆口氣，道：「還有什麼好說的？」

勤美猜測，勤立知道的也不會太多。他能知道那個人些什麼呢？那麼遙不可及，像遠星一樣閃耀的男人，誰能真的知道他呢？車窗由剛才的黑底，開始逐漸透進不均勻的光點，勤美的臉孔也正逐漸模糊淡出，是捷運車箱開出了地底，駛上高架的路軌。雖然是夜晚，但因為燈光明亮，勤美可以清楚看見兩邊的房子和遠處街道，快接近圓山站了。

「不要再跟莉莉說要去美國的事了。」

「她自己也想去。」

「她是不好意思跟你說『不』。」

「她是傻瓜嗎？四十多歲的人，想不想去，自己不會說嗎？」

「就跟你說她很單純。」

勤美終於勃然怒起，回臉瞪視著勤立，恨聲道：「不要再跟我說誰很單純！難道我就很奸詐嗎？」

「又沒說你……。」

「你不說我也知道，你眼裡只有江莉莉，我和媽算老幾？你什麼時候放在心上過？從前總說在部隊，家也不回，現在女朋友一叫，立刻可以飛奔出來。你這個做哥哥的，什麼時候管過我這個妹妹死活？不要說管我了，你連媽也沒管過她，現在眼裡只有老婆。」勤美一口氣說完，她很少說這麼多話，連她自己都訝異。

勤立左顧右看其他乘客，是覺得勤美聲音太大，有些丟臉。他說：「小聲點，人家都在看。」

「我才不怕人家看！」勤美仍然怒目對著勤立：「管別人幹什麼？別人跟我們有關係嗎？」

「你就小聲一點。」

勤美再次望向車窗外，發現車已經駛過了石牌站往唭哩岸站行駛。她錯過了該下車的站，勤立似乎也沒有下車的打算，兄妹倆都沉默下來，一起看著此時空蕩蕩的車箱。

越往北走，車外的光線越暗，房舍的密集度也沒有市區集中，過了關渡站後，勤美隱約看見了水波點點，是淡水近了。兄妹倆竟然坐到了終點站，勤美跟著勤立在淡水站，又換了另一輛開往臺北的捷運。這次勤立坐了靠窗的位子，他說勤美會先下車。

車子開動後，勤立又說一遍：「反正，我跟你把話說清楚了，我不贊成你跟莉莉去美國。」

勤美又不吭聲了。

勤立說：「美國住的是她姊姊，你跑去幹什麼？」

「去玩。」勤美聲音減弱，沒什麼怒氣了。

「哪裡不好玩？跑去人家家玩什麼？到時候丟人現眼，還丟到美國去。」

「說來說去，就是怕我讓你丟臉？」

「你就不要跟我辯了，反正不要去。」

勤立說完話，頭一偏也看向車窗外，勤美就此低下頭，不想再做任何爭辯。兄妹倆就這樣一路沉默著，誰也不想再多說一句。勤美在石牌站下車，甚至沒有跟勤立說再見，勤立也只是默默看著她下車，直到她身影完全消失為止。

不論勤立怎麼反對，勤美都不會放棄她的美國行。不久後她終於收到了王光群的第二次回信，雖然寫得依然含糊簡短，說工作忙碌，無法接待勤美。勤美又回了信，也盡可能的簡潔，說一切隨緣，等她到了美國再聯絡。勤美給王光群的信寫得淡然，但是事實上她因為這封回信而雀躍激動了好幾天，受到了莫大的鼓舞，赴美之事就更加積極了。

勤美繼續說服江莉莉，每天打電話給未來大嫂。江莉莉是聽了勤立的話，不再興沖沖的承諾勤美任何事，但是每當勤美遊說她時，她又忍不住美國對她的召喚，跟勤美說：「一到了秋天，我好像就會聞到舊金山的氣味，也好想去玩喔。」

「那是什麼樣的味道？」

「我也不會說，好像……有海水的鹹澀味，有百貨公司香水的芬香氣。反正就是很特別的味道，一直在對我招手說：來美國！來美國！……很好笑吧？」

勤美沒有笑，也不認為好笑。她一樣聞到了某種特別的味道，也正對她不停的召喚，是王光群的味道，好聞的香皂氣味夾雜了體味，那味道是勤美一輩子不會忘懷，甚至思念那氣味一日比一日強烈，一年比一年迫切。

江莉莉終究敵不過勤美的懇求，答應訂婚後，夏天和勤美去舊金山找她姊姊，好好的玩一趟。勤美雖然如願，但立刻要面對的就是費用問題。美國住上一個月，連機票七、八萬塊錢是一定要準備的，這對勤美來說，是很大一筆錢。勤美想到的唯一可能給她這筆錢的，就只剩下林惠安了。

黃家輝和那位在貿易公司上班的女人林惠安，從由由小學三、四年級，兩人就在忠孝東路四段的巷弄裡，租了間十多坪的小套房同居。她家人都在南部，北上念商專畢業，就留在臺北工作，一直租屋住在熱鬧的東區，而且希望能買間東區的房子。

東區是臺北的主流鬧區，房價比起臺北其他地區高很多，據說林惠安尋尋覓覓，從未放棄在附近購屋的想法。對於黃家輝而言，很多影視名人都住這一帶，約人談工作，比起石牌方便上百倍。

勤美知道小套房的地址，是因為黃家輝有趟回來石牌，勤美見他外套口袋掉出張信用卡帳單，上面名字是林惠安，地址勤美就記住了。她本來還好奇，想看看帳單細目，但只瞥到些餐廳名字，就聽見黃家輝在浴室裡拉抽水馬桶的聲音，於是勤美悄悄將帳單又塞回了黃家輝的外套口袋。

勤美照著記住的地址，找去黃家輝和林惠安同居的小套房。她乘坐捷運板南線，在敦南站下車，由五號出口出去，沒走多遠左轉就到了。那是初春的週六中午，巷弄裡相當熱鬧，賣時髦小物、賣衣服、賣冰品、賣小吃、咖啡店，和很多餐廳……，來來往往人潮很多。

林惠安的小套房在一家廣式燒臘店的樓上，整個七層大樓已經很舊了，也沒有管理員，所以勤美乘電梯上樓，一如進入無人之境。電梯又窄又小，還老舊得會發出吱吱雜音，走出電梯後黑洞洞般的長廊，兩邊是一戶接一戶的房門，這讓勤美想起娘家的國宅，但這裡地面乾淨些，也沒見到檳榔血渣。

勤美按了六樓之五的門鈴，屋裡有女人聲音問她是誰？隨即大門毫無警覺心的大大洞開。是勤美運氣好，林惠安隨手開了門，而黃家輝竟然剛好當天也在家裡。

「你？找誰？」林惠安穿著粉紅絲綢睡衣，頭髮蓬亂，雙眼睡意仍重，像是剛起床。但她很快就認出勤美，然後對自己的疏忽懊惱不已，只是為時已晚。她說：「我……不認識你。」

林惠安想推勤美出去，但勤美一個箭步閃身入屋，還順手幫忙關了大門。她說：「我找黃家輝，我知道他在裡面。」

其實當下勤美並不確定黃家輝是否在家，她只是虛張聲勢而已。是她運氣好，黃家輝真的在家，是聽見了聲音，由唯一隔間的內屋推開拉門，也是睡眼惺忪的走了出來。

「你來幹什麼？」黃家輝緊皺眉頭問勤美。

房子實在很小，窄窄的小客廳裡只有一張雙人花布沙發可以坐人，勤美坐下了，她是預備好要長久爭戰的。

「問你來幹什麼？」黃家輝口氣暴躁，也是必要反應，好給林惠安一個交代。

勤美不疾不徐，四處張望一遍，因為屋子小，一眼就看盡了所有。這時候鼻尖縈繞著廣式燒烤的氣味，樓下燒臘店的味道瀰漫了整棟樓。勤美將視線再拉回面前小茶几，上面黏著兩、三粒乾掉的飯粒子，看來小茶几也是用餐的地方。

勤美指著飯粒，對林惠安說：「桌子沒擦乾淨。」

「什麼？」林惠安先是不相信自己耳朵，之後才反應過來，說：「喂！這是我家，請你出去！立刻！」

黃家輝也上前作勢要攆勤美，勤美擋開了他的手，眼睛直瞪著林惠安，說出早預備好的話：「你們不要碰我！我是來談離婚的，我願意離婚。」

一時間所有人都安靜下來，林惠安看著黃家輝，而黃家輝也看著林惠安，半天後他才回過神，問勤美同樣一句話：「你來幹什麼？」

「我願意離婚。」

「你願意……？」

見黃家輝嘀嘀咕咕，不爽不快的，林惠安按捺不住，逼前一步直直瞪著勤美眼睛問：「那就離啊！應該有什麼條件吧？」

勤美也回答得乾脆，說：「給我錢，我要去美國。」

黃家輝問：「你去美國做什麼？由由呢？」

「我媽會照顧。」

「你……，莫名其妙！」黃家輝說。

那八萬塊錢現金勤美能拿到手，並不容易。她足足在林惠安的小套房裡枯坐了十多個小時，從中午進去到午夜，沒有離開半步。黃家輝只是反反覆覆的問她去美國做什麼？而勤美抿嘴不回答。強悍的林惠安一時間也不知道是該答應？還是不答應？事情來得突然，擔心其中有詐，哪有人離婚贍養費只要求八萬塊錢新臺幣？

黃家輝也心裡七上八下，離婚？他壓根兒沒想過。因為離了婚就得結婚，正確地說，他是從來沒想過要和林惠安結婚。對他而言，目前這麼渾渾噩噩度日沒什麼缺點，何必自找麻煩改變現況呢？

黃家輝又選擇了遁逃，他對林惠安說：「我有通告，先走了，這裡你看著辦吧。」

「什麼？你就這樣走人？」

林惠安對黃家輝的匆忙離去，極為不滿。但是人都走了，又能怎麼辦呢？她也選擇先躲進房間，打開化妝箱，在臉上擦粉再塗了咖啡金眼影、玫瑰色唇膏，換穿了件淡黃色雪紡紗迷你洋裝，一副盛裝預備赴宴打扮的走了出來。

她對勤美說：「我要出去，你還不走？」

在勤美看來，林惠安的裝扮太過繁複，濃妝豔抹只更凸顯了她剛硬不美麗的臉，掩飾不了她比她的男人大了好幾歲的事實。當然，勤美什麼也沒說，只是繼續靜靜坐在原處。

林惠安臨出門時，又再次指到勤美鼻子上來，說：「你這樣耍賴沒有用的，請離開我的房子，好嗎？」

勤美不為所動，只是坐著，看著林惠安臉上沒抹均勻的粉痕。

「要我叫警察來嗎？」林惠安開始有些跳腳了。

勤美面無表情道：「好。」

林惠安沒有叫警察，因為她也不知道警察能為她做些什麼。於是她只能出言恐嚇勤美：「我現在出門去，要是掉了什麼東西，告你偷竊、侵占……，告到你死！」

門被外出的林惠安大力的關上，聲音很大，反應她的憤怒。小套房霎時完全安靜下來，獨自待在陌生空間裡的勤美，竟然沒有不安、不悅、恐慌……，她只覺得安靜，沒有別人只有她自己時，那種絕對的安靜，使她覺得世界終於安穩靜好。

疲累不已的勤美，就著小沙發躺了下來，因為沙發不夠長，她必須側身蜷曲，但她覺得這樣也很好，可以睡得很有安全感，非常溫暖。房子小唯一的好處，就是很暖和。勤美就這樣睡著了，她睡睡醒醒，有時有夢，有時無夢，反覆了許多次。

勤美來之前就做了許多假設，該來還是不該來？該怎麼說？該怎麼做？可能成功要到錢嗎？還是只換到羞辱？她掙扎很久，身心交瘁，但是現在她睡著了，得到休息。

醒來時，勤美發現眼下一片漆黑，一時還有點想不起身在何處？不過隱隱約約的燒臘氣味，讓她記起些許，勤美頓時睡意消失，人也清明過來，在黝黑中尋找到了窗外滲入的一點點光源，同時記起了她為何事而來。

起身開了燈，雖然一整天沒有吃東西，但並不覺得餓，她需要的只是一杯水而已。勤美找到了屋後唯一的小陽臺，原來陽臺有一套流理臺充當小廚房，她找到玻璃杯，連開水都懶得找，勤美直接喝了自來水，然後再回到小客廳打開電視。

黃家輝和林惠安到底過著怎樣的生活？勤美不好奇，她知道自己大可翻箱倒櫃，滿足好奇心，起碼推開房間門，看一眼兩人的臥室……。但是勤美什麼都不想看，什麼都不想知道。她之後還去過的地方，就只有盥洗室。那間盥洗室也很小，有馬桶、洗手臺、淋浴，角落有隻藍色洗衣籃，堆滿待洗的衣物，男人內衣、女人內衣、男人襪子、女人絲襪、男人襯衫、女人裙子……，堆得小山一樣。

勤美看了一個晚上的電視，除了新聞她也看政論節目，討論的仍是去年夏天紅衫軍走上街頭的事，畫面不停的重複，紅潮洶湧。勤美來來回回的轉換著頻道，親藍的電視臺和親綠的電視臺各有說法，名嘴也各個說得慷慨激昂。勤美對政治冷感，她的能力只到關心自己的事，政壇上發生了什麼事，她大略知道，但是每當看到不同說法時，就有著不知誰對誰錯的困惑。好在所有議題很快就都會成為過去式，所有抗爭、遊行、示威……，也都會過去。之後又會再有新的議題、新的抗爭、新的遊行、新的示威……。

勤美轉換頻道，想看的只有關於王光群的消息。但是這幾年，不管她怎麼盯住電視新聞，已經很久很久沒有見到王光群了，這也是勤美為什麼要飛去美國的主要原因，她認為王光群留在美國，再也不會回來臺灣了，那麼她只好飛去找他。

午夜時分，勤美終於聽見有人轉動門把，林惠安由外面推門進來。對於勤美仍然霸占著她的房子，林惠安早有心理準備，她輕蔑的看著勤美。她是一個人回來的，也經過深思熟慮，並和黃家輝沙盤演練，仔細討論過。

「你這樣坐在人家家裡，不覺得無恥嗎？」林惠安關了吵得震天價響的電視，說：「請你出去，我現在要睡覺了。」

勤美當作什麼也沒聽見，這次她改看天花板，發現頂燈上面都是灰塵。

「我怕你了。」林惠安雙手交叉，站在勤美面前：「沒看過這麼會死纏爛打的人，你想怎樣？說吧！」

「給我錢。」

林惠安果然有備而來，她從皮包裡翻找出一張摺疊整齊的白紙和原子筆，往茶几上重重一擱，說：「你把這個簽上名字，我就給你三萬塊錢，飛美國經濟艙足夠了吧？」

勤美打開白紙，上面是電腦打字的離婚協議書，內容大致是男婚女嫁各不相干。勤美抬眼，毫無妥協餘地的對林惠安再重複一遍，說：「八萬。」

勤美最後拿到了她要的錢，簽了那份離婚協議書。本來林惠安是不肯加碼的，說大半夜去哪裡拿現金？說勤美不簽也沒關係，反正她和黃家輝早有證據證明勤美很久前就知道兩人關係，所以告不了他們。還說她早就豁出去了，什麼都不怕，叫勤美不用威脅她。說勤美死不肯離婚，為的只是讓黃家輝養活，根本是敗類、人渣、寄生蟲。說真正的愛情是真心付出，而不是勤美這樣吸血鬼似的吸取……。

林惠安越說越憤慨，臉都漲紅了，眼睛也布滿血絲。勤美覺得面前女人可能隨時會撲向自己，將她撕個粉碎。女人認定了的愛情，真是瘋狂得嚇人啊！林惠安又何嘗不是如此？她自己亦如是。

面對著幾近瘋狂的林惠安，勤美一無畏懼，只有同情。一切早沒了邏輯，沒有是非，剩下混亂不堪的男女糾葛……。但勤美覺得都無所謂，她只要那一點點最卑微的錢，這也是因為愛情，她的愛情。

半夜裡，林惠安下樓去找提款機，她給了勤美要的八萬塊錢，也拿到了勤美簽字的離婚協議書。兩個女人在這一刻都大大的鬆了口氣，臉上顏色變得和煦很多。林惠安打開大門讓勤美出去時，她還說了再見。

勤美點頭，說：「謝謝。」

走在午夜的忠孝東路上，有種詭異的安靜，車輛不多，行人道上偶然也會出現一兩個，像勤美這樣夜遊的人影。他們打量勤美的眼神，也將她看成異類。整座臺北在這個時間，安靜得像個鬼城，勤美和那幾個路人，就是遊走其間的鬼魅。

7

勤美衝出家門時，手上只抓了手機，什麼也沒帶，連衣服也沒換。她穿著睡覺、居家的直筒花布衫，鞋也是原來腳上的布拖鞋，走出了巷子，大馬路上她才感覺到些不妥。勤美偷眼迎面而來的路人，想看看人家看她的神情是否古怪？然而大家都行色匆匆，甚至沒有人抬頭多看她一眼。

大都市的市民據說都是冷漠的，但是有時候這樣的冷漠，也讓人保留了些許自尊心。一直走到了石牌路與天母西路的岔路口，勤美盤算起向左？向右？其實她經常站在這個路口想著同樣問題。

右邊是榮民總醫院，早早晚晚人潮匯集難散，再走十分鐘是捷運石牌站。左走往天母，過了磺溪橋也有不少公車到臺北。可是現在她手上只有手機，什麼也沒有，所以捷運、公車都搭不了。況且，下午她還有個重要約會，總不能衣衫不整的赴約？

既然無法乘坐捷運，勤美選擇了左轉。走上磺溪堤防上的人行步道。時序即將入冬，前兩天還涼意很重，今天又陽光和煦，氣溫高達二十六、七度，宛如夏天。堤防上花草、樹木也都生氣蓬勃，枝葉繁茂，綠油油一派興榮景象，這就是臺北的典型十二月初，經常讓人搞不清是否是冬天。

勤美偶爾會到磺溪堤防上走走，整座堤防修整得相當漂亮，早晚有人慢跑、快走、散步。尤其二、三月櫻花開得爛漫，紅殷殷一大片，等那殷紅落盡後，又再慢慢換成了細芽苞，細芽苞又抽出淡綠小葉片，現在小葉片全長成大葉片，整排的綠樹，走過的行人很少人認得出其中哪棵是櫻花？哪棵不是？

堤道盡頭有一條窄小馬路，可以通往捷運芝山站，那裡有百貨公司、大賣場、商業大樓。勤美認真想著，這樣一直走下去也不是辦法。這時她的手機鈴突然響起，由由說她總是聽不見電話鈴響，特地為她下載了刺耳的警車嘶哮而過的聲音。勤美雖然不喜歡，也遭人訕笑過，但是既然女兒下載的，她也就繼續用著。只是這一刻聽來，那刺耳的聲音竟然讓勤美有了得救的感覺，終於有人惦記起她，主動聯絡。

勤美接了手機，期盼的問著：「喂？喂？」

「我啊！」是勤美母親：「你在哪裡？剛打電話去你家，黃家輝接的電話。他回來做什麼？」

「我，在外面。」

「他跟我說你出去了。現在就是問你？在外面做什麼？」

「沒，沒做什麼。我沒帶錢出來……，沒地方去。」

勤美母親沉默了一陣，應該是壓抑住不滿。她也有太多的不悅，對勤美、對勤立、對媳婦、對離婚的女婿、對親家……，但是卻都必須壓抑，這就是生活？老太太年老後終於都想明白了，原來人生就是一連串的不滿意，必須壓抑、忍耐，日子才過得下去。

她對勤美說：「你，坐計程車回來，回來再說吧。」

勤美也不是很想回娘家，回去聽母親嘮叨，還不如像這樣漫無目的的逛蕩下去。但是，她現在必須換件像樣的衣服，裝扮整齊，下午她還有個地方一定要去。勤美攔了計程車，決定先回去娘家。

勤美年輕時其實還滿懼怕婆婆的，到底是長輩，能拿她怎麼辦呢？婆婆抱怨要聽，罵人要忍。但是自從和黃家輝簽下離婚協議書後，勤美的畏懼心也瞬間瓦解。

她和黃家輝雖然沒有去戶政事務所辦理離婚登記，但是在心態上，她已經從黃家完全解脫出來。至於為何沒有去辦理登記，勤美也不是很知道原因，黃家輝沒有開口要求，她也就過一日算一日，不會自尋煩惱去問原因。

黃家輝母親又是何時得知兩人離婚的消息？勤美不知道，但是事情就有這麼巧，那天勤美和江莉莉到旅行社開好機票，歡歡喜喜走出大樓時，迎面就看見一個老婦人，衝著她大喊大叫：「宋勤美！為什麼不接我電話？我找你，為什麼躲著不見？你以為可以這樣躲一輩子嗎？」

老婦正是黃家輝母親，勤美就是那一刻裡了解到，她完全不再懼怕這位老太太了，只要遠遠躲開她就可以。勤美拉起江莉莉的手就往旁邊巷子鑽，會進巷子完全是直覺反應，因為在寬闊的松江路上和黃家輝母親狹路相逢，若是爭吵拉扯，又當著江莉莉，她覺得丟臉，所以選擇了巷道。

但是黃家輝母親仍不放過她，不但追趕在後，還不停的罵道：「誰准你去美國的？還跟我兒子要八萬塊！八萬塊錢耶！什麼離婚？誰准許你離婚的？你們眼裡還有長輩嗎？」

那條巷子並不長，跑不了幾步就又見路口。黃家輝母親雖然有了年紀，但是卻有鍥而不舍的精神，接近路口時她逮到了勤美，硬扯著她的衣領口不放。雖然氣喘吁吁，但罵聲中氣十足：「你跑！你再跑！我看你往哪裡跑？放著孩子不管，還想出國？」

還真虧了江莉莉機伶，一邊幫忙勤美拉開黃家輝母親，一邊招手叫了計程車。黃家輝母親最後到底輸給了兩個年輕女子，眼睜睜看著她們乘車揚長而去。

「那是你婆婆啊？好凶！真嚇人。」江莉莉上了車，仍然心有餘悸。

「嗯，好凶。」勤美重複著：「不過已經不是我婆婆了。」

江莉莉不明白，問：「什麼意思？」

「我們離婚了。」

「啊？什麼時候？」

「上個月。」

「勤立知道嗎？」

「沒告訴他。」

「喔！」愛說愛笑的江莉莉沉默了，因為不知道該說些什麼。

江莉莉和勤立已經訂婚，女方在餐廳擺了六桌酒席宴客，男方花了三萬八千元買喜餅分送女方親友。新人覺得一切簡單、滿意，雙方家長卻怨言很多。女方家長怨男方首飾送得寒酸；勤美母親嫌女方竟然收下了小聘的現金，太不應該。

不管家長們如何抱怨，小倆口卻十分歡喜，尤其是江莉莉，結婚前將和未來小姑同遊美國，順便辦嫁妝，興奮得不得了，經常拉著勤美逛街買東買西，做出國的行前準備。

姑嫂倆的個性很明顯的一個慢悠悠，凡事進了腦子還要繞好幾圈，才能做出反應；而江莉莉性子急，恨不得事情還沒發生，她就先出手解決掉才好。就像搶付計程車錢，江莉莉是車子還離目的地一公里，錢就已經準備好握在手上，車還沒停穩，錢就往司機懷裡塞。

姑嫂倆為了省錢，計程車只坐到南門市場，然後換捷運去新店江莉莉家。因為勤美沒有行李箱，江莉莉說她家有多餘不用的，可以借給勤美。

勤美只知道江莉莉家住在新店，直到走出新店捷運站，才發現這裡是和王光群熱戀時，來過兩次的碧潭。隨著江莉莉往左走，有條勉強可以雙向行車的老街，兩邊低矮舊式樓房相連，樓底下是店面，開著一家家不起眼的商店，賣米粉湯、金飾、雜貨、米糧……，雜七雜八。而老舊的碧潭吊橋入口，就夾雜在一棟棟舊樓之間。

「臺北縣和臺北市很不一樣吧？有點亂喔。」江莉莉自我解嘲說著。「不過捷運開通後，交通方便多了。從前坐公車，等半天也等不到車。就是你要搭車時候沒有車，不要搭的時候連著兩、三班從你面前開過去。還是捷運好，捷運萬歲！」

勤美無心聽江莉莉說這些，只是訝異眼前的吊橋，竟然就是二十年前走過的會搖晃的那座橋？恍忽記得當年吊橋入口兩旁房舍並沒有這麼密集，青山綠水可以一眼看穿。二十年沒再來過的地方，讓勤美忍不住一陣傷感，她問江莉莉：「我們要過吊橋嗎？」

「不用！再往前，我家在前面。」

江莉莉家在一家米糧店的三樓，樓梯為了節省空間必須筆直上下，所以又陡又窄。為她們開門的是江莉莉媽媽，她對勤美也很親熱，畢竟是女兒未來小姑，總要巴結。

「媽，你不用管我們了。」

「喔，好。」

江莉莉媽媽聽話的一下便消失在這有限的空間裡，而江莉莉拉著勤美穿過隔成一小間一小間睡房的通道，由屋頭走到屋尾。原來客廳在屋子最後進，灰撲撲的擺了套舊沙發、舊茶几、舊櫥櫃……，但和勤美家的破舊有些不同，這裡舊得有些人氣，有點溫馨，可能因為家裡人多。而真正讓勤美感到震懾的，是陽臺外的景觀，一窪潭水碧波青綠，對岸綠樹蒼翠，相連的幾座褐赭巨岩奇美的聳立著……，根本是一幅渾然天成的江南水墨。

從來不曾由這個角度好好打量過碧潭的勤美，打心底生出讚嘆，說：「好美。」

「很美吧？我爸那時候就是因為景觀很美，才買下這房子。我們小時候住大馬路另一邊，看不到風景的。」

原來臺北的住家千百萬種，每家打開門，各有各的樣式、色彩、生活方式。勤美對自己這一刻才知道這麼簡單的道理，感到有些羞赧，忍禁不住又再次讚嘆說：「好美。」

「你去了舊金山就知道，比這裡還美。喔！不！」江莉莉又否定了自己所說：「應該是不同的美，各有各的美麗。」

山區多雨，剛才市區裡還陽光炫麗，這裡卻突然飄來烏雲，細細下起毛毛雨。水氣緩緩從潭面上升，綠樹蒼林間成就了嵐氣，虛虛緲緲一如仙境。勤美站在陽臺上，發現潭面上划船和踩鴨船的人減少了，越晚涼意越重，但是更冷的是她的心，她想念當年為她划船、說著令她著迷言語的王光群，他是否在舊金山等待著她呢？無論如何，她將飛往美國，出現在那為她划船的男人面前，讓他驚喜，重新記起兩人的情愛。

勤美拿到了她借用的行李箱，黑色帆布輕型旅行箱雖然不重，但體積龐大。江莉莉送她到捷運站，但是仍必須勤美獨自拎回家，相當吃力。夜晚勤美拖著那隻龐然大物，先經過商家林立、繁雜熱鬧的石牌路和夜市場，然後才是入夜靜謐沉澱的榮民總醫院門口。那裡路兩旁，種植著超過五十年的老榕樹，樹底下的盤枝錯節都被柏油馬路掩蓋了，然而老樹繁枝茂盛，兩邊路樹的枝葉早踰越過馬路，相互枝葉搭著枝葉，成了延綿數十公尺的林蔭隧道。勤美每次走過，都會抬頭仰望，覺得神奇，更有無限對生命力的讚佩。

只是這夜，她拖著龐然的大行李箱經過，周遭清清冷冷、漆漆黑黑，只有她一個行人，背影拖得老長，和行李箱的黑影重疊，走在這濃重樹影底下，彷彿經過千年鬼域，而她就是個夜行的怪獸。但就算是怪獸，這樣孤單沉重的行走，也讓人感到悲傷吧？

拖著好沉重的步伐，勤美走啊走啊，終於來到有光的地方，是路燈。勤美的心又被激勵了，重新亮起那片碧潭景色，翡翠般的綠水波瀾中，她曾經和王光群攜手走過令人膽怯的吊橋、潭邊散步、潭水划船，還踩過鴨船……。碧潭的美麗蕩漾著她的青春，她年少時的美麗，還有王光群的愛情。因為行李箱而累得幾乎癱軟在地的勤美，重新振作起精神，她告訴自己，她要去美國，去舊金山，去見王光群。

美國能夠成行，其實是幾經波折的。不僅是勤立反對、母親反對，江莉莉娘家那邊也覺得事有蹊蹺，只是礙於女兒、女婿情面，沒有多說而已。

反對得最激烈的，是勤美母親。她對勤美說了無數次的不可以，還叫來江莉莉訓誡未來媳婦說：「都快要結婚的人了，不要那麼貪玩。出國要花不少錢吧？你省點錢有什麼不好？不是說你和勤立預備買房子嗎？那就不要亂花錢。錢留在口袋裡，難道會咬你嗎？」

江莉莉連忙抬出勤美做擋箭牌，說：「是勤美想去，說沒去過美國，我才答應……。」

不提勤美還好，說起女兒老太太更生氣，說：「她沒去過美國？她也沒去過法國，沒去過歐洲、義大利，難道都要去嗎？」

「真的，不是我提議的，媽！」

「那你就不要理她！哼！」

勤美母親其實真正想說的是，她瘋，你也跟著瘋嗎？也不知道女兒打的是什麼主意，到時候搞得亂七八糟，如何收拾？勤美母親簡直想告訴未來媳婦，勤美有毛病，別理她！可是如此編排自己女兒，勤美母親說不出口。就是勤立，他也沒辦法跟未來老婆鉅細靡遺說明白妹妹發生過的所有事情。

勤美知道母親訓斥江莉莉不准帶她去美國後，回娘家對母親大發一頓脾氣。老太太看女兒這麼生氣，多少有些心虛，矢口否認她為了不讓勤美出國，痛罵江莉莉。

「你沒罵她，她為什麼說不敢跟我出國？」

「我沒有。」勤美母親也不知道自己為何不敢老實承認，難道真的像大家說的，人老了開始怕兒女？這可能也是勤美母親一直對人生感到極大不滿的因素之一。

「你就是有！」年紀再大的兒女，父母面前還是可以耍賴，勤美尖著嗓子嚷嚷：「我去美國犯法嗎？為什麼你跟勤立都要反對？我到底哪裡錯了，你們要這樣對我？早就知道你重男輕女，只有你兒子是你的命、你的寶，我算什麼？連去趟美國，也被你們說成見不得人似的。今天就在這裡說清楚了，我一定要去美國，你再跟江莉莉說什麼有的沒的，小心我真的瘋給你們看。」

勤美說了一堆外人聽了覺得沒什麼邏輯可言的話，但是對她母親來說，卻是有效的。勤美母親自從女兒找她跳腳理論後，不再對未來媳婦施壓了，甚至叫兒子也別再管勤美的事。理由是，隨便她吧！她愛怎樣就怎樣，也拴不住她的腿。再說去美國有江莉莉同行，還可以看住她，人生地不熟的地方，英文又不行，能做什麼？就讓她去一趟，當散心好了，說不定回來後心病便痊癒了。

沒有了母親和勤立的阻力，事情好辦多了。勤美很清楚，能不能成行最要緊的，還是江莉莉的決定。她努力的討好這未來的大嫂，叫她不要把她母親的話放在心上，也不要管勤立說什麼。不就是出國玩幾個星期嗎？有這麼嚴重嗎？

江莉莉變得謹慎了，她猶豫不決，原因包括年假可能不夠用；婆婆和勤立會不高興；出國很費錢……。勤美知道必須拿出撒手鐧，說服江莉莉的時候到了。她約了未來大嫂在三十五元連鎖咖啡店喝咖啡，對江莉莉她毋須裝闊綽，勤立應該早將她的經濟狀況全說了，勤美現在只能以誠懇贏取同情。

「你馬上就是我的大嫂了，我們是一家人，有些事，我也不用瞞你。」勤美以哀傷低沉的音調，緩緩訴說：「我想跟你去美國，不光是想去玩。你大概也聽勤立說過一些事……。」

江莉莉眼睛裡閃動著好奇，幾乎和數年前勤美在汪小姐眼中所見一模一樣。熱中別人的祕密而感到亢奮，是人之常情，江莉莉瞪大了雙眼，喉嚨咕嚕著，說：「沒有，沒有，他什麼也沒說。」

「沒提過我以前有個已經論及婚嫁的男朋友？」

「哦！好像有……。後來，後來……。」江莉莉不好意思說出「被甩」兩個字。

「後來我們分手了。不過不是因為我們不相愛，是因為他父母介入，硬拆散了我們。」勤美說得很簡單，但是夠完整。

「這怎麼可以？怎麼可以這樣？」江莉莉氣憤已極，連臉都漲紅了，道：「怎麼會有這樣的父母？簡直不可理諭。」

勤美悠悠嘆息後，輕聲說道：「他出國前一天，來辦公室找我。我想事情都這樣了，本來不想見他，可是他大馬路上一站就整個下午，後來還下起雨，同事看不過去，硬推我出去和他見面，說聽聽他怎麼說也好。」

「後來呢？後來？」

「後來我出去見他，聽他說有多愛我，希望我能等他。」

「等拿到學位嗎？」

勤美點頭，說：「我沒有承諾任何事，因為太飄渺不實際了。但是他一直掉眼淚，一直哭，一直……。」

「喔！勤美！」江莉莉聽得心都碎了，道：「他，是真的很愛你。」

勤美也為自己敘述的情境，感到內心澎湃洶湧。這一刻她說的是否真實，根本不重要，重要的是只要她相信，那就是真。

「也許，是我辜負了他，是我先結的婚……。他赴美後每個星期都寫很長的信給我，要我等他……，我沒有等他。」

「原來是這樣。」江莉莉這一刻才將勤美「被甩」的觀念，導正成兩人原來是有緣無分。淒美的愛情不用勤美再多做描繪，一齣愛情劇正完整的在江莉莉腦海上演著。江莉莉喃喃道：「我還一直以為，是他對不起你。」

「這些事，我誰都沒有說，我媽和勤立他們也不知道。你曉得，我哥在部隊的時間多過在家，他從前一直待在臺南，最近才調到桃園，就算他現在離臺北近了，我們兄妹一樣是一年也見不到三次。他對我的事，什麼都不清楚。」

「喔！難怪……。」

「大嫂，你要幫我。」

這是勤美第一次稱呼江莉莉做大嫂，她自己都覺得感動，更何況江莉莉。這一聲稱謂，將兩人關係更拉近成了真正的親戚，江莉莉有了對勤美義不容辭的決心，她說：「我既然是你大嫂，當然要幫你，小姑。」

終於在江莉莉和勤立訂婚後，姑嫂倆的美國行也訂下了行期。勤美沒有護照，沒有美國簽證，沒有錢，但是這些都被她一一克服。辦護照不難，幫忙買機票的旅行社可以送件申請。美國觀光簽證比較麻煩，而且謠言頗多，說工作穩定尤其是公職人員比較容易申請，因為這樣的人不太可能留在美國打黑工。又說有房產證明，有大筆銀行存款，才容易獲准簽證。又說單身女人特別不容易獲准，因為怕在美國假結婚，申請居留⋯⋯。

勤美唯一符合條件的，就是她當時還沒有與黃家輝辦理離婚登記，所以有丈夫，非單身女人。至於銀行存款，江莉莉說這比較好辦，她逼著勤立將三十萬元定存解約，匯去勤美銀行戶頭假裝有錢，叮嚀勤美面試時，一定要帶存款證明書。

匯款的事勤立其實是有意見的，他不情不願的問江莉莉：「我這麼忙，還叫我去銀行？你們去美國玩，你怎麼不自己去轉帳給她？」

江莉莉還當成笑話說給勤美聽，說：「我就跟你哥說啊！誰教他是你哥哥呢？當然是他去匯錢囉。哈，好笑吧？」

勤美什麼也沒有說，也沒有笑。

就因為關於美國簽證的謠言很多，讓勤美十分的惴惴不安，她連續一個星期失眠闔不上眼，腦子裡不停的有聲音說東道西，一下說她問題大了，不可能過關；一下又有聲音說沒問題，一定可以拿到簽證。勤美腦子裡塞滿了耳語，嘰嘰嚷嚷，腦袋幾乎快要爆炸開。

面試那天，勤美才見識到什麼叫做辦簽證。美國在臺協會面前滿滿的人潮，原來有這麼多人要去美國？門外排隊，內廳再排隊，隊伍很長，也聽見小小聲的抱怨，說美國了不起啊？這麼多規定？這麼多門檻？誰一定要去他媽的美國？但是抱怨歸抱怨，隊伍還是繼續著，沒有人退出。

好不容易輪到勤美，問話的是個操著流利中文的年輕白種男人，看上去有點陰鬱，這更加深了勤美的不安。他只抬頭看了勤美三次，問題也不多，主要就問她去美國做什麼？住哪裡？勤美照著江莉莉教她的說，觀光，就是觀光，花錢觀光、購物，其他什麼都不要多說。

走出了美國在臺協會，勤美仍然不知道能否順利拿到簽證。不過江莉莉安慰她說，當場沒說什麼刁難的話，應該就會過的。美國人現在不比以前，變窮了，很喜歡人家去花錢觀光、購物，所以不用擔心。

由快遞那裡拿到簽證的那一刻，勤美還真有種大考過關的喜悅。現在最後剩下的，就只是小問題——要求母親暫時住來石牌，照顧已經念國中的由由。

「你要去美國嗎？」由由因為對這個家的諸多不滿，使得她和勤美說話時口氣總是輕蔑的，而且成了習慣。

反而勤美每次面對女兒，唯唯諾諾，她說：「和你舅媽一起去。」

「有必要跑那麼遠嗎？」

「嗯，沒有……。」勤美閃爍其詞，其實她對由由的任何提問，都採取迴避。當然也可以說她是不用心，但大部分時候她是跟不上女兒的成長，所以無法用心。

「誰知道你又在搞什麼鬼！」

「沒有……搞什麼。」

「你幹麼那樣跟那個人要錢？」

由由是從她祖母那裡知道了些什麼，聽到的話也一定很難聽。勤美沒問女兒到底知道了什麼，只緊閉嘴什麼都不回答。

「我們家就不能正常一點嗎？已經有一個不正常的爸爸，連媽媽也不正常。討厭！我討厭這個家，討厭死了！」由由恨恨的扔下話，然後轉身甩門進屋。

女兒回房後，勤美總覺得讓她這樣生氣有些不妥，囁嚅的走向由由房間，對著門板說：「到美國，會寫 email 給你。」

「由由。」

「走開！走開！我要寫功課，不要跟我說話。」由由的聲音隔著薄板門，但依然尖銳火爆。

「別以為我什麼都不知道，你要去美國做什麼，哼！我知道！」由由從屋裡傳出的聲音，明顯的已經轉成了嗚咽哭泣：「我什麼都知道……。你要去就去啊！你走開！我永遠不要再跟你說話！隨便你要去哪裡！」

幼時的由由，是勤美唯一的生活重心，雖然稱不上是稱職的母親，但是該做的也都做了：接送孩子上、下學，讓孩子吃飽穿暖。但是由由越大，對母親越不滿意，大概是上了小學四年級以後，十歲的由由一生氣，就會對著勤美扯開嗓子尖叫。

勤美只要聽到女兒尖叫，便不知所措，頭幾次還會抓起拖鞋打她，希望她害怕而噤聲。可是由由一點也不怕她，反而跳躍躲避，還頂嘴說：「奶奶說你瘋了！奶奶說你瘋了才會亂打人。」

黃家輝母親很早就對外宣稱勤美是瘋子，說她成天無所事事，每天喃喃自語說些沒人懂的話。說她念過大學有什麼用？也不去上班賺錢，只會伸手跟她兒子要錢，總有一天會吸乾她兒子的血。說勤美不上班，就該家裡好好待著，結果滿街亂跑，也不知道都忙些什麼？

由由不是她奶奶帶大的，只不過偶爾跟著黃家輝回去，竟然也就這樣一點一滴，學會了她奶奶的話。國中以後的由由身高已經超過勤美，那麼大的孩子，勤美不適合再動手打她，從此勤美更不知道如何管教由由了。

勤美沒有責怪女兒，她什麼也沒有說的走開了。少了母女的爭執，家裡突然安靜得像棟空屋，勤美喜歡這樣，越沒有真實人聲越好。她打開電視，無意識的換著頻道，她只喜歡耳膜中充斥著電視裡的聲音，人聲、樂音、環境聲響她都能接受，因為那些聲音透過了電視轉換，並不真實存在。所以只有電視的聲音，讓她覺得平靜，覺得世界是安全的，沒有人會頂撞她，與她爭執，讓她煩躁。

王光群一共只回覆過勤美兩次簡短的email，勤美之後就再也沒有收到過他任何隻字片語。但是勤美不在意，她認為只要到了美國，兩人一定會重逢。勤美專心一意做著赴美的準備，預備等抵達美國後，再寫信給王光群，都近在咫尺，沒有理由見不著面吧？

排除了萬難，勤美的美國行終於成真。駛往機場的高速公路上，勤美的一顆心，跳得比計程車的計程錶還要飛快。她甚至懷疑這一切是夢？是真？

江莉莉的雙眼，也一樣盯著不停翻動數字的計程錶，不過她是想當笑話說給勤美聽。她說：「好在跑機場的計程車算趟數，一趟九百塊，否則看它一直跳錶，心臟病都給他嚇出來了。」

勤美為了緩和自己的緊張，也笑著說：「就是啊。」

飛機上勤美一直戴著耳機，眼睛瞪著面前一方小螢幕，她看了一部又一部電影。學生時代她常看電影；談戀愛時看電影更是不可缺少的節目；失戀了電影院看電影更是極好的逃避，兩個多小時沉浸在別人的故事裡，隨著劇情悲傷或喜樂，時間過得特別快。

飛行對勤美是件完全新鮮的事，但是她並不覺得享受，密閉的空間、擁擠的機艙、窄小的經濟艙座位、難吃的食物……，勤美只能瞪著小小螢幕看電影。江莉莉已經有過多次飛行經驗，早練就了好本領，晚餐後絕不喝咖啡，只喝紅酒，酒足飯飽後便準備睡覺。她告訴勤美：「只要能睡著，醒來就可以吃早餐了，十二個小時過得很快，一下就到舊金山了。」

勤美睡不著，怎麼都睡不著。她本來就有嚴重的睡眠障礙，沉睡對她一直是奢侈的事，飛機上更是難眠，飛行的聲響、陌生的空間、混沌的空氣、夾雜在人群之間……。就算電影看得她腦袋昏沉，身體疲累，全身每個細胞、每根神經、每個器官都想休息，都有睡意，但是她的腦子卻絕不鬆懈，不能睡，怎麼也睡不著，就算吞了安眠藥一樣睡不著。

勤美已經看完三部好萊塢電影，眼睛痠到流眼淚。她關了螢幕，看身邊的江莉莉睡得香沉，頭低得幾乎磕到膝蓋骨，就連飛機上滿載了一股泡麵的特殊嗆鼻辛香料氣味，也沒讓她醒轉。飛機上能睡得香甜的人，真教人羨慕，而睡不著的人，就是再認真睡，再努力睡，雙眼閉得再緊，腦袋瓜子仍然清楚明白的知道自己睡不著。

勤美好不容易熬到空中小姐再次現身，她們一邊為旅客開窗，一邊推送出裝載了早餐的餐車，問要炒麵？還是粥？整個機艙頓時明亮，窗外已露出太平洋西岸的清晨曙光。

江莉莉很神奇的在餐車推到面前時，準時的甦醒了，並且又絮絮叨叨，講述起她的美國經驗。她說：「第一次去舊金山，是坐ＵＡ，聯合航空。我最喜歡他們的優格早餐，好多水果，再喝兩杯咖啡，下飛機後精神抖擻。走出海關才早上九點多，然後我姊載我到處玩，說一直要玩到晚上才准睡覺。其實到黃昏我就撐不住了，時差。」

走出機場，勤美對舊金山的第一個印象，就是好冷。七月的臺北熱到人只要太陽底下走一圈，一定滿頭大汗全身黏答濕透，可是這裡一陣風吹過來，勤美凍得直打哆嗦，恍忽間還以為是冬天。

這也是江莉莉堅持要夏天來舊金山的原因，她說可以避暑，保證這裡整個夏天都不會讓人出汗。

江莉莉是有備而來的，由手提行李裡抽出棉線衫外套穿上，棉紗圍巾脖子圍住，然後得意的對勤美說：「早告訴你這裡很冷吧？如果是去舊金山市區會更冷。不過我們住南灣，那邊沒這麼冷。」

江莉莉大姊來機場接妹妹和勤美，半新不舊的豐田車外表有些髒，布滿細細一層灰，烤漆應該是深藍色，但江莉莉堅持是黑色。車子內部更令勤美傻眼，踏腳墊完全看不出原來的顏色，就是很髒的黑，上面沾著餅乾屑和花生碎殼；後座椅堆滿雜物：衣服、鞋、襪、毛毯……，還有裝小狗的塑料籠子。江莉莉坐了副駕駛座，勤美就和那些雜物擠在後座。

江莉莉的大姊叫江薇薇，英文名字叫薇薇安，說這裡大家都叫她薇薇安，就連江莉莉也這樣叫她。薇薇安大江莉莉三歲，長得比較像爸爸，所以五官姣好，身型也比江莉莉高䠷，又留了直長頭髮，比江莉莉有女人味得多。

「不好坐吧？東西太多。」薇薇安友善的問著勤美。

「不會。」勤美說。

「唉，等下你就知道了，家裡更亂。不過很歡迎你來玩！已經是一家人了，千萬不要拘束。」薇薇安一邊打著方向盤，一邊說。她和妹妹一樣個性爽朗，這點讓勤美安心不少。

薇薇安說的一點也不是客氣話，她家裡的髒亂不亞於車內。勤美拎著行李箱由車庫通過廚房，走進屋的那一刻，她對美國的印象立刻從先前乾淨的機場、寬敞的馬路、路旁濃密的綠樹、一棟接著一棟美麗的獨立屋……，拉到薇薇安家的髒亂現場。

「很亂吧？」薇薇安理直氣壯的，因為她剛才車上已經告知過訪客。

不過由那張堆滿衣服、襪子、雜誌，還有吃了一半的零食袋的長沙發底下，一下子鑽出來一隻活物，移轉了勤美對髒亂居室的注意力。那是一隻白色的馬爾濟斯狗，頭上還束起一小撮毛綁著粉紅色蝴蝶結，牠興奮的汪汪叫著，不停搖動著肉肉絨絨的肥屁股，十分可愛。

「哎喲喲！我的小寶貝，你還認得我啊？」

那隻馬爾濟斯小狗叫多多，江莉莉對牠又抱又親，小狗也歡天喜地的對著江莉莉直搖尾巴。原來那隻狗並不全然是因為認識江莉莉才對她親熱，勤美後來發現，牠也喜歡黏著勤美，根本是隻人來瘋的寵物狗，喜歡來家裡的任何人，因為只要有人在，便可以為牠排遣平日的寂寞與無聊。

薇薇安家有隻多多，還有個兒子，但和他爸爸住在科羅拉多州，薇薇安和孩子的爸爸離婚很多年了。她現在將一間空屋分租給一個叫艾咪的女人，說可以貼補她的房屋租金。勤美從她們姊妹的談話，多少聽出了薇薇安大致的狀況，她已經收掉小餐館不做了，這事卻瞞著臺北父母，可能和父母有些金錢牽扯，姊妹倆在屋裡密談許久，當再度走出客廳後，才問勤美看過後院了嗎？

勤美說看過了。後院果然有棵柿子樹，上面結了許多青色未熟的富有柿，樹幹粗壯，有點年紀了，而結實纍纍讓那棵老樹看上去顯得有點難以負荷的模樣。除了柿子樹，還有棵橄欖樹、兩株結了些黃色萊姆的樹。但整座後院並不像左右鄰居花草修剪整齊，打理得整潔漂亮。薇薇安家的後院，只能用雜草叢生形容。

薇薇安說：「本來還有棵杏子樹，這時候應該長滿黃杏，可惜去年死了。」

「好可惜喔。」江莉莉說。

對於薇薇安租住的美國獨立屋，勤美最美好的印象是屋子大門玄關上方開的那扇天窗。加州陽光普照，白天光源由玻璃天窗打照下來，比電燈還亮。勤美一開始還真以為玄關上方安裝了盞大燈，一直疑惑主人為什麼白天不把頂燈關了？後來才發現，那是扇臺北住家少見的天窗，十分別致。

行李擱置妥當，勤美借了薇薇安的手提電腦給由由發 email，告訴由由她已經抵達舊金山，也轉告外婆不要擔心。之後勤美開始給王光群寫信。要寫些什麼，她在飛機上早已經思量再三；她告訴王光群自己已經抵達聖荷西親戚家中，將在舊金山停留四個星期，希望能撥空見面。

江莉莉見勤美用電腦，才想起來自己該給父母和勤立打電話報平安。她用的是一種叫做 Skype 的電腦電話，還告訴勤美這樣打長途電話回臺北很省錢，四百塊錢臺幣可以講十小時。江莉莉問勤美：「你要不要試試？用我的帳號打吧。」

勤美搖頭，母親和女兒已經用電子郵件聯絡過，此外她想不出來還需要打電話回臺北給誰？江莉莉卻打了很久的電話，和父母說了五分鐘，和勤立卿卿我我講了將近一小時。

美西夏天太陽下山得晚，勤美她們吃完越南河粉，餐廳裡出來已經晚上八點半多，但是西邊仍有天光，一直到了九點她們一行人回到家裡，才真正天色完全黑透，月亮露出臉來。勤美抬頭看天，發現這裡的月亮也比臺北大，美國好像什麼都比臺北大些，包括青菜、水果、花朵、馬路、房子……。

勤美和江莉莉一起住薇薇安兒子的房間，夜晚勤美忍受著江莉莉的打呼聲，開始為勤立憂心起來，他從此要和這樣的呼嚕聲相伴一輩子。勤美睡不著，怎麼也睡不著，她整夜盯著屋頂觀看，看見的也只是一片漆黑。

時差問題困擾了勤美好幾天，她夜夜難眠，安眠藥對她來說在臺北時勉強還有些效力，應付時差則完全失靈。白天裡她整個人渾渾噩噩，但還是要強打精神，面對這裡陌生的環境和不熟悉的人們。

早、晚借用薇薇安的手提電腦收信，成了勤美的重要日課。她當然沒有告訴任何人，她是在等王光群的回音。她也希望能收到由由給她的回信，但是由由沒有給她任何訊息，王光群也沒有。她的電子信箱收信匣沒有新到信件，偶爾會出現的只是些廣告信而已。

每天都在等待、盼望，然後充滿失望的勤美，還是要繼續她的異國生活。除了薇薇安，勤美在美國認識的第二個朋友是艾咪，一位從北京來的小姐，年紀比薇薇安還大兩歲，四十好幾了，但仍然看得出是個美人胚子，只是美得有些過時。小小瓜子臉，眉眼耳鼻都小巧精緻，配個披肩長髮，額頭還覆蓋了厚厚的瀏海，活像個漸老的中國娃娃。勤美見到她是在第二天的中午，她說前一晚住在舊金山朋友家，所以沒回來。

大家打了招呼後，薇薇安帶勤美她們去吃午餐，車上開始大聊艾咪，說套句大陸人語言，這叫起底。說艾咪自稱是高官女兒，總說自己父親曾是北京重要官員，她快三十歲才從北京到美國，先住洛杉磯，後來因為愛上舊金山才搬過來。經常將認識誰誰掛在嘴上，表示自己交友廣闊。

薇薇安笑說：「反正我們臺灣人也聽不懂，不認識她說的大陸名人誰，隨便她說去。照我看啊，她應該不是什麼高官的女兒，該是什麼人的小老婆，被送來美國，後來和那男人鬧翻了……。真是高官的女兒，哪裡還會租房子？你們不知道，現在大陸人能出來的，個個花錢不手軟，那些官二代買房買車，出手嚇壞了死老美。這個艾咪可能剛來時候生活過得很風光，看她穿的用的，包包、鞋子、衣服，很多都是名牌。這兩年大概錢花得差不多了，沒那麼搖擺。不過房租倒是準時會付，這點還好。」

薇薇安還說，艾咪很有男人緣，常見不同的男人來找她，剛才也是個沒見過的老外開車送她回來的。江莉莉聽了有些不服氣，說：「女人只要敢，就不怕沒男人。這種東拉西扯回來的男人，沒幾個是好東西。」

「是！是！只有你的男人天上無雙，世上少有。」薇薇安調侃妹妹，突然意識到自己說的男人正是勤美的哥哥，忙轉頭跟勤美說：「我們姊妹胡說慣了，你別介意。」

「不會。」勤美看著窗外有些單調的高速公路，想的是汪小姐從前也以「天上無雙，世上少有」形容王光群。只是這個男人現在在哪裡呢？他們能夠再次相遇嗎？

薇薇安開車帶勤美她們去逛漂亮的史丹佛校區，江莉莉對學校老建築和花草樹木全無興趣，吵著要去史丹佛 Mall 吃飯、購物。三個人簡單吃了三明治、咖啡，勤美看了價目表，發現價錢不便宜，好在她早將結匯的一部分美金交給江莉莉，說好花費大家共同支出，免得成為人家的負擔。

薇薇安的經濟狀況看來也不是很好，當初和丈夫因為恐共，又對新大陸懷抱著發大財的夢想，依親移民美國。夫妻倆先為了綠卡，後來又為了公民身分，費盡心機也花費不少律師費，最後終於美夢成真，拿到美國護照時，還相擁喜極而泣。只是語言不通，又沒有好的學經歷，也無技術可言的兩夫妻，嘗試了各種工作：中式餐店洗碗、端盤子、超市打掃⋯⋯，後來向父母、親戚湊錢，開了家小餐館，但是經營餐飲的辛苦，真的不足為外人道，天不亮就要採買，廚房又燥又熱，還得受制於廚師動不動就拿翹辭工，外場人也不好請⋯⋯，諸如此類。最後借來的錢賠光了，餐廳關門大吉，夫妻也以離婚收場。

「你知道我姊現在最遺憾的是什麼嗎？不是離婚，而是沒有買房子！她怨我爸、媽，早兩年沒資助她在灣區買房子，現在房價是幾年前他們來美國時的兩倍。」

「喔。」

勤美這兩年耳朵裡聽到的，盡是房子、房價，臺北的電視新聞天天嚷嚷房價，使得人心惶惶；勤立和江莉莉也天天說要買自己的房子；黃家輝母親抱怨爬不動五樓了，希望換個有電梯的房子；勤美母親也說國宅老舊，如果能都更多好……。現在連人在美國，聽見的也是房子、房子。

勤美甚至聽見江莉莉在打給勤立的電話裡，也像個被寵壞的孩子般，嚷嚷著說：「親愛的，我們也在美國買個兩房的小公寓好不好？每年可以來度假啊。買嘛！買嘛！附近有 open house，我去看囉！」

江莉莉沒有真去看房子，她和勤立真正的計畫是婚後要在臺北買房子。她天天吵著要逛街購物，只是幾個著名的大 Mall 逛完，她仍然空手而歸，並且不停抱怨：「怎麼東西全變貴了，衣服、裙子、鞋，連床組也貴得嚇人。」

勤美不是為賞風景、購物來美國的，她沒打算買什麼東西，但光是尾隨著江莉莉東看看西瞧瞧，也發現東西不像江莉莉在臺北說的那麼便宜。不論衣服、鞋子、包包、各類家飾用品……，都很漂亮，質感非常好，但價錢卻極昂貴，尤其是那些名牌店裡的包包、衣服，動則數千美元還要外加稅金。

薇薇安則慢條斯理的，對失望的妹妹說：「誰天天在這種地方 shopping 啊？一隻包包三千多塊美金，沒有人天天在這裡買東西的。偶爾吃個三明治還可以。」

江莉莉不太服氣，嘟噥說：「我剛才看到好幾個大陸女生在 Chanel 試鞋呢！也不過三十幾歲，怎麼那麼有錢？」

「附近上班的電腦工程師吧？能來這種地方買東西的年收入都有八、九萬才行。」薇薇安看江莉莉還因為沒買到東西生氣，就哄她說：「過兩天帶你 outlet 去 shopping，那裡折扣深，便宜很多。」

江莉莉這才轉怒為喜，開始想到後座的勤美，問她姊姊說：「姊，我昨天問你的事，打聽了嗎？」

勤美一下凝聚了精神，期待的豎起耳朵，等著薇薇安回答。

「你說姓王的那家人？好像聽說是住在灣區啦！說他們舊金山 downtown 也有棟高級 apartment，那種飯店管理的房子，看得見金門大橋。不過確實的地址，我不太清楚。」薇薇安說。

「所以你要去問啊。」

「好啦！知道啦！會去問啦。」

薇薇安帶勤美和江莉莉到一家大陸人開的小餐館吃過晚餐才回家。小餐館的菜又油又鹹又辣，但價錢便宜，辣子雞丁、水煮魚、炒芥蘭菜、酸辣湯，三菜一湯才二十幾塊美元。

回到家裡，那個漸老的中國娃娃像剛洗了澡，頭髮還濕濕的用條粉紅色毛巾包著吸水。她問大家去逛過哪些地方？聽她說話，勤美很不習慣，中國娃娃字正腔圓說著北京腔調是理所當然，但是她口氣急躁用辭強烈，一開口就彷彿和人吵架似的。

聽薇薇安說他們去了史丹佛，便很有意見，大著嗓門批評道：「去那兒幹什麼啊？多沒意思。」

然後又問她們明天要去哪裡？薇薇安說明天她有事，要送妹妹和勤美去 Caltrain 站，讓她們自己乘坐 Caltrain 去舊金山逛街。艾咪便自告奮勇，說她也正好想去舊金山，可以陪勤美她們四處走走，說自己對舊金山很熟，有私房觀光景點可以提供。

艾咪沒有吹牛，她對舊金山市區真的很熟，領著江莉莉和勤美乘坐那種叫做 Caltrain 的加州火車進市區，然後換乘公車到聯合廣場，四周逛了一圈，還指著一家以白色為主調，裝潢極簡，招牌是只被咬了一口的白色蘋果的電腦店說：「Apple 舊金山的旗艦店！前幾天門口一堆人排隊，隊伍排了幾天幾夜，要買最新出的手機。」

「他們也出手機嗎？我妹用他們的 iPod 聽音樂，每天掛在耳朵上。」江莉莉說。

艾咪道：「說新出的手機可以上網，叫 iPhone。」

「美國人就是花樣多，手機打電話就好啦！上網？那麼小一支，眼睛都看壞了。」江莉莉批評道。

艾咪又指了排了很長人龍的叮噹車，對勤美她們說：「這個又貴又無聊，我帶你們坐骨董公車，繞去 Ferry building，一樣可以到漁人碼頭。」

勤美就這樣混混沌沌完全不用大腦的，跟隨著那個漸老中國娃娃在舊金山幾個觀光點奔走。她們去了漁人碼頭、金門公園、藝術宮，再由林肯公園的步道，眺望整座浮游於雲霧間的金門大橋，美得就像明信片上看到的一模一樣。艾咪說，那裡是她個人認為看金門大橋最美麗的角度。

艾咪帶她們去的景點，大部分江莉莉都去過，只有林肯公園旁側一處叫 Cliff 的地方她沒去過。江莉莉對著矗立在海岸邊那棟漆成雪白色，叫做 white cliff 的餐廳驚呼不已，說好想去那裡吃飯喔。艾咪說，那家餐廳周末供應自助式早午餐，二十多塊錢吃到飽，不算太貴。

黃昏她們在附近一家泰國餐館午餐，全是些勤美叫不出名字酸酸辣辣的菜。艾咪就如她自己所說，對舊金山很熟，餐廳也很熟。

入晚後，三個人再回到聯合廣場，逛平價服飾店，HM、GAP、ZARA 都在打折。江莉莉笑顏逐開的買了T恤、裙子、洋裝……，還幫勤立買了襯衫、長褲。勤美也選了一件碎花棉布洋裝給自己，為由由買了兩件T恤和一條牛仔褲。

艾咪什麼也沒買，只在一旁不停的用英文打電話，口氣很不好，總像在罵人，但說著說著，她又不時的開懷大笑。勤美很早就結束了採買，站在艾咪旁邊等江莉莉，和無意識的望著艾咪。終於江莉莉大包小包結完了帳，艾咪也掛了電話，說：「你們運氣好，我找到人送我們回聖荷西了，不用轉公車再去坐火車，還要叫薇薇安車站來接，太麻煩了。」

最高興的是江莉莉，她幾乎是歡呼道：「太棒了！有車直接坐回去囉！我快累死了！」

來接她們的是個白種男人，口音有點怪，不像美國人。後來艾咪告訴她們，傑克是捷克人，東歐新移民，英文說得不是很好。傑克長得很高很壯，擁著艾咪的時候，簡直像黑熊抱著馬爾濟斯多多。他說話也很大聲，表現出自己的豪邁，但是陰鬱的小眼睛，卻透露出他不是那麼信賴人，充滿了警戒。

捷克來的傑克在舊金山某醫院放射部門上班，是技術人員，艾咪和他是在交友網站認識的，約會已經進入第四周，算是穩定中求發展。這些傑克的個人資料，是在舊金山往聖荷西途中，在傑克開的舊喜美車中，艾咪以中文告訴勤美和江莉莉的。

那天晚上，勤美又是整夜未睡，聽著同床的江莉莉心滿意足的打呼聲；聽著右屋傳來艾咪和傑克的英語嘻笑怒罵。左屋是薇薇安的房間，這夜也多了個男人寄宿，是薇薇安的男友。從這兩天姊妹間含含糊糊的對話，勤美已經猜到幾分，那是個有老婆、孩子的男人。

這些對勤美而言，都無關緊要，她不是來美國了解別人的歡喜和憂愁，也不是來美國遊山玩水、百貨公司購物，她費盡心思的前來，是為了她自己的歡喜與憂愁。

8

勤美母親站在國宅門口，等著為女兒付計程車錢。已經老舊的國宅，現在只有更髒更亂，勤美不用抬頭，也知道頭頂上垂掛著各式外露的管線，還有各家外推的陽臺鐵窗，林林總總不止是醜陋，更有安全疑慮。

隨在母親身後上樓，勤美什麼也不想看，但是仍聞到一股難聞的膏藥氣味，是母親左右手臂都貼了藥布。她問母親臂膀怎麼了？

「痠痛，舉不起來。」母親說。

「看醫生了沒有？」

「看不看都一樣，年紀大了，毛病一大堆。」

「還是要去看。你忘了自己才小中風過？」

「你哥也只會叫我去看醫生。」

勤美本來想回她，不叫她去看醫生還能怎樣呢？但是她將話嚥了回去。自從勤立結婚後，母親對兒子怨言很多，說兒子、媳婦很少回家，根本是娶了媳婦忘了娘。勤立夫妻買了房子以後，三、五個月不跟家裡聯絡是常有的事。說起他們夫妻買的房子，母親更沒好氣，因為房子買在匕張，離江莉莉娘家新店只有捷運兩站距離，但是離婆家卻相當遙遠。

勤立是提過讓母親搬去一起住，但是母親和勤美都知道那不是真心話。最後母親保留住自尊心，說自己國宅住習慣了，要一個人住在原來的家，勤立夫妻當然大大鬆口氣。

母親也不會就此甘心，她還是只要一見到兒子、媳婦，就訴說自己的寂寞，說家裡永遠只有她一個人在，一整天沒人說半句話，喉嚨都是乾的；每天爬樓梯，她膝蓋都軟了，快要爬不動了；還有，她一個人住越來越感到害怕，半夜常聽見有人轉動大門的門把，像是壞人知道只有她一個老太太居住，打著壞主意呢。

勤立聽了覺得奇怪，說母親自從勤美出嫁後，一直這樣一個人過的，怎麼會突然感到寂寞和害怕呢？說臺北治安沒大問題，哪有人會侵門踏戶？是老太太想太多了。勤美對母親的抱怨，也不置可否，因為她無力為母親解決任何問題，相反的，經常還是母親為她解決一些問題。

母親才關上門，便開始盤問黃家輝母親去鬧些什麼？勤美說了想要收回房子的事，母親氣得全身發抖，說：「這一對母子到底有沒有良心？就算你們離了婚，難道由由不姓黃嗎？不是他們家孫女嗎？連房子也不給你們住，這老太婆有沒有良心啊？」

勤美只是沉默，視線有些空泛，像是看著什麼，其實她什麼也沒在觀看。這屋子她太熟悉了，就算她嫁人搬出去後也沒什麼大改變，連牆也沒再油漆過，灰黃的還沾著油漬和各種小蟲子屍體。當然家具也沒有換，一屋子陳舊，加上母親又無力整理，只有更亂更髒更舊了。

「那由由爸爸怎麼說？」

「他叫他媽，把房子還是給我們住。」

「這還像句人話。你啊！」母親大起嗓門教她：「不要搬，怎麼也不要搬。她憑什麼攆你們母女出去？天下沒這個道理，聽到了嗎？」

「嗯！」

「唉！你要是早點會想會打算，早點出去上班工作，早就該自己買間小房子。唉！現在臺北房價變成這樣，想都別想了。」

「不要跟我說房子。」勤美不帶喜怒的小小聲道。

「說說也不行？」

「不要說房子。」

勤美從美國回來後，開始在速食店工作，賺取微薄的工資貼補家用。店裡打工的多半是年輕人，他們談論不起臺北的房子，只異口同聲抱怨臺灣月薪低成這樣，除非靠爸、靠媽，否則誰買得起臺北房子？是來店客人，話題經常離不開房子，大家都想買房子，首購、換屋、投資都在談房子。預售屋、紅單、捷運宅、重劃區、仲介、斡旋金……，誰誰買了某地房屋，賺了大錢。

人人談房子，勤美也開始發夢，想著有一天也買間舊公寓，成為自己和由由真正的家，再也不用看黃家輝母親的臉色寄人籬下。但是當她去問過房價後，立刻知道了以她的收入，那只是個夢，比尋找王光群追回從前的愛情更是不可能的夢。

「好啦！不說就不說。」母親進去廚房倒了杯水出來給勤美。

勤美接過水杯，問母親有沒有鞋子給她換一雙？母親問她要去哪裡？叫她不要亂跑，還是回家去看看黃家輝母親走了沒？

「我要去東區。」勤美說。

「去幹麼？」

「有事。」

母親知道問不出所以然，進屋拿出兩雙鞋，一藍一黃，問勤美要穿哪一雙？

她們母女穿相同尺寸的鞋子，勤美用腳踢開了藍布鞋，將雙腳伸進了米黃色平底皮鞋裡。那雙鞋是二〇〇七年她同江莉莉去舊金山時，買回來送給母親的禮物，時間過得真快，一晃眼六、七年就過去了。

時間逝去，很多事會改變：小孩會長大，成人會變老，工作會換，居住會遷移，愛情會變心，婚姻會變化，人心會……。但勤美不解的是，為什麼只有她對王光群的愛沒有改變呢？她的心，還是一如當初的愛著那個男人，不但外人不解，就連她自己也難解。

頂著強風，站在四十八層樓高處，眺望三百六十度的舊金山市區，這樣的行程本來並不在勤美預期之中。真的是三百六十度的環看舊金山，因為她們落腳的地方是棟仍在趕工的大樓，勤美和艾咪、恩雅、房屋經理人譚太太，四個人搭乘了完全鏤空的工程電梯，登上第四十八層樓，站在只有鋼骨、鷹架、各種不知名建材的鋼鐵支架上，腳下深度將近兩百公尺，穿梭在她們面前的是戴著安全頭盔的鐵工、焊工，還有焊接時發出的吱吱聲和四散火花。

四個女人都被冷風吹襲得直打哆嗦，耳邊響起的呼呼風聲，彷彿隨時能夠將她們吹飛了出去。

「這不是買屋，根本是搏命嘛！」

最先開口如喊叫般說話的，是那名香港貴婦，因為風太大，極為困難的大家才弄懂她說了些什麼。她叫恩雅，丈夫過世多年，有兩個兒子，一個在香港經營事業，一個在倫敦念書。恩雅很喜歡讓初次見面的人，猜她到底幾歲？勤美說五十，恩雅開心的大笑，說已經六十三歲了。恩雅就是喜歡聽大家的驚嘆和讚美，然後說：「我怎麼可能才五十歲？」

恩雅有這個資格接受大家的驚嘆和讚美，她真的一點也不像六十三歲的女人，臉上皮膚白細光滑，看不見皺紋，只是那樣的光滑不很自然，膚肉繃得太緊了些。這樣有能力獨居舊金山市區飯店式管理大廈裡，住屋將近兩百坪的貴婦，臉上做些侵入性美容，得以保持美貌，其實是很普遍的事。

勤美是獨自跟著艾咪到舊金山市區來的，江莉莉和薇薇安留在灣區繼續購物。勤美不是來玩的，她抵達舊金山的第五天，王光群仍然沒有回覆她任何訊息，勤美不得已只好再發了一封信，委婉的說著自己並無其他企圖，只是單純想要再與故人異國一會而已。她信也不敢寫得太長太過深情，但是依然杳無回訊。

艾咪知道勤美來舊金山是為找初戀情人，頗受感動，主動說要介紹恩雅給勤美認識，她認為恩雅可以幫上忙。這位香港太太是艾咪交往圈裡最有錢的一位，像這樣幾百坪的高級公寓，巴黎、上海、倫敦、紐約，幾乎都擁有一、兩戶。艾咪相信憑著恩雅在舊金山和灣區的人脈關係，要找到王光群並不難，只要王光群如勤美所說的那麼有身分、地位、有錢的話。

艾咪和恩雅約好，星期三下午兩點去她家喝茶。那個家是勤美從來沒有見識過的，家具擺飾大氣華美，光是大型牛皮沙發組，客廳裡就擺了兩套。餐廳除了可供八人用餐的小餐廳外，還有個容得下二十四人宴客的大餐廳。美國房子算尺的，合臺灣算法兩百坪的公寓稱得上寬闊大氣，再加上客廳三面臨窗，將舊金山兩座連外的大橋，完全攬收眼底。

艾咪透過落地窗，一一指給勤美看，那座是金門大橋，那座是連結奧克蘭的大橋，告訴勤美這裡的風景每天早上看和晚上看不一樣，四季看更不一樣，變幻無窮，難怪房價高不可攀，管理費用更是驚人。

女主人穿著寶藍色成套的褲裝出現，看得出是價格昂貴的衣服。不過好在她個性平易近人，常會說些笑話，尤其談到自己年紀時，說有次和四十歲的兒子出去用餐，服務生還以為是她老公呢。

反而是之後才到的譚太太，顯得相當高傲，明確的說，根本是把勢利兩個字寫在臉上。不過她的高傲，當然只針對了艾咪和勤美。譚太太年紀比恩雅小，不過也有五十好幾快六十模樣，塗了厚厚眼影，仍遮不住眼睛底下的皺紋。她是地產經紀，約好了要來陪恩雅去看兩條街外的一處還沒完工的新建物，說可以登上四十幾樓眺望景觀。譚太太努力不懈的，遊說著恩雅買下五、六戶，說都是兩個房間的小物件，因為地點太好了，市區裡的土地越來越少，房價只漲不跌，適合置產、出租。

原來不僅臺北人愛買房子，香港貴婦更愛買房子，叫做炒樓。譚太太說，大陸來的同胞也愛買房子、炒樓。勤美第一次知道，原來房子和商品沒有兩樣，可以囤積、炒作賺大錢。

恩雅請譚太太來，另一個目的是幫勤美忙，說做地產經紀的譚太太只要是有錢人、名人，她都認識。恩雅問譚太太：「王光群，你認識嗎？」

譚太太用她傲慢的神情，上下打量完勤美，問說：「王光群？臺灣來的嗎？」

「是。」勤美點頭。

其實譚太太也是由臺灣依親來美國的，只是她來得早，十八歲過來舊金山念大學，所以美國化很深，又嫁了白人老公，年輕時幾乎一句中文也不肯講，怕失了身分。直到這幾年中國經濟好轉，兩岸三地來置產的人越來越多，她這才不得不開口講中文。

譚太太想了想，問：「他太太是不是叫凱莉？」

勤美搖頭，說：「不知道。」

「你們是親戚？」譚太太這次是以不信任的眼神又掃了勤美一眼。

「對。」勤美點頭。

「應該是她，聽說娘家在臺灣是上市公司大財團？」

勤美心底一陣顫動，臉上卻保持了平和，再次點頭。

「恩雅，那個凱莉你也認識啊！去年 HERMÈS 的黛安娜讓你去看那只鱷魚鑲鑽柏金包，不是在店裡遇見過？」

恩雅半大終於想起來了，歡聲道：「那個凱莉啊！上個月美術館募款餐會，我還看見她和她先生，先生很帥呢！中年帥哥。」

艾咪抓住機會問道：「他們住哪裡？」

「Hillsborough。」

聽著陌生的地名，勤美一陣茫然，只能看著艾咪。艾咪則對她點點頭，表示她知道地方。艾咪還幫著問：「有詳細地址嗎？」

「那就不知道了。他們來往比較多的，還是臺灣人。」譚太太回話時，似乎完全忘了她自己也來自臺灣。

勤美跟著登上那未完工的、完全是鋼骨裸露的四十八樓時，整個人幾乎是木然的，所有的美麗風景或是登高的恐懼，那時候都不存在了。她腦海裡只想著一件事，就是自己終於要和王光群異地重逢了，那又會是個怎樣的相見呢？在這氣候宜人的美麗城市，繁花茂樹底下，兩個事隔多年的中年戀人，四目交替之際，又會重新展開怎樣的美麗關係呢？

四個女人由那座尚未完工、只有鋼骨結構的高樓，乘坐工程電梯下到地面後，都相當疲憊。恩雅由譚太太陪同回家，繼續她的仲介遊說。艾咪則帶著勤美走在華燈初上、人來人往沸騰熱鬧的Market street，兩人都覺得冷，緊縮著身軀，快步在人群裡穿梭著。

艾咪終於找到那家她想帶勤美去吃晚餐的墨西哥捲餅連鎖店。勤美不是很喜歡那樣薄麵餅中捲滿了生菜、豆泥和肉末的吃法，但卻也勉強接受。艾咪邊吃捲餅，一邊勸慰著勤美，要她繼續抱以希望，說勤美是有機會找到她失去的和想要修復的人生。

「可以，帶我去……那裡嗎？」

「Hillsborough嗎？找一天吧！必須有車。」

勤美覺得自己的所有人生希望，完全寄託在了這個陌生女人的身上；不止陌生，兩人還有著政治因素的隔閡，所以特別不可思議。

吃完捲餅喝完咖啡，艾咪照樣又打了電話，要求傑克開車送她們回南灣。但是這次傑克連好聽的藉口也沒找，直接說自己很累，不想開車去南灣。艾咪不是很高興，但也無奈，她聳著漸老中國娃娃的小巧鼻子，說：「這些老外啊！他們不想做愛的時候，連應酬你也不用。等他哪天想了，車開洛杉磯來回他都可以。」

舊金山回聖荷西的火車上，勤美和艾咪各自坐了一張靠窗的單椅，一小時的路程，她們可以暫時的各自擁有各自的空間，互不干擾，想著各自的心事，各自的人生難題。

火車經過的地方，暗黑的時候多過閃爍燈火的時候，表示這裡比起臺北地廣人稀。勤美就在深深的期盼和疑惑中沉沉睡去，這片刻的熟睡，竟然是她這許多年唯一一次深沉的入睡，無夢無擾的三十分鐘，像可以完全補足她多年失眠欠下的睡眠似的，她睡得深沉，完全不知道已經到站。

凱文是薇薇安的男朋友。勤美不但對艾咪感激，也一樣感謝凱文，因為如果不是凱文，根本沒有人想開車載她去 Hillsborough。薇薇安說她沒去過不知道路，其實是嫌麻煩。所有美國移民，路都是一條一條自己開車認出來的，尤其在沒有GPS的年代。在薇薇安看來，招待這位妹妹未來的小姑在家居住，已經是仁至義盡了，還要陪她跑那麼遠路，去找一個根本沒地址的人家，豈不荒謬至極？

就連熱心帶領勤美去舊金山、介紹恩雅打探消息的艾咪，這次也持反對意見。她說：「也不知道確實的地址，去了等於白搭。Hillsborough 不是很大，但是也有幾百棟房子，你去找誰呢？難不成一家一家按門鈴問？這樣人家會報警的。」

江莉莉這些天只熱中買東西，她買衣服、鞋子、飾品，買床單、被套，還有圍巾、桌巾……，還買了很多糖果、餅乾、花旗參、魚油、維骨力和各種維他命，說比臺北便宜很多。對於勤美的事，完全不上心，聽別人反對，立刻應和說：「對啊！對啊！美國的警察可惹不起，凶神惡煞似的。勤美，既然沒地址，就別去了。」

艾咪雖然不贊成無目的地的前往 Hillsborough，但是她還是同情勤美，安慰她說：「我再幫你問朋友，看能不能問出地址來，啊？」

勤美眼淚就像滴水一樣，不爭氣的答答往下淌。她不想哭，尤其當著這麼些外人，但是就是止不住自己的淚水。

女人看女人哭，只當她發神經，不知控制情緒。男人看女人哭，又是兩樣情懷，院子裡抽菸的凱文不知道什麼時候回到了客廳，用那隻被香菸薰得發黃的食指，指了指勤美，說：「Hillsborough，對吧？不就在 San Mateo 去 haif moon bay 的路上嗎？就去啊！頂多一個小時車程，當郊遊也不錯。然後我們可以去 Half moon bay 逛逛，那裡很漂亮，有個 Westin 飯店，房間都面海，還有高爾夫球場。飯店裡的 brunch 很有名，魚子醬、生魚片吃到飽，就是太貴，一個人要一百多塊錢美金。」

薇薇安聽凱文長篇大論說了半天，她沒吭聲，但狠狠瞪了男朋友一眼，眼神裡盡是電光火石。凱文卻只當沒看見，不過他還是住了嘴，又推開落地窗出去漆黑的院子抽菸。

留在屋裡的四個女人一陣靜默，夜晚冷冷的空氣，讓氣氛顯得更僵冷。最後還是艾咪開口做出結論，說：「就這樣吧，我明天也沒事，去 Half moon bay 玩一天也不錯，那裡風景挺美的。勤美這一趟沒去 Seventeen mile，那就去 Half moon bay 吹吹海風也算意思到了。」

他們是過了中午才出發，因為薇薇安和凱文睡到快十一點才起床。勤美七早八早就爬了起床，收拾好坐在客廳等著，但是屋主人不起床，她也只能乾等待。好在凱文沒有食言，中午在家裡吃過麵條，便開車載大家上了六〇高速公路，往 San Mateo 方向駛去。

凱文因為老婆回去臺灣探視岳父、母，所以偷空成天待在薇薇安家裡。他是個多話的男人，一路車上嘻嘻哈哈說東道西，就是那種在團體中，永遠將帶動氣氛當作己任的人。他看上去已經有老態了，瘦長臉上的法令紋很深，卻還留著長頭髮，頭髮沒染是花白的，用條黑色髮圈束成馬尾，穿件窄小的皮夾克，因為人瘦腿也瘦，牛仔褲就顯得特別寬鬆，在股間飄飄然。總之，他身上明確的標記了就是個過時的嬉皮，只是他自己不會承認。

全世界的高速公路除了路兩邊的景色略有些差異外，其實都差別不大，一樣是寬闊的、盡可能筆直的，每間隔一段路就聳立著綠色或藍色的大看板，標示著下一個出口往何地？還有多遠？

可是這一段往 San Mateo 的路，對勤美卻是很不一樣，她心情複雜，有一點點興奮，又有著更多的焦慮。她想很多，多到自己都無法負荷；她有強烈的預感，她會在 Hillsborough 小鎮上遇見上街購物的王光群。他們一行剛停好車，對面街上的王光群正由車上下來，小鎮的街道不寬，雙線道而已，陽光灑照在濃密的路樹上，空氣中濃郁的植被氣味，和她在陽明山公園嗅到的味道沒有兩樣。在耀眼的加州太陽光下，兩人四目相望，彼此的心都有著將要融化的感覺，勤美就是這麼的相信著，自己的預感一定會成真。

當凱文載著四個女人，車開在 Hillsborough 一處曲折蜿蜒小路上時，勤美有了與王光群深刻牽連的感覺，她深深吸氣，就算車內有空調，她也覺得自己是和王光群呼吸了同樣的空氣。

薇薇安一路都板著臉，沒有人知道她為何生氣。江莉莉和艾咪一再面著車窗外，驚嘆那些藏在樹叢中的房子好大、好漂亮、好貴。凱文就取笑她們的無知，說：「這裡房子哪算大啊？你們沒看過東岸的豪宅？車開進去還得開上好久才到屋門口，房間多到手指加腳趾都不夠數。不過，比房價的話，我們這裡還是比其他地方貴很多。」

「真的耶！」江莉莉指著路邊插著售屋標牌說：「這房子要賣一千萬美金，一千萬！」

「喝！不是告訴你們了，這裡有很多大房子，是高級住宅區！高級住宅區！」凱文得意的說著，就像他在這一帶也擁有房地產似的。

對於勤美而言，Hillsborough 唯一的意義就是王光群住在這裡，房價、大小、華美都和她無關。雖然不知道王光群住的是哪一棟房子，但是就在車子繞轉之中，勤美也有了某種滿足，臉上有著笑意。

一路上反常安靜的薇薇安終於開口了，而且語氣極不耐煩，她說：「可以了吧？瘋子一樣繞來繞去，找鬼啊？」

勤美也清楚自己不能再拖著一行人，繼續這樣無目的的大街小巷車開著亂跑了，她說：「嗯！可以了。」

「這樣，真的可以了嗎？可以離開了嗎？」凱文體貼的問勤美。

凱文尚未等到勤美回話，薇薇安卻劈頭道：「開你的車吧！囉唆什麼？」

「那要去 Half moon bay 囉！」凱文扶著方向盤，歡呼道。

勤美也感覺到了薇薇安的不悅，她對自己說，無論如何已經到過王光群住的地方，和他呼吸過同樣的空氣，看過同樣的天空，真的可以了。

車子繼續往西南，一行人去了半月灣，看翠綠的高爾夫球場，看海，看夕陽。去華麗的海邊度假飯店逛畫廊、商店，還坐在寬敞舒服的飯店大廳沙發上，看來來往往的旅客。

勤美顯然有些呆滯，艾咪尤其知道她的失落很深，對江莉莉說道：「你那小姑，真的對什麼事都沒有興趣，只專心一意想著她的王先生。她如果用這份專注去幹點其他的，可能連馬雲都及不上她。」

江莉莉問：「馬雲是誰？」

「反正很會賺錢的人！」

回程凱文帶她們去庫伯提諾的一家東北小館晚餐，叫了一大桌的菜：一隻大砂鍋燉的雞、麻辣豬耳朵絲、涼拌粉條和幾樣小炒，還有窩窩頭。因為勤美吃得很少，凱文勸她多吃一點，還幫她夾了一塊雞肉。

忍了整個下午的薇薇安終於發作了。她咧開嗓門大聲道：「她吃不吃，關你什麼事啊？需要這麼殷勤嗎？她是你什麼人？不要在這裡把我當死人，這是幹什麼？我要這樣看你演青春玉女嗎？也不照照鏡子，都幾歲了，搞什麼？都什麼東西！」

薇薇安的字字句句不像說出來，而像是從她塗了厚厚紅色唇膏的嘴巴射擊出來的，被掃射到的不只有凱文和勤美，連江莉莉和艾咪也一時間愣住。勤美的臉更是從一開始的灰白，逐漸成了灰敗，最後只能呆呆看著薇薇安，像等她發落的犯人般。

「你，你這是幹什麼？人家都在看我們。」凱文有些急了，但是當著整個飯館的客人和服務員，只能好聲好氣的要薇薇安安靜。

「看就看啊！你們做得出還怕我說嗎？我怕誰看啊？我已經忍你們好久了……。」

薇薇安確實忍了不止一兩天，大前天她和凱文已經關門睡覺，半夜裡被客廳隱約的細微聲響吵醒。薇薇安發現身旁是空的，也不知道凱文什麼時候出去了。薇薇安推門出去，外頭院子裡掛著好大的滿月，月光將客廳照得清亮，不用開燈也能清楚看見凱文和勤美在長沙發上一人坐一頭，勤美哭得嚶嚶切切，凱文則低頭對她勸慰不已。

薇薇安忍住了氣惱，大搖大擺走去開放式廚房，給自己倒了杯水，然後問凱文：「還不進來睡覺？」

薇薇安是個失婚女人，幾年前就是忍耐不了老公外遇，吵吵鬧鬧最後離婚收場。她從不後悔離了那個婚，因為前夫一無是處，人沒人錢沒錢還不忠，留著也沒多大用。但她從此聽信了女朋友的相互勸勉，說男人有外遇不能鬧，要忍，否則就只有分手。所以她忍了三天，但是最後脾氣還是爆炸開來。

當大家還等著惹出禍事的凱文好好安撫薇薇安時，卻不料他老兄一扭頭，轉身走出餐館，只丟下一句話說：「我抽支菸去。」

薇薇安氣得眼睛直冒火，連包包也忘了拿，追趕在凱文背後，扯住他皮夾克袖管質問他：「抽菸？你給我個交代！這算什麼？算什麼？」

留在原地的三個女人，只有見識過比這還火爆場面的艾咪，不慌不忙叫來服務生，將桌上剩下的菜餚全部打包，還結了帳。她將帳款用手機上的計算機除以五，準備稍後讓每個人還出她代墊的飯錢。

江莉莉在這場爭執中，覺得自己是最無辜的一個，雖然勤美是她帶來美國的，但是勤美勾引凱文，那又與她何干？她終於明白了為什麼姊姊這兩天對她陰陽怪氣，可是這是她的錯嗎？當然不是。

美國的停車場很大，走在一排又一排各種車輛的車海中的勤美，有著身陷迷宮的惶惑。這一晚她更是連怎麼走進停車場、又怎麼上的車，印象完全模糊不清，應該是江莉莉和艾咪兩人架著雙腳發軟的她上車，再回到薇薇安家。

勤美的美國行，就這樣草草結束了。江莉莉打電話去航空公司，改訂提前回臺北的班機，因為沒有機位，她們被迫仍得續留美國兩個晚上。凱文沒有再出現，甚至連薇薇安和那隻馬爾濟斯多多也不見了。整棟房子仍然堆滿過多的舊家具和雜物，仍然髒亂，後院仍然荒蕪，少了女主人的家更加頹敗沒有了生氣，就像棟鬼屋。

江莉莉實話實說的告訴勤美：「我姊說等你走了，她才要回家。」

女主人為了避開她，讓出了住屋，勤美不知該哭還是該笑，她只能繼續保持沉默。那兩夜江莉莉很忙，忙著打包行李，她買了許多東西，兩口大箱子根本不夠裝，又擔心超重要多付費用，她將許多糖果、餅乾還有不太怕碰撞的康寧碗盤，放在勤美的箱子裡，幫她分擔行李的重量。

艾咪仍然早出晚歸，她應該是有些積蓄，生活算過得去，平日打些不很累人的臨時工，貼補生活費，時間又不會被綁死，想休息就可以休息。譬如去 Mall 裡面為店員代班、中國餐館裡服務員代班，或是 part time 照顧小孩，順便教孩子中文。

江莉莉問過艾咪，這樣的生活不怕沒保障？這個漸老的中國娃娃聳聳肩說：「怕什麼？有什麼好怕的？我來美國什麼都沒學會，就學了不要怕東怕西，人生眨眼就過完，有吃有穿有住就可以了。一定要講究那麼多保障幹什麼？中國人特省吃儉用，存著保障和安全感，卻不知道到時候用不用得上？」

做了一輩子公務員，又即將嫁給軍人為妻的江莉莉，一輩子追求的就是保障和安全感，不能苟同艾咪的說法，她還是特喜歡保障和安全感。來美國這幾日，她夜夜以 Skype 和勤立通電話，話題談來談去，談得最多的就是房子。她告訴勤立，舊金山灣區的房價今年又比去年漲了許多，要是去年她來美國時聽姊姊的話，買下對門的 house 就好了，目前這一區漲了百分之二十房價。說完美國的房子，又說臺北房子，問勤立去看過南勢角的新建案了嗎？那裡是不是離捷運很近？

回臺北的前一夜，江莉莉在廚房食物櫃中，找到一包韓國泡麵，和一包越南速食米粉，她將泡麵和米粉一起煮了，再加了雞蛋和青菜，與勤美當做晚餐。兩人正吃著，艾咪回來了，進門便說：「吃泡麵啊？好大一股味兒。」

江莉莉笑說，想吃也沒有了，最後兩包都被吃掉了。

吃完泡麵，勤美洗碗槽邊洗刷碗筷，艾咪挨近她，告訴著：「恩雅下午打電話給我，原來 Hillsborough 我們白跑了，她說凱莉和老公、孩子前一陣子搬回臺北去了，好像因為工作的緣故……。這對你到底是好消息還是壞消息？」

江莉莉一字不漏聽見了艾咪的話，她認真替勤美回答道：「當然是好消息啦！我們明天就回臺北，勤美可以繼續在臺北找他。」

連江莉莉自己都搞不清楚，她的話是隨口直言或是意含諷刺？倒是艾咪十分同意，安慰勤美說：「沒錯，既然在臺北，你們總有見面的一天。」

「可是……」江莉莉又搖頭晃腦，表示了不同意見：「其實，勤美，我一直在想，你為什麼一定要再見到他呢？你們各自都有了各自的生活，說不定，那人並不想再見到你？」

「不！」勤美搖頭，堅定的說：「他，會想見到我。」

原來王光群回去臺灣了，難怪他沒有回信。勤美終於理解了一切，王光群是因為不想讓她這趟美國行感到失望，所以沒有告訴她已經回去臺北的消息。他也不想欺騙勤美，所以未作回覆。現在勤美完全了解，臉上開始解凍似的有了些許笑意，多日來寄人籬下所受委屈也一掃而空。

江莉莉本來還想反駁勤美，說她一廂情願，但是當她看見勤美臉上笑意時，便住口轉身回房間，繼續收拾行李。留下來的艾咪，問著繼續刷洗鍋具和流理臺的勤美：「你，還是會繼續找那個男人？」

勤美回頭看艾咪，眼睛充滿疑惑，是認為艾咪的問題多餘。

「我是說，其實見到了，也不就這麼一回事嗎？還能怎樣呢？有時候真是相見不如不見。」

「不，」勤美說：「不是這樣的。我和他……，別人不會懂。」

艾咪為之語塞，她換了話題問勤美：「想問你，那天晚上，凱文到底和你說了什麼？他有……？」

勤美停了手上的洗滌，一時間不知道該告訴她些什麼，她問：「說什麼？」

「勾引你的話？」

勤美沒有回答她，又繼續使力刷洗內外都已經發黑的不鏽鋼炒鍋。

「總之，我的意思是你別理他，那種男人，見誰都逗著人玩。他，也跟我說些有的沒的。反正，別理他就是了。」

艾咪說話時，她的手機響個不停。她趕著去接電話，說的是英文，但是口氣很壞，像在吵架。

勤美不想知道艾咪和誰吵架，不想知道江莉莉的行李超重多少，不想知道凱文是怎樣的男人……，她的心很平靜，和院子裡已經不再圓滿而有點缺口的月亮一樣靜謐。那天晚上的事，她不想告訴任何人，就像凱文說的，她是個滿懷愛情的女人，誰也搶不走她的愛情。

當晚夜風很涼，吹亂了勤美的長髮，凱文很溫柔的伸手為她撥開了額前的亂髮，對她說：「不要掉眼淚了，女人的眼淚讓我的心都碎了。你男朋友也不會喜歡看見你哭吧？你就不要哭了。你們一定會見到面的，只要有愛情，相信我，一定會再見面的……」

勤美篤信凱文的話，她和王光群一定會有再見面的一天，因為他們之間有著濃濃化不開的愛情。

勤美和江莉莉從舊金山回來臺北後，江莉莉開始刻意的疏遠她，尤其和勤立舉行完婚禮，正式成為她大嫂後，除非一年兩三次不得不的聚餐，譬如母親節和母親生日，之外的時間姑嫂極少再見面。

她們確實在美國發生了些事，尤其關於薇薇安的事，江莉莉一定鉅細靡遺的告訴了勤立。不過勤立從來沒有問勤美什麼，就像他跟母親說的，已經過去的事情，問了又怎樣？知道了又怎樣？根本沒有意義。

江莉莉不再理會勤美，勤美並不特別難過，她本來就是個沒有朋友的人，有想說的話，對自己說便可以了。

勤美由美國回臺北的第二天清早，她就又去了富錦街的小公園，加入小團體做運動。因為一直沒見著王光群的母親，她有些心慌，直覺可能出了什麼事，好不容易等到周太太姍姍而來，勤美還未來得及開口，周太太就搶著寒暄：美國好玩嗎？比臺北涼快吧？先生、小孩也一起去的吧？勤美一一回答後，才問：「怎麼沒看見王媽媽？」

「王太太嗎？呵！人家兒子回來了……。」

勤美心跳加速，問說：「真的？現在住家裡嗎？」

「怎麼可能？」周太太笑嘻嘻道：「娶了那樣的媳婦，怎麼可能回這種公寓房子住？人家娘家有的是大房子呢！」

「王媽媽一定很高興吧？今天沒來運動？很忙嗎？」

「他們搬家了。」周太太音量轉小，神神祕祕的。

勤美一驚，道：「沒聽王媽媽說起……，怎麼一下就搬家了？」

「我就說有錢人特別小心謹慎，他們要搬家的事誰都沒告訴，好像怕我們會跟去似的。反正左右鄰居誰都不知道，上禮拜搬家公司一個上午就全搬乾淨了。」

勤美去美國前，曾經按過王家的門鈴，結果被擋在大門口。此時想想，院子角落裡確實擱了好幾個大型的置物箱和紙箱，想來當時已經在準備搬家了吧？

「那……，搬去……搬去了哪裡？」勤美因為著急，結巴起來。

「連要搬家都不告訴人，怎麼會告訴你要搬去哪裡呢？」周太太雙手一攤，說：「沒人知道他們搬去哪裡，擺明不想與我們這些鄰居再來往。唉！有錢人啊！沒人知道他們想些什麼。」

「搬去和兒子一起住嗎？」勤美自言自語著。

「不可能！從前就聽王太太說，她兒媳婦根本嫌棄婆家，不可能住一起。不過王太太有次提說，兒子在天母買了棟新房子，一百多坪，叫他們搬過去住。我猜是老夫妻搬去兒子名下的房子，兒子、兒媳婦、孫子另外還有更大的房子住。」

房子、房子、大房子……，勤美耳朵裡充斥著周太太重複再三的房子二字，覺得自己即將被她嘴中的房子埋葬了。

回到石牌家裡的勤美，第一件事就是打開電腦，看王光群有沒有給自己傳發電子郵件，結果她又失望了。勤美在美國天天等著王光群的回覆，回來臺北後仍是天天盼望著他的回音，但是她的電子信箱匣除了廣告信，什麼也沒有。

不肯死心的勤美，又寫了數次 email 告訴王光群，她已經結束美國探親回到臺北，因為聽說他也返臺，問是否可以見一面？石沉大海四字，貼切的形容了勤美給王光群發出的電子郵件，他完全沒有回音。王光群不只是二十年前消失在勤美的真實生活中，如今再次的消失在勤美的網路世界。

失去王光群父母的消息，又得不到王光群的 email 回覆，勤美頓時陷入了茫然，有好長一段日子，她不知道自己每日起床後該做些什麼，所以乾脆不起床、不出門。既然不出門，自然也不用洗頭、洗澡、穿戴整齊。她就這樣窩在家中，吃得很少，也喝得很少，每日不像醒著，也不像睡著。由由問她話，她有時候回答，有時候不回答。由由和勤美母親都知道，勤美的憂鬱症又犯了，必須帶她去看診。

9

勤美離開母親的國宅時，換掉了原先穿的睡衣，穿著那年從美國買回來送給母親的，一件長袖細棉奶白淺淺黃花色的秋裝，寬寬鬆鬆的，光看著都覺得很舒適。不過母親一直嫌花色太明亮，只穿過一次。勤美這時穿了，母親覺得還是女兒穿好看，叫她穿回去，連那雙鞋都不用再拿過來了。

母親怨嘆著說：「人老了，臉皮子就不好看，穿什麼都不會好看。」

屋子本來就不怎麼透光，這時外面可能天陰下來，屋裡更加陰暗，母親的臉就這樣沉浸在黝暗之中，尤見老態。勤美心內一痛，說道：「還是要拿回來，買給你的。」

勤美都走出門好幾步了，母親才想起什麼，靠在門框邊叫她：「你等等。剛忘了說，你哥說要找你談事情。」

勤美問：「什麼事？」

「就是……，就是房子的事。」

「還說房子的事？你上次不就因為房子的事才中風？」

「那個，也不能怪你哥……」

勤美沒有出聲，頭也不回的走了。屋外果然天色陰沉，空氣中彌漫著濕氣，像要下雨但雨又一時落不下來，就這樣暗昏昏的像極了勤美的心情。勤立除了想賣掉母親名下國宅外，可能也想和她談放棄繼承吧？

和勤美一樣從小看不起國宅的勤立，前兩年又開始看好，說這樣近四十年的老屋，總有一天要打掉重建，就是所謂的都市更新。說這裡地段不錯，臨大馬路，離捷運走路十分鐘，早知道從前房價便宜時，應該把隔壁也買下來，租人都划得來。但是最近，他又覺得都更遙遙無期，改口勸母親賣掉房子，另覓預售屋。

勤立結婚後，生活態度變得十分積極，夫妻倆貸款買了第一棟房子後，發現房子確實是會升值的好商品，開始熱中房地產，假日四處看屋成了一種娛樂，林口、龍潭、迴龍……都去看過房子。向來少關心金錢、經濟的勤美，赫然發現人人都在談房子，臺北人談房地產，美國華人談房地產，電視新聞也大談房地產。人們對房屋的渴望超過了實用性，新聞教會了眾人房產原來是商品，暗示炒作可以賺大錢。而豪宅除了價錢會翻倍，更象徵了身分地位，令人豔羨……。臺北人為了房地產集體焦慮，就連勤美也無法置身事外。

還沒走到捷運站的勤美，就聽見手機警鈴聲大作。她接聽喂了兩聲，打電話來的果然是勤立。

「媽剛打電話給我……。你現在在哪裡？我去找你。」

勤美四周看了看，告訴勤立她還在母親家附近。

勤立說：「那你到捷運月臺等我，我現在就過來。」

「不能等太久，我還有地方要去。」勤美說。

勤立乾笑兩聲，說知道了。

勤立乘坐捷運，很快便趕了來和勤美會合。他已經退伍，有終身俸，另外還因為江莉莉託人情，找到一個有著軍方背景的基金會繼續上班領薪水。夫妻倆三份薪水，生活應該過得很愜意，但是卻為了想再買一棟房子，捨不得吃，捨不得穿，捨不得看電影……，存下每一塊錢。聽說江莉莉現在不但不出國旅遊，也不買新衣服，天天只發給老公一百塊錢零用，花不完還得繳庫。這樣的日子，勤立過得甘之如飴，夫妻倆滿腦子房產致富大夢，人生充滿期盼。

勤立婚後胖了不少，啤酒肚都凸了出來，可能因為發胖，臉皮子會撐開，所以人顯得比較白，反而不再像從前那麼黑瘦落魄。他搖搖擺擺，晃蕩到勤美面前，見勤美在月臺等候區坐著休息，便也一屁股坐下了。

「很快吧？我們辦公室就在捷運站旁邊。」勤立繼續道：「不出站，我還可以省了一段捷運的錢，不錯。」

「嗯。」

「你知道我找你幹麼吧？媽有沒有跟你說？」

「沒有。」

「我就直接說重點。我是溜出來的，等會兒還得回去上班。」勤立說得太急，頓了一下才繼續：「我和你大嫂最近去看了一個新建案，在新店，覺得很不錯。我們還是想勸媽把國宅賣了，去買那個預售屋。新房子新建材，有電梯，又有管理，快八十歲的人了，五樓樓梯還能爬幾年呢？她又中風過，也都是為她好。媽說問你，看你怎麼說？」

勤美聽了勤立的主意，腦子一轟，上次就為了想母親賣房子搬家，母親中風住院好幾天。他們夫妻賣了母親名下的房子，用那筆錢付預售屋的頭期款，以後的貸款自然是他們夫妻付，母親沒那個能力。那麼房子是勤立的？或是江莉莉的？母親名下再沒了財產，這樣好嗎？往後住在一起，鬧個口角，母親又會如何呢？

就算不看那麼遠，眼下就有個問題，她問勤立：「房子賣了，新房子還在蓋，媽住哪裡？」

「都可以啊！我那裡可以，你那裡也可以。」

勤美牙咬緊，冷冷笑起來說：「我那裡我自己都快住不成了。」

「為什麼？」

「由由奶奶今天來，說要把房子收回去。」

「什麼？這是什麼話？他們黃家瘋了嗎？」

現在走在臺北，只要放眼四望，到處都是房子。新房子、舊房子、高房子、矮房子、商用房子、住宅房子……，層層疊疊，新舊交錯。勤美記得她年輕時，路上還能看見菜園子或空地，現在大街小巷都建滿了房子，偶爾從高處往下望，天際線也早已不是從前她印象中的臺北了。這十多年臺北改變了很多，房價漲了兩、三倍，人人嘴上心裡都房子房子的牽掛著，就連完全沒有能力買房子的勤美，也被房子的重重問題困擾住。

車上兄妹倆反而安靜下來，各自想著各自的煩惱。他們一起在臺北火車站下車，勤立要轉車回辦公室，問勤美要去哪裡？勤美只說要去地下街買東西。勤立把同樣的話再重複一遍，說：「我這樣也是為大家好，媽可以住得好一點，新房子有電梯，有什麼不好？你勸勸她，老國宅賣了吧！」

「嗯！」勤美不置可否的應聲。

一直等到勤立的背影完全消失在前往板南線的人潮之中，勤美才往出口走去。但是她沒有真的打算出站，反而來來回回走了兩遍，然後走下電扶梯，一樣要乘坐板南線往東區。剛才她只是不想和勤立同車，更不想讓他知道自己要去何處，所以算準了勤立已經上車，才下電扶梯去搭車。

勤美要去忠孝東路，汪小姐約了她下午三點在百貨公司的咖啡廳見面。汪小姐已經七十多歲，自從走路摔跤後，腳一直使不上力，精神也變差，加上家裡還有父母要照顧，所以從出版社退休了。退休後很少出門，也很少和勤美聯絡。昨天突然來電話，勤美也很意外，但隨即便猜到了汪小姐找她的原因。

勤美電話這端只是靜靜聽著，她知道汪小姐的個性，是個藏不住話的人，會直截了當說明來意。汪小姐連聲音都蒼老許多，有氣無力的對勤美說：「王光群父母說要和你談一談。勤美，你最近去過他們住的社區？」

「嗯。」勤美應了一聲，說：「我也想見見他們。」

「唉，好吧！我也不方便說什麼，你就明天出來，大家有話當面說清楚。」

板南線的捷運就算不是尖峰時間，車廂裡也相當擁擠。勤美被人群夾站著，在宛如鏡面的車窗上，她看見了眾多人中一張熟悉的臉，很蒼白，眼神呆滯，那竟然是自己？勤美有些難以相信的喘著氣，覺得呼吸困難，很困難……，必須大口吸氣才行。

勤美從美國回來後，有一年多的時間又再度去看醫生，吃抗憂鬱藥，從以前吃的百憂解升級成了千憂解。其實她也分辨不出症狀是否因為吃了藥而改善，但是用藥後，她確實不再經常哭泣或情緒低落到只想去死，夜晚也勉強成眠，所以繼續吃著那會讓自己終日昏甸甸的藥片。

至於後來又為何停止了就醫，勤美也說不出確切原因，可能常跑醫院太過麻煩，她不喜歡醫院的擁擠，不喜歡醫院的藥劑氣味，不喜歡醫生的冷淡，不喜歡……，其實誰都不喜歡醫院。反正她覺得病情應該已經好轉，所以也就沒再去醫院，只有在感到非常非常迷茫、無助，眼淚掉個不停時，會自己買藥來吃。

勤美在街口連鎖速食店做兼職，是一時念轉。那家漢堡、炸雞店距離她家不過三個路口，勤美經常走過，卻總是忽略了它。一天下午她從醫院拿了藥要回家，見店門口一直擺放的小黑板上面紅色、白色粉筆寫著什麼，勤美從來沒有駐足看仔細過，但是那天她認真看了，是徵求職工的廣告。勤美沒有多想便走進店裡，問收銀的年輕女孩，她可以來店打工嗎？

簽下離婚書的勤美，也意識到經濟可能無法再完全仰賴黃家輝，需要開始自己賺錢了。離開職場多年的中年女人，空有張大學畢業證書，能做的行業並不多，看護或餐廳洗碗、端盤？她想就試試速食店吧。

女店長比勤美年輕，但也近四十歲，人很幹練也很親切，將兼職人員的待遇、工作性質講解清楚後，渴望的問勤美：能不能做清晨四點到中午最缺人手的班次？說晚上十一點到早上六點還有夜間津貼呢。

勤美本來就是睡得很少的人，家又在附近，清晨四點到班對別人是酷刑，但對她並不困難。勤美當場便填寫了表格，答應第二天上工。

速食店看上去餐飲簡單，但是真正工作後才知道，也相當繁雜。勤美穿上制服，圍上有店標誌的圍裙，綁上頭巾，戴著遮去大部分臉孔的口罩，由熟悉作業的夥伴帶領，學做三明治、燒肉、米漢堡、牛肉漢堡、炸雞、炸薯條、玉米濃湯、生菜沙拉……。也要學內部盤點、收貨，清洗各項機器和用具。除了打理廚房內場，還要學習外場如何使用電腦收銀機，為客人點餐、結帳。速食店工作模式，是不論正職、兼職，每個員工都要學會所有工作；三不五時還得回總部上課受訓，連勤美這樣的兼職大嬸也不例外。

除了輪休外，勤美每天清晨三點五十分出門。不論春夏秋冬，三點多鐘的戶外都是漆黑一片，是一日中最最深濃的黑夜。差別只有春、夏戶外涼爽宜人，空氣中還散發出清澈的淡淡香氣；秋、冬則冷風刺骨、寒氣逼人。大部分的人清晨三、四點鐘應該都還在熟睡，認為整座城市也在休眠中，屋外一定人跡罕見，殊不知其實不是這樣的，臺北的清晨三、四點鐘，已經開始了活力的一天：早餐店、速食業、宅配業務、貨運、大眾運輸、清潔人員、百貨業內部勤務……，勤美發現自己其實只是早起的辛勤勞動人口之一。

店長一直很照顧勤美，叫她阿姨，教會她很多工作，尤其是收銀機的操作，勤美很費了些心思才真正上手。夥伴都以為勤美是黃太太，並不知道她已經離婚，常常還會玩笑說：昨天休假和老公出去兩人世界啦？要趕回家燒飯給老公吃啊？真體貼等等。勤美不是想隱瞞，而是不想解釋，很多事對於外人是永遠說不清楚的。

許多年未與外人多做接觸的勤美，突然間要融入這許多人，包括天天見面的工作夥伴、店內用餐的客人，一開始還有點難適應，但是需要這份薪水的意念，讓她克服了困難。對待客人，她發揮了不多言的本性，只聽不說讓她勉強應付得宜；對待夥伴，她也多聽少說，不久後大家開始稱呼她阿金阿姨，因為沉默是金。

夥伴們對沉默的勤美知道不多，但是只聽不說的勤美，很快就熟悉了其他人的無奈。人生真的就是由大大小小的無奈拼湊而來，貧窮有貧窮的難為，富豪有富豪的為難，但是大家都會說寧願住在華宅由司機接送，或躺在愛琴海頂級旅店的私人沙灘上，晒著太陽痛苦煩惱，也不願意餓著肚子煩惱痛苦。

那幾個和勤美一樣做兼職的在學年輕人，每次看見他們，勤美就會想到由由。由由馬上也要上大學了，生在經濟不優渥的家庭，她早就說過，念大學就要去打工養活自己。由由以後就會像店裡年輕學生一樣，頓頓吃員工半價的漢堡或炸雞，然後趕著去打另外的工，或是趕著去上課，時間緊湊而辛苦。

店長有店長的煩惱，她四十歲未婚，身材有點胖，天天說要節食，但是漢堡卻總是吃兩份才覺得飽。她說對婚姻已經不再期盼，但每次聽到也是正職的英淑說老公如何如何時，店長就會撇過臉去，一臉的不高興。她常向勤美抱怨說：英淑有老公了不起啊？還讚美勤美從來不會把老公兩字掛嘴邊。

店長唯一的驕傲，是幾年前貸款在士林買了棟舊公寓；最喜歡的話題，是她的房子如今已經翻漲兩倍；最喜歡告誡年輕夥伴的，就是勸他們要省吃儉用存錢買房子。

年輕人有自己的想法，總回嘴說：「現在買房子的人，哪個不是靠爸靠媽？沒有富爸爸可以靠的，哪有可能自己買房子？哼！還買房子呢，畢了業能不能找到工作都是問題。」

另一個叫小愛的女生也說：「店長，像你這樣衣服捨不得買、餐廳捨不得吃、旅行捨不得去，省下每一毛錢付房貸，這不叫買房子，叫屋奴。臺灣的經濟如果靠你們這些不消費的屋奴，早就完蛋了。還有，等你還完貸款人也老了，這樣人生一輩子？我才不要。」

英淑也加入戰局，說：「在臺北買房子啊？我老公說了，叫我不要做夢了。你們知道現在奶粉有多貴嗎？我兒子放在苗栗給我婆婆帶，我老公天天問我婆婆，小孩什麼時候可以斷奶？我老公說，沒想到養小孩這麼花錢……。」

勤美從來不贊一詞，只管用心的擦拭廚房所有器具。

第一次領到薪水時，勤美很歡喜，她已經很久沒有上班、賺錢了，憑自己能力養活自己，讓人覺得很有成就感。她想給由由買點什麼做耶誕節禮物，雖然母女倆都沒有信仰，但是最近速食店裡天天播放耶誕音樂，又賣耶誕組合餐、耶誕蛋糕、耶誕薑餅……，過節氣氛濃厚，讓勤美也受到感染。但是卻不知道該買什麼給已經高中二年級的由由，十六、七歲女生到底喜歡什麼呢？

勤美中午下班後，乘公車到火車站附近百貨公司逛了一圈，最後卻什麼也沒買成。因為東西都很貴，衣服、鞋子、帽子、圍巾……，樣樣都要價兩、三千塊錢以上，對她而言太貴了。

百貨公司的耶誕歌唱得震天價響，加上人多、嘈雜，勤美覺得陣陣暈眩噁心，連忙扶著電扶梯下樓離開。這幾年她發現自己已經無法待在人潮過多的地方，會很不舒服，可能是到了怕吵怕人多的年紀了。

從百貨公司出來後，勤美一下子又沒了目標，心下空空蕩蕩的，不知道接下來要做什麼。這樣沒有目標的虛無感，經常縈迴在她的生活裡，雖然早已經習慣，能夠與之共生共存，但是空虛仍然還是很不好受的存在著。

她想了又想，終於想到自己可以做的事了。天氣很冷，她穿得不多手腳冰涼，可以去喝杯熱熱的咖啡，休息一下。兩條街外有家麥當勞，速食店的咖啡最便宜，所以她選擇了那裡。

早過了中午用餐時段，麥當勞裡仍然人多，有年輕人，有上班族，也有不少退休閒閒的銀髮族。夥著朋友聊天的聊天，獨自看書看報看手機的也有。勤美則一直低著頭，專心的喝著自己的咖啡，她不記得自己是什時候養成這習慣，獨自在人多的場合，一定低著頭假裝很專心的模樣，或者看廣告單或是認真用餐，就算看著自己的手指甲也可以，這樣她就可以不用與其他人四目接觸，她不喜歡看別人歡愉的聚會，也不喜歡自己的孤獨被人注視。

一直低著頭的勤美，卻躲不過隔壁桌傳來男人不停講電話的聒噪。她忍不住看了男人一眼，五十出頭髮色灰白，穿件破舊牛仔褲、黑色洗成灰黑的舊T恤，臉上鬍鬚渣子也沒刮乾淨，有點落魄，但是聲音卻很大。勤美突然覺得男人眼熟，但怎麼也想不起哪裡見過。

男人已經在講第三通電話了，一通是別人打來的，兩通是他打出去的。電話的內容都離不開房地產，是邀客戶看屋，將一棟四樓公寓說得潛質無限，自住或投資都相宜。

「舊公寓好啊！」他一點也不在乎打擾了其他桌客人，扯著嗓子說服手機那頭的人：「幾乎沒有公設比，你知道現在很多大樓、社區，權狀一樣五十坪實際居住只剩三十坪。我們公寓五十坪就五十坪，真的沒什麼公設。再說啦，這房子地點真的很優，張太太你過來看就知道了，絕對有都更的優勢，因為地點太好了，靜巷，又離捷運不遠……。」

可是這男人講第四通電話時，就不是這麼說了。對方好像是他同學，兩人很久沒聯絡，他主動打去聊天，應該是開發潛在客戶。男人說：「上次同學會怎麼沒來？大家都說你嫁入豪門就沒再露過面，不理人了？……。什麼？不是豪門？能住信義計畫區，不是豪門是什麼？你們那一帶大部分都是豪宅新房子，迎賓大廳一棟比一棟蓋得氣派，公共設施完善，這些都要付出代價，你這個少奶奶當然懂啦！可是我很多客戶不懂，羨慕人家社區漂亮，又不要高公設，要馬兒好，又要馬兒不吃草……。唉！」

男人身旁放隻黑色後背包，桌上是吃完的漢堡紙袋和咖啡紙杯，他大聲的講電話，完全不在意其他客人的厭嫌。埋頭喝咖啡的勤美，終於想起男人是誰了，王光群的表哥葉國誠。雖然只是多年前匆匆見過一次，但勤美仍能清楚記得他的名字，還有他和王光群有著幾分相似的側臉。只要是和王光群有關的事，她應該都會記得。

勤美擱下咖啡，專注的盯住仍在滔滔不絕講電話的葉國誠。表哥已經變成了另外一個人，完全不似當年的英姿倜儻，成了白髮蒼蒼、衣衫凌亂的糟老頭。勤美相當慶幸，自己仍能認出他來，她耐心的等他講完電話，等他回臉注意到自己。

終於葉國誠結束了通話，也發現鄰桌女人一雙眼睛直愣愣盯在自己臉上。葉國誠先是一臉疑惑，然後是被陌生人盯看的不自在，他粗聲粗氣問著：「小姐，你認識我嗎？」

勤美蠕動嘴唇半天，才說出：「表哥！」

「啊？」

「你是王光群的表哥。」

「王……？」男人一臉茫然：「光群？」

勤美幫忙他回憶起自己，說：「我是宋勤美，我們見過，很多年了，在西門町見過一次。」

「啊！是……。」葉國誠臉上表情一陣雜沓，像是想起了什麼，又像是沒有。他嘴角牽動著，因為訝異所以一時說不上話來。

「那時候，你太太懷孕，還告訴我們說快生寶寶了。」

「喔！」葉國誠終於想起了什麼，他說：「喔！光群以前的女朋友？」

「對。」

記憶都回來了，兩人應該同時記起四個年輕男女，偶然西門町相遇，然後站在萬國戲院對街騎樓底下，相互寒暄了十數分鐘。只是每個人的記憶都由自我出發，所以當時的畫面也擷取得很不相同。

勤美說：「我和光群要去看電影。」

葉國誠說：「我和我前妻要去一條龍吃蒸餃。」

勤美忽略過前妻二字，只問：「二十多年了，孩子都大學畢業了吧？」

「我兒子？對！畢業了，在銀行上班。」

「原來是兒子，兒子好。」

「好什麼好？還可以啦！」葉國誠突然一頓，是又想起來什麼，問勤美：「那麼……，有一年半夜裡來我們家按門鈴的女人……？」

「是我。」勤美說，臉上還飄過一抹促狹的笑意。

「喔！」葉國誠此時腦子一定又千迴百轉一遍，才尷尬笑說：「真是巧，這樣也能遇到。」

「我，不是瘋子。」勤美說。

「我看你也不像……。」

「我，可以問一下王光——」

勤美話還沒說完，便被打斷，葉國誠表情肅然的說道：「凡是我表弟的事都不要問我，我們家已經和他們很多年沒來往了，我也真的什麼都不知道。」

勤美低下頭，她的哀傷是無聲無息的，但是卻有著濃濃的感染力，讓葉國誠無處可躲。他只堅持了數分鐘，最後還是接受了勤美的哀怨，因為他自己也是個滿懷心酸和哀怨之人。

那個耶誕節勤美沒有為由由準備禮物，因為她忘了買禮物的事。由由也似乎並不需要她的禮物，每天上學，晚上幾乎半夜才回家，假日也不見人影。勤美這個母親同樣終日在外，除了打工，現在又多了一項和葉國誠見面。母女倆越來越少互動，都見不著面，又哪來的互動呢？

勤美母親也提醒勤美，說：「女兒長大了，你要當心她學壞。」

「嗯。」勤美應著母親，卻不知道該怎麼當心女兒。

勤美和葉國誠很自然的有了交集，麥當勞喝杯咖啡，聊聊天。他們介於朋友又不是朋友之間，模糊的來往著，光看表象，好像是勤美需要葉國誠的幫助多些，指望可以打聽到王光群的消息，就算是一點點雞毛蒜皮的小事她也想知道。但是實際上這個離婚男人，他的寂寞並不亞於勤美，他也需要一個需要他的人。

葉國誠是房屋仲介，但卻不是那種做得風生水起、賺很多錢的房仲。據他說，真正賺到錢的其實只有財團、大建商，小老百姓各個只能算是房奴，一輩子給房貸綁住。他進入這一行還不到十年，三專畢業先進了家貿易公司上班，然後結婚、生子。他的婚姻沒有維持很久，兒子上小學他就離婚了，他也不諱言原因是老婆外遇。他和妻子是念三專時的同班同學，在學校時就是班對，所以畢業後順理成章結了婚。

葉國誠面無表情，就像敘述別人家務事般告訴勤美：「他們是廣告公司同事，辦公室戀情，男的是她頂頭上司，也有婚姻。我老婆那時候像著了魔一樣愛那男人……，她那個樣子，其實我可以理解。她要離婚，我父母大吃一驚，她娘家人也說她不可理喻，只有我理解，我可以理解。」

葉國誠連說好幾次可以理解，但卻盡說些勤美難以理解的話。好在勤美並不在意他人的婚姻，她仍然安靜聽著。葉國誠說兒子是祖父母帶大的，離婚後小孩仍然留由祖父母照顧。說到兒子，他臉上有很深的愧疚，覺得當時和前妻都年輕自私，不想被孩子繫絆，所以丟給祖父母養育，沒有盡到為人父母的責任。現在兒子看見他們，不愛搭理，應該算活該。

離婚後，前妻沒多久便結了婚，但是嫁的卻不是當初外遇對象。因為上司是個孬種，葉國誠前妻離婚，他卻打了退堂鼓，說是老婆要求他淨身出戶，名下房子要贈與給老婆，那傢伙捨不得房產，回去了妻女身邊。葉國誠前妻哀怨憤怒一陣後，嫁給了個認識不到兩個月的男人，後來的婚姻關係應該也不是很好。

因為離婚，葉國誠和個性保守的父親更是衝突不斷，最後完全到了水火不容的地步，父子倆一見面就嚴重起爭執，所以很多年前他就和家裡鬧翻，從此不回家，就連兒子也不常見面。

葉國誠對他父母除了感念他們幫他帶大兒子外，其他抱怨就很多了，他認為父母和妹妹基本上是嫌貧愛富，因為他工作不順、婚姻觸礁，簡單說就是沒錢、事事不如人，所以從頭到腳看不起他。他妹妹和妹婿開公關公司，事業越做越旺；堂兄弟個個不是教授就是政府官員；表弟王光群更是留美博士，還娶了財團的女兒做老婆……。

每次回家，他父親一見他就搖頭，念叨他一事無成，比不上妹妹會念書，比不上堂兄弟會賺錢；連他母親看著他也嘆氣，說要靠兒子的話，倆老早餓死了。兄妹倆也很少見面，偶爾碰面，妹妹就說人家做房地產早發大財了，為什麼只有他連房子都買不起？

葉國誠越說越氣，臉都漲紅了。他告訴勤美，這些話他很少跟人提，至於為什麼會對勤美說呢？他說：「可能覺得，我們有點同病相憐吧？」

勤美不知道她和葉國誠是否同病，但她知道，葉國誠是她能否見到王光群的希望所在。她回道：「是啊。」

葉國誠早已經不是勤美當年見到的年輕男子，甚至比他實際年齡看上去更老態，他滿頭白髮、背脊微駝，完全脫離勤美第一次見他時的模樣。勤美也很慶幸，自己竟然憑著直覺和與王光群稍稍相似的側臉認出他來。

葉國誠在貿易公司工作過，大賣場做過業務，在餐廳做過店長，因為同學介紹，才進了房屋仲介公司從頭學起。好在房仲這一行門檻不高，只要勤快、對人親切和氣，不管是應付買屋的，還是賣屋的，能夠有死纏爛打的功夫，臉皮夠厚，任誰要做都不難。重要的還是景氣要對，他就是碰到了近年房地產景氣好，所以存活下來。但是葉國誠卻不是賺得荷包滿滿那種仲介，他年紀大又起步晚，一直被公司排斥在市中心外的淡水附近，賺大錢沒他的份，勉強過日子而已。後來又因為與同事不睦，公司待不下去，如今在外面單打獨鬥，就是自己找出售房，貼廣告單那種個體戶。

「賺大錢的都是那些在東區賣豪宅的同業，他們每賣一戶房子進帳多少知道嗎？以百萬計。」葉國誠道。

「哦。」

不過葉國誠也有自己的夢想，他一直想在淡水附近買一間自己的房子，所以很努力的工作，不放過任何一個上門的客戶，不放過任何可能成交的案件，也從不亂花一毛錢，午餐、晚餐規定自己不能超過六十元，那天會去臺北速食店遇見勤美，是上午和客戶有約，中午去吃點東西順便休息一下。

「我這年紀，還在過這樣日子……，套句時下流行語，叫做人生失敗組；我那有錢的表弟，是真正的人生勝利組。」

勤美想說句安慰他的話：「表哥不是已經買了淡水新房子了嗎？」

葉國誠這才臉上有了點喜悅顏色，說：「是啊！不過貸款很多，負擔重，錢有得繳了。」

「表哥，喜歡淡水？」

「啊？」葉國誠道：「我最喜歡大安區仁愛路……，開玩笑的。不過，也真的很喜歡淡水……，那裡有我的一些小故事，哀傷的小故事，有機會再告訴你。」

葉國誠說著說著，臉色又黯淡下來，勤美不知道是不是自己問錯了話，她嚅嚅的想要補救，說：「淡水很好。」

葉國誠嘆口氣，半天後悠悠道：：「是啊！很好！哪天帶你去看看。」

因為對勤美的同情，葉國誠打了電話給母親，問到一些關於王光群的消息。他約勤美見面，順便帶她去參觀他竹圍新買的房子。兩人相約在勤美打工的速食店門口，葉國誠開了輛跟同事借的老爺車來接勤美，問她：「半夜四點來上班，冬天怎麼受得了？」

勤美笑笑說：「離家近，還好。」

葉國誠抖抖身子，假裝寒冷，說：「四點？我爬不起床。」

車子一路朝北行駛，葉國誠看來心情頗好，路上直讚美自己新買的房子，說社區管理佳，又是高樓層，風景好，因為比市價便宜許多，才決心買下。

勤美對房子興趣不大，但是也知道這是社交話題，她問：「表哥……可以買到便宜房子？」

「一般屋主拿出來賣的房子，當然都由我們先過濾一遍，自己買或是給投資客選、給熟客看，最後揀過一遍才放上市場賣。我們是可以看到條件比較好、比較便宜的房子，但是房子又不是青菜、蘿蔔，誰能天天買？尤其我們這種小咖……。這次是機緣巧合，常帶客戶看屋的那個社區，管理員和我有些交情，他告訴我屋主財務出了些狀況，房子要脫手，還帶車位，我便硬咬牙貸款八成，把房子吃了下來。」

聽葉國誠娓娓道來，說著新買的房子，勤美的心卻飛向遙遠，遠得不見邊際。車窗外原先還是視野寬闊的關渡平原，但不多久便看見了淡水河的出海口，而對岸的觀音山腳下，就繚繞著銀光閃耀的水波。對於這一切，勤美也是視而不見的，她開口問從一上車就想問的話：「阿姨她，怎麼說呢？你還沒告訴我。」

「喔，對！其實我媽她真的也知道不多。她說我那位了不起的表弟，確實已經回來臺灣，好像在他岳父投資的電子公司做CEO，住在信義計畫區——他岳父買給他老婆的房子。」

「他爸媽也搬家了。」勤美說。

「對，住去天母，說也是豪宅。」

「我，可以見他一面嗎？」

葉國誠扶著方向盤，眼睛直視著前路並不看勤美，說：「你的問題，我想了很久，今天找你出來，就是要跟你說，忘了我表弟那個人吧。你這樣下去，也不是辦法。我不是不幫你，而是幫不了你。你有你的想法，光群有光群的想法，他未必和你想的一樣。」

同樣的話勤美聽過無數次，很多人都這樣對她說，叫她忘了王光群，但是有些事不是她要忘就忘得了的。

「我是為你好。」葉國誠又補充道。

「我知道。」勤美說知道，並不表示她同意，只是讓話題結束，她不想繼續糾纏在她根本沒有意願的事情上。她又說了一遍：「知道。」

葉國誠還以為自己已經說服了這個固執的女人，有幾分得意，心情變得更加愉悅，車子也正熟練的駛入了他新屋的地下停車道。他的新屋距離捷運竹圍站不算很遠，是個有著一千五百多戶的大社區。車子直接開進地下停車場後，本來可以直接搭電梯回自家住處，但是葉國誠為了向勤美炫耀華美的公共設施，他帶領勤美先到A棟挑高的迎賓大廳，那裡有似咖啡廳的沙發休憩區，還有個彷彿五星級飯店的櫃檯，櫃檯後面站著管理員，禮貌的向兩人道著午安。

雖然電視新聞對這類管理良好的大樓社區多有報導，但是勤美還是第一次真正進到這樣的住宅，立刻就感受到舊房子和新住宅的大不相同。走出大廳後，外面是花木扶疏的中庭花園，他們還去看了室內游泳池、三溫暖、會議室、遊戲間、閱讀室、健身房、韻律室、桌球室……。因為非假日，沒見到什麼使用的住戶，四處顯得冷冷清清。

好不容易參觀完社區公共設施，葉國誠才領了勤美乘電梯上十九樓。不論勤美是否喜歡，但不可否認的是，在葉國誠將房門推開的一剎那，她看見的不是四米二挑高的房子，而是落地窗外一幅活生生流動的圖畫。淡水河的出海口，就這麼生動的呈現在勤美眼底。

勤美受到眼前景象的震懾，真心讚美道：「啊！好美！真的好美！」

「喝咖啡還是茶？你別看這屋什麼裝潢都沒做，空空如也，但我可有燒水壺和電冰箱喔。喝咖啡好了！」葉國誠一邊用電子壺燒開水，一邊打開三合一咖啡包，他解釋道：「連頭期款都不容易湊齊，沒錢做裝潢，就這樣住吧！總強過租房子，付人房租。」

經葉國誠這麼一說，勤美才注意到屋內真的空蕩蕩只是空房一間，沒有任何裝潢，室內實際坪數不超過十二、三坪，挑高四米二沒有裝修做夾層，整間空屋顯得很怪異，彷彿是間空著的小倉儲。就連家具也少得可憐，牆角一張雙人床墊，還有堆放牆角的幾個白色塑料置物箱外，只有流理臺旁邊擱置的一臺小型電冰箱了。

但是更讓勤美覺得詭異的，是床墊旁邊置放了一個黑色塗金的相框，照片是兩個男人擠坐在一張雙人小沙發上拍攝的，其中一個是葉國誠，照片中的他比現在年輕很多，神采奕奕的。兩個中年男人不但緊緊挨坐一塊，手還相互十指緊扣，笑容洋溢，任誰看了都覺得那是愛情。

葉國誠見勤美看見了照片，他不置可否的乾笑兩聲，然而聲音已經哽咽，半天後說：「他過世兩年了，我是為他買下這裡的。」

「喔。」發現葉國誠眼中淚光閃耀，這讓勤美感到不知所措，她向來是個不太留意別人情緒，也不管別人私事的人，現在看見葉國誠淚眼婆娑，還真不知該如何是好，只能靜默以對了。

「他喜歡這裡，天天可以看見觀音山的夕陽。」

「喔。」

「可惜那時候還沒買下這裡。他，在醫院的時候，一直想到淡海看夕陽。」

葉國誠沒說是什麼病，但提起化療，勤美便不再多問那些無法改變的哀傷了。

「你現在知道我和我爸避不見面的真正原因了吧？還有我兒子他媽，她另外找人結婚是對的。錯的是我。」

「喔。」

勤美在葉國誠空蕩蕩的新屋裡待到黃昏，因為夕陽會將水面映成橘金色，又是很不同的美麗景象，主人不希望客人錯過。這樣的兩個人共處一室，沒有男女之情，卻有了難得的美好友誼。葉國誠說他對朋友的定義很簡單，每個人都有自己的困境，沒有人可以幫忙誰解決困境，所有問題最終還是自己要面對。但是朋友可以相互傾訴，彼此慰藉、取暖，這樣就足夠了。

葉國誠講了些阿括的事，他們是在 guy bar 認識，阿括在家小型廣告公司做美工，相當有才華，但是卻局限工作性質難以發揮，葉國誠很為他抱屈。他們很談得來，又發現彼此一樣尋尋覓覓受過很多次情傷，能夠相遇、相知，都覺得是上天的恩寵。

葉國誠搬進了阿括民族西路的租屋，是間航道底下的舊公寓三樓，所以租金特別低廉。每當飛機預備著陸低空掠過時，兩人完全聽不見對方說了些什麼，必須噤聲，屏息等待，直到震耳欲聾的飛機聲靜止後才能繼續。後來他們竟然培養出一種情趣，每當飛機經過，便撲向對方用力親吻，再無視那嘈雜的噪音了。

念美術的阿括，對於「美」相當執著，他把屋子布置得溫馨又富有獨創性，從窗簾、椅墊到實木桌、椅，都是他親手製作。

「有個念美術的伴，生活也變得有品味起來囉。」葉國誠說這話時，臉上充滿對伴侶的驕傲。「從那時候，我們就決心要買一間自己的房子。因為人老了，再沒有房東會願意租房子給你。」

不過他們同居不久就發生了波折，阿括的前男友回頭來找阿括，要求復合。那男人當初劈腿傷透了阿括的心，照葉國誠的認知，阿括應該對那男人恨之入骨，但是事情似乎又不是那樣，阿括對那男人也有難割捨的舊情，兩人多次背著葉國誠出去談判。葉國誠難忍妒火，多次盤問，阿括終於承認了與前男友仍持續著親密關係。

葉國誠曾經以為只有自己和阿括的肉體關係才是最激情、刻骨銘心的，卻沒有想到阿括竟然背叛他們共同建立的美好關係。他難以忍受到幾乎抓狂，但是仍捨不下阿括，他要阿括在自己和那男人中做選擇。

阿括的痛苦也是很深的，原來就瘦高的人，那一陣子被感情折磨得瘦到皮包骨，葉國誠說他看了都心痛。但是能怎麼辦呢？總要有個結論。阿括卻不這麼想，他認為不是所有事情只有黑、白，他說他深愛葉國誠，但對前男友也覺得不能這樣無情，終究他們也是有過去的。

下了很大決心，葉國誠選擇了離開。他搬離阿括住處，租了間雅房與人同住一棟公寓裡，那段時間他經歷的痛苦，據他自己說，甚至悲痛過阿括過世。阿括過世的哀痛是相愛的人去了另一個世界，可是他們仍然是緊密的愛戀著彼此，這給了葉國誠很大的勇氣面對往後生活；可是和阿括分手，飽受的痛苦卻是深愛的人正深愛著別人，那種苦澀是椎心蝕骨難以言喻的。

葉國誠說那一陣子他幾乎出不了門，工作沒辦法做，每天待在屋裡拉上窗簾冥想，想自己和阿括之間到底出了什麼差錯？是對阿括不夠好？還是自己做錯了什麼、說錯了什麼，讓阿括無法選擇自己而離不開前男友……？

勤美第一次知道，同性的愛戀和異性的愛戀竟然如此相似，同樣有著喜悅和哀怨，有著纏綿和悱惻。她越聽越覺得那也是自己的痛楚，忍不住跟著葉國誠落淚。

「後來，他還是選擇了你。」勤美說。

「嗯！」

那天颱風停班停課，外面風強雨大，床上一連躺了三天的葉國誠，更沒有理由起床了。這時候手機鈴響，阿括打來的電話，那是葉國誠等了又等，每天盯著手機看了又看，才等到的電話。阿括說在葉國誠住處附近，要葉國誠出去。他立刻衝出門，連傘也沒帶，任由豆大的雨水淋得全身濕透，強勁狂風幾乎掀翻了整個人。

阿括手上垂著一把早給風吹折了的黑傘，一樣全身透濕，一樣被強風吹打得歪歪斜斜，難以站穩。兩人都給風雨迷了眼，視線模糊一片，但是卻真切的看見了彼此的心。

淡水美不勝收的夕陽景色，終於在落日殆盡後，又開始了不同風貌的夜景，對岸八里燈光如遊樂場般紅紫閃爍，成了另一種豔俗之美。讓客人欣賞過白天和夜晚的美景，葉國誠這才開車送勤美去竹圍捷運站，讓她搭捷運回家。

勤美偷眼看著輕扶方向盤的葉國誠側臉，那是一張她重新認識後的臉孔，更有真實感的臉。

「不管怎麼樣，既然活著，就得活下去，你說對吧？」

葉國誠說完，並不傷感，反而像是說了多麼好笑的趣事般，哈哈大笑起來。整輛車裡充斥著他嘎嘎的笑聲，勤美卻覺得有點全身發冷，不知道是因為葉國誠的笑聲，或者是淡水的夜晚寒意很重？

「聽光群說，你和表嫂當初也是相愛……才結成婚的。」勤美疑惑道。

「嗯，是啊！那時候的愛也是真的。後來，大概兒子兩、三歲大，我知道我愛的不是我兒子的媽。那是一種很奇特的直覺，像……像重新活過一次一樣，發現自己愛的是……，不是女人。阿括是我離婚以後，父母也不諒解，日子最難過時候認識的……。他住院時，有一度我們倆很想很想結婚。」

「結婚？」

「結婚。很難理解吧？除了情感上的歸屬，也有實質的需要。阿括住院的時候，法律上我不是他的親屬，所以……」葉國誠別過臉去，是不想讓勤美再看見他眼中淚光。

同性婚姻，勤美不了解；葉國誠的愛情，她也不是完全理解，但卻充滿同情，勤美說：「表哥和我，愛過也被愛過。」

「嗯。」葉國誠沉默良久後，語重心長地對勤美道：「但是，光群……，你最好不要太執著了。」

勤美低了頭，她怎麼可能放棄對王光群的執著呢？

勤美的幽怨讓葉國誠不忍，決定要為她做點什麼。淡水看過房子後不久，葉國誠再次打電話給三專時的同班同學賴佳荃，那是他認識的人中除了表弟外，最有錢的一個。葉國誠說有事要拜託她，希望能去家裡拜訪。對方一開始沒有鬆口應允，一直到葉國誠提起表弟王光群的名字，賴佳荃才略有轉圜的勉強答應了。

葉國誠心中有數，就算學生時代他和賴佳荃再有交情，筆記總是借她抄、她蹺課幫她簽到……，屬班上同一掛，但如今物換星移，還不知道去了她那信義計畫區豪宅，到時候會出現什麼樣尷尬場面？這些有錢人，很多事難說。

那天寒流，葉國誠仍開著借來的老爺車去接勤美，穿得很單薄的勤美上了車才停止住哆嗦，她開口第一句問葉國誠的是：「你相信預感嗎？」

預感這東西，可能只是希望的延伸，勤美經常會有預感，只是成真的並不多。她也一直預感著將在臺北的某條街上與王光群偶遇，但從來沒有發生過。可是這並不能否定她的預感，很多時候那些預感就像電影片一樣的出現在她腦海中，沒有發生只能說還未發生，並不表示以後不會發生。

葉國誠搖頭，說：「我很少有什麼預感，從沒有。怎樣？你有什麼預感？」

「我有預感，我們今天去見的你這位同學，一定能幫忙我。」

「但願如此。」

臺北的精華地段這幾年時興蓋大坪數住宅，國際級建築設計，建材講究，公共設施包括溫水游泳池、健身房、棋藝室、KTV、宴會廳、會議室……，一處比一處蓋得奢華，更有名人、鉅富群聚效應，早將從前那些知名的大樓、社區比了下去。這樣的房子，當然昂貴到只有富豪能夠負擔得起，賴佳荃住的就是這種等級的住屋，信義計畫區裡完工不到兩年的新大廈。

那是個占地兩、三千坪的豪宅區，分A、B兩棟，下面由種植了四季花卉的造景庭院銜接，四樓還有空中走道可以串連。溫水游泳池、健身房、三溫暖、KTV都在四樓，頂樓則設計有圓頂宴會廳、紅酒吧、雪茄室……。這些設備勤美一樣也沒看見，是葉國誠在車上告訴她的，還感慨說：

「這裡的房子，是我那淡水房不能比的啊！他們請的是五星級酒店頂級居家服務，每個月光管理費就不只十萬。」

勤美坐在車裡，匆匆瞥見的只有社區的大門，設計成法國凱旋門似的高而寬宏，大理石上還有精緻的花草和希臘神話人物浮雕。大門前站著兩名穿藏青色西裝制服的管理人員，眼神警戒的守護著。門後面是挑高九米的迎賓大廳，從茶褐色落地玻璃窗可以隱約看見，廳內還有數名穿著同樣藏青色西裝制服的管理人員，來來回回忙碌的走動著。

勤美他們也不是從大門進去的，葉國誠按照賴佳荃電話裡的指示，先通過了守衛車道的兩名警衛的盤問，警衛打電話再向住戶確認後，才讓他們將車開到地下三樓停車位。

「真嚴謹啊！」葉國誠也不知是讚美還是抱怨的說了一句。

勤美想起當年自己半夜去按葉國誠家電鈴的往事，現在才知道，住在這種地方的人家，就是連電鈴她也沒處可以按吧？

乘坐了由專人引導的電梯上樓，為他們打開賴佳荃豪宅大門的，是名年輕外傭，長像粗黑不太好看，但身上穿件鐵灰套裝，很有禮貌，鞠躬、問候，所有動作都僵硬不自然。她沒有將客人帶往大客廳，而是讓勤美他們坐在空間較小的小客廳。之後為勤美他們奉茶的外傭，也穿了相同的鐵灰色套裝，原來那是制服。

奉茶的外傭操著不流利的國語，說：「太太，等一下下，出來。」

有著穿制服傭人服侍的家，偏廳裡卻坐了兩名與這個家極不相稱的客人，客人自己也知道尷尬，但是既然來了，就橫了心坐著吧。勤美和葉國誠都這麼想，只是兩人越坐越熱，才知道屋裡開了地熱，整個屋子暖烘烘的，比室外溫度高出好幾度。

見識過舊金山恩雅家的勤美，覺得賴佳荃的家沒恩雅的房子大，但一百多坪對勤美來說仍是很大。兩所房子的裝潢擺設風格迥異，恩雅的家可能住久了，家具擺飾都用了有段時日，帶點歐美古樸的情調。而賴佳荃的家就是新，新得什麼都覺得是透亮的，窗子亮，地板亮，桌椅櫥櫃都是烤漆的亮；連幾件骨董家具，貴妃榻和充當備餐臺的明式紅木櫥櫃，也新亮新亮。離得客廳遠遠的餐廳，勤美隱約還可以看見裡面有座超過五公尺寬的透明大型酒櫃，也是閃閃亮亮。

葉國誠這位嫁入豪門的大專時代同班同學，五分鐘後終於以天女下凡的姿態，由裡間走了出來，接見了兩名凡間小民。葉國誠沒有估算錯，賴佳荃待客的態度雖然不到讓他們難堪，但是也不熱絡，總是保持著距離的寒暄，聲調冷淡而客氣。

葉國誠開口，就問了個不識趣的話題：「這外傭，你們怎麼申請的？」

「喔，就申請囉。」賴佳荃淡淡答道。

女主人修剪得服貼有型的短髮下，是張修飾得一絲不苟的臉，化了淡妝，膚色白透緊繃，稱不上美麗，但是妝點得讓人無以挑剔。她穿件粉色泰絲短衫，胸口手繡一朵好大粉橘牡丹，配細管黑色長褲，打扮相當刻意。如果不是事先知道她和葉國誠同年，勤美一點也看不出她有五十開外，相形之下衣著邋遢面容憔悴的葉國誠，就比這位同學老上十歲還不止。

這是個上班日的下午，賴佳荃那位科技公司董事長的老公出差去了杜拜，兒子上學，所以才稍有空閒，勉強應酬著多年未見的同學。她認定葉國誠找她敘舊，是為了拉關係攀人脈，做房仲業這一行是必須要的。但是他找的藉口卻有些好笑，說為朋友來問表弟的近況。既然是他表弟，怎麼問到外人這裡？說和表弟這幾年疏遠沒往來……，應該也住附近，來問問是不是認識？

勤美這次的預感終於成真，賴佳荃說認識凱莉，雖然不是很熟，但因為有共同的朋友，所以知道。說凱莉他們一家四口原先住舊金山灣區，老公王光群好像是美國某大金融公司管理階層，這兩年進入娘家的事業體系工作，所以才搬回臺北。小孩一個留在美國念書，一個念天母美國學校，和賴佳荃的小兒子同學校。

「找他有事嗎？宋小姐認識凱莉的老公？」因為好奇，賴佳荃看勤美的眼神，一掃先前的冷漠，突然變得閃爍有光了。

「認識。」勤美接受了女主人的上下打量，並且認真回答問題：「王先生和我從前，是男女朋友。」

聽到這麼直截了當的答案，原先不只冷漠甚至還有些百無聊賴的女主人，立刻感到亢奮，霎時間還有些不知該如何抓住重點，問她最想知道的部分。

葉國誠適時的插進話來，補充道：「只是想知道一下我表弟近況，沒有別的意思。勤美自己也過得很好，小孩都念高中了。」

「是嗎？」

賴佳荃根本不相信面前的陌生女人過得很好。一個人過得好不好，不在衣著打扮是否光鮮、名貴，辛苦是會寫在臉上的，勤美一張苦澀乾柴似的面容，不是生活平順、愉悅的臉孔。不過賴佳荃有興趣的不在勤美過得如何，而是想知道她和凱莉丈夫的故事。她急切的問勤美：「你們分開，是因為凱莉介入？」

「不是。」勤美說：「因為他父母反對。」

「喔？」賴佳荃還是不太相信，說：「男人另外有了女人，其實女朋友也不一定會知道。」

「是父母反對。」勤美不喜歡賴佳荃懷疑的口吻，她肯定又肯定的再說一遍：「父母反對。」

賴佳荃十分好奇，其實任何人都會好奇的。她又問了勤美好些問題，像他們倆怎麼認識？來往了多久？原來還見過父母啊？勤美滿足了她所有的好奇心，最後賴佳荃也承諾，會幫勤美打聽凱莉住在哪裡，不過她確定他們不是這個社區的住戶。

送勤美他們出門時，賴佳荃站在玄關吊掛的大水晶燈底下，突然想起什麼，說道：「我想起來了，凱莉姑姑住我們這裡，我會問她。不過，好像也不能這麼直截了當問人家住哪裡吧？有點奇怪不是嗎？」

「就說有老朋友問，想聯絡一下，叫她別想太多。」葉國誠笑著幫勤美回答。

「也是。」

出了這座讓人聯想著錢、錢、錢，是由許許多多鈔票堆砌起來，嶄新、華麗的建築物，勤美和葉國誠都鬆了口氣。

「羨慕嗎？」開著車的葉國誠自問自答道：「其實這種房子不看還好，看了就不能不覺得有錢還真好。」

「嗯。」勤美想的卻還是跟自己有關的事，她問葉國誠：「她真的會問到地址嗎？」

「嗯，應該已經在家打電話了。這些貴婦，平時除了shopping，也會聽演講、旅遊、看畫展、欣賞表演……。醫療美容以外，文化美容對她們也很重要。不過和市井小民沒分別的是，她們一樣最喜歡說八卦，我們前腳出門，後腳一定已經在傳播消息了。」

葉國誠滔滔不絕，又說起賴佳荃娘家其實就一般公務員，父母勉強湊了錢，送獨生女出國念碩士，就這樣嫁了學電腦的老公，更幸運的是老公又與人合夥創業有成，現在是身價百億上市公司的董娘。葉國誠更深的感嘆是，並不是每個出國留學的女人，都能嫁個有錢老公，這一切都是命。

勤美聽著，覺得葉國誠的話似乎和自己有些關聯，她應該認命嗎？但是她不認為這和命運有什麼關係，她只是想再見王光群一面、再和他說說話，和他重新有所牽連……而已。

10

捷運忠孝復興站是大站，人潮從早到晚不曾間斷。勤美沿著捷運出口，直接進入和江小姐相約的百貨公司，這是家新開幕不過數年的新百貨公司，勤美第一次來，相當陌生，她東看看西尋尋的找不到電梯，最後決定乘電扶梯一層樓一層樓的繞上九樓。

汪小姐告訴她，整個九樓也就那麼一家 Tea Room，是英國知名瓷器店開設的精緻小茶館，一眼就會看見，不會找錯地方。果然，勤美搭電扶梯上去，就見到那間以淡青色為主調，妝點得古典貴氣的小店。

店裡客人不多，相當恬靜，勤美走進去還沒來得及回答服務生問她幾位，身後便傳來汪小姐叫她的聲音。勤美回頭，汪小姐的身影完全被她忽略了，她的眼睛直勾勾的盯住汪小姐身後的兩位老人，王光群父親穿著深色西裝，還打上淺藍色絲質領帶，表情威嚴，只是步履緩慢，手上拄著支質地精緻的手杖輔助行走。王光群母親穿著比從前和勤美常見面時講究得多，一身淡青色褲裝，貴氣十足，但是她看勤美的目光像對待陌生人，而且很不友善，甚至怒氣十足。

「勤美，這兩位是王伯伯、王伯母。」汪小姐謹慎的避開了在公共場所提起王光群的名字。

「不用介紹了，我認識她。」王光群母親氣恨恨瞪著勤美說。

四個人被服務生帶到靠窗的位置坐下，價目表上茶的種類繁複，大家卻沒心思喝茶，隨便指了一項應付服務生。汪小姐身體不好，氣色很差，臉色有點帶黃，但是她的急性子卻絲毫未改，率先打開僵局，說著：「勤美，今天找你來是——」

不等汪小姐說完話，老先生撇了撇與王光群極為相似的薄唇，直接道：「宋小姐，我們不知道你到底想怎樣，但是聽說你也是讀過書、知廉恥的人。就不知道為什麼還要繼續糾纏不清？大家都是成年人，男婚女嫁，孩子都大了。你還這樣，就是不肯罷手？」

王光群父親越說越氣憤，王光群母親則在一旁點頭稱是，還補充加碼斥責勤美說：「原來你認識我是有目的的，你這女人心機好重。」

勤美低了頭，喃喃道：「不是，伯母，我真的喜歡您，想認識您。」

「你認識我幹什麼？幹什麼？」王光群母親想大吼勤美一頓，但礙於公共場所，又是高檔茶屋，便只能壓低音量怒責勤美：「我還差點就上了你的當，跟我們要美國地址，我女兒就叫我要小心。原來是真的，你處心積慮就是想害我們。」

「我沒有要害你……。」

「那一直找來我們家幹什麼？」

汪小姐因為事情始終是由她而起，多少覺得愧疚，只是她不知道是該對勤美愧疚，還是對王光群父母愧疚，只能尷尬打著圓場，道：「勤美也沒有別的意思，她只是想——」

「想什麼？不就是想搞破壞嗎？」王光群父親可能就是個從來不肯聽人把話說完的個性，尤其對汪小姐和勤美這樣的人，他更沒有耐性，怒目申斥勤美說：「你也要適可而止，不然，我們也不排除控告你。」

「哎呀！就好好說嘛！幹麼這樣……？」王光群母親見丈夫生氣，怕他氣出毛病，這時想要息事寧人，拍著丈夫的手背勸說道：「光群說，好好說……。」

王光群母親口裡提到的名字，讓一直靜坐、將身心完全放空、選擇不回嘴不多言的勤美，一下子驚動起來。她抬眼看向王光群母親，眼神期盼的，是希望她再說一次那個名字。

但是王光群父親用眼神狠狠制止了老婆，是怪她不該提起兒子，他說：「你在說什麼？」

「啊！」王光群母親立刻明白自己犯了什麼樣的錯誤，警覺地閉上了嘴。

一直沒說話的勤美，這時終於開口問道：「他知道……？說要好好說嗎？」

「喂！宋小姐，我兒子和你已經沒有任何關係。都二十多年前的事了，你也太不自愛了吧？」王光群父親說。

王光群母親也說：「是啊！都那麼久以前了……。你，是有毛病嗎？」

「還有，我今天來是要跟你說清楚，不要再去我們家大樓搗蛋，我們是會報警的，一定會報警，別以為——」

「我，只想見他一面。」這次是勤美打斷了王光群父親的話，她堅定的說：「我要見他，有些話必須跟他說。」

「真是，真是越說越瘋了。你，你這人，看起來還滿正常的，難道，難道是瘋子嗎？」

服務生送上來的茶，茶具全是精緻美麗的骨瓷，茶水呈琥珀般顏色，如流動的寶石。只是那茶除了汪小姐喝了兩口外，其他人都沒有動過。王光群父母一共只待了十來分鐘，留下最後一句話仍是警告勤美，不要再到處放話，破壞他兒子的聲譽。說勤美不只在臺北散布不實謠言，連舊金山灣區也傳得沸沸揚揚，如果她再造謠生事，一定告她毀謗罪。

勤美知道他們不會告她，因為他們不想惹來記者。這是勤美唯一的優勢，但是她始終沒有得到她想要的。不就是見一面嗎？有這麼難嗎？她問留下來的汪小姐：「我只是想見見他，為什麼都不行？」

汪小姐怯怯道：「這些有錢人，想的跟我們不一樣。早就叫你死了這條心，不要再……。你，幹麼還跑去他父母家？王光群和他父母又不住一起。」

❦

葉國誠除了請賴佳荃幫忙打聽王光群臺北住址外，又透過他母親，問到了王光群父母搬離富錦街後的確實住處。當天晚上，勤美就照著葉國誠給她的地址，找去了天母。

天玉街是條美麗的街道，斜坡而上兩旁有綠樹，平日恬靜雅致。勤美偶爾會經過，但是從來沒有留意過哪些是舊樓，又哪幾棟是在她一不留神間，悄悄就建成了新大樓。王光群父母的新居，是一棟大門砌得極高、大廳深闊、門口站了守衛的新建豪宅。整座社區占地不小，依著山坡的坡勢興建而成。

勤美手上捏著那張葉國誠寫給她地址的小紙片，心中茫茫然，為什麼一件這麼簡單的事，只不過想要再見一次往日戀人，卻如此難如登天？這樣管理周嚴的大樓，她想要登門拜訪，必須通過警衛確認住戶是否接受。王光群的父母不會答應她進去的，他們可能早忘了她這個人，誰會讓一個陌生人進去家裡呢？尤其是有錢人家。

勤美想不出辦法來，只能呆呆站在燈火璀璨的大樓對面，仰著頭往上癡看。樓上住戶有亮燈的，也有沒亮燈的，透出燈光的各家有著不同的燈具，有昏黃的，有燦白的，也有微微透出橙黃的，有著各式各樣的溫和馨美。沒亮燈的，就都是一樣的漆黑一片了。

對於站立在大樓外頭的勤美而言，那些光亮卻十分冷漠，像警衛看她的眼神一樣。終於有個注視了勤美許久的制服警衛，向著勤美走近，盤問她說：「小姐，在等人嗎？」

「哦，沒有。」勤美說。

「那為什麼站在這裡這麼久？」

勤美不高興了。她已經許久許久沒有動過怒，她的生活裡沒有需要生氣的事，因為對她而言什麼都不重要，所以很少生氣。但是這一刻，勤美被激怒了，她憤憤說道：「不能站嗎？馬路是你們的嗎？有錢了不起嗎？馬路也歸你們管嗎？」

又走上來一個穿同樣制服的警衛，預備支援同伴，他說：「小姐，不是這樣的。我們只是關心你，想問問你有什麼要幫忙的？」

「我不需要幫忙。」勤美說完，頭也不回的離開了天玉街。

那次以後，她又去過很多次天玉街，只是勤美不再像第一次那般笨拙，直挺挺站在大樓門口窺看。她懂得變換位置，也懂得找掩蔽，有時她只是悠然的經過，像是散步。

每去一次，勤美就會發現些許和前次不同之處，譬如大門口換了花草；管理員由冬天西裝制服換成夏天短袖襯衫；迎賓大廳和圍牆間隔處種植的細葉欖仁，本來光禿禿只是枯幹，卻已長滿蔥翠綠葉；出車口守車道那名圓胖的守衛換人了；夜晚守車道的警衛，也由高個子換成一個六十歲上下的老警衛；就連住戶陽臺上栽種的盆栽更換，勤美都知道。

那個社區看上去戶數上百，勤美本來以為人住得多的地方，一定成天人進人出熱鬧嘈雜。但是她錯了，這裡無論白天、晚上都靜悄悄的，車道也只有上下班時有些車輛進出，非上下班時間守衛根本無事可做，經常進去大廳和管理員聊天，或支援其他工作。大門進出最常見到的，反而是些外傭，她們採買，或是接送上小學的孩子。勤美認真的守候了許久，卻始終沒有見到王光群父母。

勤美的意志力，是連她自己都知道不可逆的，她繼續守候在天玉街附近，不只是王光群父母居住的社區管理員，就連附近其他社區的管理員，也都幾乎認得這個經常徘徊附近的中年女子。但是因為勤美並沒有做出任何唐突之事，所以大家只能觀望，並且像是彼此已達成某種默契，假裝看不見她，一切但求相安無事就好。

勤美也知道警衛都認識她了，但是她不在乎，她從來就是個不在乎別人目光的人。不過還是有一個讓她不能完全不在意的人，那就是女兒由由。孩子上小學時，時間像是漫長無止盡般，長長的六年十二個學期，才熬到了由由小學畢業。但是國中就不一樣了，三年時間過得飛快，當由由國中畢業上了高中，更是三年轉眼而過。

由由沒有參加大學聯考，她通過大學甄試入學，錄取了臺北一所私立大學。黃家輝似乎挺高興的，還誇獎由由說：「現在臺灣的大學，大部分都是聽都沒聽過的學校，我們由由考上的是老牌私立大學，不錯，不錯。」

學校是知名私校，但念的科系卻是什麼山林、景觀，什麼規劃設計，勤美從來沒能完整的將那個科系的全名念明白過。黃家輝說，他也是第一次聽說有這樣的科系，不過總比他當年考上什麼家政系好聽多了。

由由從小個性彆扭，成天噘著嘴，看見誰都愛理不理，她奶奶說就像誰欠她幾百萬似的。上了高中後的由由更是早出晚歸，假日也不見人影。勤美也覺得和女兒越來越說不上話，何況她自己也心事重重，既然由由不來煩她，她也就不去煩女兒。

母女倆不是相依為命的生活著，而是表面上相安無事的共處一室，實際上勤美知道，她和由由的母女關係，就像一座未爆的火藥庫，隨時都有被引爆的危險。

上了大學的由由更忙碌了，極少待在家裡。但有天早上勤美休假還沒起床，由由就來拍她的門，也不等勤美回應，便直接推門進屋，對著才從床上坐起來的勤美說：「從今天起，我們各過各的。我會申請助學貸款付學費，也會去打工賺錢養自己。以後我不用你們養，只是還要住在這裡，應該沒問題吧？」

十八歲的由由已經長大了，她有著勤美的眉眼，和黃家輝不夠挺直的鼻梁、寬闊的嘴型和尖尖的下巴。由由最受人讚賞的，應該是她和勤美相彷彿的高眺身材，總之她完全是父母的綜合體，雖然不算十分秀麗，但卻有著獨特的個性美。勤美看著這樣的女兒一點一點的長大，心中五味雜陳，覺得對不起由由，但是由由的誕生也牽絆住自己……，她不知道如何與女兒溝通，女兒也像是無意與她好好相處。

尚未真正醒透的勤美，聽完了女兒口氣不善的言語，但是由由到底說的是什麼意思，還是在由由甩門出去，那條故意撕破作舊的牛仔褲完全消失她眼底好半天後，勤美才大概的明白過來。由由是說以後勤美的生活勤美自己負責，她的生活她會自己打理，所以往後沒事別來煩她。

勤美心中另有執著，一天過著一天，彷彿是日子在過她，而不是她在過日子。所以錢對於勤美而言，一點也不重要，只要能應付三餐，日子過得下去，她就再無所求。速食店打工後，她有了多些可以支配的錢，不用再為了找黃家輝討生活費而傷透自尊，所以勤美非常樂意有了這份工作。如今由由又聲明要靠自己養活自己，對勤美而言，不是壞事；對經濟還得靠林惠安支援的黃家輝，應該更是可以鬆口大氣。

黃家輝繼續和林惠安租屋住在東區小套房裡，林惠安一直想買間屬於自己的房子，但是房子看了上百間，始終嫌貴買不下手，因為她堅信不合理的臺北房價，總有崩盤的一天，她一定會等到的。勤美並不關心林惠安買不買房子，但是卻沒料到林惠安竟然會主動打電話給她，問可不可以見個面？

「我去你住的地方找你，想和你談一談。」林惠安電話裡說。

勤美不知道林惠安要找她談什麼，不過談什麼都不重要，她答應了。

周末林惠安不用上班，開車到石牌來找剛下工回家的勤美。林惠安穿著打扮仍然是她多年不變的風格，腳踩三寸細高跟鞋搖擺進屋，一身桃紅花朵的雪紡紗短洋裝，蓬鬆披在肩膀上的法拉頭，還夾了支閃亮閃亮的水鑽髮夾。只是她的裝扮和她一年一年不再年輕的臉孔，越來越不相稱了。

自從勤美和黃家輝簽字離婚後，林惠安對勤美的敵意也從此消失，一個沒有殺傷力的敵人又何須介懷呢？林惠安就像走進多年手帕交的家中，隨意自在的，上下左右打量了屋況後說：「這房子多少年啦？超過三十年了吧？早該賣掉換新房子了。」

勤美去廚房給她倒了杯水，然後用眼神問她，為什麼要來家裡？只為了告訴她該換新房子嗎？林惠安懂得勤美的疑惑，她在沙發上坐下，深深的喘口大氣，是為她要說的話做個前奏，然後說道：「我來找你，一定很奇怪吧？我就實話實說，不用轉彎抹角了。我想請你幫個忙，勸黃家輝跟我結婚。」

「你們，還沒結婚？」勤美有些不解，說：「我以為……」

「你們還沒去辦離婚登記，我們怎麼結婚？」林惠安說這話時，心平氣和地，一點也沒生氣。

「喔。」勤美說。

「以為那時候急著催你簽字離婚，我們應該早就準備結婚了？」林惠安苦笑道：「沒有。那個人推三阻四，打死不肯，說什麼已經有過一次婚姻，不想再結婚；說結婚和不結婚沒什麼兩樣，要分手一樣會分手。反正藉口一大堆，我已經聽煩了，不想再聽……」

從來沒有結過婚的林惠安，渴望婚姻，就算黃家輝一次兩次、上百次的告訴她，結不結婚差別就是張結婚證書，一張紙而已，教她不要這麼執著。朋友、同事也都說，那張紙管不了什麼用，有心要離開，內衣褲打包好就能走人，黃家輝對待勤美母女就是最好的例子。但是林惠安還是想要黃家輝和自己真真切切的成為夫妻，她就是想要那張被大家說成廢物的婚紙。

林惠安死死盯著勤美的眼睛，是想在勤美眼裡找到答案。但是勤美的眼睛裡空泛泛的，沒有答案，甚至沒有林惠安的存在。

「我跑來找你訴苦，也知道自己很奇怪。但是除了跟你說，還能跟誰說這樣的事呢？跟別人說，人家只會笑我自作自受。」

勤美第一次在林惠安臉上，看見了和自己一樣的淒然。她說了句安慰林惠安的話：「嗯！我，了解。」

「我就知道，你了解。」

「我，願意辦登記。」

「我知道。是你那個前大拖拖拉拉。」

「他來，我會跟他去辦。」

「謝謝你。」林惠安說。

真心感激的林惠安，預備離開了。她拎起包包站起身，但又左左右右打量了房子一遍，然後問話家常道：「黃家輝說你有潔癖，真的收拾得很乾淨。要我就做不到，我家總是亂七八糟的。」

「嗯。」勤美見識過。

「我也一直希望有個自己的房子，不用太大，兩個房間就好，然後像你這樣收拾得乾乾淨淨。不過我不要住石牌，離市區太遠了。」原來林惠安心目中的臺北市，只有東區而已，出了東區，其他地方都屬郊區。她長長嘆口氣後，又道：「可是東區太貴了，三、四十年的老房子也敢開價一坪八十萬，什麼世界？吃人嗎？」

林惠安抱怨完房子的事，這才真預備走了。只是她又一下抓住勤美的手，動作讓勤美吃了一驚。

「我想，我們不做敵人，應該可以做朋友。」林惠安說道。

「啊？」勤美將手抽了回來，小聲道：「你……。」

「我是說真的。」

「喔！」勤美回答。

那次以後，林惠安偶爾會打電話給勤美，抱怨黃家輝，說他最近不知道都忙些什麼，很可疑；說黃家輝已經不愛她了……，又說想和勤美成為朋友。勤美不知她們是不是朋友，但有一點她知道，林惠安對她沒有惡意，她還好幾次向林惠安致歉，說：「我願意去辦離婚登記，可是黃家輝沒來找我。」

反而是林惠安安慰勤美，說：「我知道，我知道。」

有一回林惠安還邀了勤美，一起去看她喜歡的房子，但是太貴了，買不起。在國泰醫院後面巷弄裡，勤美實在看不出那棟四樓公寓比她住的石牌公寓好在哪裡？一樣老舊，一樣醫院附近，經常會聽見救護車的警鈴聲，卻一坪要價七、八十萬。而林惠安卻深情款款的站在那棟舊公寓樓下，仰望了許久又許久，就和勤美站在王光群父母居住的大樓外徘徊又徘徊沒有兩樣。就是從那一刻起，勤美開始認同了林惠安是她的朋友。

有天還沒到中午，勤美還在速食店裡工作，她又接到林惠安的電話，聲音淒楚、虛弱的問：

「宋勤美嗎？你是宋勤美嗎？」

勤美嗯了兩聲，算是回答。

「你這無能的女人，怎麼不管好老公？怎麼不管好一點啊？」

聽得出來，林惠安是宿醉未醒的聲音。勤美問她：「你在哪裡？」

「管管你老公，教他不要這麼欺侮人，黃家輝，他欺人太甚……！」

勤美想掛了電話，但她沒有掛，因為覺得林惠安可憐。

「都是你的錯！他，又，又……。」林惠安哭聲嚎啕，半天後才自己止住了大哭，換成大吼的說：「他，說不想結婚！不想和我結婚。他，一定又有別的女人了！」

勤美受不了那震耳欲聾的音量，將手機移開些，然後說：「喔。」

「你，出來！」林惠安的聲音一頓後，改成了哀求：「我，想找人說說話，你出來。」

勤美向店長請了兩個鐘頭假，提早離開速食店。她依照林惠安所說，去晴光市場的福利麵包店門口會合。那家麵包店勤美小時候就跟母親來過，母親說她年輕時就有那家麵包店了，是間開了五、六十年的老店。不過現在店的門面已經縮小，靠農安街的一部分變成了便利商店。

林惠安比勤美先到，站在擺滿各式麵包、手工餅乾、小甜點的櫥窗前面。已經過了冬天，但是天氣仍冷颼颼，她卻一身飄逸的雪紡紗洋裝，胸口綴滿了七彩的亮片，臉上還架了副紅色大鏡框的太陽眼鏡，用來遮掩她哭得核桃大的雙眼。她老遠向勤美揮手打招呼，勤美一走近，她便一把抓起勤美手腕，說：「走！」

「去哪裡？」勤美問。

「我住的地方。」

勤美雖然疑惑，但也只好跟上林惠安的腳步，問著：「你搬家了？」

「借住朋友家，她去大陸工作了。」

林惠安領著勤美穿過林森北路，轉往人車不算很多、看上去有些殘舊的德惠街，然後指了一棟黑烏烏大樓說：「就這裡。」

大樓入口擺了張舊書桌充當管理員櫃檯，後面坐了個年近七十的老頭，老頭髮量稀疏，一顆腦袋一直低著，不是在打瞌睡，而是埋首看電視，因為勤美聽見窸窸窣窣的電視聲音。

林惠安看也沒看老管理員，伸手就按了電梯鈕，老管理員這才抬頭看了兩個女人各一眼，然後像什麼也沒發生似的，繼續看電視。勤美想起王光群父母的住處，忍不住喃喃問著林惠安：「這裡誰進誰出，管理員都不會問嗎？」

「不知道他會不會問，也許他認識我了。」

電梯的空間很小，又老舊，機器聲啃啃嘎嘎拖拉響著，使得勤美根本聽不清楚林惠安後來又對她說了些什麼。

勤美問：「啊？」

「我說，」林惠安扯著嗓子，在勤美耳邊吼著：「我說，這是臺老爺電梯，常罷工，跟我們東區小套房的電梯一樣又老又舊。」

電梯門打開，立刻衝鼻而來的是一股鞋、襪臭氣，每戶門口都有個開架式的五層鞋架，上面塞滿了各式鞋子，一雙疊著一雙的硬塞進空格裡，而不是在架櫃上整齊擺放，根本是在比賽誰家鞋多。

林惠安看著那些靜靜發出臭味的鞋子，有皮鞋、球鞋、涼鞋、拖鞋，男人的女人的小孩的，但多半是些又髒又舊的鞋，沒多少新的像樣的鞋。她藏在太陽眼鏡底下悲哀的臉，這時竟然笑了，一邊拿鑰匙開門，一邊跟勤美說：「我朋友前幾年剛買下這裡時，對門那一家放了鞋櫃，她去抗議，對方不但不聽，還嫌我朋友找麻煩，鞋越放越多，而且全是些臭鞋。我朋友不甘示弱，也買了鞋架來放。最後，就變成每家都生氣，都買了鞋架這樣塞放鞋子。」

屋子不大，和勤美家一樣有兩個房間，但是個很少打掃、整理的房子，客廳堆滿雜物，亂糟糟髒兮兮的。林惠安挪開了沙發上的內衣、絲襪和化妝品，讓勤美坐。

「你知道這些年，我是怎麼付出的嗎？」林惠安直接盤腿坐在那一堆內衣和雜物上，迫不及待的開始了一把鼻涕一把眼淚，向勤美哭訴起她的委屈。

她是如何支撐和黃家輝的生活開銷、如何東拉西湊的付房租、如何省下錢準備買房子，黃家輝什麼也不管，有錢了只想出去吃好喝好，教他省錢過日子他最不愛聽，兩人常為了錢吵架。黃家輝一點也不知道她的辛苦，還沒事就說根本不想再結婚，他要自由，自由。

「這些事，我能跟誰說去？我爸媽不能說，說了他們會氣死。兄妹也不能說，他們只會怪我自作自受。朋友也不能說，每個人背後都笑我傻。我看，我真的是傻，幹麼找這樣的大麻煩呢？」林惠安擤了擤鼻子後，看著勤美繼續道：「我找你來，是請你幫我。」

「幫什麼？」

「你打電話給黃家輝，告訴他我在這裡。他不知道我在哪裡。還有問問他，是不是真的另外有女人？」

原來林惠安並沒有真憑實據，她只是和黃家輝吵架離家出走，現在找勤美來勸架，還要幫她問清楚是否真有女人。勤美覺得林惠安很可笑，但是看她拿掉太陽眼鏡，一臉上了年紀特有的憔悴凋零，讓勤美心軟，她在林惠安臉上一樣看見了自己的憔悴凋零。

勤美答應了幫林惠安打電話找黃家輝，但是她要林惠安也幫她一個忙。

「沒問題。」林惠安說：「什麼事？」

「你幫我找一個人。」

「不就是那姓王的嗎？」

所有人都知道勤美在找王光群，但她並不在意，只盯著林惠安看，發現林惠安沒有笑。勤美知道林惠安在心底還是笑她的，但這又有什麼關係呢？難道林惠安就不可笑嗎？在勤美看來，天下人都成天做著自以為是的事，然後又去譏笑別人。

「沒問題。現在，你先幫我打電話。」

林惠安要勤美當著她的面打電話給黃家輝，擔心勤美沒按照她的意思說話，多說了什麼或少說了什麼，更擔心勤美和黃家輝通話時，沒有幫她反而落井下石，害她和黃家輝積怨變深。反正林惠安的愛情就是充滿憂懼的，她對任何女人都不信任。

勤美照著林惠安所說，打電話給黃家輝，要他過來德惠街接林惠安回家。黃家輝當然覺得意外，問兩人為什麼會在一起？

「她昨晚喝醉酒，人不舒服。你過來看看吧。」勤美說。

「她不是要分手嗎？」黃家輝也還在賭氣。

「你……外面有女人？」

「什麼女人？聽她瞎扯！我現在沒那個力氣，也沒那個興致了。」黃家輝嘆口氣後繼續道：「她就會瞎疑心，我最近接了新戲，每天忙都快忙死了，她還來鬧……！」

黃家輝問了地址，答應過去接人。這就是林惠安要的，林惠安不再氣呼呼了，變得笑容可掬起來。

「他沒承認有女人？」林惠安問。

勤美搖頭。

「哪有男人會承認啊？他又不是傻子。不過，他會否認，就表示他也不想把事情鬧大，他還想回來，對不對？勤美。」

林惠安叫著勤美的名字，就像兩人是多年老友一般。甚至勤美臨走時，她還拉著勤美手說：「我一定幫你找到那個姓王的。」

走出那棟印象就是很多很多臭鞋的大樓，勤美有些頹然。黃家輝此刻正驅車趕來，接林惠安回家。林惠安應該正在補妝，等待她的男人到來，結束這兩天離家出走失魂落魄的日子。兩人愛恨糾纏了超過十年，早已經儼然老夫老妻的親人關係。只有勤美，身不由己的周旋在與她毫無關聯的事端裡，她只是個局外人，女主角等著男主角到來的快樂結局，完全與她無關。

幾天後，勤美趁速食店輪休，主動打了電話給林惠安，直接說重點，要林惠安幫忙。林惠安答應得也很爽快，電話那頭說：「當然會幫你啊！說說看，怎麼個幫法？」

勤美約林惠安到天母的麥當勞見面，因為要等林惠安下班，所以只能約在晚上。勤美獨自在店裡枯坐了好幾個小時，這對她並不是難事，她本來就是個耐得住寂寞的人，更何況她也早就習慣這樣守候又守候，等待又等待，就像獵人等獵物一樣的有耐心。

不習慣的反而是旁邊不相干之人，店裡客人或是服務人員，見她久坐不走，又不像某些人看書、打電腦、玩手機，只是呆呆坐著，眼神定定看著桌面，旁人真覺得她有些詭異。

林惠安仍然穿著一身雪紡紗洋裝，翩翩走下階梯，進到地下一樓。她坐下就問勤美：「你想幹什麼？快說，我很忙耶。上班、下班，本來還要回去做飯的，因為你，才沒趕回去做飯。」她口口聲聲做飯，做給誰吃，當然也就心照不宣了。只是勤美聽在耳裡，一點感覺也沒有，她滿腦子想的，是另一個男人。她說：「我想你陪我去找他父母。」

「你找他父母幹麼？直接找本人啊！」

林惠安知道勤美這些年都在找她的舊情人，這事自然是黃家輝告訴她的，但是詳情和目前狀況，她並不清楚，勤美只得娓娓道來，重新說一遍。

「那就是說很有錢囉！榮華是大財團耶，旗下十幾家上市公司……。」林惠安偶爾進出股票，對一些上市公司多少有概念，她說：「只是……，有錢人，不好搞喔！」

「我不是因為錢！」勤美說。

「知道！知道！你跟我一樣，只是傻！」林惠安開始想教導勤美：「不過你這樣無頭蒼蠅一樣找，不是個辦法。」

「我知道他爸媽住哪裡。」

「爸媽？有用嗎？」

「可以問一問，他的地址。」

「會告訴你嗎？」林惠安此言一出，立刻就接收到了勤美怨懟的眼神，她自己也覺得快人快語的個性該收斂些了，便放慢聲調，輕聲細語：「其實，我是真心想幫你……。好吧！不說這些，走吧！不是說要去找他父母？」

站在天玉街王光群父母住的大樓門外，看著那座高樓、高牆和大門守衛、車道守衛，還有大廳的管理員，林惠安有些傻眼。她問勤美：「住這種地方，怎麼進去啊？」

勤美怔怔的看著她，是任說，所以找你幫忙啊。

「一定要進去嗎？」總讓勤美看見自己凶悍面的林惠安，也有了遲疑。不知是當真還是玩笑的，她喃喃道：「搞不好會被逮去警察局啊！」

為了面子，也為了逞強，林惠安不能在這時候退縮。她想想，找人並不犯法，拉起勤美一鼓作氣的衝了進去，就連站在門口跺著方步的守衛，也對她們措手不及沒攔住。

當勤美回過神時，人已經被林惠安拖進室內，站在迎賓大廳的正中央。大型水晶吊燈正閃耀著璀璨的亮光，將整個大廳打造得晶瑩亮透。其實光源並不打一處來，亮亮閃閃的四面八方都是燈光，兩個唐突的訪客就像自己也會發光似的，愣然站著。

「喂！喂！兩位！兩位！」追趕著進來的大門守衛，和迎上前來的兩名大廳管理員，三個人同時叫嚷開來。

林惠安先發制人，扯開大嗓門，高調說著：「我們來找一位王老先生，住你們這裡。」

可能因為只是兩名手無寸鐵的女人，守衛和管理員並不驚慌，只是不像平日對待訪客那般友善而已。穿制服的黑大個子像是職位高些，率先問林惠安說：「和住戶約好了嗎？幾樓的王先生？我們可以幫忙打電話聯絡。」

「就是不知道住幾樓，才來問你們啊！」林惠安又將她平日的潑辣發揮到淋漓盡致，說：「知道幾樓還要問你們嗎？」

「找我們住戶，有什麼事嗎？」

林惠安指了勤美說：「他欠我朋友錢。」

「這……，不屬於我們管的事。」一名像接待員的年輕女子，向林惠安解釋：「這是住戶私事，請約好再來拜訪。」

「就是不知道住幾樓，才來問你們啊。」

「可是我們也不能洩漏住戶個資。」

「個資個屁啊！我要找王光群的爸爸，王光群！榮華集團的女婿，找他爸爸！」

「小姐，你再這樣吵鬧，我們就要請警察來了。」

「叫啊！叫警察來啊！我們也是正經人，不是什麼無賴。要不是他們王家欠我這位朋友錢，誰要找他啊？明明他們對不起人，我們才會跑來理論。要叫警察是不是？叫啊！要不要先去問問，看姓王的是不是願意找警察來處理？去問啊！」

林惠安一番叫囂，確實怔住了管理員，幾個人商量一番，大概都覺得事不關己，還是讓當事人處理比較好。勤美和林惠安被請到大廳邊角的兩人沙發區，被稱為總幹事的開始打電話詢問住戶。

林惠安四下看看，對於沒有被請到大組件的沙發區休息很不滿，撇嘴說：「狗眼看人低。」

勤美對於坐在那裡並不介意，只希望因為林惠安的陪同不再孤立無援，王光群父母有所顧忌願意出面見她。

「這裡真是……。」林惠安仰著臉，看大廳正中央足足三公尺餘直徑的垂吊水晶燈，說出她打心底不想承認的話：「真是豪華！原來所謂的豪宅長這個樣子。你看那個水晶吊燈、大理石地板，都是進口貨。唉！難怪說什麼事都不能比，人比人氣死人，我要買間舊公寓都這麼難。」林惠安繼續發表看法：「其實真的不要比，每個人有自己的際遇，看人家有錢羨慕羨慕就算了，那是別人的人生，跟我沒關係。我都是這樣想，很健康吧？」

勤美眼裡沒有進口水晶燈、進口大理石，更不在意林惠安的人生觀是否健康，她的注意力集中在那名打電話的黑臉總幹事身上。黑臉總幹事對著電話筒頻頻點頭，回答了好幾次的是！是！是！他說「是」的次數，多過說其他的話。這樣的通話持續了將近十分鐘，最後仍然在頻頻稱是的狀況下，掛下話筒。

「王先生問是誰找他們？兩位小姐的大名是？」黑臉總幹事上前問林惠安和勤美。

勤美還來不及開口，林惠安搶先幫她回答了，說：「宋勤美，就說宋勤美小姐希望能和他們面談。」

黑臉總幹事用筆記下勤美的名字，再回去櫃檯重新撥打電話

林惠安開始感覺無聊了，她抱怨說：「奇怪了，樓上的老頭有這麼多話好說嗎？怎麼說個不停？要見就見，不要見就不要見，話真多。」

勤美一直右手抓緊左手，焦慮的等著結果。似乎所有的事，她都等待得太久了，現在她正逐漸的失去耐性，逐漸焦躁起來。她問林惠安：「如果，如果他們還是不見我，那該怎麼辦呢？」

林惠安將一直投向遠處的視線收了回來，寓意深遠的看著勤美，認真回答：「你是傻，還是單純？他們一定不會答應見你的，我們只是來給他一個下馬威，鬧鬧而已。這然後呢……？」

「然後怎樣？」

林惠安附在勤美耳朵上說：「我也不知道然後要怎樣，先鬧得他們心神不寧再說，走一步算一步囉。你當我是這方面專家啊？真是好笑！」

事情真的被林惠安料中，住在樓上的王老先生反反覆覆嘀咕了好久，問要找他們的是誰？陪同來的又是誰？要找他們夫妻幹什麼？他們並不認識叫宋勤美的人，他們兒子也不認識宋勤美，說他們一定是找錯人了，要黑臉總幹事轉告兩位女士自重，不要再來騷擾。還說如果繼續傳播不實謠言，後果自負。

走出富麗堂皇的大廳，林惠安第一句話便是嗤之以鼻的對勤美說：「真是囉唆！他父母很老了吧？八十？九十？」

「八十歲應該有了。」因為林惠安事先就已經預告過結果，所以勤美也接受了事實。但她還是想問：「我們要再來嗎？」

「當然要啦！有錢人就是怕人鬧、怕人纏！不對，沒錢也怕鬧！你沒聽過啊？大家都怕瘋子，你反正也夠瘋了，就做瘋子算了。」

勤美不知道林惠安這話是幫她還是罵她，她只認真的問：「再來鬧嗎？」

「如果你鬧多了，他們當然會怕你。」

勤美一邊沉思，一邊跟在林惠安身後，往中山北路方向走去，只見附近又群落著好幾棟新建的大樓。林惠安嘟嘴抱怨著：「我現在想買間小套房都難如登天，這裡蓋這麼多大樓，誰買啊？有錢人那麼多嗎？」

「要買小套房嗎？」勤美問。

「正常房子買不起啦！反正我們也住慣小套房了。」林惠安又問：「這裡什麼時候變成豪宅區啦？」

「就這兩年吧。」

勤美也不知道中山北路七段什麼時候就成了現在的模樣，記得從前附近只有些四、五層的舊公寓和荒地，一點也不起眼，晚上經過還黑漆漆一片，卻是什麼時候一下就蓋滿了新大樓？天母近年改變了很多，石牌也改變了很多，淡水沿線改變得更多……。正確的說，整個大臺北比起二十年前，大樓林立，天際線早就大不同從前了。

幾棟建築風格新穎的大樓群聚在一處，彼此銜接的街道乾淨整潔，夜晚各自燈火輝煌，一片華美。勤美和林惠安默默走過，來到變化比較小的天母東、西路口，林惠安要去地下停車場取車，勤美拒絕了林惠安要送她回家的提議，她想慢慢走回家，路上好仔細想想，她下一步該做些什麼？

11

忠孝東路和復興南路口，是臺北最繁忙的十字路口之一，越接近下班時間，馬路上的車潮和人潮就越密集，勤美站在路邊為汪小姐叫計程車。汪小姐膝蓋換了人工關節，行走吃力，住的舊公寓又需要爬樓梯，所以平常極少出門。如果非出門不可，也只能以計程車代步，但是又心疼車費，說了好幾次：「來回一趟，好幾百塊呢。」

勤美不知道該接什麼話，只能繼續攔車。馬路上跑的黃色計程車看起來不少，但是要坐的時候卻總招不到空車。

「你媽媽還好吧？」汪小姐問她。

「小中風過一次，現在好多了。你們家……？」

「我媽？老樣子！唉！」汪小姐嘆口長氣後道：「我看她要活超過一百歲呢。大概沒心事就沒煩惱，容易長壽。」

汪小姐父親去年過世了，反而得了老人癡呆症的母親仍然健康無比。勤美一下子不知如何接話，只好繼續認真招計程車。汪小姐站在勤美身後，卻還有許多話想說：「你知道我爸過世後，又發生很多事嗎？」

「不知道。」

「我哥哥、嫂嫂吵著要把我和我媽現在住的公寓過戶給他們。哼！不就是擔心都更談成了，沒有他們的份？」

「喔。」

勤美有些心不在焉，但她是刻意讓自己恍神，因為她不愛聽這些，不又是房子、財產？她遠遠看見了一輛沒有載客的計程車向著她們駛來，她拚命揮手，西斜的太陽光將她舉起的手臂倒影拖得老長老長。但是任她如何揮手，那車還是無動於衷的從兩人面前開走了。

「怎麼不停？」勤美抱怨說。

「沒關係，我不急。剛才說到哪裡？喔！勤美，我是要說，姓王的人家現在可跟從前不一樣了，你就算了吧！」

「有錢？又怎樣呢？」勤美輕聲的說，也不管汪小姐聽不聽得見。

汪小姐嘆息道：「你和王光群真見到面，也不能怎樣，對不對？」

「我只是，有句話要問問他。」

「你，真是個死心眼。」

一輛計程車終於停在了勤美和汪小姐兩人的腳邊上，勤美幫著汪小姐，將她幾乎是硬塞進了後車座，汪小姐話仍沒說完，緊緊抓著勤美的手搖晃說：「你聽我的話，就算了吧。他爸爸媽媽這麼生氣，你又何必呢。」

「喔……。」勤美說。

載著汪小姐的計程車越駛越遠，最後淹沒在車陣之中。勤美這才轉身，預備走復興南路轉信義路往大安森林公園方向。勤美喜歡步行甚過坐車，凡是能夠走路到達的地方，她一定慢慢用腳一步一步走去。

行走的時候，她可以看路邊的櫥窗，看行人，看車輛，和想很多的事情。勤美一直都有很多事情要想，照汪小姐的說法，得了老人癡呆症的母親不用多想多煩惱會活很久，那麼像勤美這樣有太多事情要想、有太多煩惱的人，一定很難長壽了。

她的煩惱不只有王光群，還有很多，多到她根本無法負荷，所以她的心才會這般苦澀吧？勤美走在信義路上時，聽見手機的警鈴響大作，她知道煩惱又來找她了。

「喂？」是勤美母親打來。

「嗯！」勤美應了聲。

「你哥怎麼說？」

一如勤美猜測，母親果然是為了房子的事，想知道兒子跟女兒說了些什麼？勤美告訴母親：「勤立說你贊成賣掉國宅。」

「啊？什麼？沒有，我從沒說過我贊成。」

就這樣站在車水馬龍的信義路上，勤美聽著母親的埋怨，她不想賣國宅，不想搬家，不是對國宅有眷戀，而是她老了，害怕改變，害怕新的環境，更害怕改變後會變成一無所有。母親在電話那頭幾次哽咽，但又怕勤美聽見，哽咽聲忍了又忍，最後忍成了無語。

勤美說：「不想賣，就不要賣。」

「可是，可是……。」母親說：「你哥要賣啊。」

勤美不想安慰母親，因為母親要的不只是安慰，她問：「那要怎麼辦？」

「就說，就說你不同意，好不好？」

母親從來不對心愛的兒子說不，這讓勤美一直感覺很受傷，她不再言語，掛了電話。頭昏昏脹脹的，身體也虛脫，她在路邊一所學校門口的水泥花壇上坐下，天色已經全暗，路燈、商店燈火、住家燈光、車燈，所有的燈都打亮了。雖然四周閃閃爍爍，但是勤美所在的位置，卻沒有任何光源，她覺得自己完全被黑暗吞噬了，在這樣人車雜沓的大馬路上，勤美特別的感到孤獨和淒涼。

葉國誠那位住在信義計畫區豪宅的同學賴佳荃，在見過勤美好一陣子之後，打電話給葉國誠，說王光群住在離她家兩條街外的「富國天廈」。至於是哪層樓？幾號？她說不方便透露。

賴佳荃也是經過深思熟慮，否則也不用事隔多日才打這通電話。她早在當天晚上就打聽到凱莉家的住址，但是很猶豫是不是應該告訴勤美，這是可能造成人家夫妻困擾的事。

她開始向姊妹淘諮詢意見，問了些相熟的上市公司老闆娘。友人都在問詢詳細情況後，給了她各種意見，有人認為還是不要理會這種事，萬一對方存有歹意就不好了。有人覺得告訴對方應該沒有太大問題，不就是尋找老朋友嗎？也有人說可以直接打電話給凱莉，告訴她始末，之後的事他們夫妻自己會看著辦……。綜合了各方意見後，賴佳荃打了電話給葉國誠。

葉國誠當然知道「富國天廈」，那是信義計畫區新落成的指標性豪宅，雖然他還做不到那個層級房子的仲介，但是臺北幾十棟豪宅，就算沒去過也聽說過。他開車載勤美抵達東區時已經黃昏將盡，闌珊燈火初上，他們附近來來回回繞了三、四趟，葉國誠問勤美：「已經帶你來了，就這棟樓，我們可以回去了嗎？」

「再繞一圈。」勤美說。

勤美內心悸動是別人看不出來的，她第一次這麼明確的知道王光群住的地方，不是猜測，也不是大概，而是真真實實的就住在這棟大樓。這大樓立刻的便與她有了關聯，是她愛戀過的男人的家啊。

「富國天廈」比賴佳荃和王光群父母住的天玉街大樓占地小些，二十多層將近三十樓高，大門口和車道一樣都站著穿制服的守衛，整棟樓燈火璀璨，大樓外用大理石做了很高的花臺，上面種植了茂密的榕柏樹牆，遮掩路人視線。但勤美仍能由那些樹木的縫隙，窺見超過三層樓高的迎賓大廳多麼富麗輝煌，花崗石牆面和地板，都在巨大的水晶吊燈照耀下，輝映得閃爍晶亮。

有錢人住的房子當然與一般市井小民不同，這是古今中外皆然的事，勤美不覺得意外，只不過她小時候印象有錢人喜歡住深宅大院，現在變成住高樓而已。本來這些豪宅不豪宅的事，與她根本無關，但是因為王光群的緣故，勤美也多少知道這些動則數億新臺幣的住屋。它們規格有一定的脈絡：建築物新、建材新、科技化。設計風格則各自有異：宮廷古典風、歐風、禪風、加州風、度假風……。為了彰顯豪華和氣派，寬闊挑高的迎賓大廳是絕不能少的，另外還有各種公共設施：圖書館、會議室、游泳池、健身房……。葉國誠說，還有裡面設置了手球室、網球場的豪宅。

豪宅管理周嚴，不能隨便按電鈴找人，更不能隨便進出。這讓勤美十分煩惱，她去過葉國誠住的社區，知道必須以磁卡進入地下停車場，進入電梯也必須用吊掛在鑰匙圈上的磁卡按樓層。葉國誠告訴她，磁卡只能上下自己居住的樓層，其他樓層到不了，就是連接地下停車場或垃圾場的通道門，也必須持有磁卡才能進出。

「不住這裡的人，都進不去吧？」勤美問。

「當然進不去。我看這裡的管理，大概也是那家五星飯店進駐？」葉國誠知道勤美想的是什麼，他說：「每個社區規格不同，簽約的保全公司也不同，有嚴有鬆。但是你這種人就不要想了，壞事是那些專職壞人才做得成的，像你這樣做業餘的，很難哪。你知道，最近又開始流行裝指紋辨識，花樣越來越多。」

「也有閉錄電視監看？」

「那當然。」

勤美知道偷闖豪宅對她來說難度極高，只是她沒有告訴葉國誠的是，她要像林惠安教她做的那樣，直接走進「富國天廈」迎賓大廳，要求見王光群。

勤美選了王光群最可能留在家中的假日上午，穿上在舊金山買的最貴的一件灰藍色洋裝，搭配淺藍色涼鞋。她沒有皮包可用，因為衣櫥裡的皮包都已經殘舊過時很久了。她不帶包包，只拿了只夜市買的廉價長皮夾，面積越小的東西越看不出品質好壞。裝扮妥當的勤美，用電話叫了計程車，她要直接乘車到「富國天廈」。

勤美想過可以請葉國誠開車送她去，但是她很快就打消想法，不想讓葉國誠看見自己被請出大門的尷尬模樣。勤美其實很清楚，她被管理員打回票的可能極高，只是她還是選擇了碰碰運氣，不試一次又怎知道呢？

計程車司機配合了勤美的要求，車子穩穩的停在「富國天廈」大門口，而且就在一名穿制服守衛的面前。守衛本能的為勤美打開車門，畢恭畢敬的行禮，勤美輕聲說了謝謝。說她完全不心虛，也不可能，但是勤美鼓舞自己，她沒有心虛的理由啊，她是來找人的。

「有什麼可以為您服務的嗎？」勤美才雙腳踏出車門，立刻從大廳裡閃出一名穿著與守衛不同制服的男人，他接手了守衛的工作，彬彬有禮的微笑說話，但那笑容是一種皮笑肉不笑的職業笑容。

勤美早在心底做過多次演練，她不回西裝筆挺管理員的話，只管往大廳裡走。勤美還沒走近管理櫃檯，卻又是一名穿了相同西裝的女管理員迎面而來，問道：「請問是住戶的客人嗎？」

「對！」勤美不等他們多問，便直接說出：「我找王光群先生。」

「約好了嗎？」

「約好了。」

「那您請坐一下。」

女管理員引導勤美到沙發區坐下，然後自己回到櫃檯，開始撥打內線電話。另一位也穿了相同制服的女管理員端了茶出來，請勤美喝茶。接待大廳和一些五星級飯店相比，只有過之而無不及，它甚至大過很多飯店的大廳，裝潢設計得富麗堂皇，大理石、水晶吊燈、噴泉裝飾、好幾套歐洲宮廷式大型沙發組……。勤美無意欣賞這些，她只關注著通話中的管理員。因為距離有點遠，聽不清楚對答，但不久之後，女管理員放下話筒，慢條斯理走向勤美，臉上仍與先前一樣的僵硬笑容，說：「王先生不在家，王太太問貴姓？找王先生有何貴幹？」

「我是記者。」勤美說：「和王先生約好了，做訪問。」

「這樣？貴姓？」

「我姓宋。」

女管理員又去講電話，然後再回來問勤美：「王太太說會轉告王先生，還問是哪家報社？」

「我是雜誌社的。」勤美做著最後一搏，說：「現在，可以上樓訪問王太太嗎？」

勤美被拒絕了，但請她留下名片，說等王先生回來再轉告。勤美被那位為她打電話聯絡的女管理員，恭恭敬敬送出了大廳，接手送她走出大門的，仍是剛才那位皮笑肉不笑的男管理員。

「你們……，我真的和王光群先生有約。」勤美仍喃喃做著最後掙扎，但是她還是被請出了大樓。

被送出大樓外的勤美，一時間承受不了外面的太陽強光，她抬手遮擋陽光，這時一輛黑色賓士轎車從她面前緩緩滑行而過，速度緩慢到勤美還以為它就要停下來了。但其實不是這樣的，那車子慢慢駛過勤美面前，轉彎進入了大樓的私人車道。

穩穩妥妥坐在後座的那張男人的臉，慢慢的，一點一點的，從勤美眼簾滑過，距離很近很近，就隔著一扇車窗而已。若不是那麼的接近，其實那樣貼了防熱紙的暗色玻璃窗，是不可能看清楚裡面坐著的王光群。

那一剎那間勤美真的看見了王光群，熟悉又有點陌生的臉孔。但只有短短幾秒鐘而已，那張熟悉又陌生的臉孔就滑進了地下車道。等勤美完全反應過來時，車身早消失殆盡，只剩下對著車尾鞠躬哈腰的守衛。

勤美木然的呆立在原處許久許久，到底這樣呆站了多長的時間，她也不知道，只知道當她神志恍忽的走出石牌捷運站時，天色已經昏黃。勤美覺得很累，彷彿拖負著千斤重擔的身體，而更讓她心力交瘁的是她的心，終於在多年後親眼看見了她一直想再見到的男人。

事隔多年，那男人已經不同往昔，但是對勤美而言，他仍然是心心念念的王光群。只是男人卻在一轉瞬間，就這樣無聲無息的又消失不見了……。勤美覺得她一定要回家躺下才行，否則自己很可能會就這樣昏倒路邊。

穿過商店林立人潮不斷的石牌鬧區，對勤美尤其艱難。好不容易繞過榮總，轉入僻靜的石牌路二段，勤美勉強透過一大口氣來，然而另一件驚異之事，正靜靜等待著她。

走在勤美前方不過幾十公尺的一對年輕男女，手牽著手的背影正逐漸貼近，最後幾乎黏成了一體。就算只看背影，勤美也立刻認出了女兒由由。疲累的勤美此時再添上了慌亂，因為她不知道如何應對這樣的場面，是生氣？還是應該和顏悅色？勤美向來不知道如何教導女兒，這個世代的孩子，早已經變得她不明白，也無法因應。但有一件事她是知道的，如果她此時斥責女兒，那麼由由會說出一百個理由，證明錯的是她這個母親。

勤美退縮了，她在自家巷口反而倒退了一步，想躲開這個場面。但是由由轉身和男孩說話時，看見了勤美。由由一點也沒有退怯的意思，她只是有點訝異，臉上迎著光，眼睛也閃閃發光，是路燈將她整個青春年少的臉都打上了光采。

由由毫無躲閃意圖的，問她母親：「幹麼跟著我們？也不吭聲？」

「沒有跟你。」勤美只好假裝不悅，保持做母親的尊嚴，尤其還有個外人在場。

「他是我學長，送我回家。」

「喔！」

勤美對著個黑影草草點頭，完全看不清那個男孩子的長相，因為他剛好站在黑暗裡，像是為了躲藏。勤美只知道男生很高很瘦，小小的腦袋上蓋著厚厚的頭髮，二十歲上下的大男生。但是孩子永遠不會覺得自己是孩子，以為自己早已經可以擔承所有的未來。

他禮貌的和勤美打招呼：「阿姨！」

由由對這樣的與母親相遇，並不覺得愉悅，她扯扯男友的衣袖，示意他可以離開了，同時自己也跟著走出巷弄，留下勤美一時不知如何是好，只好選擇獨自上樓回家。

勤美虛軟的癱坐在黑暗客廳裡，就連電燈都忘了打開，腦子裡仍彷彿視覺暫留似的，剛才驚鴻一瞥的王光群側臉又糾纏上了由由男友的身影。由由談戀愛了？什麼時候開始的？勤美情緒複雜，一時間難以接受女兒已經大到有男朋友的年紀之外，坐在高級轎車後座的王光群的臉，清晰的浮現，沉淪，再浮現……。勤美開始混亂，剛才的男生和年輕時的王光群，還有王光群車上的臉，一下子全亂了。

「幹麼不開燈？」由由推門進屋，一邊問一邊按下電燈開關。

勤美擋住刺眼的大燈，強打精神，覺得自己總該像個母親問上幾句話，她說：「我，有話問你。」

「我累了，要去洗澡。」由由口氣極不耐煩，說：「我知道你要問什麼，可是我沒什麼好回答的。媽，不是我不想說，是你問我什麼也沒用，我也不知道我和學長以後會怎樣！對，我們在一起很久了，從高二就在一起。他跟我一樣沒爸、媽管，自己打工賺錢……。你還要知道什麼呢？」

由由把她母親可以問的問題全擋了回去，勤美只能看著女兒進屋去換衣服、洗澡。她能做什麼呢？上去扭打女兒？罵她不敬？不孝？勤美什麼也做不了，她只能獨自坐在客廳發愣。

第二天，勤美打電話給黃家輝，告訴他由由有男朋友，而且已經交往好幾年了，是希望把她不懂得處理的事，交給做爸爸的處理。黃家輝問男生多大？還在念書？家裡做什麼？個性如何？勤美只知道男生是由由的學長，其他事一概不知道。

「不是我要說你，我這做爸爸的不及格，你這媽媽做的也實在不怎麼樣。」黃家輝電話那頭，很無奈的說。

這兩年臺灣的電影業又開始稍微活絡起來，黃家輝經常能夠接到工作，脾氣變得沉穩許多，不再像早年工作有一搭沒一搭時，每天沮喪著張臭臉，脾氣大，嘴也壞，對勤美總說不出什麼好話。近年裡兩人偶爾通個電話，也不再蠻橫聲氣對勤美說話了。

因為勤美沒作聲，黃家輝又開始說道：「女孩子長大了，你還是要管一管啊。」

「怎麼管？」說起女兒，勤美總是心虛，她蚊子一樣嗡嗡著：「她從小不聽我的話，不讓我管。所以才打電話給你，你跟她說說。」

「說什麼？我能說什麼？」

「說男人有多壞，要小心！」勤美頓了很久，才更小聲呢喃道：「不要，懷孕。」

黃家輝那頭哼哼兩聲，是嘆氣。他說：「好，知道了。」

由由仍然每天上課、打工、約會，忙進忙出，她一大早出門，不到半夜是不會回家的。勤美也想著如何盡些做媽的責任，夜晚等女兒回家，然後問她餓不餓？要不要吃什麼？

勤美每次問，由由都以冷淡不語做回應。問的次數多了，便脾氣發作，說：「你不要這樣，我已經是成年人！你不用操這麼多心，管好你自己就好。我們就像從前一樣，你別管我，你愛做什麼就做什麼，我也不會管你。」

由由說完，氣嘟嘟的進屋去了，留下不知如何是好的勤美。

黃家輝找女兒談過話了。不是黃家輝告訴勤美，也不是由由告訴她，是一天勤美夜歸，才走進自家巷口，一輛摩托車也彎進巷道超越了她。戴著安全帽的女生將車子停在勤美家公寓大門口，女生摘下安全帽瀉出一束烏溜溜馬尾，巷道裡燈光灰澄澄的，勤美恍忽間竟然看見了年輕時的自己。

「媽！」由由叫著勤美，算是打招呼。

「怎麼有摩托車？」

「買的。」

勤美看了一眼那輛二手摩托車，問：「怎麼有錢？」

「爸買的。」

「什麼時候？」

「上星期。」

由由帶頭上樓，一雙穿著牛仔褲的長腿，和踩著球鞋的腳後跟，年輕有勁，活力十足的三下兩下奔上了四樓。勤美則吃力的跟在後頭，氣喘吁吁問著女兒：「上星期？怎麼沒跟我說？」

進了家門，亮燈後，由由才回身對勤美說：「不是你叫他跟我談的嗎？他來談啦。」

「你爸，他怎麼說？」

「該說的都說啦！我說上學、打工兩邊跑，需要摩托車。」

「我不贊成你騎車。」

由由不等她說完，便聳肩道：「已經買了。」

勤美閉了嘴，她本來還想再問一句，黃家輝和由由到底說了什麼，但她知道問不出所以然的，只好閉嘴。

勤美始終不知道，黃家輝是如何教導女兒男女之事？她後來也問過黃家輝，黃家輝沒回答她。女兒是她生的，但是卻越來越和她無所牽連，就在斷開臍帶後，她們母女就成了各自獨立的個體，勤美知道不能全怪女兒，這麼多年來，她心底深處一直有著自己才知道的情感依託，那個方寸之地從來也容不下女兒。

由由每天出門，去了哪些地方？做過些什麼？勤美不知道。而勤美每天外出到底又去了哪些地方？做過些什麼？她也從來不會讓由由知道。勤美每天中午速食店一下工，就由臺北的北端到東區去，經常性的徘徊在信義計畫區附近。

信義計畫區的住宅群落，和百貨公司、飯店及一〇一大樓的商業區，是截然不同的氛圍。勤美總是由百貨公司這一端的捷運出口出來，然後與其他人行走了相反的方向，朝人潮稀落的住宅區走去。

貴氣、整潔又價高的住宅區裡，有著寬闊的馬路，人行道種植了整齊路樹，這些都屬於全體市民，但是附近來往的人卻不多，除了住戶和辦公大樓裡的員工外，彷彿沒有人知道這塊美麗的小區域也屬於一般百姓，可以走動、休憩。平日裡沒什麼人，就連車輛也不是很多。

勤美總是站在一棵高大的榆樹底下，眺窺著兩百公尺外的「富國天廈」。這已經是她第九次站在這個位置，因為是個馬路彎口，附近沒有大樓，所以勤美這麼站著，不容易引起注意。入夜後，榆樹底下透不到光，更容易隱身，但是勤美也知道，這樣站久了，還是會引人注意，附近警車經常來來去去的巡邏著。

「富國天廈」的正面氣勢恢宏，但是從榆樹這邊看它的側面，看久了勤美也就不覺得如先前那麼氣派到令人怯步了。不過就是個冰冷的大樓而已，只是花稍的多弄了些昂貴的裝飾。

勤美特別感到失望的，仍是很少見住戶進出。可能因為坪數大，住戶本來就不多，應該不超過六十戶人家。反而是車輛進出的次數較多，都是些一眼看得出是好車的車，有勤美在電視上常見的賓士、賓利、BMW、Lexus……，也有勤美不認識的。

「富國天廈」另外還設了外傭和工作人員專用側門，除非伴隨雇主，否則必須由建築後方水泥門進出。偶爾由華麗大廳走出來或是走進去的男人、女人，不論他們穿著是華服，還是簡單休閒裝束，只要看管理人員對待他們的恭謹態度，就知道是否為住戶。仔細的打量那些男人、女人、年輕的、年老的，勤美遠遠留意著，就希望有一天能看見王光群步出那個大廳。

那天勤美由車窗看見裡面坐著的男人，確實是王光群。她誰都可能認錯，但一定不會認錯她盼望了二十多年的男人。已過五十的王光群，歲月讓他更加成熟、穩重，原本的長容臉更顯英挺，是屬於五十歲男人的好看樣貌，更有著事業有成男人特有的驕矜氣派。當時呆立於車窗外的勤美，張大了嘴想要喊叫他的名字，想伸手拍打他的車窗，但是所有她想做的，都在車子與她擦身而過後，全沒有做成。

勤美花了好大力氣，彷彿她大半生的力氣，才收回了她想叫喊而未喊出的聲音；才收回了她伸出拍打車窗的手；才收回了她全身沸騰的臟器。一切來得太過突然，使得她措手不及。後來她總想著，如果下一次遇見王光群，她將如何如何，她為此還做了許許多多的設想。

但是三個月過去了，勤美沒有再見到王光群。她所以站在距離「富國天廈」兩百公尺外的榆樹底下，盯著大門口而不靠近車道守候，是因為希望能夠面對面，眼睛看著眼睛的見到王光群，而不是隔著車窗。但是，她一直沒有等到他。

勤美會走進「富國天廈」地下停車場，就完全是個偶然。那天晚上，已經半夜兩點多鐘，馬路上沒車，人行道上沒人，通常這個時間，除了某些酒吧、夜店門口燈火通明人車夾道外，整個臺北幾乎都睡著了。勤美乘末班捷運來到東區，這一夜她又因為失眠，床上輾轉，所以決定再過來一趟，看看半夜裡是否能發生意想不到的奇蹟？

可是勤美仍然失望了，夜半後的豪宅大門除了守衛外，只有寥寥幾對夜歸的年輕男女。不過夜半趕著回家的車輛倒是不少，有幾輛車勤美看的次數多了，甚至感到熟悉，雖然不知道裡面乘坐的是誰，但不是王光群。

夜裡冷風習習，勤美在大樹底下打了個哆嗦，有幾次她想著還是回家吧，但總有個聲音對她說：「再等等！再等等！」這時候如果有誰從附近走過，看見的是一個長髮白衣瘦長的女人，立在樹影底下，恍忽間一定以為遇見女鬼。但是女鬼不會發冷，也不會直打顫。

勤美終於冷得受不了，決定離開那棵榆樹，她需要稍微走動暖和自己。橫跨過十字路，經過「富國天廈」大門，夜深人靜時的「富國天廈」迎賓大廳依然燈亮得一如白晝，只是廳內少了管理員、打掃工、維修人員忙進忙出。勤美隔著樹牆盡頭延伸的金屬柵欄往裡張望，大廳裡像死城一樣安靜，夜班的管理人員活動力顯然不似白天那樣旺盛，一個個都躲在櫃檯後或某處。但勤美知道，只要她一靠近，那些人一定會像獸一樣的一擁而上，將她團團包圍。

勤美並沒有打算闖入，她只是經過而已。一名穿制服的守衛躲在大理石圓柱後頭站崗，勤美看了他一眼，四十來歲長得精壯的守衛也好奇的上下打量著這鬼魅一樣的女人。

勤美走完了寬闊的大門入口，又經過了一小段柵欄圍牆，再來就是她上次看見王光群的車道了。這一段路，勤美就是閉上眼睛，也能知道路上有什麼或是沒有什麼。但是這天晚上比較奇特，當她走近車道時，竟然就是少了什麼——少了站崗的守衛。

應該是二十四小時輪班的守衛，竟然不見蹤影。勤美腦子一片空白，她什麼都沒想，就這樣一步踏進了斜坡車道。其實她如果用腦子再多想想，她仍然還是會這麼做的。

車道裡燈火通明，一直通往地下室停車場。勤美一層一層的往下走，如入無人之境。她又驚又喜，驚的是擔心閃出個人來盤問她，喜的是終於可以進到這控管嚴格的大樓內部。完全沒有任何想法就闖進來的勤美，開始認真的想著，她到底能做些什麼呢？事實上她並不知道王光群的家在哪個樓層，而且每道門、每層電梯都一定像葉國誠和賴佳荃家一樣有控管，她進不去樓梯間，無法乘坐電梯，更上不了樓。

「富國天廈」的地下停車場有好幾層，此時該回來的車應該都回來了，整個停車場由各式各樣的車輛占滿，幾乎沒有空位。雖然是地下室，但是盞數多到數不清的頂燈，將空間打照得賊亮泛青。又因為是半夜，沒有車子發動，也見不到半個人影，安靜得讓勤美覺得宛若置身在無數名貴高價車的墳場之中。

每層的停車場，都有一座由鑲嵌彩繪玻璃裝飾得美輪美奐的門廳，銜接電梯間。但是勤美推不開那座玻璃大門，更進不了電梯，那地方需要磁卡感應才能進出。另外勤美還找到幾扇沒有裝飾的不鏽鋼大門，應該是通往安全梯，但是勤美一樣推不動它。牆角裡，還有許多她根本不認識的大型機具，龐然的設置著。勤美繞行完第二層地下停車場後，她又發現了一處開著空調的垃圾間。

造價昂貴、裝潢富麗的「富國天廈」，地下停車場仍然有著屬於地底的濕冷，和淡淡的見不到天日的霉濕氣味。屋頂上裝置著那種白亮久了，便開始發出青光的燈，讓待在裡面的勤美覺得四處彌漫著陰冷慘澹。

因為陌生又找不到出路，地下停車場成了個迷宮，陰森沒有人氣，令勤美心生寒意。但是，她還是留了下來，打算就這樣留到天亮，等王光群上班，他一定會來開車出門不是嗎？但是，若是司機開車呢？

勤美開始覺得事情有點複雜，不過她還是一層一層樓、一輛車一輛車的尋找著那輛載乘過王光群的灰黑色賓士500。停車場裡黑色賓士車不算少，雖然型號各異，勤美認真的一輛一輛的尋找，想要憑直覺找出那輛車。就在勤美彎腰巡看時，一長串急促的跑步聲，和好些聚攏而來的男人叫吼聲，將勤美團團包圍住了。

這樣保安規格的大樓裡，一定架設有一種東西——閉錄電視監控系統。勤美被三名保全人員帶到了大樓後進的角落，那裡有幾間辦公室，裡面還有兩名穿著一樣制服的人員正等著她。三名帶勤美過來的保全，路上就已經不停抱怨，怪守衛怎能擅離職守？又抱怨閉錄電視是怎麼看的？怎麼會讓這瘋女人下到地下三樓？……但最大的抱怨還是說：要是林督導知道那就麻煩大了，大家都脫不了關係。

三個帶著勤美來的保全留下勤美後，說要去巡邏，急著走了。在辦公室等勤美的兩名保全，互看一眼後胖的先開口問勤美：「想偷東西嗎？溜進來幹什麼？」

「不是……，想借洗手間。」

「什麼？」瘦的瞪著眼，顯然不相信。

勤美說：「我剛就跟他們說了。」

「真的？」胖子看來像個和氣的人，他有幾分相信了。

「半夜三更，來我們大樓找廁所？」瘦子還是不信，加強語氣說：「三點了。半夜三點耶。」

「跟老公吵架。」勤美說。

「那……」胖子指了指門口，說：「廁所在隔壁，你先去吧。」

趁著勤美去廁所的空檔，兩名保全雖然有些不同看法，但也達成了協議，決定不送勤美去警察局，小題大作的後果除了自找麻煩外，搞不好還會招惹來大批喜歡惹是生非的記者，那樣對大家都沒有好處。

兩名保全一致認定了，勤美只是個半夜和老公吵架後誤闖大樓、想要借用廁所的女人。

勤美回到石牌時，天色已經大亮，她一臉憔悴倦容，看見樓下發動摩托車正要上學的由由，勤美連和女兒說話的力氣也沒有了。

由由卻不一樣，她正精神飽滿氣力無限的，冷眼看著自己母親，說：「媽，你回來得真早啊。」

「喔。」勤美沒有反駁，由由說的是事實。

「哼！這種家庭，真的很少見！」

由由冷笑兩聲，然後騎上摩托車，噗噗噗的駛遠了。

12

臺北有很多樣貌，每個人依據自己的生活，看見的只有自己熟識的那個臺北，其實它的層次多到數也數不清，看也看不完。王光群生活的臺北，對勤美是個完全陌生的臺北；黃家輝和林惠安東區租屋生活，勤美也不了解；還有忙著買房子的勤立和江莉莉的臺北，又是怎樣的？就連由由打工的連鎖咖啡店，對勤美而言也是另個陌生的臺北。

勤美站在十字路口，張望著車來車往，對街是美國西雅圖來的知名連鎖咖啡店，飄散著綠頭髮的挪威雙尾美人魚圖像店招，相當醒目。熟悉這家咖啡店的顧客，不用看見招牌也不會走錯地方，因為店內櫃檯擺置和墨綠色為主調的裝潢，有其獨特性。但是對勤美而言，這家店的咖啡比其他連鎖咖啡店貴很多，是勤美打工速食店咖啡兩三倍價格。它的消費群大部分是年輕上班族，或是有豐厚零用錢的大學生，這裡又是臺北的另一張臉。

勤美年輕時候常和汪小姐光顧的三十元咖啡店，現在不是消失了，就是漲價了。由由打工的連鎖咖啡是近十多年才由國外引進，勤美幾乎沒有進去過，若不是因為由由在那裡打工，她也不會知道它，因為那裡是她生活以外的臺北。這個世界早已改變很多，只有勤美什麼都沒變，時間在她的世界彷彿停頓了。

像這樣遠遠的眺望那家咖啡店，已經不是一次兩次，勤美不敢站到店門口去看女兒，因為怕被由由發現。隔著寬闊的馬路，勤美認為應該不會被發現。其實勤美也不知道自己這樣看著店面發呆，到底想做什麼；也就是因為她也不知道要做什麼，所以更不能讓由由發現，否則由由問她理由，她根本答不上來。

如果一定要給勤美找個駐足望著對角咖啡店的理由，大概就是順道經過而已。她只是路過時，想遠遠的看一眼女兒工作的地方，看女兒工作時的模樣。真的只是經過，勤美真正要去的是王光群信義路上的新居，他們全家已經搬離信義計畫區的「富國天廈」，住進新建好不久，面向著整片大安森林公園的新大樓。

當然勤美這樣眺望，也不真能看見由由。距離有點遠，還有由由也不一定會在外場，但是勤美遠遠的，隱隱約約的，確實好幾次看見穿著黑衣、圍著綠色圍裙的由由幫客人結帳，或是背過身操作機器製作咖啡。

距離真的有點遠，又隔著玻璃窗，勤美也疑惑她看見的到底是不是由由？但是這也沒關係，她只要知道由由在那裡就好，她就能有耐性的在原地看上很久，很久。

要不是手機響，勤美還會繼續在路口站著。竟然是由由打來的，她看見勤美在大馬路對角站立，已經超過二十分鐘了。她電話裡問母親：「你站在那裡幹什麼？你第一次來嗎？還是來很多次了？」

勤美慶幸女兒不知道她之前就這樣來過很多次，她說著謊話：「沒有來過，第一次來。」

「如果我不打電話給你，你就這樣一直站在那裡嗎？」

「不是……」

「你不要動，我現在出來。」

勤美很想逃走，不想在這華燈初上的大馬路上和女兒面對面，因為由由不會有什麼好言語，母女對話最終還是會以爭執收場。

由由穿著店制服，黑衣黑褲的等了兩趟紅綠燈，才由對街跑來。勤美只好硬著頭皮迎上前，說：「你，不用出來。我正要走。你回去上班……。」

由由不等勤美說完，劈頭便道：「媽，你知不知道你這樣很像瘋子？只有瘋子才會守在這裡看人。」

勤美否認說：「我真的，沒有守在這裡看你。」

「好，就不說這個。今天我也剛好有話要跟你說，我怕晚上回去，你又不在家。」

勤美無言。由由沒有說錯，就連勤美自己也不知道今夜她何時回家？或是根本不會回家？

「我明天就要搬出去，就是想告訴你這個。」由由說話時避開了勤美的眼睛，她怕看母親哀愁的眼睛，然後自己會止不住眼淚。雖然由由不覺得她有哭泣的理由，但是鼻頭還是覺得酸澀。

「搬？搬去哪裡？」

「和朋友合住，房租比較省。」

勤美直覺由由是要搬去和那夜看見的男生同住，她說：「同居嗎？和那天看見的男孩子……？」

「媽。」由由眼睛裡打轉的淚水一下子止住了，她對母親的怨恨重新高漲起來，冷笑道：「同不同居？和誰同居？都是我自己的事，我們已經成年，我們會自己看著辦，你不用管我。如果要管，也該在我沒成年的時候管啊！從小到大，你什麼時候管過我？為什麼現在才要來管東管西？」

「我，不是管，只是問。」

由由開始失去控制的越叫越大聲：「你不要問了！什麼都不要問！」

「好，不問，我不問。」勤美的聲音只在喉間打轉，連她自己都聽不真切。

但是勤美的退讓，並不能讓由由止住怒火，她的叫嚷聲越來越高，最後成了尖叫：「你問？你幹麼要問？我的事和你有什麼關係？你的事什麼時候告訴過我？從來沒有！我又為什麼要告訴你？你其實也不在乎我做了什麼，你只在乎你自己！你自己！」

從母女倆面前經過的路人，都好奇的上下左右打量她們，但是沒有人駐足圍觀。臺北人都很忙，各自有著各自的去處，旁人的是是非非，都只是生活的點綴而已，並不重要。

大馬路上聽女兒嘶啞尖叫的勤美，又開始閃神了，由由的聲音離她越來越遠，由由黑色的身影也不再讓她感到壓迫，她抽離開自己，飄得老遠老遠，眼前一切都只是幻影、幻象而已。

但是由由這回不想讓她逃避，她湊近了母親的臉，很近很近，幾乎碰到勤美的鼻尖。由由聲音變小了，她一個字一個字的說著：「你聽見的，你聽見我在說什麼！媽，你醒醒吧，不要再這樣……，你這樣算什麼呢？生活不是這樣過的，不是天天去追那不可能的人……。」

因為由由不再吼叫，勤美反而清楚聽見了她說的話。她想反駁，問生活不這樣過，又該怎麼過呢？她錯了嗎？那麼誰又對了呢？不過她沒有真的問由由，因為由由貼得她太近，壓迫感使得她根本發不出聲音來。

「人家不會理你的。你找到了人家，他也不會理你的。二十多年了，你夢也該醒了吧？」

由由壓在勤美鼻尖的臉慢慢移開了，接著由由整個人也從勤美面前消失。由由回店裡去了，留下勤美仍然原地站著，覺得剛才發生的一切，根本是個夢，現實裡什麼也不曾發生，由由的出現、由由的惱怒，都只是夢魘。

勤美終於看見了王光群的妻子和兒子，她很確定那是他的妻兒。那天勤美換了個位置，守候在「富國天廈」大門口和出車道對街的大樓暗角裡，她知道她不能總是站在那棵榆樹底下，同樣的地方站久了，很容易惹人疑竇，甚至受到盤問。勤美換到距離更遠些的角落，那裡也有路樹可以讓她依靠。她從小視力很好，勤立國中就配戴了近視眼鏡，勤美則一直保持一點二的視力，看遠更是她的強項。

那天是星期六的下午，勤美頂著暖暖的冬陽，站在一棵葉片正在逐漸轉紅的楓香樹底下。因為是假日，來往的人潮比平日多，不過大多數人都聚集在熱鬧的商業區，那裡有百貨公司，有電影院、五星級大飯店，和高聳著的一〇一大樓。那裡才是大家熟識的臺北，雖然消費昂貴，但仍然擠滿人潮。

勤美專心的守候著，當她看見戴著金屬框近視眼鏡，穿著淡奶茶色開斯米毛衣外套、墨灰色休閒長褲的男人，悠閒步出「富國天廈」大門外時，勤美覺得自己的心臟都快要停止了。再遙遠的距離，只要是那個人，勤美都不會認錯，她一眼就知道那是王光群。

男人在大門外逗留著，所有管理人員畢恭畢敬的向他致敬，男人也一一接受，然後微微仰起下巴以微笑回禮。勤美按捺住狂跳不已的心臟，碎步小跑跨過兩條馬路，她要趕上去，趁著男人還沒離開前叫住他……，但是勤美還是晚了一步。

「富國天廈」大廳裡走出一個女人，身後還跟了個十多歲男孩。女人穿得很美，米色收腰毛呢短大衣、褐色緊身單寧長褲、短筒羊皮靴，手上拎著只橘色鱷魚皮鉑金包。少年穿著明顯露出英國知名品牌格紋的羽絨背心、牛仔褲，母子倆一走出戶外，就緊緊的黏住了男人。不光是少年貼站在男人腳邊，女人更是挽住男人手臂，就像個全身無骨的妖精似的，必須那男人的支撐才能站立穩當。

勤美站住了，她不知道這時候是該上前，還是不該上前？總之她停住步伐。這時一輛BMW X5休旅車停在了男人、女人和少年面前，男人體貼的為嬌弱的女人打開後車門，讓女人先上車，再讓兒子上車，最後自己才開了前車門。想要跨步坐進車廂的男人，突然稍作猶豫，看向馬路的對面，他看見了那個站立對街的白衣女人。

一股不知由何而來的寒意，貫穿過勤美的脊梁骨，她全身打了個冷顫，她知道王光群看見了她。那雙已經五十多歲、即將要失去最後明亮神采的細長眼睛，此刻正在近視鏡片後疑惑流轉，為的是更清楚看見對街的女子。王光群的嘴角微微顫動了兩下，他看見了那個纖瘦得彷佛風吹就會倒地的中年女子，穿著廉價的衣裙，眼睛直愣愣的望著自己，那是相當唐突的眼神。

王光群的眼睛也著實的在那女人身上逗留了十多秒鐘，不算短的時間。但是他到底有沒有認出勤美？勤美並不確定，她唯一能確定的是，王光群看她的臉有了細微的變化，嘴角微微抽動兩下之後，終於將整張臉轉開，然後挺拔的身軀像躲閃般鑽進了休旅車中。

載著王光群和妻兒的藍色休旅車，就這樣在勤美面前倏然開走了，什麼也沒有留下，就是灰燼塵土也沒有揚起。那是條臺北少有的、乾淨到沒什麼灰塵的馬路。

看見王光群偕妻子、兒子乘車而去的那天晚上，勤美發燒和嚴重咳嗽。她感冒了，而且是重感冒，她請假沒去速食店上工。由由回來得很晚，她也沒有告訴女兒，只是獨自裹在棉被裡，靜靜的感覺著全身燒燙。勤美幾乎每年冬天都會感冒一兩次，但很少因為感冒去看醫生，每次都等咳嗽、鼻水、頭痛、發燒的症狀慢慢自己消失。

因為高燒，加上好幾夜的失眠，勤美的身體嚴重抗議，全身疲累、痠痛。但是很累很累的勤美還是無法入眠，想著自己會不會就這樣高燒後半夜死去？就這樣從此見不到明天？而這世界上所有的事，從此再與她無關？她就這樣靜靜的化成泥？化成土？

除了想像死亡，勤美也想著白天發生的事。那男人確實是王光群，他到底看見自己沒有？他臉上表情淡然，難道沒有認出來？真的沒有認出來？還是不想相認？

迷糊混沌之中，勤美似睡似醒，身心都萬分疲憊，直到黎明才真正睡去，只是時間不長。她還做了個夢，夢中有個男人抱著她，親吻她的唇、她的鼻子、她的眼睛、她的眉毛。勤美喜歡那樣的親吻，但是她更喜歡男人溫柔的手，托住她的身體，溫柔的支撐著她，讓她宛如漂浮在湖水之上。是湖水，碧綠如寶石般的湖水，當勤美低頭想看清楚托住自己的男人面貌時，卻不見了男人……。她在驚愕中醒轉，發現只是個夢，夢中只有她自己，孤獨的一個人，漂浮在潭水中間……，勤美全身冷汗。

她沒有去看醫生，藥房裡買了成藥來吃，兩個星期後，終於逐漸痊癒了，由由甚至不知道母親生過病。自從她上大學後，她做到了自己說的，不再依靠父母，努力打工賺錢養活自己。

有天勤美母親打電話來，聽見勤美聲音悶沉，問是不是感冒了？叫她多喝水，去看醫生。又說：「一個人過就是這樣，生個病也沒人問沒人管。你媽生病時，你們誰知道啊？你還好現在有個由由在身邊，等她嫁人了，你就知道我每天過的是什麼日子，一個禮拜也沒和人說過一句話的日子。你啊！我說趁早呢，趁著還沒五十歲，要不要再找個人？老了作伴也好，對不對？」

母親的話勤美向來聽不進去，就像由由也總把她說的話當耳邊風一樣。但是母親這天說的，勤美竟然聽到了些與自己有連結的言語，當然不是生病沒人管、一個禮拜沒人說句話，是母親要她找個人一起過，老了有人作伴。

勤美住的公寓雖然老舊，交通也不是很方便，但是公寓沿著坡地興建，兩旁長滿原生的樹木和雜草。她的小餐桌旁邊開有窗戶，窗戶外就長著幾株大榕樹，除了小陽臺，這裡也可以看見各種鳥類停駐歇息，牠們吱吱喳喳叫鬧的聲音很大，有翠鳥、白頭翁、畫眉、喜鵲……，和些不知名的鳥類。

看久了，勤美才發現，鳥兒很多都是雙雙對對的。聽母親說起找人作伴，勤美才突然詫異，那些鳥兒哪裡去尋來的伴侶？牠們是如何相遇？又如何相知後成了伴侶？再一起飛來她的窗臺外吱吱喳喳？真是不可思議啊！鳥兒能找到天生注定的伴侶，那麼她一定也可以找到相知、相惜的王光群。就像母親說的，趁早，趁著還沒有老去。

重感冒痊癒後的勤美，繼續清晨出門去速食店、午後再去守候「富國天廈」。本來她也想打通電話告訴葉國誠，她見到王光群了，但是她還沒打這通電話，卻先接到了葉國誠來電。

「你看見他了？」葉國誠問勤美：「他看見你了嗎？」

「不知道。」勤美對著手機，囁嚅回答。

「你要讓他看見你啊。」

「嗯。」

葉國誠說：「喔，我打電話給你，是因為賴佳荃——我那個貴婦同學，說想請你吃飯。」

「請我？吃飯？」

賴佳荃邀請他倆午餐，葉國誠也納悶這位高傲勢利的貴婦同學，怎會如此主動？葉國誠一點也不想去吃這頓飯，沒有這個心情。景氣好了許多年的臺北房地產，終於走入盤整狀態，他已經三個月未成交房屋。他竹圍買的房子，有八成銀行貸款，已經四個月未繳；除了違約利息外，銀行好幾次打電話給他，催促說再不按月繳款，就要送交法辦。

葉國誠本來想一口回絕賴佳荃，但是想到勤美渴望的眼神，他還是答應了。葉國誠打電話問勤美：「你要去嗎？」

勤美說：「我要去。」

一連五天不曾闔眼好好睡覺的勤美，正感到絲絲縷縷的灰黯情緒蒙頭蓋臉襲來，她不只是惆悵，根本是絕望。就住在同一個城市，相距不過數十公里，卻是怎麼也見不上面，更別提說上兩句話，問問他⋯⋯。賴佳荃的邀約，讓她重新燃起希望，勤美立刻答應了這個唐突、詭異的午餐邀約。

葉國誠說：「我最近狀況不是很好，焦頭爛額的。唉！好人做到底，就陪你去吧。」

那是家高檔的日本料理店，在安和路上，店面外觀看上去不大，也不見奢華，但是走進裡面才知道占地寬敞，裝潢是以黑色為主調的極簡禪風，黑牆、黑大理石地板、黑色吧檯、黑色桌椅。桌面擺設了雪白餐具，插著豔麗鮮花，一朵朵紅色薔薇點綴了整體的黑，是間雅致又恬靜的高檔日式餐廳。

勤美和葉國誠被服務生恭謹的帶進一個六人座的小包廂裡，主人還沒到。房間裡延續了外面的設計，一樣黑牆、黑大理石地板和黑色桌椅。勤美坐下後，因為不知道眼睛該看向哪裡，只好盯住對面牆上一幅抽象油畫，畫布上只有三個顏色，黑色和留白還有金漆。

「真是，約人家吃飯，自己還遲到。」

葉國誠話還沒說完，服務生輕敲著門，讓進來穿了一身翠綠宛若隻翠鳥的賴佳荃。她滿臉堆笑，道歉說：「不好意思，不好意思，遲到了。」

「沒關係。」勤美說。

勤美和葉國誠並肩而坐，賴佳荃選了正對勤美的位置。她不忙著點菜，只是笑咪咪打量著勤美，彷彿第一次見面似的，對勤美充滿了更多的好奇心。因為打量人久了，必須寒暄，賴佳荃這才終於將視線從勤美臉上移開，說：「他們的午間套餐還不錯，就點這個吧？」

「你看著辦吧。」葉國誠說。

是頓菜色非常精緻豐盛的午間套餐，林林總總七、八道菜，生魚片、龍蝦沙拉、烤帝王蟹、烤魚、烤小牛肉……。勤美根本食不知味，只耐性的等著對面的貴婦能早些說明相邀的原因。

服務生上烤帝王蟹時，賴佳荃才結束了和葉國誠的閒聊，他們共同話題當然就是念三專時的趣事。賴佳荃再次將目光掃回勤美身上，這次她是直視了勤美的眼睛，像是要看穿勤美才罷休似的說道：「我今天是受人之託，來問問宋小姐到底和王先生是什麼關係？不過，我先聲明，我本人可絕對中立，不批判、不偏袒。」

勤美說：「可以請問，是受什麼人請託的嗎？」

「王先生的媽媽，她和我一位好朋友是鄰居，託我的好朋友來問。」賴佳荃自己都覺得這關係說得十分拗口，禁不住笑了起來。

「王媽媽。」勤美呢喃重複著。

「對！王媽媽說你去鬧過他們天母社區。」賴佳荃把話挑明白了說著：「凱莉……就是王太太，是我另一位朋友的朋友，我和她不是很熟，只是點頭之交。所以，對於宋小姐我沒有任何敵意，何況你又是國誠的朋友。」

心情不是很好的葉國誠，覺得這位三專老同學是記性不好嗎？他皺眉道：「上次你就知道啦！他們什麼關係？從前戀愛過的關係啊！你沒告訴你朋友嗎？」

賴佳荃白了她三專同學一眼，才說：「當然說啦。但是那位王媽媽很不諒解，說就算是談過戀愛，也已經是二十多年前的事了，說宋小姐在他們富錦街老家故意接近她，現在又去他們天母社區吵鬧，想問問宋小姐到底想要怎樣？」

一直眼睛打直，瞪著對面牆上抽象畫的勤美，這時收回了視線，看向賴佳荃線條有些剛硬的側臉，問說：「他也知道嗎？」

「王光群嗎？知道什麼？」

「來問我……？」

賴佳荃說：「應該知道吧？我也不清楚。不過我朋友說，凱莉什麼都不知道，否則一定鬧翻天去。」

「喔。」勤美應聲，沒什麼情緒的，只是表示她聽見了。

「王媽媽的意思是，事情已經過去那麼久了，請宋小姐就不要再找來，這樣大家都很困擾。老人家問，要見他們做什麼？還能怎樣呢？」

「我只是想再見光群一面。」勤美說：「王媽媽可以幫我……。」

「不可能的。」賴佳荃說：「你也知道，不可能的。」

「我沒有想要怎樣。」勤美安靜的回答著：「我只是想和他見一面，有句話想問問他。」

「問什麼？我可以轉達嗎？」賴佳荃問。

勤美堅定的搖了頭：「不行。」

「哦！」

賴佳荃碰了個軟釘子，但並不以為意，因為她今天的任務饒富趣味，小小的言語頂撞根本不算什麼。她自己就是個寂寞的女人，再多的豪宅、車子、服飾、包包、鑽石、祖母綠也填不滿她的空虛，這一點只有她自己最明瞭。她需要些繁瑣的趣味，好激化自己一如死水的生命，此時她誰也不看，只對著自己的寂寞說道：「愛情？現在很少人相信了⋯⋯。」

「我信。」勤美說。

「永恆的愛情？」賴佳荃以不可置信的表情問著勤美。

勤美又說一次：「相信。既然愛過，就不可能消失。」

賴佳荃笑看葉國誠，說：「你這朋友還真⋯⋯天真。」

房間裡一片笑聲，賴佳荃笑得很大聲，因為笑話是她說的。葉國誠也笑，他只是覺得有點好笑，跟著笑而已。只有勤美沒有笑，因為她不覺得好笑，反而覺得悲涼，她的愛情充滿悲情，不是個笑話。

「勤美真的只是想再見光群一面而已。」葉國誠看賴佳荃心情不錯，幫勤美說道：「你就想個辦法，找王光群出來，他是個大男人，難道還怕女人吃了他不成？」

賴佳荃道：「那個大男人是你表弟，你去找他出來啊。」

「我們早就不來往了。」

賴佳荃搖頭說：「就算他願意，凱莉也不會肯的。朋友圈都知道凱莉有多戀夫，別人是愛老公，她是戀夫，幾乎走一步跟一步，他老公走到哪裡，她就跟到哪裡。也難怪啦！老公又帥又高挺，風度又好，不跟緊，很容易弄去的。」

聽見誇讚王光群，勤美原本有些呆滯的眼神，逐漸放出了光采，她甚至微笑起來，也有了想說的話：「他，不是那種只有外表的人，和別人不一樣。」

這次葉國誠沒有附和，不以為然的說：「別傻了，男人都一樣。我只是覺得你想見面，就見一面吧！說不定見到了，你對他的幻想也就破滅了，看清楚他是人，不是神。」

套餐最後一道上的是餐廳自製的芝麻奶酪，清香軟滑，為午餐做了最好的句點。可是下午沒有其他事的賴佳荃，並不打算就這樣結束午餐，她閒閒又說起：「凱莉和她老公前一陣子還回去了美國一趟，他們大女兒留在美國念書，所以經常要回去。」

勤美抬眼看賴佳荃，這是第一次發現所謂的貴婦，和路上、公車、捷運上的女人最大的不同，是她們臉上的皮膚白皙得相當特別，白得一無瑕疵，而且緊繃繃的泛有一層淡淡的油光。是因為常去美容沙龍做臉？還是醫美的效果？總之，賴佳荃如此、舊金山的恩雅如此，遠遠看過一眼的王光群太太也如此。

因為賴佳荃提起美國，勤美悠悠回應著：「我去過舊金山 Hillsborough，他們住的地方。」

「啊……？他們 Hillsborough 的家，你也去過？」

賴佳荃臉上顏色一變，半天才和緩過來。今天她幫忙朋友打探、問詢其實是附帶的，真正是她對凱莉那家人有了這樣的麻煩感到好奇，甚至有些幸災樂禍。她希望能知道更多的第一手訊息，滿足好奇心外，也可以說給其他朋友知道。但是有點讓她失望的是，勤美還是不多話，幾乎什麼也沒有多說。但是勤美竟然說去過凱莉美國的家，這一點踩到了賴佳荃的底線，連太平洋的彼岸她也追去？賴佳荃突然驚覺到面前女人的危險性。能追蹤去國外，表示這女人不像外表那麼溫順吧？原來以為她只是個貪戀從前愛人、不肯死心的傻女人而已，但是她連美國也找了去？這女人應該不……那麼正常？

不過世故練達的賴佳荃還是微笑著，只有將原先前傾的坐姿，修正成了後仰，和勤美保持了適當的距離，並且做出最後結語：「我今天只是受人之託傳話而已。王媽媽希望宋小姐不要再去他們社區；宋小姐的意思我也懂了，會告訴王媽媽。總之，該講的都講了。啊！能一起用餐，十分愉快。」

最後一句是賴佳荃每次與人餐敘都一定會說的話。剛好服務生進來為大家添茶，她便緩緩由身旁那只山羊皮製成的編織包裡取出張信用卡，對服務生比了個結帳的手勢。

離開餐廳，坐在葉國誠開來的連座椅都殘破不堪的舊車上的勤美，有種重新回到真實世界的感覺。昂貴的餐廳、豐盛的午餐，早已經不在她的生活範疇之內。高檔餐廳的氛圍、服務、食物……，都太過美好，太過完美的物質對經濟水平不高的普羅大眾，特別顯得不真實，因為真實生活永遠是帶些缺憾和不圓滿的。

這一點葉國誠和勤美的感受相彷彿，在餐廳裡他一直話不多，因為他要煩惱的事太多，賣了十年房子的他，現在為了繳不上貸款，預備要賣自己才新買不到兩年的房子。那房子藏著他許多不為人知的情感因素，教他情何以堪呢？

急著要去帶客戶看自己竹圍房子的葉國誠，還是將剛才勤美去化妝室時，賴佳荃跟他說的話對勤美轉述一遍：「剛才那個貴婦跟我說，她不相信你只是單純的想和光群見上一面而已，說你會追去舊金山這一點，讓她覺得……很難接受。」

「你說呢？」

「我說你是去舊金山看親戚，順便去的。」

「不，我是特地去的。」勤美說。

葉國誠聳聳肩，不再表示意見了。

仁愛路茂密的路樹如電影鏡頭般，一幕幕由勤美眼下流過，她喃喃再說了一次：「我真的只是想再見他一面而已。」

葉國誠仍然沒有說話，在捷運中正紀念堂站停車，讓勤美可以搭捷運回家。勤美看著葉國誠車子駛遠後，才進入地下道，但是她並沒有回家，而是轉車又去了「富國天廈」。

勤美想了很久，覺得王光群那天應該沒有認出自己，所以她必須再回去「富國天廈」，她相信總有一天她會和那個男人見到面。

13

王光群搬離了信義計畫區的「富國天廈」，新居是樓高三十三層、戶戶可以眺望大安森林公園的「樂悅苑」。勤美現在經常會在大安森林公園周遭徘徊，偶爾也會去天玉街王光群父母住處駐留，這兩個地方，已經成了她這一年多的生活重心。

大安森林公園裡的樹木花草氛圍，和當年王光群帶她走過的富錦街不太一樣，但是勤美還是覺得這裡和富錦街有著某種相似的氣息，是植被的氣味？還是因為王光群就住在附近？這所占地二十多公頃，臺北市最大的公園，從前勤美只知道它很大，興建得很完善，卻從來沒有來過。住在北區的臺北人，沒事誰會到東區來逛公園呢？但是自從王光群搬來後，勤美開始進進出出這座公園，有時候甚至一天會過來兩、三趟。

勤美經常坐在公園同一把鐵鑄的休憩椅上，面對的就正好是那棟冰冷的黯灰色建築「樂悅苑」。她透視不了那座銅牆鐵壁般的龐然建物，不知道裡面都住了些什麼人？擺設了些什麼物？有沒有游泳池？健身房？華麗至何種程度？但是，她知道王光群住在裡面。

這所大公園除了花草樹木、鷺鷥、雀鳥外，勤美最喜歡看的還是人。有借路穿越行色匆匆的路人，有穿著短褲認真慢跑的人，有清晨慢條斯理運動的老人，有黃昏或夜晚悠閒散步的人……。勤美希望有一天，能看見她魂牽夢縈的那個人出現在公園裡，那麼她會緩緩起身迎上，跟他說：好久不見！

這晚因為有音樂會，公園裡人特別多，路燈也亮得似乎比平日更光亮。表演後臺停了五、六輛的貨車，地上電線纏繞，勤美必須小心翼翼經過。臺上五、六十人的管弦樂團已經就位，小提琴、中提琴、大提琴、單簧管、雙簧管、長笛、小號、長號、法國號、三角鐵、定音鼓。一頭灰白亂髮的指揮，穿著燕尾服，以指揮棒輕輕敲著樂譜架。表演即將開始，座位區早已滿滿是人，斜坡草地上也滿滿是人。勤美一個念頭閃過，王光群會帶著老婆、孩子來聽這樣的露天音樂會嗎？應該是不會，他們那樣的家庭，應該只會出現在國家兩廳院吧？

勤美坐的地方看不見表演舞臺，但是聽得見演奏，是耳熟能詳、普遍受喜愛的曲目——德弗札克交響樂《新世界》的第二樂章「念故鄉」。音樂是要專心聽的，像看一本雋永的書一個字一個字讀，音樂是要一個音符一個音符的聽。如果像勤美這樣心不在焉的話，音樂就只是個背景，「念故鄉」成了她的背景樂，她有時候聽見，有時候什麼也沒聽著。

可是不專心的勤美，還是聽見了第四樂章，每一個音符都澎湃的擊打在她的心臟上，她的心怦怦跳躍，不是因為樂音的感動，而是腦子裡出現了個特別的想法，很突然的念頭。所有轉念都一定有前因後果，勤美這個想法是這樣銜接產生的——《新世界》最為人熟悉的、撼人心弦的主旋律正精準的打在她的心上；曾經也做過標榜有著極佳音響音質的電視機的廣告配樂；勤美想到了擴聲機、喇叭筒。電視新聞裡抗議遊行時，常看見人手持喇叭筒大聲叫嚷，她認為自己此時需要的，應該是一支喇叭筒。

勤美走出了大安森林公園，她要去買一支擴聲機，或是叫做喇叭筒的東西。只是到底該去哪裡買呢？這是一個難題，這種不常用的東西，還真是不容易買到。她看過由由在網路上買東西，打上物品名稱，就能找到所有的東西，再不尋常的東西也能買得到。沒有信用卡也可以買，轉帳、貨到付款、便利超商付款……，都可以。

但是勤美不能找由由幫她買擴聲機，由由已經正式宣告要搬離母女倆住了二十年的家，要遠遠的離開她，就像勤美離開母親一樣，由由將成為一個獨立自主的個體。勤美現在剩下的，只有王光群了，她今夜一定要把那個人叫出來。

但是，該去哪裡買喇叭筒呢？

ℓ

信義計畫區裡除了豪宅、銀行和辦公大樓外，知名五星級飯店也有好幾家，百貨公司也多。阪急、微風是近年才開幕，新光三越A11最早，陸續又開了A8、A9、A4……，總稱信義新天地；紐約紐約現在改為ATT 4 FUN，緊鄰華納威秀電影院。一〇一是臺北的指標大樓，裡面有辦公室、高樓層餐廳、瞭望臺，和百貨公司。Bellavita是臺北最高檔的貴婦百貨公司，進駐的都是頂級歐美名牌，餐廳價格昂貴，便是地下室簡單餐飲也不便宜。

這裡白天人潮不斷，到了夜晚，又是另一種風貌，穿著時尚的年輕人，聚集在幾棟特定大樓前排成長龍，等待進入知名夜店飲酒狂歡。這些華美生活，都和勤美沒有關係，她甚至沒有去過附近任何的飯店或是百貨公司，更不用說花錢消費了。雖然進去走走看看、借用個廁所，是不用花錢的，但是她就是不曾去過。

那天她會走進Bellavita，完全是因為王光群的太太推開玻璃大門，進入了那棟歐式建築，勤美才會尾隨著走了進去。

勤美極少在百貨公司買東西，但不是從來沒去過百貨公司，南京西路的新光三越、忠孝東路的SOGO、天母的百貨公司雖然不常去，但也去過。只是這家貴婦百貨公司，和她從前去過的百貨公司不太一樣，中庭是寬闊的圓弧挑高設計，種植了椰棗樹和花草，還有座搭配燈光變化的噴水池，商店則只圍繞在中庭四周。一樓大廳裡觀光遊客很多，小坐休息或忙於拍照，勤美卻來不及多做打量，她怕把緊跟的那抹桃紅花色給跟丟了。

那一抹美麗的桃紅花色走出「富國天廈」那一剎那，勤美還以為自己眼花認錯了人。非常意外的，竟然讓她等到了她要等的人，這是很不容易的事。勤美在附近早早晚晚徘徊將近半年，這還是她第一次見到王光群的太太獨自步行走出大樓。

勤美記得她的臉，白皙秀美，白得甚至還透出隱隱亮光。雖然由「富國天廈」走出來的貴婦，幾乎個個都有著類似透白的臉孔，但是如果用心分辨，她們還是各自不同的。王光群太太的臉很小，輪廓精緻秀氣，不論是天生還是經過整理，總之五官精巧好看。勤美刻意向她迎面走過時，她還抬眼在勤美臉上匆匆瞥過，眼神不是很明確，應該只是不經意的一瞥。但是勤美卻記住了那個眼神，因為那眼神相當特別，驕傲、自信和傲慢，那是勤美永遠無法模仿的神氣。

穿著豔美桃紅花色衣裙的王光群太太，不但五官精巧，身材也嬌小纖細，加上衣著華麗貴氣，從背影是完全看不出年紀的，像個年輕小姐。進入貴婦百貨公司後，她熟稔的走往電扶梯直上三樓，然後進了一家勤美以為是時髦餐廳的店。逗留在店門口的勤美再看招牌細目，才知道那是家美髮沙龍。

勤美估算那位氣質嬌美的王太太，短時間是不可能離開，女人弄頭髮本來就很耗時間，更何況是有錢女人。勤美不可能在走道上逗留一兩個鐘頭，雖然走道寬敞舒適，但是站久了會引人注目。她也不可能大方的走進那家美髮沙龍，因為口袋裡只有八百塊錢，這種地方連基本洗頭消費可能都不夠。

這間百貨公司一樓到頂樓，每家店面大小坪數雖然有異，但是全都環繞著挑高的中庭。勤美一層樓一層樓走過去，都是些昂貴品牌，櫥窗陳列著三萬元的襯衫、二十萬的皮包、五萬的皮鞋、八萬的洋裝，更不用說那些珠寶、鑽石、手錶的價標了。地下室賣的是簡單餐飲，但也很昂貴，有五百塊錢一個的酒釀荔枝麵包，還有五千塊錢一個六吋的金箔蛋糕。

勤美悻悻然走出百貨公司，此時太陽已經偏西，打照在臉上的是溫煦的淡金色最後一抹陽光。對街不知道什麼時候又蓋出了一家大型飯店，門口黑頭車進進出出，安全人員站了一圈又一圈，圈圈內衣香鬢影，屬於電影裡才看見過的華貴。

勤美再次走回「富國天廈」時，天色已經完全暗淡。她喜歡夜晚，因為昏暗使得什麼都看不真切，勤美不喜歡人們將她看得太真切，她也不想把別人看得太清楚。勤美的視線一直沒有再離開過「富國天廈」，但卻再沒有等到打理好頭髮回家的王太太。

這當然有很多可能，可能做好頭髮直接去了附近餐廳、飯店用餐；可能王光群或司機用車接了她出去應酬；也可能車接了她直接由車道回家；也可能她自己進入大門時，剛好勤美沒有看見……。

勤美在附近一條街一條街的走過來又走過去，一直等到將近午夜，她疲累得彷彿沒有了重量可以支撐軀體，這才搭乘了末班捷運回家。

守候在「富國天廈」附近等待王光群的出現，是勤美每日除了打工外的例行公事。但母親召喚她回家，她也不得不回去那所老舊、髒亂的國宅。

勤美母親終於鬆口考慮賣房子，不再堅持都更的美夢。勤立說得沒有錯，這房子鬧著要都更沒有二十年也有十多年，一坪換一坪還加送車位的大夢，至今連個影子也沒有。勤立仔細分析給他母親聽，說房子地點雖然不錯，但是戶數過多，大家議見紛歧，各層樓又有各層樓的利益打算，他叫母親趁早打消主意，把房子賣了錢當成首期款訂棟預售新屋。說新房子蓋好大概等兩三年，等這裡都市更新，大概等二、三十年才勉強有可能。

勤立的想法是叫母親先搬出國宅，然後粉刷整理，讓房屋仲介帶人來看屋，這樣賣相好些，價錢也會好很多。但是在這一點上，母子起了很大的爭執，母親叫勤美回家來為她評理，母親說：「為什麼要我搬出去再賣房子呢？很多人都是邊住邊賣。萬一好幾個月也賣不出去，房子空著多可惜？等下你哥回來，你跟他說。」

關於國宅房子的事，勤美向來不表示意見，不說贊成也不說反對，她根本不想參與。母親特地叫她回來，是指望她傳話給勤立。勤美早厭煩了母親每次當著兒子面，只會唯唯諾諾一味順從，背後卻又諸多抱怨。其實母親根本不想賣屋搬家，兒子再三勸誘，她才勉強答應，現在又想拖延，所以找勤美來做黑臉。

「你自己跟他說。」勤美道。

「你哥不聽我的。」母親一臉委屈。

勤美說：「你當著他什麼都說好，現在叫我做壞人。」

「我哪有什麼都說好？沒有。」母親堅決否認。

飯桌上擺著母親剛從黃昏市場買回來的菜蔬，她告訴勤美，晚上勤立下班會回家來吃晚飯。母親炒了蒼蠅頭和麻婆豆腐，又紅燒了一條早上菜場先買好的鱸魚、青炒空心菜、蓮藕排骨湯。母親一邊炒菜，一邊對坐在餐桌看電視的勤美說：「你哥說這年頭大家都營養過剩，說做菜不要太油不要太鹹，少葷多素。」

要不是因為兒子、女兒回家吃飯，母親不會捨得做出四菜一湯。她平日很儉省，午、晚餐多半一碗麵，或是炒個青菜添一碗飯就解決了。兒子每個月給的零用錢，和父親死後每月一點半俸，讓她過得還勉強有剩餘，甚至偶爾會塞錢給不寬裕的女兒，就知道她多麼節儉。

今天看來心情特別好的母親，話也特別多，但是母親到底又說了些什麼，勤美一句也沒聽進耳裡，只知道母親在她腦後嘀嘀咕咕不停，而她眼前看見、聽見的，只有電視機裡的王光群。電視機是已經很少見的又厚又笨重的映像管老電視，畫面和液晶電視差異很大，人的臉孔好像扁平許多，如果不是記者提到王光群名字，勤美差一點沒認出是他。

端出大盤麻婆豆腐的母親，也突然定住腳跟，看著電視問勤美：「就是他嗎？來過我們家的那個……。」

勤美沒有回答，她根本不想提起王光群曾經來過家裡這件事，恨不得腦子裡刪除了那塊記憶才好。母親也知道這是女兒多年的心病，不敢說太多，急忙繼續擺放碗筷。

這時門外傳來腳步聲，母親立刻笑顏逐開，連皺紋都開懷了，對勤美嚷嚷說：「你看，我時間算得多準？你哥回來了。」

果然有人推門進來，但不是勤立。一個年紀十幾二十歲的大男孩，來問母親到底什麼時候才要叫人修理浴室的漏水？他們家浴室天花板又在滴水。年輕人頭髮亂糟糟一團，不過說話並不凶惡，和母親很熟稔，兩人還不時嘻笑戲謔。母親說：「知道了，知道了，一天要來催幾次啊？」

「你以為我愛來你家啊？我老母叫我來的。」

「知道了！知道了！不要妨礙我們家吃飯。明天會叫做泥水的去你家看看，我會修，會修。」

母親邊說邊將蓬頭亂髮的年輕人往外推，年輕人還回臉來說：「別騙我喔！明天一定要找人來修。」

「知道了，知道了。」

母親轉頭告訴勤美，是住樓下的，他們家浴室天花板滴水，母親答應找工人來修。

勤立幾乎是和那蓬頭亂髮年輕人在門口錯身而過的走進屋，他拎個黑色帆布公事包，穿著黑色夾克，皮鞋也乾乾淨淨，看著就知道是老婆照顧得很好的男人。他問母親出去的是誰？母親把剛才告訴勤美的話，再說一遍。

勤立聽完，立刻就埋怨母親道：「早就叫你把房子賣了！舊房子問題一堆，這裡漏，那裡壞，修都修不完。」

「是啦！是啦！你說的對。」

勤立又道：「再說房子這麼舊了，不一定是我們的問題，要修，錢可以一人出一半。」

「知道了！知道了！」

母親叫勤美去添飯，她則坐在勤立身邊，上下打量兒子，就像好幾年沒見似的，眼睛片刻離不開。勤立卻仍然不停嘀咕房子的事，說：「我看你還是快點準備搬家吧！我好找人把該補、該修的，一次做好。」

「可是……」母親抬頭，求救兵般的望著盛了飯來的勤美，說：「你妹說，可以邊住邊賣房子，不一定要搬出去！」

「這樣不好賣！買房子的人誰不想買間乾乾淨淨的房子？牆面都黑成這樣，誰看了想買啊？就算想買也會壓低價錢。勤美哪會懂這些？她什麼都沒興趣，把日子過成什麼樣子？真是！」

勤美低著頭吃飯，既不想理會勤立，也不想揭穿母親，她只是吃飯。她已經不記得多久沒在家裡吃過飯，又多久沒有和勤立一起吃飯。她這個哥哥結婚後，就更像個陌生人了，一年也見不到兩次，就算在母親這兒碰面，勤立也總說老婆在臺北等他，屁股都沒坐熱便離開了。

母親當著勤立什麼都不敢說，可是只要兒子不在面前，她就對勤美訴苦，幾乎到咬牙切齒的地步說：「那個江莉莉管你哥管得好緊，她自己不願意回婆家，也不准你哥回來。你哥只要一進家門，她電話就不停的打，打到你哥煩了，不得不理她。唉！他們結婚前，真不知道她是這樣的人，早知道，我就不同意他們結婚。」

母親老了，老人特別喜歡自以為是，以為兒子家裡坐不住是因為媳婦逼迫；以為自己有能力阻止兒子娶誰或不娶誰；以為自己仍能左右子女……。勤美將已經有點涼了的蓮藕排骨湯，端去廚房再重新熱過，她盯著發青的瓦斯爐火發愣，不想聽外面母子倆又說了些什麼。

只是房子小到廚房與餐桌只有兩步的距離，勤美不願聽，但仍然聽見她母親聲音顫抖的在說：「我不想搬去和你老婆住，你老婆什麼時候當過我是她婆婆？現在倒好，連過年過節也不回來了，她根本當我是個屁。」

勤美一聽就知道又是為了江莉莉，母親只有在涉及媳婦時，才會這樣對兒子失控吼叫。而勤立最最不能忍受的，就是母親批評他老婆，勤立口氣也越來越不好了，他帶著強忍住的不悅，說：「你們吵架，不是你叫她不要回來的嗎？現在又抱怨她不回家？不太對吧？」

「啊！啊！」母親被兒子搶白一頓，氣得一時說不上話來，愣了半天後才老淚縱橫哭著說：

「都是我的錯？在你心裡，你老婆一點錯也沒有！我叫她不要回來，她就可以不回來嗎？」

「又在胡攪蠻纏！老實說，你們誰是誰非我不想聽！你也不要跟我說她，她也不要跟我說你！」勤立嗓門越拉越大，氣怒全寫在臉上，他說：「大家，大家就好好過日子不行嗎？一定要分出對錯嗎？」

母親已經不哭了，她開始冷笑：「你就會護著你老婆，當然說不用分出對錯！難道錯的是我……？」

「我又怎麼了？」勤立青著臉，脾氣發作一拳打在餐桌上，桌上飯菜全都跟著跳動顫抖：「為什麼談個搬家，也要分出對、錯？」

母親受到驚嚇，跟著碗盤一起跳彈起，指著兒子說：「你，你跟我發什麼脾氣？有種……有種回家好好管管你老婆！」

「我老婆我自己會管，不用別人說……。」

「我……，我是別人……？」母親話還沒說完，身子一軟，整個人就滑溜到了餐桌底下。

勤立大叫一聲：「媽！」

勤美從廚房裡一步衝了出來，看著面如死灰、蜷縮在地上的母親，她第一個反應不是扶起母親，而是怒不可遏的抓起斜掛在椅背上自己的包包，拚了全身力氣，沒頭沒臉的打在勤立身上，嘴裡恨聲罵道：「都是你！都是你！都是你！」

救護車嗚嗚的來了，看熱鬧的鄰居全放下碗筷，離開電視機，由屋裡衝出來，將整個走道塞成了兩道人牆。母親被七手八腳的送進了醫院，勤美哭得眼睛看什麼都迷迷濛濛，東西南北也分不清楚。好在有勤立，急診室裡可以回答醫護人員的問題，可以應他們各種要求辦理各種手續，還讓母親接受了各種檢查。

一天一夜的守候，勤美母親的病情終於趨穩，由加護病房轉入了普通病房。醫生說是腦血管出血，好在不是很嚴重，只是輕微中風。

勤美一個多月沒有再去天玉街和信義計畫區的「富國天廈」。母親住院期間，她連速食店的工作也請假，每天在醫院裡照顧母親。勤立要上班，他和江莉莉下班後會過來醫院，但是夜晚，仍然是由勤美陪伴左手左腳不太靈活的母親。

醫院住了一個星期後，母親出院了，仍然回國宅去住。醫生說母親很幸運，復元得不錯，再多做幾次復建一定可以恢復得更好。母親雖然左半邊手腳不靈活，但日常生活還算能夠自理，她讓勤美回自己家，免得由由一個人在家。她需要回診或到醫院做復建時，勤美再陪她去醫院就可以了。

賣房子、搬家的事暫時擱下沒人再提，就是婆媳不合的事，江莉莉也當做沒發生過，見到婆婆仍然親熱叫著媽，看見勤美也像當年一樣，滿臉堆笑一句一聲的叫著小姑。母親自己當然也不敢再鬧彆扭，她嚇到了，怕再動怒會像醫生說的二度中風。

所有問題，所有對錯、好壞，都當什麼也沒發生過似的被掩蓋了。勤美自然也什麼都不會說，她能說什麼呢？房子與她無關，母親與江莉莉間的婆媳恩怨與她無關，勤立與母親的母子情仇更不是她參與得了的。

剩下的只有她與母親的糾葛，但是她希望母親盡早康復，也不和母親頂嘴惹她生氣了。但是勤美還是很不滿意病中的母親，仍然當著兒子面什麼話都不敢說，兒子、媳婦一走，又對勤美抱怨連連，說的還是兒子怕媳婦，都怪江莉莉管著勤立，所以兒子才會和母親越來越疏遠等等。

母親說話沒有從前利索了，但仍絮叨著：「剛才……你也聽見了，你……大嫂一直催你哥回家。她在這……裡，一分鐘也坐……不住。」

「他們明天要上班。」勤美說。

「你，要，罵罵他們。」

勤美想對母親喊叫：你為什麼自己不罵他們？為什麼？但是她什麼也沒說，默默的走出娘家。從國宅走出來的勤美，特別感到寂寥孤獨，繞過了燈火通明、賣著各種小吃的大街，走進僻靜巷道準備搭捷運回家，可是她那被激怒想大喊大叫的情緒，這時正高漲洶湧著。一直以來，勤美對自己個性的溫和、懦弱也不滿意，為什麼就不能任性、張揚、跋扈一次？想要吶喊狂叫就吶喊狂叫，想要宣洩、發怒，就該宣洩、發怒，為什麼她就是做不到呢？

勤美有生以來，第一次覺得她是不是哪裡錯了？母親病倒那天，她痛打了勤立，慌亂中的勤立反應不及，任由她沒頭沒臉的用包包劈打。勤美就在那一刻，才勉強得到些舒暢。也許，也許她的溫和就是個錯誤，她應該強悍起來，需要一鼓作氣。

勤美攔住迎面而來的計程車，告訴司機要去天母的天玉街。

夜已漸深，天玉街上幾棟高樓大廈依舊燈火璀璨，展現出一種優越和富麗堂皇。勤美下車後立刻一個箭步衝進了那座她非常熟悉的大樓，大廳裡三名管理員也都認識她，看見如此來勢洶洶，連忙一擁而上，但是卻沒有人能攔得住。

勤美雙手亂舞，力道不輕的幾次抓打到人，疼得管理員哇哇大叫。這是勤美第一次發現，林惠安說得對，大家都怕瘋子，她做溫和懦女太久了，她要瘋，她有權利瘋它幾回。

「小姐！小姐！」三名管理員壓制不住勤美，連屋外的警衛也衝進大廳，五個大男人團團圍著她問：「什麼事？什麼事？不要這樣，有話好說。」

「給我出來，叫王光群的爸、媽出來！我要找他們！我要找他們！你們憑什麼攔我？憑什麼？」

「小姐，小姐，這是私人地方，你這樣鬧，會打擾到住戶。」

「叫我不要來，我就不來了嗎？不！不可能！我還是要來！要來！」

「小姐！你再這樣……，我們……」

「怎樣？要怎樣？有錢了不起啊？……。」

勤美用力想撥開圍住她的那些手臂，好幾條又粗又壯的臂膀，恁她那一點力氣其實是擺脫不了的。勤美給圍進更緊更小的範圍裡，她可以動彈的空間也越縮越小。

「喔！你上次不是來過嗎？」櫃檯裡出來的管理員湊到勤美臉上看看，然後說：「我還記得你。」

圍住勤美的保全人員也都認得勤美，說：「對啊，又來了。」

最年長的管理員開始對勤美循循善誘，說：「小姐，上回王老先生不是已經說了，不想見你嗎？」

勤美扯起嗓子，能多大聲音就多大聲音的嘶吼著：「我要見他們，一定要見啊！叫他們出來，別以為這樣就可以躲得了我！有話就直接跟我說，不用透過別人。叫他們出來！出來！」

兩隻粗壯的臂膀緊緊壓在勤美的肩背上，是防止她再揮舞亂撞。有人開始提議報警，有人說王家上次說想冷處理，一人一句，意見很多。勤美都聽見了，但是她腦子裡另一個聲音對她說著：不要管他們！什麼都不要管！根本不要管誰說了什麼，就是要叫人出來，該見她的人就該出來見她！

勤美不但手臂狂舞，雙腳也亂踢一通，她再次扯開喉嚨喊叫：「叫他們兒子王光群出來！我要見他！立刻！馬上！都不要再躲了，誰都躲不了！」

「小姐，你冷靜！你再不冷靜，我們只好報警處理。」

「報警！報警啊！我又沒有犯法，我又沒有放火！你們叫警察啊！我不怕！叫！立刻叫！」

幾個警衛和管理員面面相覷，一時都拿不定主意到底該採取哪種方法，才不失住戶的需求？最年長的管理員想了想後，說：「小姐，我們本來不應該告訴你住戶的動向，但是如果直接報警，看你也不是什麼前科累犯，好像不用這樣……。所以，就告訴你吧！你在這裡鬧也沒有用，王老先生夫妻倆出國了。」

「騙我！」勤美聲音弱了，氣燄也消減一半，說：「你們想騙我？」

「真的沒騙你！」另一名管理員一臉誠懇，說：「不信的話，等他們回國你再來，讓他們自己報警抓你去警察局，看你們有什麼恩怨自己解決。」

「他們不會報警的。」勤美說。

「是！是！那麼，你現在可以回去了吧？」

原來決心今夜一定要給自己一個結果的勤美，這時像消了氣蔫扁的氣球似的，被三名管理員送出了社區大樓。其實明確的說，勤美是被人架了出來，丟棄在大馬路上的，大家都當她瘋了，一個瘋女人，還是少招惹的好。

雖然勤美沒有撲倒路邊，但是全身已軟似爛泥，癱靠在鄰宅公寓水泥牆上喘氣。一隻棕黃色的流浪狗，搖搖擺擺的向勤美靠近，牠全身有一半皮膚已經癩皮染病，瘦弱的肋骨明顯突起，如果不細看，很難認出牠是隻黃金獵犬。狗兒仍保持了牠原有的溫馴，只因為黑夜的折射使得一雙眼珠成為青色，牠看著勤美，表達牠需要食物，需要人輕拍牠的頸項，撫摸牠原先雄厚的背部，那才是牠的生活。

勤美並不閃躲，與那隻飢渴無助的流浪狗互望許久。流浪狗在等不到回應後，移步上前，嗅聞起勤美的裙襬，但最終癩了皮失去主人疼愛的黃金獵犬，失望的慢慢也離勤美遠去。

端午節過後，臺北正式進入了夏天。夏日陽光只有毒辣二字堪以形容，正午的大馬路柏油，都給熱熔成軟泥；車子停在室外不用半個小時，裡面就成了烤箱；行人走在路上個個揮汗如雨。這些都已經不是形容，而是事實。

勤美又回到「富國天廈」，自從母親中風住院後，她很久沒有出現在這棟大廈附近，這幾天她開始頻頻前往，有種久違的陌生感，但是不需要多久時間，所有熟悉的感覺又一一回來了。

遠遠看著那棟龐然建築，偶爾由大門進出的住戶，個個因為身價不凡，穿著打扮也和勤美認識的或公車、捷運上看見的人們截然不同；門口走動的保全個個精神抖擻，他們全神貫注的警戒著。兩相比較，天母天玉街的保全鬆懈得多。

站在十字路對角路口的勤美，全神貫注盯視著「富國天廈」的車道，從昨天開始，她就覺得自己應該站在這個位置守候車子進出。既然很難見到王光群步行走出大樓，那麼就只好守著車道。勤美又有了預感，覺得這次一定很快會見到王光群。

是巧合？還是勤美的第六感成真？黃昏時候，已經給高溫熱到快要脫水的勤美，從滴著汗水的眼簾中，真的看見了那輛她一直期盼再次出現的黑色賓士５００，還有王光群。

就在看見王光群戴著近視眼鏡的側臉的那一刻，勤美腦子裡什麼也沒有再想。車子已經減速，正預備轉進「富國天廈」的車道，勤美一個箭步飛奔過馬路，連迎面疾駛而來的一輛紅色跑車也沒顧及到，反而是那輛紅色敞篷小跑車駕駛嚇了一跳急踩煞車，嘶的一聲，地上還留下輪胎拖行的痕跡。

勤美像隻輕盈的白色蝴蝶，奮不顧身的撲向了王光群那輛黑色賓士車的引擎蓋上。車子緊急中煞住了，蝴蝶因為受到衝擊沒有飛舞，反而滾落在地上。事情只發生在幾秒鐘之間，所有看見的人都驚惶呆住。駕駛座上的司機看見了，後座的王光群看見了，對向車道煞住的紅色小跑車駕駛看見了，「富國天廈」門外矗立著的所有守衛也都看見了。

所有人一擁而上，全彎下腰來圍住那隻白色折翼的蝴蝶，勤美蜷躺在地上，虛弱的蠕動兩下後，勉強睜開了眼睛。大家開始七嘴八舌，喊打電話叫救護車的、打電話報警的、問行車紀錄器的、說看見是女人自己衝出撲車的……。勤美什麼都聽見了，但又像是什麼都沒聽完整，然而她確實看見了一張貼近自己的臉，是王光群的臉？又恍忽不是。她伸出手，沒什麼力氣，但還是試著要抓住那個男人，她說：「光群，是我，我是勤美。」

咿咿呀呀的救護車趕了來，湊近勤美的換成了救護人員。勤美輕蠕嘴唇，囁嚅說了些什麼，她想再叫一次王光群的名字，但是喉嚨發不出聲音，然後便昏厥了過去。

夢有時候是迷濛的，就像是場夢，連做夢的人也知道那只是一場夢。但是有時候夢又特別真實，真切到可以聽見可以觸摸到，可以讓人心跳加快，血液澎湃，勤美做了個這樣彷彿真實的夢，她夢到王光群將她擁入懷中，哭喊著她的名字：勤美！勤美！勤美！

勤美甦醒了過來，叫她名字的是母親。她躺在仁愛醫院的單人病房裡，床邊圍繞了些人：母親、勤立還有江莉莉。

「小姑醒啦！醒了就好啦！沒事了。」江莉莉緊緊握住勤美吊著點滴的手，說：「小姑，你真把我們嚇死了。你這是幹什麼？弄得人家說要告你。」

「好了，現在先別說這些，人沒事就好。」勤立制止了老婆。

「但是……。」

「別說了。」

看勤立變了臉，江莉莉這才閉嘴。母親淚眼婆娑的，這時也想說些什麼，但都哽咽在喉頭上，她試著出聲音，卻幾次都說不出話來。

勤立請了護士來，護士又請來醫生。醫生問了勤美些簡單問題，然後斷定應該沒有大礙，不過還是要住院觀察兩天，確定沒有腦震盪才能出院。

送出醫護人員，勤立這才悻悻然說：「沒事就好。快十點了，鬧得大家都還沒吃晚飯，我下樓去看看有什麼吃的買上來。」

勤立出去後，母親終於喉嚨鬆開說出話，她罵著勤美：「你找死啊！怎麼去撞人家的車？還是……？還是他撞了你？」

病房裡的燈光是一種死白泛灰的顏色，打照在每個人臉上，不管是有病無病都不見血色一片灰慘。臉色灰敗的勤美看著一樣死灰臉色的母親，她乾澀的眼睛啪嗒啪嗒眨了半天，沒有淚也沒有神采，只是空泛的眨著，好半天後才問說：「他送我來醫院的嗎？他……人呢？在外面嗎？」

「人？都走了。我們來的時候，只有律師，說安排了單人病房，不過也沒說錢誰要付。律師問你哥要不要報警？要報警他們也沒意見，說他們有行車紀錄器，還有監視錄影帶，證明你是對面馬路衝過來，蓄意製造假車禍。」

「我，不是……。」勤美呢喃著。

「應該是小姑你自己撲上車的吧?你哥跟對方律師說,等你醒了問清楚狀況,再決定怎麼做。」

「是他,送我來醫院的嗎?」勤美在意的和江莉莉在意的事完全不同。

「真的不知道誰送你來的,救護車吧。」

「他……他呢?」勤美眼巴巴還問著同樣問題。

「勤美!」母親又紅了眼眶,搖晃著女兒手膀,說:「你自己女兒都念大學了,怎麼還不清醒?人家早忘了你啊。」

「不會!不會忘的。」勤美堅定無比的說道。

江莉莉聽到提起由由,問:「咦?由由怎麼還沒來?」

由由和黃家輝趕來醫院,已經半夜快十二點了。是由由聯絡了她父親,一起來醫院的。由由和舅舅幾次通話,知道勤美無大礙,所以病房裡什麼也沒再問,只是沉默的牆角邊站著。黃家輝也因為身分尷尬,簽了離婚書,卻又尚未辦理登記,也不知道這算什麼,只能進門時,說了句:「媽。喔!我開車載由由過來。」

母親對待這個不知還算不算女婿的黃家輝,恩恩怨怨久了,也不知道該對他和顏悅色還是怒目相向,每次見面人家仍然叫她媽,她也只好哼哼著答應了。

勤立買了一大堆吃的東西進來,有漢堡、炸雞、薯條、肉羹、肉包、汽水、果汁,看見黃家輝也是點點頭。他叫江莉莉幫忙,把所有吃食打開,勸大家吃東西。一家人竟然十分難得的,就這樣在醫院病房裡團圓了。

勤美覺得這景象似曾相識,是由由很小的時候,她昏倒在便利商店被送進醫院;當晚她又為了王光群結婚而自殺，然後再度入院。那次來探病的人數還沒這次多，少了江莉莉，由由又只有一點點大。勤美覺得眼前景象荒謬，但荒謬也是她造成的，除了繼續荒謬下去，她又能奈何？

經過多項檢查，勤美幸運的只是皮肉傷，第三天便可以出院了。律師又來過一次，勤立出面和律師談了整個下午，最後達成和解，讓勤美簽了一份類似切結書的文件，承認過錯全在她單方面，車主只是基於道義和同情，結付所有的醫藥費用。

勤立當著母親和老婆的面，對勤美解說：「這是唯一避免上法院的方法，難道你想和那種財大氣粗的人打官司？想要對方賠償？別做夢了，你贏得了嗎？是你衝出去撲上人家的引擎蓋，人家人證物證都有，連對面車道的車主都可以出來作證。」

「我，不是想要賠償，我沒有這麼想過……。」勤美說。

「你不這麼想，人家卻這麼想。」

「你，有看見他嗎？他，有說什麼嗎？」

「從頭到尾只看見那個人精一樣的律師，我誰都沒看見。」

「他……？」

江莉莉自從婆婆中風後，在婆家人面前說話變得小心了，但是這時還是忍不住多話的本性，插嘴道：「小姑，你也該死心了。我從前是不清楚怎麼回事，還想幫你。但是，但是後來才知道，那是不可能的。他不會見你的，人家只當你神經病。」

「是……是他太太不讓他來嗎？」勤美喃喃道：「一定的……。」

「勤美。」母親看女兒這個瘋癡模樣，只能不停的抹淚。

江莉莉見狀，決定還是帶動起好氣氛，換了個話題，問勤美：「你還記得在美國時，租房子住我姊家那個艾咪嗎？她結婚了。」

「喔。」勤美有些訝異。

「就是和那個傑克，捷克來的傑克啊。兩個寂寞的靈魂……。」文謅謅的話江莉莉不太會說，不知道下一句該怎麼接，只好打住了。

勤美卻衷心的說了句：「結婚好。艾咪對我很好。」

江莉莉想起這麼多年，自己姊姊卻仍然孤單一人。不但姊姊的美國夢不盡理想，連帶的江莉莉原有的和勤立的移民夢也清醒了，還是臺灣最好，光一項健保、醫療，就哪裡都比不上。她深深認同的說：「是啊。」

勤美雖然沒有受什麼大傷，但是全身痠痛，沒有精神力氣再細問勤立其他事。事實上，她知道問也白問，勤立一向和她說話就來氣，在她這個哥哥心中，她不是瘋了就是病了，沒什麼好和她多說的。

王光群搬離信義計畫區「富國天廈」的事，不是勤美自己發現的。出院後她又再去了好幾次，是之後葉國誠來勤美打工的速食店找她，才知道的。

葉國誠坐在用餐區喝著咖啡，等勤美下班。他穿件平常長穿的、很舊的襯衫，領口和袖口還有沒洗乾淨的汙漬，邋邋遢遢顯得尤其頹唐不振。勤美可能看習慣了，不覺得什麼，店長背後卻對勤美說：「你這個表哥怎麼看起來怪怪的？」

「不會。」勤美說。

「是來找你借錢的嗎？常找你借錢吧？」

「不是。」勤美回答：「他從來沒跟我借錢。」

「我猜是。」店長說得斬釘截鐵。

店長沒說錯，葉國誠陪同下了工的勤美才走出店門口，就開口問勤美有沒有錢借給他？

「錢？」勤美掏出口袋裏的小錢包，說：「只有這些，一千塊。」

「五萬？」

勤美搖頭。

「兩萬？」

勤美仍然搖頭，不過她說：「明天會領到薪水。」

「那就先借給我吧，我要繳房屋貸款，最近銀行頻頻打電話催，房子又賣不掉……。」

勤美答應明天借錢給葉國誠，解決他的燃眉之急。葉國誠順便也告訴了勤美最新消息，王光群一家搬離了「富國天廈」。勤美心底一驚，整顆心直往下沉，以為從此又將失去那個人的下落，她是多麼辛苦才貼近了那個人一點點，這下她又將如何是好？顫抖著唇，勤美問道：「搬走了嗎？以後，見不到了嗎？」

「放心，臺北有多大？賴佳荃當然知道他們新家在哪裡。」

勤美在「富國天廈」車道口撲車的事，已經傳遍賴佳荃的社交圈。因為大樓保安和管理員知道的事，自然會繪聲繪影的告訴住戶的司機、管家、廚師、幫傭……。最終他們的雇主，也就明白了所有事情的來龍去脈。

當「富國天廈」住戶得知這麼新鮮有趣之事後，很快的他們的親朋好友也就知道了。同社區的住戶屬性雷同，社經地位相彷彿，各個非富即貴，彼此社交重疊，一個星期後事情就傳到了賴佳荃的耳朵裡，她又是唯一見過勤美本人的人，自然有著第一手資料可以渲染。所以她迫不及待的，將自己知道的訊息再傳播出去，同時也轉告了葉國誠，王光群即將搬離「富國天廈」。

「因為我嗎？」勤美有些自責。

「當然不是。」葉國誠說。

王光群搬家，不是因為勤美找上門並且撲上他的車。據賴佳荃說，「富國天廈」是他老丈人的房子，他們夫妻只是暫住，自己買的豪宅花了將近一年的時間做裝潢，最近才完工，同樣也有一百多坪，視野比「富國天廈」更好，整座大安森林公園盡收眼底。賴佳荃直接說了，新家就是知名豪宅「樂悅苑」。

「樂悅苑。」勤美重複著有些拗口的三個字。

「唉！這些有錢人買幾億的房子，跟我們買青菜、豆腐一樣容易。」葉國誠心情惡劣到極點，告訴勤美：「我竹圍的房子正在找買主。」

勤美訝異問：「啊？為什麼？」

「貸款太多，繳不下去……，現在賠錢也要賣了。」

「可是……。」

「沒什麼好可是了，只怪自己當初太衝動，沒做好評估。」

勤美不知道該如何安慰葉國誠，只能默然。兩個人就這樣沉默的在馬路上走著，各自困頓在各自的難題之中。

勤美的固執是天生的，她一定要見到那個人的堅定意志，只有一天比一天強烈，而不會淡遠。當天和葉國誠在捷運站道了再見後，她便直接坐上新開通的信義線，到大安森林公園站下車，新生南路、信義路、建國南路附近繞了一圈，很容易的就找到了那棟名為「樂悅苑」的豪宅。

一樣是一棟外觀新穎、管理嚴謹、對小市民遙不可及的豪華大樓。勤美在附近來來回回走了無數趟，判斷著自己可以站在哪個位置眺望最為恰當？站在哪裡守候，可以看清楚大門進出的住戶？哪裡觀察車輛進出最清晰？

勤美在附近一直待到入夜，大樓亮燈的戶數不是很多，但她仍然抬頭仰望著，渴望知道哪一盞燈是屬於王光群的？到底是哪一盞呢？

14

喇叭筒不是什麼生活必需品，一般商店沒有販售。勤美走了好幾條馬路，人潮擁擠的永康街也走了一遍，但都不見賣這種東西。應該是這一帶的店租昂貴，五金行或賣生活用品的傳統小店無法生存，這裡有的店鋪都是些高收益的：餐廳、冷飲、服飾、烘焙……等。

勤美走進一家便利超商，問年輕的女店員：「有賣喇叭筒嗎？那種遊行示威用的。」

女店員眨著天真的大眼睛，想了想說：「你是說大聲公？」

「對！大聲公，可以擴大聲音的。」

「對不起，我們沒有賣。」

「哪裡有賣？」

「不知道耶。」女店員扯起嗓門，大聲問夥伴：「客人問，哪裡有賣大聲公？」

大家七嘴八舌說了許多可能：夜市、五金行、水電行、量販店、家用品雜貨店……。勤美走出便利超商時，仍然不得要領，還是不知道該去哪裡購買。後來勤美能夠買到大聲公，是因為走了好幾條街後，有家大型的連鎖家電行，她進去問了問，沒想到店員竟然說有。

勤美終於買到了大聲公，而且還選了支粉紅色，最強而有力的大聲公。店員幫她裝上電池，照她的意思不要包裝紙盒，讓她直接背著那支紅粉緋緋可愛的大聲公結了帳。

背著支沒有包裹、裝袋的大聲公，大剌剌走在馬路上的人並不多，更何況還是個瘦弱又氣色欠佳的中年女人，難免惹來一些側目。但是早已經不在乎任何事的勤美，怎會在意別人看她的目光呢？她堅定的走著她要走的路，而且因為買到了想要的東西，內心十分歡欣，她改變方式不再背著那支紅粉喇叭筒了，像個小女孩抱著心愛洋娃娃的方式，雙手緊緊環抱住她的喇叭筒。

王光群由信義計畫區的「富國天廈」，搬來正對大安森林公園第一排，可以俯瞰整座公園的「樂悅苑」，其實不過才兩個月，勤美卻已經在附近走過不下三十回。她對周遭環境熟悉，有時候會站在「樂悅苑」附近假裝等公車；有時候會坐在斜對街的便利超商靠窗的高腳椅上盯著「樂悅苑」，或者假裝滑手機。其實她的手機並非智慧型，而是被速食店夥伴笑稱智障機的老舊機種，勤美只是假裝忙碌，想像別人一樣忙著以即時通訊軟體傳訊息或看網頁。

不過勤美最最喜歡的，還是坐在公園固定的那張鐵椅上眺望，那個角度看「樂悅苑」特別完整，可以看見整座大樓的正面。「樂悅苑」的座落位置對勤美而言，比「富國天廈」更優於守候，因為公園是大眾的，公車是大眾的，便利超商也是任何人都可以進出的，更何況這幾年的便利超商不但設有座位可以休憩，很多還附有廁所提供使用。

「樂悅苑」是一棟超過三十層樓高的獨棟建築，外觀裝置比「富國天廈」低調、極簡，沒有大理石拱門，也沒有金工裝飾或浮雕，白天看上去尤其冰冷，是棟灰撲撲的新大樓而已。不過到了晚上，如果坐在大安森林公園勤美選定的座位看它，則又大不相同，樓的四個側邊都打上了瑩白的LED燈，屋頂更是整片的燈海，遠遠看去根本不像地球建築，而是個外太空總部。

至於它內部有多麼華美、豪奢？勤美搜尋過網路，大致上知道一些。家裡那臺桌上型電腦，在智慧手機盛行後，由由已經很少用到，反而是勤美偶爾用它搜尋一些與王光群相關的訊息，知道「樂悅苑」曾被某國外雜誌評選為亞洲豪宅前十名。建築訴求低調奢華，外觀以深沉灰黑為主色，建材高規格，SRC鋼骨鋼筋混凝土結構，有制震效果，智慧居家系統、奈米廚衛浴、生物辨識鎖、3D玻璃、不鏽鋼水管……。另外還有建案的坪數、社區住戶數目、大廳挑高幾米、大廳湧泉的花崗岩來自歐洲哪個小鎮、裝置藝術出自哪位名家之手、公共設施包括哪些……。網路搜尋資料，得到的都只是些簡化後的常識，不一定是知識，沒有深刻意義，尤其不能讓她和王光群的距離貼近，對勤美其實意義不大。

深夜的大安森林公園裡，除了昏色的路燈和一些低沉的蛙鳴、蟲叫外，幾乎沒有人，也沒有聲響，就連馬路車聲也稀落得不太聽得見，是名副其實的夜深人靜了。勤美緊緊懷抱著她的粉紅色大聲公，穿越過無人的公園。那棟遠遠看著就是棟外星總部的「樂悅苑」，正向她頻頻召喚再召喚，最後甚至成了一種吸納，直接將勤美越吸越近。

勤美走出公園，穿越過空無行人也無車輛的大馬路，筆直的走向「樂悅苑」。因為夜已深沉，住戶多半熄燈入睡，只有樓下迎賓大廳仍然燈火通明，門外兩名保安來回走動，他們遠遠的便看見了勤美，不以為意的只當是個無害的瘦弱女人，眼中流露出些許莫名的鄙夷。

勤美不看保安，不看任何事物，她突然高舉起手上的大聲公，對著樓上聲嘶力竭的高喊：「王光群，你出來。王光群，你出來。我是宋勤美，王光群，你出來……。」

因為是深夜，因為沒有了其他的雜音，在這樣靜謐的時候，勤美透過了強力的大聲公播送，聲音可以傳播得更遠，更清晰，更尖銳。就這麼簡單的三句話，她不停的排列組合，不停的重複著：「你出來。王光群，你出來。我是宋勤美，你出來，王光群……。」

如果是白天還不一定有這麼驚人的效果，也難以穿透那些高價的隔音玻璃窗吧？就因為是深夜，因為安靜，勤美的呼喚將整座「樂悅苑」都叫醒了。家家亮起了大燈，整個大樓一下子燈火通亮起來。

「王光群，你出來，你出來。我是宋勤美，王光群，你出來。王光群……。」勤美想對王光群說的，豈止千言萬語，但是幾次遠遠見到人，卻無法走近對話。這一刻，空對著大樓，她能說的，也只有這樣三句話，她要召喚出那人來，眼睛對著眼睛與他說話。勤美繼續持著大聲公，喊著：「王光群，你出來。王光群，你出來。我是宋勤美，你出來，王光群……。」

「樂悅苑」的保全人員全蜂擁似跑了出來，大樓上的窗臺、陽臺開始出現探頭張望的人影，管理人員的內線電話響個不停，大家都想知道發生了什麼事情？

「怎麼這麼吵？老共打來了嗎？」有住戶氣呼呼的問著管理員。

而勤美的大聲公，仍然不停的一遍又一遍的擴聲呼喚著：「王光群，你出來。王光群，你出來。我是宋勤美，王光群，你出來……。」

勤美幾乎每天中午下了工，就到大安森林公園附近，比守候「富國天廈」更是一天也沒缺席過。晚餐她也附近解決，因為薪水大部分借給了葉國誠，吃飯必須更節省，好在臺北再貴的地段，巷弄裡還是藏有便宜的小麵店或便當店，勤美經常會去小麵店吃酸辣麵或是水餃湯，湯湯水水一大碗，這種吃法最省錢。

小麵店的牆上，高高架著臺四十二吋的液晶電視，勤美吃東西時不想對著一屋子客人，也不像其他人有智慧手機可以滑，她將目光全神貫注在電視螢幕上。新聞播了好些無關緊要的事：拿鐵咖啡牛奶泡占了一半空間，消費者抱怨咖啡少得可憐；冰紅茶冰塊太多；某種日本巧克力全省大賣；美國學校外牆，被人惡意塗鴉……，新聞畫面出現的是天母的臺北美國學校，中山北路六段的學校大門外，排滿了接孩子放學的豪華轎車。

這樣的畫面對勤美並不陌生，從前她經常來往天母，那一帶她很熟悉，美國學校對面還有一所日僑學校，是後來才搬來的。美國學校每天下午分兩次放學，兩點半左右是小學部放學，三點半走出來的就多半是青少年。那些孩子大部分乘坐校車，也有走路回家的，司機或父母開著私家車來接的也不少。這條新聞讓勤美想起了學校每年會對外開放兩次，西洋人過的復活節與萬聖節，學校師生會舉辦盛大的園遊會。

勤美不喜歡熱鬧人多的地方，所以沒有進去過。現在已經十月，雙十國慶早過了，再一個星期就是萬聖節，那些學生不管是白種人還是黃皮膚的，個個操著流利的英語，會打扮成仙女、巫婆、大南瓜、浩克綠巨人、殺人魔……，學校將舉辦熱鬧的園遊會，家長也會到校支援參與。

勤美想起賴佳荃曾經說過，王光群的兒子也在那裡上學。她站了起身，不顧桌上才吃了幾口的酸辣麵，急著就往外走，甚至忘了付錢，還是老闆娘提醒，她才回過神將餐費付清。急著走出麵店的勤美，是想返回天母去看看那所學校，她已經很久沒有去過那裡，不知道是否仍然一如從前？

勤美也只不過兩、三年沒有經過天母的美國學校附近，發現學校竟然擴建，鄰中山北路六段巷弄的那一面，密集的加蓋了好幾棟校舍，每棟都有五層高樓。這令勤美詫異，有種世界改變何其快速的感觸。其實整個天母，整個石牌……，甚至整座臺北，大大都在改變。

好在有些事並沒有變，美國學校的紅磚牆上好大一幅廣告布幕，上面用英文寫著國際美食園遊會的日期和時間。勤美默記了園遊會的日期，萬聖節是每年十月的最後一天，不過學校舉行園遊會不在當天，而是前一個星期六。

當天勤美與夥伴調班，早上去了天母的美國學校。她並不確定一定會在那裡遇見王光群，但是她認為還是應該試一試。自從撲上王光群的汽車引擎蓋後，她又多了許多想要問他的話。

園遊會的入園費很便宜，從前是新臺幣十塊錢，後來漲為二十元，除了學校師生和家長外，也吸引許多民眾，難得校區開放，想來一看究竟的人不少。滿滿的人潮和擺滿五花八門的攤位，有玩小遊戲的、賣飲料的、賣爆米花的、賣棉花糖的、幫人在臉上或手臂繪畫花紋的、義賣二手物品的……。十月底的臺北仍然豔陽高照，是個典型秋老虎天氣，勤美才走了一圈，就已經燥熱無比。

因為人多，勤美的四處晃蕩就不那麼顯眼，她安全的隱匿在人群之中，誰也不會留意這個輕飄飄、像是風吹就會散去的女人。但是有個男人，站在套圈圈遊戲攤位的黃色太陽傘底下，他金絲邊的眼鏡折射出一道微微的彩虹光彩，正與十二歲的兒子以英語說笑，是完全不經意中，他看見了勤美。

那個男人開始覺得全身不妥，尤其是胃部，有種酸液翻湧上心的難受。他推了推眼鏡框，想轉身離開，但就在同一個時間裡，勤美也看見了他，還張嘴叫出他的名字：「光群！光群！」

四周的熱鬧喧譁依舊，沒有人在乎一個瘦弱乾涸的中年女子在跟誰說話，或她說的是什麼，也沒有人發現那個被女子叫住的衣著體面的男人，他雖然面容鎮定，其實內心多麼焦躁和不悅。

男人身旁的妻子顯然是敏感的，她瞪看著陌生女人，又看丈夫，同時一把護住已經和她長得一般高的兒子，然後厲聲問著：「亨利，又是她嗎？怎麼又是她？又是那個女人？啊！我快瘋了！快瘋了！」

女人驚恐的表情，讓勤美也受到了驚嚇。她定站住了，半天後才又再說出話來：「光群，你不記得我了嗎？我是勤美，宋勤美。」

男人對勤美說的話一無反應，他開始啟動了有條不紊的危機處理，首先是妻子、兒子的安全。他命令妻子說：「帶尤金去取車，車上等我。這裡，我來處理就好。」

「你處理得來嗎？」妻子輕蔑的表情相當明顯，她不信任丈夫能夠處理眼前的女子，也不信任她不在場時，這裡會發生什麼事情，她推著兒子說：「你去車上等。」

叫做尤金的少年，生了一張酷似媽媽的鵝蛋臉，頭髮蓋住額頭，修剪成時下流行的韓風，身上穿著簡單圓領潮T和短褲，腳上是昂貴的限量版 NIKE 球鞋。因為英文說得比中文流利，所以和母親用英文嘀咕著，問發生了什麼事？他還要和同學會合之類。他母親表現得很堅持，也以英文回答，叫兒子聽話，現在是有危險的，那女人可能瘋了……。

王光群眼睛一直警戒的瞪著勤美，說話的對象卻不是勤美，他也以英文和妻、兒喊話，叫他們不要站著不動，回車上去，還提醒母子，事情鬧大招來記者就不好了。

勤美英文不是很好，但是勉強能聽懂那一家三口說了什麼，她原地站住，說：「我不是瘋子。」

聽勤美這麼一說，那一家人更驚愕了。但是王光群很快的回過神來，這回他是對勤美說：「你到底想幹什麼？還沒鬧夠嗎？」

「我沒有，不是這樣……，我只是……。」勤美淒淒然道：「有話和你說。」

「你……！」

勤美專心一意想聽男人要說些什麼，可是男人什麼都還沒來得及說，男人的妻子已經發覺四周氣氛有所變化，有人開始對他們產生興趣，注視的目光越集越多，甚至人群裡還有不少熟識的面孔。

男人的妻子扯了男人的衣袖，聲音變小了，她說：「亨利，有人在看，我們走吧。」

男人也周圍環看一遍，覺得氛圍詭譎，他緊抿著嘴，臉色嚴峻的不再言語。

「我們走，亨利。」男人的妻子拉起兒子，也帶走了丈夫。

一心只想著要和男人對話的勤美，這時急了，多麼不容易相遇，怎麼又將離開？就不能問一句她好不好、和她溫柔的說兩句話嗎？勤美上前，想留住男人，她說：「光群！你，不能……！」

勤美越喊得急，男人和他的妻、兒越走得遠了。勤美胡亂的小跑起來，只是沒跑幾步，就給布置攤位的課桌椅絆倒，重重摔在水泥地上。跌坐在漫漫人群之中的勤美，她能看見的只剩下眾人的腿，那些腿越集越多，將她團團圍住了。

有人指指點點，也有人彎腰伸出手來，想攙扶她起身。幾張年輕的東方面孔，用英語問她：

「Are you alright？」

勤美很不好，她一拐一拐掙扎著走出了看熱鬧的人群，但是仍然不放棄以目光尋找著她要找的人。只是湧進和湧出的面孔全都陌生，所有的熱鬧依舊，沸沸騰騰的歡樂依然，唯一失落很深的，全場應該只有勤美一個人。

走出美國學校，離開了洶湧的人群，勤美這才發現自己的左膝蓋扭傷嚴重，她彎身看著自己紅腫發熱的膝蓋，疑惑著剛才為什麼一點疼痛也不覺得呢？她一瘸一瘸的忍著疼痛，走在長長的中山北路上，也不知走了多久，才發覺自己走的並不是回家的路，而是完全相反的方向，離回家越來越遠了。

膝蓋受傷的勤美，終於難得的在家休息了數日，因為實在是又痛又腫根本無法多走動。她用冰塊冰敷，後來又改成熱敷，到底該冰敷還是熱敷，她也不是很清楚。

勤美勉強可以出門時，才一拐一拐的去母親那裡拿了貼布貼在膝蓋上，她就是不肯去看醫生。母親已經恢復得不錯了，有力氣罵她：「你又是去那裡搞成這樣？膝蓋扭傷，就該去看醫生啊。」

勤美沒有為膝蓋扭傷就醫，她一直相信醫得好的病自己會好，醫不好的病看醫生也無用。所以除非萬不得已，譬如被人送進醫院，譬如必須按時去取憂鬱症的藥外，勤美很少主動去醫院。醫生對她而言，是另一種人類，傲慢、驕矜，高高在上的掌握了別人生死，而其實也只是一種職業。

一個多月後，勤美紅腫疼痛的膝蓋漸漸消腫，也不太痛了。這段期間，她走路一步拖一步像個瘸子，但她還是這樣一瘸一瘸的搭捷運，去大安森林公園附近遊走。

勤美接到林惠安打給她的電話，口氣就像兩人是多年老友，而且是那種好到不能再好的知心朋友。她問勤美：「你在哪裡？」

「大安森林公園。」

「在那裡幹什麼？」

勤美沒有回答。

「上個月我聽黃家輝說你住院了。」林惠安自顧自的繼續著：「本來想去看你，但是黃家輝說你家的人都在醫院，所以不方便。剛才，怎麼說你又弄傷腳？」

勤美說：「已經好了。」

「我今天休假，現在去找你好了。」

勤美也有一種和林惠安是朋友的複雜心情，她們本來應該是敵人，但是現在就連勤美也覺得林惠安是朋友；不會嘲笑她，對她無惡意言語的，這就是朋友。林惠安叫她到信義路、新生南路口等，十多分鐘後，開著韓國休旅車的林惠安趕了來，還直嚷嚷說肚子餓，要找個方便停車的地方吃晚飯。

她們將車停在東區一家百貨公司的地下室，在小吃街吃涮涮鍋。勤美說了王光群搬家的事，也說了天母美國學校發生的事。林惠安氣呼呼罵了王光群幾句，然後歡喜的轉入她想告訴勤美的事，說黃家輝終於答應找一天有空時，會和勤美去區公所辦離婚登記，然後和林惠安正式擺兩桌酒席，宴客結婚。

「恭喜你。」勤美雖然覺得這麼說有些怪，但也想不出別的話。

「謝謝。」

能和黃家輝成為正式夫妻，擺脫搶人老公罵名，是林惠安的心願，雖然朋友都告訴她那張婚紙的意義不大，但是從來沒有結過婚的林惠安，夢寐以求的就是有一間自己的房子，一個自己的老公。現在願望即將達成一半，另一個她仍在努力中。這就是她的人生，至於勤美的人生，不就是找到初戀男友嗎？她決定盡朋友義氣幫忙勤美。

「所以，你現在每天去他新家守著？」

「嗯。」

「這樣沒用的，他擺明不想理你。要理會你，美國學校那天就不會跑得跟飛一樣。」

「不，是因為那天，他太太在……。」

「你以為如果他老婆不在，情況就會不同？」

勤美點頭。

「真是無言啊！」林惠安真想用手上的筷子敲醒勤美，不過她沒有這麼做。她嘆口氣道：「本來我也不想再幫你，因為幫你可能是害你，害你越陷越深。但是看你這樣，就再幫你最後一次吧。」

聽林惠安這麼說，落寞的勤美突然有了精神，因為她知道林惠安一定會想到辦法的。她問：「真的？」

「真的最後一次，再行不通，我勸你還是算了。」

林惠安的想法是，既然勤美沒有錢請徵信社跟蹤，那麼她們就自己跟監，找出恰當的時間，讓勤美單獨與那個人說話。

「這樣好嗎？」勤美像是在問自己。

「總比你不要命直接撲車好吧？怎麼決定就看你了，我可是捨命相陪。」林惠安問：「你連他的車都撲過，應該記得車號、也知道他每天大概幾點上班吧？」

勤美搖頭，說很少早上過去那裡。

「連他上、下班時間都不知道？」林惠安簡直想直接罵勤美蠢笨，不過嚥了回去，只說：「那明天早上去守守看。」

第二天林惠安請了一天假，清早六點不到就先去石牌接勤美，然後開車往「樂悅苑」。雖然已經是秋天，但是因為天氣晴朗，清晨五點多鐘的臺北天色明亮，車子開在還沒有出現車潮的大馬路上，感覺很是舒暢。

車子由新生南北路高架橋下仁愛路時，居高臨下，勤美說：「臺北真的很美。」

「臺北嗎？」林惠安嗤之以鼻道：「哪裡美了？天空線亂七八糟，那些樓頂加蓋——難看的違章建築一堆。」

每個人隨心情變換，對臺北的感受也不同。這樣的清晨，對林惠安而言，有點煩躁，她不知道自己做得對還是錯，可是話已經說了，只好去做。而對於勤美，這樣的清晨又是個充滿希望一天的開始。她還帶著當年王光群要她看的托爾斯泰《復活》，告訴林惠安說：「我要把這本書還給他。」

根本無法進入勤美內心世界的林惠安，不以為然道：「幹麼要還？」

勤美也不知道怎麼回答，這都不是三言兩語能說清楚的。

「樂悅苑」的車道出口直通大馬路，不像「富國天廈」要折轉一段大樓的造景通道，所以就氣派而言，後者略勝一籌，但是就預備跟車的勤美和林惠安，「樂悅苑」比較直接，容易跟監。

勤美對於王光群那輛賓士車早已經熟稔，兩人苦等了將近一小時後，當那輛車由司機穩穩開出「樂悅苑」車道時，勤美一眼便認出它來，同時推了推林惠安。

對於這樣呆板的守候很不習慣的林惠安，正感到昏睏不已，見到獵物出現，精神才大為振作，輕踩油門緩緩跟了上去。她們是做過沙盤演練的，預備在適當的地點，超車將王光群的車攔下。

「這可是違法逼車，又冒著生命危險啊。」林惠安邊開車，邊和勤美說：「不過想想，我也早過五十歲了，再不瘋什麼時候瘋呢？豁出去囉！」

專心看著前面黑色賓士車動向的勤美，根本沒有聽見林惠安說了些什麼，她只擔心超前了她們好幾輛車的賓士車，會不會順利通過十字路口綠燈號誌，而擺脫了她們。

林惠安的開車技術不錯，跟她夠大膽、做事義無反顧的個性是有關係的。她們順利跟著王光群的車，由信義路轉基隆路然後上橋。勤美這時只見車道寬闊，基隆河蜿蜒在左，眼前的馬路彷彿就此無限延展，再無終點。其實她是有點懵懂不知身在何處，反而是林惠安車越開越明白，問勤美：

「他在內湖上班嗎？」

「不知道。」勤美說。

「可能在內湖上班。」林惠安肯定道：「這裡有科學園區。」

內湖堤頂大道沿路不少公園綠地、新建築、寬闊大馬路，屬於臺北新開發社區，只是對勤美而言很陌生，聽林惠安說再過去就是知名的大直明水路，聚集很多水岸第一排昂貴豪宅。這些訊息勤美在電視上見過，但是內湖、大直是她幾乎從來沒有來過的地方。

大家都說臺北很小，但是生活簡單的人，都只圍繞在自家和工作附近打轉，頂多再去個百貨公司或熟悉的餐廳、大賣場……所以臺北就算不大，也有人很多地方一次也沒有去過，就像勤美這樣。勤美要不是因為王光群的緣故，這座城市很可能有百分之八十的地方，她都不曾踏過。

王光群的車下橋後不久，右轉進入了瑞光路。林惠安說這一帶她也只去過大賣場，並不熟悉。還說從前附近荒地一片，送給她住都不想住，可是現在辦公大樓、電視公司、豪宅林立，還有捷運通過，生活機能良好，變得不得了的貴。勤美知道，林惠安說的貴，指的是房價，這幾年已經很少人用繁榮這個字眼了，說到哪裡發展得好，就說房價高漲，很貴。

車子經過之處，街道整齊，新大樓一棟接著一棟，還有運動公園和各式各樣的餐飲店面。但是這一切都不在勤美眼裡，她看見的只有前方行駛的那輛車。賓士500在瑞光路上又一次右轉，這次折入了條雙線道不算寬敞的道路，兩旁仍然辦公大樓聳立，不過地點僻靜了些，不見商家。

賓士500開始放慢速度，應該即將抵達目的地。林惠安認為機不可失，眼見前無來車，一打方向盤，超車上去再右偏車頭打直，就這樣急急煞住了她的休旅車，硬生生斜擋在王光群座車的前方。

勤美因為林惠安冷不防的動作，她身體急劇晃動，直到車子停穩，才真正回過神。

「你下車！」林惠安不只嘴說，還伸手用力推了勤美一把。

「我？」

「當然是你！」

勤美緊緊抓著書本，還是林惠安趴身為她推開了車門。外面是臺北典型氣候，忽冷忽熱隨心所欲，都十一月了卻仍然豔陽高照，太陽光暖烘烘的晒在勤美消瘦的臉頰上，一點也不像是初冬。勤美朝著那輛賓士車慢慢走去，走近了看更加覺得那輛車體積龐然，還被太陽光照射得閃閃發光。因為背光，勤美的角度完全看不見車子內部，只知道那輛車安靜的停在那裡。

事實卻非如此，車裡的人都大吃一驚。直到王光群定神，認出了由休旅車走出來幽靈般的女人，這才將腦中恐怖的「綁架」二字排除。他打起精神，採取了不動如山的坐姿，傲慢的臉上盡是輕蔑，但是某種撕裂般的傷痛卻藏在連他自己都看不見的體內深處。

車窗外的女人，因為太過瘦弱，看上去就像張紙片般飄浮前來。早在很多年前，王光群就已經將他年輕時的情懷，和這名女子一起埋葬了。深埋的東西，又為何一定要頑強的再現身呢？先是收到她的簡短 email，每天公、私需要回覆的電子郵件幾十則以上的王光群，漫不經心的給了勤美希望，也給了自己莫名的試煉。在收到勤美第二封 email，說她人已經在舊金山灣區時，王光群才赫然清醒，他不需要任何懷舊，那根本是一段令他無法面對的回憶，誰願意赤裸裸的面對自己的自私、殘忍、嫌棄貧窮呢？

此時王光群看見的勤美，就像由墓穴爬出來的幽靈，困擾著他的正常生活。王光群叫司機下車去處理，交代了可以嚇唬對方說要報警，也讓司機明白報警是萬不得已才要做的事，還是盡量不要把事情鬧大。

「小姐，你們這是幹什麼？」司機年紀不小了，理個平頭，見只是兩個女人，膽子大了，扯著嗓門叫嚷說：「大白天搶劫嗎？」

林惠安搖下車窗，幫腔道：「你別胡說，小心我告你毀謗。我朋友要還書給你們老闆而已。」

「什麼書？哼！你告我毀謗？我們還可以告你違規逼車，我們可是有行車紀錄的。」司機趾高氣昂的說：「還不把車開走？要我們報警嗎？」

「你報警啊！叫警察來最好，記者跟著來更好。」

「是……是敲詐嗎？」

「敲詐你個頭咧！誰希罕你們的臭錢。」

老司機和仍坐在車內的林惠安鬥嘴，勤美則上前開始用書本拍打王光群的車窗玻璃。那個男人就這樣近在眼前，只隔著一道墨色玻璃而已，為什麼就是無法面對面、無法好好說句話呢？但是男人的臉側向另一邊，眼睛就是不正視拍窗的勤美。

「你出來。」勤美懇求著座車裡的男人，但是男人完全不為所動，而她能做的，也只有繼續哀求：「你出來……。」

勤美拍窗不夠，也試著想扳開車門，但是前車門後車門全鎖住，她不可能扳得開。車上的男人因為煩躁，伸手將領帶鬆開些許，做著深呼吸。他雖然端坐，雖然不肯看向拍打車窗的勤美，但是他的手輕微的發抖，惱怒這個女人，惱怒她不可理喻的行為，但是更對自己感到惱怒。

勤美終於無力再繼續拍打窗戶，不是使力太過沒有了氣力，而是她的心又疼又痛，不是形容詞而是真正生理上的疼痛。她不懂為什麼這個男人對她如此視而不見?應該不是這樣的，到底事情哪裡出了錯誤?

「光群!光群!」勤美全身癱軟的趴在車身上，卻仍然喃喃叫著那個男人的名字，難道她擁有的只剩下這個名字，和手上泛黃的一本書?

老司機這時已經放棄了與林惠安的纏鬥，他奔上前來制止勤美，說:「喂!喂!這位小姐，你不能這樣，再這樣，我要叫警察了。」

老司機拿出手機來裝作撥打，勤美卻不放棄，繼續呼喚著男人名字:「光群，光群，你出來，你出來。」

老司機沒料到女人原來認識老闆，否則如何能如此深情的呼喚老闆的名字呢?他感到有些錯愕，手機沒拿穩掉在了地上，但是腦子卻活絡起來，看樣子事情比他能想像得到的狀況更加複雜。他撿起了手機，到底要不要報警，成了他當下最大的難題。

女人這時不再拍打車窗了，卻逼向他，硬塞了什麼給他。老司機接了，只是一本舊書。老司機握著書，想著這樣下去也不是辦法，他當機立斷做了決定。車子的遙控鎖他一直握在手上，他按了兩下打開車門，迴身一躍上車，再踩油門，再倒車，熟練順利的，三兩下便將車子退出了寬巷。

勤美怎麼也沒想到，車子竟然發動，她還來不及回神，人已經被突如其來的倒車掃坐在地上。勤美呆呆看著車子倒出了巷道，然後打直，就這樣無聲無息的在她眼前開走了。難道他真的不想見面?勤美不相信，一定有什麼原因、有她不知道的難處!

更覺得訝異的是林惠安，她氣得拚命跳腳，跳下車扶起勤美，恨聲說:「這樣也能逃跑?老東西。」

林惠安罵的是老司機，勤美說的卻是王光群：「他走了？真的走了！」

「混蛋！應該改名王八蛋！」

「他……，不能這樣……。」

勤美被林惠安扶上車，一切都發生得太快，很不真實，但是她知道，剛才的一切絕不是夢，都是真的。因為那個男人的側臉是真實的，無情的不肯正眼看她也是真實的。一切都再真實不過，勤美無法說服自己那只是一場夢魘而已。

「他，走了？」

「走了。」林惠安說：「這下你可以死心了吧？那傢伙根本不想見你。」

「不是……。」

林惠安嘆著氣說：「真是服了你，這樣還不相信？放棄吧，勤美！」

「不！你不懂。」勤美說：「我不……。」

勤美眼睛乾涸的眨著，她已經再無淚水，但是她仍然有著堅定的意志，事情不是這樣的，也不應該是這樣的。她終於還回了那本他們初次見面，王光群就要她閱讀的托爾斯泰《復活》，他一定會記得那是一本什麼樣的書，是經過她珍藏了二十多年的書，也是只有他倆才知道的愛情印記。王光群終究會記起一切，勤美這麼認為。

15

臺北的各家電視和平面媒體，連續好幾天都沸沸揚揚的，以極大篇幅報導了一名中年女子，午夜手持大聲公，站在大安森林公園對街的豪宅「樂×苑」門口，大聲呼喊財團女婿王光群的經過。

第一天記者們的報導都還持保守、觀望態度，只說好像、似乎、不清楚、不明瞭該名女子為何做出如此突兀舉動，因為附近居民受到嚴重打擾，所以該名白衣女子被請去轄區警局了解中。至於她以大聲公高分貝呼喊的到底是何許人，至今仍在釐清中。好像是居住「樂×苑」某王姓住戶，至於是否為財團女婿王光群先生，還有待證實。為何要呼喊此人？因為感情糾葛？或財務糾紛？都有待查證。

第二天從中午開始，無論有線、無線，所有的電視新聞臺都做好了重力出擊。他們以起底的方式介紹了王光群的身家背景，父親早年在銀行工作，是中階主管，母親是一般職業婦女，成長背景屬小康之家。王光群從小成績優異，建國中學畢業，臺大經研所碩士，赴美攻讀經濟博士學位。在紐約華爾街工作時，朋友生日聚會巧遇財團大公主，兩人立即陷入熱戀，一年後回臺高調結婚。甚至記者還能挖出當年女方家長極力反對這門親事，後來抵不過大公主以死威脅，不惜當著父母面前撞牆自殺的陳年往事。

電視新聞重複播放著當年王光群與財團大公主五星級飯店席開百桌，賀客囊括政商名流，冠蓋雲集的婚宴影片。除此之外，還有王光群夫婦的近照數張，其中一張帶著女兒、兒子一家四口東歐旅遊的照片，子女的臉都被打上馬賽克。據報導，王光群夫婦的婚姻幸福，感情融洽，育有一兒一女。女兒留在美國就學，成績優異，今年已進入史丹佛大學就讀；兒子跟隨父母回臺，目前在臺北天母美國學校就讀。

到了晚上，電視談話節目都以這則社會新聞為主題，深入的探討起雙方當事人。說起王光群，受邀的幾位名嘴彷佛與其私交甚篤，許多事說得就像親眼看見，娓娓道來兩人第一次相遇，王光群完全不知道大公主的家世顯赫，只一味的拜倒在女生的氣質出眾，溫婉聰慧，當晚就用自己的二手車送公主回家，發現公主竟然住在曼哈頓第五大道，面對紐約中央公園的知名大廈，門口兩名穿制服的門僮負責開門、關門，大廳寬敞闊氣，牆面到地板全是被燈光打造得閃亮耀眼的亮麗大理石。公主說這是叔叔的家，自己只是借住，其實公主沒有說謊，那裡確實是叔叔的房子。公主沒有說的是，她母親名下的物業，比這棟華廈更為奢華，就在左側，只不過暫時租給了倫敦來的百貨業大亨。

一名光頭名嘴詳細敘述了王光群在紐約時，如何熱烈的追求這位財團大公主，每天不管晴天、下雨、大雪，一定溫馨接送，公主就是這樣被打動了心。光頭名嘴並且堅稱，王光群是一直到交往三個月後，公主父母來到紐約，他才第一次清楚知道，自己愛上的女友並非一般待在紐約、閒閒念個野雞服裝設計學校的漂亮女生，而是家族掌控了幾千幾百個億的財團大公主。

光頭名嘴同時還為電視機前面的觀眾介紹了真正有錢人的生活，說那可不是一般市井小民可以憑空想像的奢華。當然他們睡覺也只睡一張床，乘車也只能選一輛車，同樣只有一個胃一天能吃的量有限，也會擔心肥胖、血糖、膽固醇、三酸甘油酯過高，所以不會頓頓吃牛排、龍蝦、鮑魚、北海道帝王蟹……。但是他們花得起錢，買得起最新鮮的、真正有機的食材。有錢人花錢真正讓人咋舌的，是他們的購買力，買房子用幾個億計算；買車子、手錶、鑽石、祖母綠……以千萬起跳；打官司請得起最貴的律師……，這些就不是普羅大眾可以想像的。

但是另一位同臺的長髮女性名嘴，卻持不同的意見。她認為三個月的交往，王光群當然清楚了女方的身家背景，她補充說這並不是認定男方看上女方財力而熱烈展開追求，這對雙方都不公平，她只是說以紐約不大的華人圈，凱莉的身家背景，是瞞不了人的。

不過這些都不重要，長髮女性名嘴說，重要的是他們真正相愛。王光群因為有骨氣，一直不肯進入岳家集團，堅持留在紐約工作。小倆口先是住在紐約，後來又因為工作住過芝加哥、費城、西雅圖……。長髮女性名嘴說，在美國工作經常要隨著工作地點移居他地，大公主剛結婚那幾年過得其實相當辛苦。

主持人以誇張的疑惑表情問：怎麼會辛苦呢？以他們家的財力怎麼會辛苦呢？比較少機會發言的年輕名嘴立刻附和道：她就算到月球生活，也不會辛苦。說完立刻引來全場哄堂大笑，也算達到了節目效果。

勤美因為不是公眾人物，記者、名嘴對她的背景資料取得不易，但是也幾乎做到了滴水不漏。一位短髮女性名嘴秀出勤美大學畢業紀念冊上的照片，說勤美從小便是清秀佳人，喜歡留長髮、穿淡色衣裙，因為父親早逝，家境不好，但是力爭上游，半工半讀念完大學。還說勤美畢業後任職出版社助理編輯，因為朋友介紹，認識了剛念完臺大經濟系碩士研究所的王光群，兩人不久就陷入熱戀，郎才女貌可以說是相當匹配。但是後來卻不知是何原因，王光群出國前夕，熱戀中的小情侶分手了。短髮女性名嘴說，就她大膽假設，可能是因為女方家境不佳，終結了這場戀愛。

其他名嘴也加以補充，說宋媽媽至今仍然獨居環境欠佳的老舊國宅，而宋勤美在王光群赴美不久，便嫁為人婦，還育有一女。只是這段婚姻看來並不美滿，最後以離婚收場。女兒由宋勤美獨自扶養，已經就讀大學。只是不知道為何宋勤美會在事隔多年、雙方都已經婚嫁又育有兒女後，出現在王光群居住的豪宅門口，夜半時分拿著大聲公呼喊王光群的名字。

宋勤美為什麼會做出如此行徑？名嘴們各有各的猜測，有人認為可能兩人曾經某地巧遇，舊情復燃，但男方處理不當惹來怨懟。有人以陰謀論說，集團裡一直醞釀王子派、駙馬派、老臣派……的傳言，自從王光群從美國回來臺灣，充分得到岳父信任委以重任，如今在集團位高權重招人忌恨，所以找來舊愛擺他一道！事件雖然只是駙馬爺個人舊情，但是一樣引起股價上下震盪，三個交易日，集團的十數檔股票都跌跌不休，這筆帳自然都要算在王光群身上，各方猜測他很可能就此失寵，而被飭回美國。

命理師則以宋勤美面相大作文章，說她眉毛細長優柔寡斷，鼻梁不高個性軟弱，但是卻唇角堅毅，有著不屈不撓的性格，對自己認定了的事，一定堅持到底，絕對不會輕易妥協。主持人大笑，說命理師說法相互矛盾，而且有馬後炮嫌疑，命理師卻含笑不語，以一臉深奧難測表情應對。

自稱心理學家者，也出來簡述常人和跟蹤狂的區別，是在於跟蹤狂不會顧及別人的感受，他們只重視自己關心的問題。雖然跟蹤行為在法律上很難界定，不過跟蹤絕對是不可取的行為，只要能舉證，警方仍可依違反社會秩序維護法，裁處罰金。

同樣的名嘴，上其他談話性節目，也像放錄音機一樣，重複了差不多的內容。事件延燒到第三天，記者們仍然沒有訪問到當事人王光群、宋勤美，或者王光群太太，或者宋勤美前夫。但是透過管道，找到了周遭友人接受訪問。

林惠安是第一個接受電視新聞臺訪問的人，她要求不要露出面孔，所以戴著黑色大遮陽帽及黑色大邊框太陽眼鏡，自稱是宋勤美前夫的女朋友，但現在也是宋勤美的好朋友。她忿忿不平的說大家對宋勤美有很大的誤解，她其實只是個單純但對事執著的人而已，並不像外界認定的是個有害的偏執狂。

林惠安此言一出，媒體記者更是蜂擁而至，守在她工作的貿易公司門口，要求她做第二次訪問，問她如何會和宋勤美從情敵成為摯友？當初是否就是宋勤美和她前夫之間的第三者？是她導致了宋勤美的婚姻破裂？這樣狀況下，兩人竟然還能成為朋友，真是令人好奇，請她說明一下。

林惠安生平第一次面對如此之多的記者、麥克風、攝影機，雖然個性豪爽天不怕地不怕，但這時也不免面有難色，懷疑自己是不是做錯了什麼？不過這個念頭在腦海裡只是一閃而過，她還是認為力挺勤美是她的使命，她必須為那個可悲的女人做些什麼。她說和黃家輝的關係是她的私事，今天只談宋勤美。說勤美只是執著她想做的事，像有人狂熱的天天在KTV唱歌，有人天涯海角的追逐明星，有人瘋狂愛登山、愛抽菸、愛喝酒、愛國標舞。爬了一輩子山，喝了一輩子酒，當了一輩子粉絲，唱了一輩子KTV，跳了一輩子國標舞，很奇怪嗎？

年輕女記者笑了，說那些是嗜好，不妨礙別人，也不會引起別人的不悅，跟蹤別人總是不太好。林惠安立刻出言反駁：什麼跟蹤？她只是要找那位王先生，又沒害到別人，現在只妨礙到富貴逼人的王先生吧？為什麼不去問問他，為什麼做縮頭烏龜避不見面？宋勤美只是要求見面，問他句話而已，為什麼不出面？林惠安再嗆女記者，就因為打擾到的是豪門巨富，所以才有媒體報導吧？如果只是在貧民窟嚷嚷，應該根本沒有媒體會理會吧？

勤美工作的速食店也被找到，店長堅決不接受訪問，並且言明那是員工私人行為，完全與公司無關，所以請記者不要打擾到客人用餐。無孔不入的記者，最後還是在店門口逮住了剛下工的淑英，請她無論如何說兩句話。

淑英迫於無奈，結結巴巴對著鏡頭道：「阿金阿姨是我們的好夥伴，她……很勤奮，很努力，每天天還沒亮就來上工。我們店裡，就屬她最勤勞了，機器設備清潔做得最徹底。她，真的很勤勞。為什麼會發生這種事情？我們也不知道。她的事，我們都不太清楚，好像有老公，有女兒。什麼？離婚？我們也不知道……。」

葉國誠也被記者搜尋出來，甚至知道他曾經透過貴婦同學幫宋勤美找尋王光群，更勁爆他竟然和王光群是姨表兄弟。被兩名雜誌記者堵在竹圍社區大門口的葉國誠，開始時有些錯愕，但是年輕女記者和男攝影師說服了他，如果要為自己澄清某些事，或幫助被整個社會誤解成跟蹤狂、瘋狂女的宋勤美解釋原委，這是最好的機會。

葉國誠首先被記者質問，是否嫉妒表弟王光群，或和表弟王光群不合，所以才幫助宋勤美惡整表弟？葉國誠坦承和表弟多年沒有往來，原因不是嫉妒，而是長輩們不往來，做子女的自然沒有來往的理由。至於為何幫助宋勤美？原因並非外界想的那麼複雜，他們二十多年前就相識，覺得勤美要求不多，只是想要一次對話，打開心中死結。至於是什麼樣的死結？葉國誠說，那只有當事人知道了。

為勤美辯白的葉國誠也遭到起底，平面媒體報導他因為積欠房屋貸款，轉借高利貸被追債，日子過得很窘迫，目前正在出售房屋套現，記者甚至暗示不排除葉國誠想藉機會向富商表弟訛詐金錢未遂，才指使宋勤美騷擾。

各家電視臺、平面媒體為了平衡報導，訪問了支持宋勤美的人，也訪問了持不同意見的人。首先是「樂悅苑」的一名才到任不久的大門守衛，起初他拒絕接受記者採訪，是經過女記者再三糾纏，一時不慎順著女記者誘導答應講兩句話。他說這名女子不是第一次對王先生騷擾，據同業透露，王先生住「富國天廈」時，女子就曾經冒著生命危險，飛身撲向王先生座車，還受了輕傷送進醫院。這次又跑來他們社區用大聲公騷擾住戶，他個人認為該名女子應該是失心瘋，怎麼可以因為多年前的戀愛，就這樣跟蹤人家？何況早已男婚女嫁各組家庭，這樣的行為不是失心瘋是什麼？女記者追問他，怎麼知道該名女子與王光群曾經是愛人關係？守衛說，電視上講的啊！

女記者還希望訪問「樂悅苑」的其他住戶，能夠詳細敘述當晚他們到底聽見了什麼？又知道些什麼其他隱情？結果她和另外兩家媒體同業站在「樂悅苑」大門口守候超過十小時，沒有看見任何住戶，應該都是直接乘車進出吧？

記者們繞到社區後方，那裡有供外傭、工作人員通行的出入口。一見到是記者，外傭、工作人員各個避之唯恐不及，想要讓人上鏡頭，確實讓記者們很費了一番工夫。一名膚色黝黑、年輕活潑的印尼外傭，據她自己說住在王光群家的樓下，她最終被說服面對鏡頭接受訪問。她左手一直捂著嘴笑，表情是又興奮又靦腆。

年輕印傭中文流利，不用記者提示，就知道記者想知道些什麼。她說那天晚上老闆一家都休息了，她也清潔好廚房要去睡覺，結果聽到人樓底下有奇怪的聲音。他們的隔音窗聽老闆娘說是很貴、很貴、很好的，平常不太聽得見外面的噪音，但是大聲公的聲音很尖銳，又很大聲，所以聲音就從側面開的氣窗傳了進來。她最先跑去前陽臺看發生了什麼事，後來老闆、老闆娘也被吵醒，連老太太也拄著枴杖出來問外面發生了什麼事？連佳麗也跑出來了。

記者問：「佳麗是誰？」

外傭說：「就是佳麗啊！老闆的寶貝。喔！是拉不拉多。」

記者問：「拉不拉多犬嗎？」

「對。」外傭繼續道：「我們都在陽臺看，後來才知道有瘋女人在樓下用喇叭吵鬧，老闆很生氣，叫我打電話給管理員；老闆娘說叫管理員報警。後來守衛把瘋女人帶走；後來警察也來了；後來記者也來了；後來……。」

見外傭欲言又止，記者追問：「後來怎樣？」

外傭一歪小小一顆腦袋，下定決心豁出去說：「後來，第二天老闆娘叫我去問朋友，那個女人為什麼在樓下吵鬧？我就去問我的朋友茱利，茱利說聽他們家老闆娘說，樓下吵鬧的女人是為了二十六樓的老闆……。我知道的就這樣了，不能再說了，再說我們老闆娘會生氣。」

平衡報導後，記者又邀請了心理醫生為電視觀眾說明，宋勤美可能患有某種程度的妄想症，才會如此對早已逝去的戀情窮追猛打不肯放手，導致自己行為失序，造成別人困擾，使人反感，自己還很可能吃上官司。這樣的人都有相似的人格特質，就是難以面對現實，對自己的生活際遇無法認同，一直沉溺在過去之中。尤其是自身過得不好或遭遇不幸的人，譬如婚姻不幸福、經濟艱困等等，特別不能接受現狀，總想追回過往的美好時光。

這條新聞會延燒三天，真正原因其實並不完全在於王光群是企業名人、財團女婿的八卦趣味，主要還是因為那幾天沒有其他新聞可做，民眾又特別喜歡看名人緋聞，因此各家電視臺、平面媒體便狂咬住這件事大作文章。

第四天，關於王光群和宋勤美的新聞消失了，就像夏日午後的雷陣雨，鋪天蓋地的豪雨和打雷閃電之後，太陽再露出了臉，一切就像什麼都不曾發生過似的，連柏油馬路上的水痕也不一會兒工夫就全乾透了。

王光群和宋勤美的新聞，被另一樁高官貪汙案件取代了，記者們蜂擁至高官仁愛路的豪宅門口，好幾部的SNG車停放在那裡，等著做即時連線採訪。

6

王光群關了電視，對於那些接受訪問的人，印象最為深刻的，是其中被稱做他表哥的男人。葉國誠只比他大兩歲，五十多歲而已，但是電視上看去已經法令紋又深又長，眼袋明顯，衣衫襤褸，如果走在路上，他不可能會認得了。葉國誠確實是他的表哥，他阿姨的大兒子，小時候常見面，但是自從赴美念書後，他們再也沒見過。

母親說過不少大阿姨的不是，王光群一點也沒往心裡記，他要處理要面對的公私事已經夠多夠煩，哪裡還會有心思惦記這些無關緊要的親戚。聽葉國誠電視裡對他厲聲的譴責，王光群嘴角冷笑，對這位被母親形容為一事無成的表哥，只覺得更加輕蔑。

天色已經開始向晚，室內能見度也越來越低，王光群卻沒打算開燈，雖然立燈就在他觸手可及的地方，他也不想開燈看見光亮。他一個人待在書房裡，其實摸著黑，也能知道屋裡有些什麼：左右兩扇牆是精工訂製的書架，上面滿滿財經、企業管理書籍，中文、原文都有。中間是整扇的落地景觀窗，將整座大安森林公園鑲嵌進去，滿園綠意盎然都成了他的私藏。

書桌是凱莉為他挑選的，實心櫻桃木，桌邊雕刻著精緻紋絡，寬近三公尺很是氣派，特地從義大利原裝運送來臺。不只是書房，整個房子都是凱莉拿主意，和設計師商量、討論，裝潢成目前的美輪美奐。凱莉確實有室內設計方面的天分，從前在美國他們搬過好幾次家，住過紐約、芝加哥、費城，凱莉堅持不肯租房，她說受不了住在不屬於自己的房子裡。從買房子到裝潢好，全由她一手包辦。她喜好的居家風格，是華麗的巴洛克風，可能跟她從小生長背景有關，娘家從祖父輩就開始做布匹批發生意，從小住在寬闊的大房子裡，家具也多半是由日本運來的歐洲高檔貨。

王光群還記得，他調職芝加哥，他們先住在旅館。王光群上班後，懷著大女兒的凱莉每天挺著大肚子跟房屋仲介四處看屋，一個星期不到她就去律師事務所簽約，買下了可以眺望林肯公園和密西根湖的高樓層四房三衛公寓。從購屋到房子全部裝潢一新，只用了一個月時間。夫妻倆歡天喜地的由旅館搬進屬於自己的新家，那一次已經不是王光群第一回在內心深處暗自想著：有錢真好！

現在回想起來，那棟公寓是他們夫妻倆居住過最小的一棟房子，以臺灣算法大約實坪六、七十坪。但是王光群喜歡凱莉用簡約的美式風格，大量木作做裝潢，實心的柚木地板，玄關到客廳、餐廳都是原木家具，牆上掛的也是美國女畫家歐姬芙的版畫。整體開闊溫馨，電視牆融合了美式壁爐設計而成，客廳兩面開窗，引入自然光線，油漆成綠和灰的兩扇牆面輝映成趣。餐廳和廚房也是開放空間，用中島吧檯區隔，凱莉做簡單晚餐沙拉、義大利麵時，經常要求他坐在旁邊陪伴。王光群一直覺得那裡是個輕鬆又溫暖的家，女兒琦琦就是在那裡出生的。

後來他們搬去費城，王光群曾經勸阻凱莉不要買房子，說不多久公司可能又會調派他去別處。但是凱莉不以為然，說買房子又不是什麼壞事，何況裝潢自己的家是她的興趣，她叫王光群不要管，反正以後房子賣掉如果賠錢，也是她的錢。在費城他們住的就是占地數萬呎、室內四千多呎的獨棟大房子。後來他們搬去舊金山賣了它，確實賠了些錢，因為凱莉花太多錢在那房子的裝修上。不過凱莉還是說，一家人住得舒服最重要。

王光群已經四天沒有出門了。事情會鬧成這麼大，是他始料未及。早在電腦裡第一次出現宋勤美的電子郵件開始，他就有了警覺心，知道自己要謹言慎行，雖然當時他人在美國，但是也不能落人口實，華人圈子很小，一點點蜚短流長，都會被放大炒作，若是再讓臺灣媒體抓到話柄，那些嗜血的狗仔隊一定不會放過他。當然岳家也不會放過他，集團的派系也不會放過他，凱莉更不會放過他。

王光群內心比任何人更清楚一件事，凱莉的反應並不是他真正所擔心。對於結縭二十年的老婆，他有充分的信心說服她，雖然她會像小女孩般哭鬧不休，砸東西、甩門、摔碗盤，甚至出言恐嚇，要趕他出門，要回美國，要離家出走，要離婚，永遠不要看見他……，但是王光群知道，這些都是可以克服的，雖然要花點力氣、花點時間，但是最後都不會成為困擾，他一定能擺平一切。

當然，以凱莉的個性，她不會承認自己是被丈夫擺平的，她堅信王光群離不開孩子也離不開她，因為王光群是個愛妻子、兒女的完美丈夫。當然一定會如此啊！以她的美貌、出眾氣質、優渥的家世背景，哪個男人能夠抗拒？當年遇見王光群時，二十八歲的凱莉就這麼認定，就算過了二十年，她還是這麼相信。

王光群早在追求凱莉之初，很快就明白了往後兩人的相處模式。那時候他雖然百般縱容凱莉，也曾被她氣到無法容忍的地步，但是他知道最後掌控局面的仍是自己。凱莉會為了他和大學女同學的普通問候簡訊，當成搞曖昧，鬧得翻天覆地，還剪了他所有襯衫、撕毀他的護照。那一刻他氣到自己都不覺得是在生氣。他收拾了行李，預備離開凱莉剛要求她父親為她買下的紐約高級公寓。當然也有不捨，對凱莉的不捨、對那高級豪華公寓的不捨、對奢華的生活模式不捨、對他們養的波斯貓不捨，但是他明白，自己必須賭一把。

最後王光群贏了那一局，凱莉就像電影、電視裡演的那樣，在他要離開的一刻，由身後緊緊環抱住他，請他不要走，不要離開她，不要留下她孤獨一個人。從此，王光群有了覺悟，忍受這位深愛自己的大公主的驕縱脾氣，是他的宿命，而最後的贏家，永遠是他。

和凱莉結婚、生下女兒、兒子後，王光群終於辭去了 Merrill Lynch 的工作，離開美林證券「We See Your Financial Life in Total」的強大標記陰影。因為王光群知道，他的前景不在這家跨越四十多個國家、員工人數超過五萬、世界最大的金融管理諮詢公司之一的龐大集團。凱莉早就要求他辭去這份薪水還不夠她幾次 shopping 的工作，而他也堅持得時間夠久，趕在金融海嘯之前離職，幸運的躲過了美國經濟最黑暗的時光。

王光群帶著 Merrill Lynch 任職過管理階層的光環，進入岳家美國西岸的創投公司，然後再正式進入臺北的集團核心。岳父主持的集團事業，不僅僅進軍大陸沿海，早在十年前就布局到西南：武漢、重慶、成都；甚至越南、泰國、星馬。項目也包括：營建、開發、投資、控股、生技、壽險、醫療、通路、食品……，幾乎無所不包。

對於岳父，王光群不得不佩服的是，不過十數年光景，集團的總市值已經衝出從前的數十倍以上。這當然要拜大陸經濟開放之賜，另外岳父眼光獨到，集團的多項轉投資都成功獲利；又連續標得上海、廣州好幾宗大型土地開發，還有臺灣的數宗聯合開發案，都有著直接關聯。其中有建造新市鎮的，有開發大商場的，有住宅和辦公大樓，有休閒娛樂、度假中心……。這十數年不論臺灣或內地，只要與土地牽扯上關係的事業，沒有不大賺錢的。

王光群回到臺北，真正進入集團核心，也是權力的中心。權力的意思就是決策，決策又代表了所有內部不為人知的祕密：包括資金運作的祕密、財務槓桿的祕密、銀行借貸的祕密、稅務的祕密、董監事的祕密、政界人脈勾結的祕密、海外公司帳目的祕密、每個開發案土地取得的祕密、土地變更的祕密……。公平、正義的理念，早已經離開王光群太遠太遠，嘗試過權力、利益的人，還能夠回歸信念的是聖人。王光群承認自己不是，他早背棄所有理想而隨波逐流。只有進入核心，才真正進入了集團的中心點，這一切靠他自己的努力，凱莉的影響力當然也是最大的推手，將王光群推向高峰。

進入集團內部，才知道派系鬥爭又比他想像的還要紛亂雜沓，除了老臣派、少主派，竟然還有分枝旁葉。王光群知道他不能稍有差錯，落人口實，幾百雙幾千雙眼睛，都虎視眈眈的盯牢了他，就等他出錯，好一腳將他踹落崖底。

宋勤美的出現，完全在王光群意料之外。對於曾經回覆過簡短電子郵件這件事，他也對自己不滿，為什麼要做這麼不理性的事？當時也有著內心掙扎，理性告訴他不可以，不要再和那個女人有任何牽連，但是他也有不忍之處，甚至想知道那個幾乎已經被他遺忘的身影，現在還是從前模樣？是否一如從前一樣的深愛他？王光群心中早已經沒有勤美的位置，但是卻始終記得那女人對他的愛。是沒有完成的愛情，特別讓人難以釋懷嗎？

他簡短回覆了電子郵件後，辦公室、家裡、外務……，太多事等著處理，後來竟然就忘了這件事。原來忘記的感覺是那麼的好，忘記就是沒有任何負擔和責任。

他真的忘了曾經收到過那女人的電子郵件，也忘了他回覆過。一直到她再次來信，寫著人已經在舊金山南灣。王光群有著極度不愉快的感覺，像是被人憑空潑了一盆冷水，還是加了冰塊的凍水。應該遠遠在太平洋另一端的女人，距離很遙遠的一個人，突然說就在美國，是特地找來的嗎？王光群第一次有了被人侵門踏戶的恐慌，他立刻刪掉所有信件，告誡自己再也不要開啟那個電子信箱，就像電腦裡會爬出那個女人一樣，令他厭惡著那個電子信箱。

更令王光群不愉快的，是偶然與臺北的母親講電話，母親突然放低了嗓音，問他凱莉在不在旁邊？他知道母親一直與媳婦相處不睦，還以為她又要背後數落凱莉。結果母親竟然說起，有個陌生女人晨運時認識的，有天找到家裡來，問王光群的美國地址。

母親說：「你姊姊叫我問你，會不會是從前你認識的那個姓宋的女人？」

就像被烏雲罩頂，王光群的心密布了濃濃的霧霾，連續好幾天，甚至超過了整個星期，他都擺脫不了那沉重的低氣壓心情。他厭惡想起那個人，甚至不許母親再在他面前提起那個名字。是妖魅嗎？為什麼在這麼多年之後，還要出現在他的生活之中？多麼惡毒的人！多麼的讓人厭棄！許多的埋怨，像烏雲後終於下起了狂雨一樣，滴滴答答不停，滴得他滿心透濕，黏膩躁鬱。

不久後，王光群接任了岳父集團旗下一家轉投資公司總裁的位置，舉家搬回臺北。凱莉每天忙著打包衣物和這幾年收藏的畫作、雕塑，這十來年她的嗜好幾經轉變，年輕時喜歡名牌時裝、包包，後來向母親看齊，喜歡珠寶首飾和鑽錶。孩子上學後，凱莉的時間不再受束縛，常和朋友去畫廊看畫，開始收藏畫作、各種藝術品。對於收藏，凱莉沒什麼特別的喜好，有點人云亦云，一開始逛舊金山附近大小畫廊，收些歐美當代頗有知名度畫家的版畫、小尺寸油畫。

反而是每年回臺北或香港，和那些上市公司董娘逛畫廊，出席拍賣會競標拍品，手筆才越來越大。凱莉開始熱中研究二十世紀華人西畫、雕塑，包括早期海外華人、臺灣早期畫家、大陸畫家……，看了很多美術書籍和雜誌，談論起陳澄波、廖繼春、李石樵、林風眠、常玉、朱沅芷、趙無極、朱銘……，就像當年熱中歐洲名牌服飾、包包一樣熟稔。

凱莉多年前用幾百萬臺幣買了常玉畫的一張裸女；第二年又買了林風眠一張仕女圖、洪瑞麟的礦工……。她進出拍賣會，決心要收藏趙無極一幅極大尺寸抽象畫時，王光群終於不得不表示一點意見，問凱莉：「買畫是為了喜歡，你真的那麼喜歡？要花幾千萬去拍賣會……？」

凱莉揚起近年才改畫得較粗厚好跟得上流行的眉型，說：「喜歡啊！我就是喜歡他五〇年代後抽象畫的用色和意境。不喜歡為什麼要買？其實，買藝術品真的是很好的投資，你看我哪幅畫買錯過？價錢都越來越貴，只要看準藝術性和重要性就不會錯。唉！如果早幾年有眼光買畫就好了，那年頭趙無極一張畫才幾百萬臺幣，現在翻好幾倍了。」

凱莉沒有說錯，這些年華人藝術家大受市場青睞，先不論是否炒作，反正兩岸三地的有錢人，早已經將藝術品當成了很好的投資標的，價格水漲船高，在王光群看來個個都已經是天價，但是在凱莉看來，她錯過了九〇年代前的進場最好時機，但仍然相信只要買對了作品，還是會有上漲空間。總結，老婆喜好藝術總是件有氣質、有品味的好事，再說收藏的藝術品又能增值，做老公的沒什麼好反對的，更何況凱莉用的是自己的錢。

王光群後來體悟到，有錢人過日子的方法大致上分兩種：一種一輩子努力賺錢類似工作狂，譬如凱莉的父親，努力工作過一生，美其名說是為了員工就業、社會責任打拚，其實是既得利益，怎可能隨便放手？累積財富成了至高興趣。另一種則一輩子努力花錢，譬如凱莉和她母親，努力花錢過一生，除了奢侈的消耗品外，她們也認真的買房地產、買藝術品，幾乎不曾失手。凱莉買的趙無極、林風眠、洪瑞麟，早就翻漲了好幾倍價錢；買的仁愛路、信義計畫區豪宅，也幾年間漲價兩倍。

「富國天廈」外界多以為是凱莉父母的房子，其實是回臺北不久，凱莉和王光群商量後以一成現金、九成銀行貸款買下。也不過短短四年間，信義計畫區的房價就飆漲了兩倍。臺灣遺產稅、房屋稅低廉，持有房地產是有利可圖的，於是一年前，凱莉又看上了可以俯瞰整座大安森林公園的「樂悅苑」，看屋十分鐘後便簽約下訂。凱莉說那裡讓她想起芝加哥的家，好喜歡。

王光群不希望兒子、女兒像凱莉一樣忙於花錢過一生，總覺得這其中有什麼不妥，譬如少了理想和人生真諦；他對孩子的教育想法傳統，重視他們的學業和興趣培養，尤其不希望兒子長大，像凱莉在英國念書、最近入了新加坡籍的兩個弟弟那樣，一個瘋狂地迷戀歐洲手工跑車，桃園的車塢裡就放著七、八輛；另一個迷戀嫩模和女明星，經常上影劇版讓他父親生氣。

為了回臺定居，女兒琦琦念書問題讓夫妻倆考慮很久，最後尊重琦琦的決定，讓她繼續留在美國，由家教史小姐住家裡照顧。琦琦的學校成績一向優異，high school 畢業後，申請史丹佛大學應該不是問題。

因為女兒留在美國念書，夫妻倆也經常需要臺、美兩地跑，所以 Hillsborough 的那個有著四個廳，九個房間，酒窖、視聽室、健身房、游泳池……，占地兩萬呎的房子，就保持原貌留著。否則依著凱莉個性，所有家具、家飾品，都會海運搬回臺北，因為那些東西都是她的精心收藏，樣樣價值不菲，從沙發、單椅到立燈、擺飾，全是藝術家簽名之作。凱莉曾嘆著氣對丈夫說：「只好回臺北再買新的了！好在現在臺北也有很多國際頂級品牌家具、設計師家具，回去再慢慢選。」

王光群此刻書房躺靠的馬鞍皮椅，就是美國知名設計師作品，單價超過四十萬臺幣。母親來過他們家兩次，怎麼也無法接受一張不過是可以斜躺的椅子，打折後還需要四十多萬臺幣。母親說，怎麼看就是張椅子，不可能會唱歌吧？就因為這樣，凱莉再也不回答婆婆問她任何價錢的問題。比較起來，那把單椅還是這屋裡價位最普通的物件。

婆媳倆的心結，其實並不光是這樣結下的。凱莉兩次在美國生產，王光群父母盡到公婆責任，趕去探望媳婦，但每次都不歡而散。從產婦和寶寶由醫院回家的第一天開始，婆媳倆就對所有的事都持不同的意見。凱莉相信她媽媽幫她請來的月嫂、營養師、健身教練，甚過婆婆，月子中，凱莉不但不能洗澡、不能洗頭、不能吹到風、不能沾到生水，甚至她所有使用的水，包括飲用和食用，都以米酒燒開去除了酒精代替。

王光群母親認為女人做月子嘛，需要如此勞師動眾請那麼多人服侍嗎？小孩喝母乳是對的，但是也沒這麼了不起，每天弄得家裡人仰馬翻，好像全天下只有她一個人做媽媽，犧牲很大。配合餵養母乳。王光群母親根本認為凱莉是向她這個婆婆示威，說了三次讓媳婦知道：「我們那時候要上班，所以沒辦法餵母乳。誰都知道餵母乳小孩比較健康，免疫力強，但是要上班啊！不上班怎麼養大王光群他們姊弟倆啊？光靠你公公銀行薪水哪裡夠用？」

王光群父母更不能夠忍受的，是凱莉不准他們隨便伸手抱嬰兒，凱莉嚴格要求想抱寶寶的人必須換上乾淨衣服，洗淨雙手和用酒精消毒。至於親吻嬰兒的臉頰，那更是不可以。

王光群母親氣得全身發抖，問兒子說：「親家母來，也不能親寶寶嗎？」

王光群只好據實回答：「規矩就是岳母說的，我想……，她自己也會這麼做吧？」

這當然只是諸多不愉快中的幾件而已，從此母親和父親只有在孫子出生那年，再去過一次美國。那趟甚至沒有住家裡，藉口小嬰兒太吵，王光群為父母安排了住在附近旅館。

不同的世代、不同的生活背景，能相處愉快的婆媳本來就不多。王光群也不想判斷誰是誰非，每次母親向他抱怨妻子不是時，他只能隨口安撫。有一次母親罵他怕老婆，沒用，那回他第一次對母親失去耐性，怒問母親：「那你希望我怎樣呢？和她離婚嗎？如果你真的這麼希望，我就和她離婚，這樣可以了嗎？」

母親聽兒子這麼說，氣得直跺腳：「我知道你就是想嘔我，說這樣的話嘔我。以為我怕你們離婚啊？離不離婚是你們兩個的事，關我老太婆何相干？你們要離就離啊！以為我會害怕啊……！」

其實母親是害怕的，她知道贏不了這場婆媳爭戰，為了兒子，為了孫子，她都必須忍。王光群也知道，父母不會希望見到他婚姻破裂，這牽扯太多盡在不言中的理由。

凱莉真正和公婆相處的時間，連她自己都承認，實在不算多。她不用和公婆同住，不用伺候公婆，他們夫妻住美國這麼多年，公婆只來過兩趟。他們搬回臺北後，除了過年和公婆生日，平時也不用去公婆家，王光群自己去或帶了尤金去便可以了。公婆也不會到他們家來打擾，一共只來過一、兩次吧？對於這樣的婆家關係，凱莉其實是滿意的，她雖然是個任性、長不大、經常無理取鬧的老婆，但也是個會適時向老公撒嬌、示愛的老婆。不止一次她貼在王光群耳畔說：「老公最好了，我知道老公對我最好。我也會對你爸媽好的，天母房子讓他們住，也是我的孝心啊！」

對於妻子，王光群從一開始就知道，只要他要求不多，凱莉並不難相處。何況，他又要對她有何要求呢？以凱莉那樣的家世背景，願意嫁給他、一心一意的愛他、為他生兒育女，他還能要求什麼？

但是有時候，不論在美國還是在臺北或是上海，王光群偶爾還是會有著稍稍的窒息感，不是因為凱莉；不是因為道貌岸然卻外頭另有女人的岳父；也不是因為富態親切但背後總對女婿疑神疑鬼的岳母；也不是連襟或小舅子一大缸子的姻親，或集團裡的派系鬥爭，更不是因為集團總是牽扯一些不名譽的賄賂、銀行超貸，政商勾結，或是被媒體影射海外控股公司帳目，變更地目炒地、炒房等負面形象。那些事情都與他的未來有著密不可分的關係，他早已經無法置身事外，但都不是他感到生活窒息的真正緣由，讓他感到窒息的其實是來自於他的內心，那裡總有一處觸碰不到、已經結痂的傷疤。

當母親在長途電話裡提起那個藉故親近的陌生女子，雖然沒有證據顯示是宋勤美，可是王光群知道是她。這個早就被他塵封已久的女人，也就簡短的回覆過一、兩則電子郵件，如此而已，可是由母親口中再次說起這個女人，勤美整個人突然鮮活起來，變得有血有肉，在他心裡來來去去，隨意的踐踏著他內心最隱密的痛。

如果宋勤美是淡雅的水墨畫，那麼凱莉就是濃烈的油畫，截然不同性格的兩個女人，其中迥異也只有王光群知道。一樣是女人，卻百種千款，沒有一個是相同的。王光群稱不上女人無數，但是經過青春年少、大學戀情，勤美之後他隻身赴美，華裔、亞裔、白種女人、拉丁裔女人，他都短暫經歷過，但是真正深刻交往的，還是只有勤美和凱莉。兩個都是美麗的女人，同樣有著美麗的胴體，只是勤美白皙得近乎透明，瓷器一樣的觸感，還有淡淡的花香芬芳，潔淨到讓人直想親吻她每一寸肌膚。而年輕時的凱莉則有著古銅色的肌膚，放送出狂野、撩人的美麗。

兩個女人除了對比的個性外，還有著另外一面的迥然不同。性格溫婉不多言語的宋勤美，卻在褪去衣衫後，像是靈魂也去除了枷鎖，一無忌憚的完全變了一個人似的，她接受所有的挑逗和刺激，並且從內心深處真實的反應出她的喜悅，是那麼的狂野、放肆，尤其是她毫不隱忍、毫不掩飾的喘息和呼喊，在在讓王光群感到驚喜。

而個性完全相反、像是開放爽朗的凱莉，面對性愛卻意外的拘謹、羞赧和扭捏。凱莉有著許多禁忌，不許開燈、不允許臥室之外的性行為、拒絕陌生姿勢，不願意探索，不願意這樣，不願意那樣。這讓王光群相當失望，一度甚至想過是不是應該結束這段交往？但是凱莉對他的好，不止是體貼，而是她近乎崇拜的愛，這些足以彌補和超越性生活上的不夠圓滿。他們繼續了愛情，最後還有了婚姻、有了兒女，該有的都有了。

第一次和勤美約會，是在臺北一家花園咖啡屋，地方是介紹他們認識的汪小姐提議。當時的王光群帶著年輕飄忽的心情，也就是有一點散漫不羈，看著面前安靜啜飲著咖啡的陌生女子，她長髮披肩，秋天溫潤的午後太陽光，由玻璃窗透照在她的左臉頰，一張未施脂粉的素淨面孔，使得他不得不承認，很難再將視線由女子身上移開了。

並不是宋勤美有多麼耀眼的美貌，讓王光群移不開視線的是她整個人呈現的一種乾淨。就是好潔淨的一個女子，彷彿剛剛沐浴過，從頭到腳散發出才洗滌過的清爽，周身還飄散著淡淡沐浴乳的香氣。是因為靦腆，王光群目光短暫的停留在勤美潔淨無比的臉頰後，他尷尬移轉視線，這次停留在勤美薄薄的嘴唇，沒有唇膏色彩，有的只是被熱咖啡溫熱後的淡淡的櫻紅嘴唇原色。然後再由勤美的唇往下看，是個尖尖小小的秀氣下巴。

王光群目光緩慢的，他希望對方完全不曾意識到他視線移動。多麼乾淨的頸項、乾淨的鎖骨，還有藏在白色V領棉麻洋裝底下的身軀，那裡一定也是爽淨、白皙、耀眼的亮潔吧？王光群也看見了勤美的腳，踩在一雙淡金色的涼鞋裡，那雙鞋子也是乾乾淨淨沒有一點汙穢，裡面裹藏著潔白的腳踝、腳趾、腳背，讓他有低下頭去熱烈親吻的衝動。

凱莉和勤美是完全不同的女人，勤美是要悉心尋找才能發現她的存在，而凱莉就算走在眾多光鮮亮麗的紐約男女之間，也能一眼看見。王光群毫不費力的，便在 party 裡遠遠看見，被眾星拱月般呵護圍繞著的凱莉。看見只是個開始，更多的是從四面八方而來的耳語，凱莉是大家熱中討論的對象，光是她的家世背景，就讓人津津樂道，有說不完的話題。

要撥開凱莉身旁像洋蔥一樣層層圍繞的男人，並不是容易的事。不過王光群沒有想做任何費力之事，他不強求，這樣的女人不是能強求得來的，他只是在遠遠角落裡看著那個亮麗女人，看她笑盈盈的高談闊論，瞇起大眼睛喝紅酒，偶爾會以眼角餘光，有意無意向著王光群站立的這個角落匆匆一瞥。

王光群始終沒有靠近凱莉。酒也喝了，主人家的生日蛋糕也吃了，該寒暄的朋友也都寒暄了。午夜前他獨自走出那棟豪華公寓，穿著灰色厚重制服大衣的門僮，是個又瘦又高的白種人，恭敬的為他打開玻璃大門，恭敬的目送他離去。馬路兩旁覆蓋了靄靄白雪，飄雪雖然早已經停了，但是紐約的夜風依舊淒厲，他身上的短大衣根本禦不了真正的寒冷，王光群一步一步頂著冷風，艱難的走向地鐵站，預備搭車離開花團錦簇的曼哈頓，回到他租住的法拉盛一屋一衛簡陋小公寓。

三天後，王光群意外的接到那位住曼哈頓高級公寓、開豪華派對夫妻的電話，他們再度熱情邀約他來家作客。受邀的客人，除了王光群外，只有另一位女客——凱莉，這樣的行事正是凱莉的作風。

四個人坐在朋友家的西式餐廳，吃著中國餐館外送來的糖醋魚、咕咾肉、陳皮雞、水煮牛，凱莉還是那麼自然的談笑風生，雖然這頓餐敘目的如此明顯，但她一點也不靦腆，彷彿一切都是理所當然。王光群也告訴自己，一切平常心，不就是朋友家吃頓飯嗎？後來，王光群與凱莉熱戀、結婚、生子，兩人也沒有再提起那天的事。為什麼會邀約了王光群去吃晚餐？是誰的主意？為什麼凱莉會出現在那裡？為什麼……？都不重要了。

王光群記得，那晚他送凱莉回家，沒有叫計程車，因為凱莉住的地方只在兩條街外。感恩節已過，所有的商店櫥窗都為了聖誕節而布置，聖誕樹、薑餅屋、耶穌降生的小馬槽，王光群奇怪自己為什麼幾天前走過同一條街，卻什麼也沒看見？而這時才發現節日將近的熱鬧、豐饒，整條街上如此色彩鮮麗、華美……。

這天晚上馬路上的雪正在融化，有些濕滑，有些黏膩膩的。凱莉的新款細高跟靴子，將路面薄薄汙泥踩出一個接著一個的烙印，王光群就默默的跟在那些烙印後頭，看著她鬈曲蓬鬆的黑色長髮，披洩在火紅的長大衣後領肩上。他喜歡這樣跟在凱莉身後面，因為只有這樣他才能夠肆無忌憚的盯看凱莉的一舉一動，又隱藏了全部的自己。

領頭走在前面的凱莉終於捺不住性子，質問起跟在身後的王光群，說：「你就這麼喜歡看我的背影嗎？」

王光群微笑著，這才上前一步與凱莉並肩而行，說：「回你家，當然是你領路。」

「你這人……。」凱莉欲言又止，沒再說下去。

兩人就這樣無言的一路走下去，這在凱莉是很少有的經驗。她習慣於男人在她耳畔不停訴說，自我誇耀或者對她阿諛奉承，沒有人像王光群這樣，只是沉默。

原來沉默也是一種力量，沉默不止撼動了凱莉的心，也激起了王光群的鬥志。就在凱莉轉身要進入門僮為她開啟的玻璃大門那刻，王光群攬住了凱莉的腰，強拉她入懷，親吻了她的脣。那是塗滿油膩脣膏的嘴脣，凱莉的臉上除了脣膏還有粉底膏、眼影膏、睫毛膏，全身還散發著很濃烈的香水味道，一種能夠催情的香氣。這對王光群是全新的經驗，一個濃烈的女人，穿紅戴綠喜歡濃烈衣裳，喜歡濃烈化妝，喜歡男人濃烈的對待。

凱莉對這突如其來的擁吻，表現得很鎮定，像個情場老手一樣，她回應了王光群的舌吻，而且比他更激情的表演著。她像她的祖輩和父親，有著賭徒的性格，為什麼不豪賭一把呢？眼前高大帥氣、優秀學歷的男人，莫名的占據了她的心。有著同樣長春藤學歷、同樣高大英俊的男人她也遇見過，在臺北很多長輩為她作媒，在國外，朋友為了討好她，爭相為她介紹男性朋友，誰都知道高大英俊、名校碩、博士是必備條件。

凱莉來美國多年，勉強念了個藝術學院，但是憑著相貌中上，裝扮出色，更重要的是家世顯赫，她不需要自己費力去尋找對象，自然而然就有許許多多對象在她面前現身。

緣分可能真的不是隨便說說不存在的虛言，凱莉蹉跎了一些歲月，已經過了女人最精華的年紀，她即將邁入三十大關，卻一直遇不到屬於她的緣分。年紀可能也是因素之一，讓她徹底認定了和這個男人的緣分。王光群的身影在見到他的第一時間，便在凱莉心底蕩漾起波瀾。愛情是很神祕的東西，它和靈感一樣神祕，不知來自何處？往之何去？經常就是這麼靈光一現間，凱莉不知何故的，只知道自己就是這麼難以自拔的愛上了王光群。

王光群在鬆開凱莉的那一刻，有著和凱莉一樣的困惑，只是他的困惑是不知道自己是做對了？還是錯得離譜？他是來美國變輕浮了？還是看見凱莉才變輕浮？雖然擁吻已經結束，對、錯都已經造成，輕浮與否也不重要。那麼此時什麼重要呢？人在異鄉，似乎又沒有特別重要之事了。

王光群已經不記得，宋勤美是什麼時候逐漸從他記憶中撤出的，他依稀還記得，離開臺北當飛機拉離地面起飛那一刻，他還臆測著宋勤美那一刻正在做些什麼？身體復元否？腦子裡清晰浮現著她躺在婦產科小醫院裡，臉色蒼白如紙，卻一雙眼睛火熱的直溜溜盯視著他看的模樣。

問她看什麼？她卻否認說沒有。

「明明在看我。」王光群溫柔的問她。

「沒有。」

勤美目光迷濛淒清，一微些也不肯移開對王光群的注視，但她卻堅持說沒有。王光群攬起她瘦弱單薄的身軀，開始親吻她的額頭，她的眉毛，她的眼睛。因為王光群的吻，勤美終於闔上了雙眼，安靜的接受著這長長時間的親吻。那樣的擁吻是甜膩溫存的，就連王光群也希望時間、空間就此完全停滯，就讓他這樣一輩子與這個曾經懷過他孩子的女人纏綿下去也好。

有些決定，其實是早就存於潛意識裡，王光群就算想否認也否認不了。早在勤美住院做人工引產手術之前，在他第一次踏入勤美的國宅住家那一刻……，所有都已經有了決定，他只是不願意承認，不願意面對。原來自己也是這樣的人？和大多數人沒有兩樣的人？或是比大多數人更無情的人？

不是因為距離的改變，使得兩人情愛無法繼續，是他們原本就不可能再繼續。剛到賓州，王光群還想過要寫封短信給勤美，之後忙碌成了最好的藉口，他什麼都沒做。

從前種種，當然不會隔了個太平洋就一下子完全消失磨滅，但是時間會讓記憶淡薄，最後變得和沙礫一樣渺小到讓人看不見。不久之後，宋勤美就被他繁忙的課業、新朋友、新事物掩埋進最不起眼的記憶角落，時間過得越久，越不見了痕跡。王光群甚至希望，那段記憶如果可以藉手術刀割除，那就更好了。那是他的原罪，他也不想得到救贖，只希望能忘記，忘記，徹底的忘記。

拿到博士學位後，王光群留在紐約，進入 Merrill Lynch 工作，朋友、同學都投以羨慕，而他也就由這份羨慕，隨波逐流的留在了繁複、雜沓、富麗與窮困熔於一爐的陌生大都會。

凱莉的出現，使得王光群的紐約不再陌生、雜沓，他隨著凱莉一腳踏進了紐約的另一個層次，金字塔頂端有秩序的、潔淨的、璀璨的生活。雖然這並不是紐約的全貌，但事實上有什麼人是全貌生活的？凱莉讓他看見了什麼叫有錢人的生活，什麼叫豪華公寓，什麼叫上流社會，什麼叫一擲千金。

王光群第一次見到凱莉父母不是在紐約，而是和凱莉坐頭等艙飛往巴黎，未來的岳父母在巴黎第八區香榭麗舍大道上的豪華飯店裡，「接見」了女兒的男朋友。那樣的陣仗對王光群而言真的是接見，並不是凱莉父親帶了多少親信、隨扈，也不是場面多麼豪華壯觀，凱莉父親只在旅館大套房的客廳中端坐，飲用著飯店私人管家奉上的咖啡。老先生眼睛雖小，卻發出鷹一樣的目光，透露出對王光群的鄙夷，形式是那麼自然的就形成了一種「接見」。

凱莉父母是由普羅旺斯來到巴黎的，原本計畫希望女兒帶男朋友到普羅旺斯會合，再前來巴黎。畢竟他們租住的莊園一共有十一個房間，就老夫妻加上隨行祕書，還是嫌空蕩了些。但是王光群託辭工作，不方便請太多天假，躲過了南法行。其實真正原因他連凱莉也沒有說，他不想一開始就成了隨傳隨到的關係，這是他最後僅剩的防線。

王光群盡量不逃避、不躲閃，不自我貶抑的，在豪華飯店商務大套房裡迎戰了驕矜的財團大老闆。他知道自己不可能擊敗他，但是他最有力的武器就是隨時預備「棄守」。不戀棧，不在乎輸贏，不強求，一切由凱莉來決定，對於這樣的對手，敵人又何來的勝利呢？王光群從一開始和凱莉交往，就抱定了如是想法，也就憑藉著這樣荒誕的阿Q精神，讓他戰無不克。

就算老先生有意見，但是凱莉母親力挺未來女婿。這位珠光寶氣的胖太太，佩戴了祖母綠鍊墜、翡翠玉鐲和玻璃彈珠大小的鑽石戒指，穿著典雅的淡色系套裝，看得出受日本文化薰陶很深，她在東京有親戚，有朋友，有房產，還有家連鎖咖啡店。每年她總要抽出點時間在東京小住，過些優雅的日式生活。雖然人在巴黎，但是凱莉母親還是能將巴黎生活過得充滿日本風味，他們吃日本料理、去日本人經營的法式餐廳、進出巴黎成名的日本設計師名店。

王光群的第一次巴黎行，沒有踏進羅浮宮或任何美術館半步。如果問王光群那樣的巴黎行庸俗嗎？氣悶嗎？其實也不盡然，住豪奢的旅館、吃昂貴的餐廳、買名牌衣飾，也不是罪孽或那麼無趣之事。

坐在一頓餐飯加紅酒，四個人要價合算美元超過兩千塊的高級法國餐廳裡，米其林主廚還特地走出廚房來致意。對王光群而言，那些餐點是不難吃，正確說應該是很美味，牛排肉質滑嫩到他不曾嘗試過，龍蝦或鮭魚的鮮腴，也勝過他從前所吃過。烹調用心，食材新鮮，排盤更是費盡巧思，從湯品、主菜到甜點，沒有一樣不讓人驚豔不已。

但是，再怎麼講究，牛排仍是牛排，魚、蝦仍是魚、蝦，用那樣的價位吃的可能還是氣氛大過食物。當然，凱莉也告訴王光群，她父母其實平日飲食相當節制，都以清淡、簡單為主，因為養生，還特別聘請營養師調理三餐，只有旅行和應酬時才稍微放縱。

王光群望著穿高級法國訂製服、有濃濃明治維新氣質的老夫婦，腦子裡偶爾也會掠過這樣一個念頭：這老頭的錢賺得乾淨嗎？聽說近日才在臺北標下重劃區一塊大面積土地，稱做土地開發，預備興建住商混合社區。凱莉父親掌控的集團組織龐大，旗下金控、開發公司就有十數家，營建、生技、醫療、通路，生意遍布兩岸，涵蓋面也極廣，幾乎到了包山包海的地步。有關集團的傳聞很多，以開發案炒作地皮、炒作股票……，報章雜誌上影射不少，但是集團仍然屹立不搖。

凱莉父親也是臺灣商界的傳奇之一，由迪化街小布商起家，靠著併購別人公司、炒股票轉投資，再跨足地產發跡，做到如今帶領的大集團，不僅臺灣，就連對岸的黨政軍關係也做得極為綿密、良好，所以生意越做越大，短短二十多年間，已經不是從前那般中小企業可以比擬。

企業靠關係，透過公部門獲得利益，這就是政商勾結。資本主義社會，企業主不與政治人物掛勾謀取利益的當然有，但不多吧？不過這些不好的念頭，也只是清風般掠過了王光群的腦際，他知道自己早已經不是從前那個有著崇高理想，堅持企業必須承擔社會責任，為弱勢發聲、為正義抗爭的年輕人。凱莉家集團的傳聞和醜聞，都不是他需要在意或在意得了的。

他只是資本主義社會裡保守的芸芸眾生之一，從小用功念書，父母教他要出人頭地。出人頭地的意思就是過上好一點的生活，至於什麼樣好生活？可能 Merrill Lynch 熬上個中階主管，年薪美金三十萬以上，有老婆、兒女，有車子、房子，就算是很美好的人生了。和大財團攀上關係？成為財團女婿？在遇見凱莉之前他從來沒有想過，這時開始想也不算太晚，但是一切能不去想可能會更好些，這正是他的競爭哲學。

王光群和凱莉能否結成婚姻？沒有凱莉想像的那麼順利，但也沒有王光群想像的那麼困難。凱莉為了取得父親同意，她飛回臺北數次，據說有好幾回和父親怒目相向，還提起家中禁忌——那位父親包養在外的情婦……。最後是如何讓她父親妥協，答應了她和王光群的婚事，王光群也無意全盤知道。總之，凱莉為他解決了所有藩籬和障礙，他們攜手回到臺北，按照長輩的要求，極盡奢華的大肆鋪張宴客。

凱莉高調的訂製了 Christian Dior 的婚紗禮服，佩戴了她母親為她準備的鑽石項鍊套組，成為王光群華美的新娘子。富貴耀眼的女方家族，讓結婚當晚根本看不見男方的存在。男方親友幾乎完全的，被女方宴請的政商名流和強烈鎂光燈淹沒了。王光群父親——男方主婚人當日一句話也沒有對兒子說。兒子結了這樣的婚，他還能說什麼呢？不好嗎？當然很好。但是真的很好嗎？有這麼好嗎？他的兒子還真是他的兒子嗎？他父親保持了木雕似的安全表情，也就是婚宴全程木然。

王光群母親也就是凱莉的婆婆，她忍耐了又忍耐。兒子回到臺北卻終日不見人影，成日逗留在岳家，一會兒讓她兒子去試西裝、設計髮型，一會兒陪凱莉買東西，一會兒叫他去拜見親戚、長輩，一會兒又有企業二代聚餐，一會兒要陪岳父母吃飯，一會兒又要和某政要或大老闆聚餐……，這些她都忍過去了。但是結婚當天，哪一點像他們王家娶媳婦？根本是女方家娶女婿。五星級飯店裡席開百桌，來的全是達官巨賈，他們王家事事靠邊站，親友桌全被分配到禮堂邊角，據說想看臺上是哪位來賓致辭，都得伸長了脖子、身體往外傾斜才勉強看見。

王光群母親一直忍到婚宴結束，忍到小倆口飯店住了兩晚，又娘家回門後，她才盼到了踏進王家富錦街公寓大門來的兒子和媳婦。王光群母親終於忍不住了，一把鼻涕一把眼淚的問兒子：「我們是賤民嗎？我們親戚、朋友就應該給流配邊疆嗎？你老丈人家是看不起我們吧？為什麼我們家親友桌就該擺在旮旯角裡？是欺負我們家窮嗎？需要這樣看不起人嗎？既然看不起我們家，就不要答應女兒嫁過來啊！既然答應了讓你們結婚，就要有個親家樣子，做人媳婦也要有做媳婦的樣子，你們都結婚幾天了？現在才回婆家，全天下有這個道理嗎？」

王光群母親雖然大動肝火，但是這席話還是背著媳婦，只抱怨給了兒子聽。這趟回來臺北，被凱莉家族諸多的繁文縟節勞累得身心俱疲的王光群，聽母親說得肝腸寸斷，聲淚俱下，他也有被激怒的情緒，不是對母親，而是對自己，覺得像玩偶般的被岳家擺弄了無數天，卻得逆來順受，他這是在幹什麼呢？這就是他要的人生嗎？

他怒紅了雙眼，問他母親：「你是要我去跟他們說嗎？要我去說嗎？我會跟凱莉說，你覺得他們家看不起我們家。還有呢？叫她留下來這裡過夜？不准她回娘家去住，對不對？一起說清楚了……。」

「啊……？」母親一下不哭了，也沒了聲音，只是眨巴著潮濕的老眼，愣在那裡。

王光群不是要氣母親，讓她無言以對。他是真的頗為感慨，自己也不知道該如何處理這樣的婆媳課題。

「你……，根本是在堵我嘴！你，也看不起你媽！」他母親開始嗚嗚咽咽起來。

「我不是要堵你嘴。媽，你是我媽，念過大學一直是職業婦女的媽，我怎麼看不起你了？我現在也不知道該怎麼回答你的不開心，那麼你告訴我，我該怎麼做，你才會高興點？叫她來跟你道歉？叫她娘家人來道歉？你告訴我，你告訴我，我就做……。」

母親沉默了，她也不知道該怎麼辦。到底要那樣公主一樣的媳婦做到什麼程度，她這個婆婆才會滿意？而且有這個可能嗎？最後還是兒子、媳婦贏了全局，她能怎樣呢？就是一個輸得一敗塗地的婆婆。晚餐後，她默默送走了兒子和總是笑咪咪的媳婦，讓媳婦如願的回去娘家過夜。

凱莉真的笑得很開心，打心底的愉悅，因為沒有發生任何讓她不開心的事。一切按照她想要的計畫，結婚典禮後新婚夫婦留在飯店休息了兩晚，因為籌備那樣的婚禮實在是太累人了。第三天新婚夫婦回娘家，算歸寧。第四天往婆家拜見公婆，晚餐後新婚夫婦仍然再回去娘家住。

凱莉住娘家理由十分充分，因為所有美國帶回來的行李、預備打包帶回美國的結婚禮物、日常用品等等，都在娘家為他們準備的新房裡，所以若是夜宿婆家，新婚夫婦會很不方便。再說，他們幾天後就要回美國了，公婆應該不會希望他們搬來搬去，弄得人仰馬翻吧？

婆婆找了王光群，在小小的後院大榕樹底下哭訴，凱莉知道；公公為什麼聽他們小夫妻晚上沒有打算留宿家中，臉色立刻變得青綠，她也知道；唯一的大姑見面次數不多，向來也很維護她，這回據說也有了不少微詞……。這些婆家瑣瑣碎碎雜事，凱莉都知道，但她假裝什麼都不知道。這是她母親教她的。

凱莉母親對女兒說：「婆家的事，你幹麼要知道那麼多呢？不開心的事更不要知道，知道也要裝不知道。事情知道了就要處理，越是不知道，就什麼事也不用管。凱莉，你有這個條件什麼都不用知道，懂了嗎？」

凱莉不用她母親教，她也知道自己占了什麼樣優勢、對待丈夫和婆家可以做到什麼程度，不過她母親的方法還是很不錯的，起碼一切不用白熱化，不用起任何衝突，她只要開開心心快快樂樂做她想做的任何事，她老公自然會擺平家人。她這個做媳婦的何必做黑臉當惡人？只當什麼都不知道，對婆家的任何抱怨都拋諸腦後，做個天真無邪的媳婦就可以了，和樂融融的以她的方式過她想過的日子。

當王光群告訴凱莉，他母親為了他們不曾在婆家睡上一晚很不高興時，凱莉一臉詫異、無辜，眨著塗了濃厚眼影的大眼睛，說：「真的嗎？為什麼不高興？我們睡哪裡，有這麼重要嗎？」

其實王光群也不相信，凱莉會連這點人情世故都不懂，她是高中畢業才出國的，哪裡就真的變成了外國人了呢？他不輕不重的慢慢對凱莉道：「很重要！對我父母來說很重要。」

「真是，我就看不出有什麼重要的。再說……，也是你答應的啊！我媽叫我們晚上回來睡，你說好啊！」

「是嗎？是你說好的吧？」

「老公，誰說不重要，反正也不是什麼大不了的事，就是回我家睡覺嘛！你也知道，我化妝品、衣服、睡衣，東西那麼多。教我用你家的洗髮精、沐浴乳我也不行，那些我用不慣。真的……，不習慣啊。你說，怎麼辦？怎麼辦？才……才幾天而已，我們就要回美國了，何必這麼麻煩？你不是說你爸、媽都是明理的人，他們不會這麼不講理的，對不對？」

婆媳問題上凱莉從來沒有輸過，不是她聰明過人，不是她應付得體，不是她討人疼愛……，都不是。誰都知道贏的原因，只是沒人說破而已。

新婚夫妻終於回到了美國紐約的家，好清幽、恬靜、舒適的家。沒有比較還真不知道兩人這樣無拘無束窩在國外，沒有公婆、岳父母和一大堆親友關注，是多麼輕鬆自在啊。凱莉父親也曾經在臺北時，輕描淡寫的問過王光群可有進集團工作的意願？他當場就禮貌的予以婉拒，凱莉也持相同看法，說想回美國，好好的過過單純的小倆口新婚生活。

夜裡，新婚夫妻窩在岳母特別為他們布置起的花團錦簇的新房中溫存，凱莉突然說起兩人未來的話題。她軟軟黏黏的對丈夫道：「我們還是先留在美國，你仍然做你的 Merrill Lynch。我想清楚了，再過幾年……，你別看我那些叔叔、嬸嬸、姑姑、姑丈，大家表面上和樂，牽扯到自家利益的時候，人不為己天誅地滅，誰不想培植自己的孩子？我兩個弟弟還在念書，現在是沒什麼，但是過兩年娶了老婆，一定又不一樣了。我們不需要這時候送上去，讓他們秤斤秤兩，再等幾年，你年紀、歷練都夠了，我們再回去幫我爸做事，那時候就沒有人敢說什麼空降部隊，囉囉唆唆，他們要做什麼小動作也都會收斂點，不會太過分。我就不信，那麼大的公司，沒有我們立足之地……。老公，知道我在說什麼吧？」

黑暗裡，王光群撫弄著妻子的頭髮，沒有說話。他在體會凱莉話裡的深意，也第一次知道妻子不像她表面表現的那麼單純，對事業無甚野心。而王光群也第一次明確看見了自己的心，他也不可能面對著那麼龐大的事業體系，毫不動心的置身事外。

夫妻倆有了對未來明確的默契。萬聖節的前三日，他們按照原定計畫，在紐約市政大廳辦理了結婚登記。王光群因為凱莉，有了完全不同以往的生活態度，不再需要為了帳單焦慮，不用為了計算生活費用只買特價食物，不用剪廣告單蒐集折價券，不用為了省下幾塊錢而拒絕咖啡店飄出的香氣，只為了存錢買幢小房子。王光群最大的改變，是多了一份安適的閒情逸致，他開始有了雅興，可以駐足欣賞紐約的美麗。

那段新婚的日子，正好是紐約最美麗的秋天，紐約人難得的沒那麼行色匆匆，到處是棕紅或金黃的落葉；到處是黃橙橙的南瓜燈；到處是造型驚悚或奇異的男女，甚至貓狗；櫥窗中擺設著萬聖節特有裝飾；電影院、電視臺上映著各種驚悚電影……。王光群特別喜歡美國的萬聖節，就是因為那年他和凱莉度過了最美好的紐約秋天。

假日裡，他和凱莉共飲一杯法式歐蕾咖啡，中央公園裡坐上整個下午，晒溫暖的太陽，看別人家的大麥町、黃金獵犬、半人高的大貴賓……，還有草地上到處奔跑的小孩、抱在懷裡的嬰兒、躺在草地上閱讀的少年男女、手牽手散步的老年夫妻……。這裡是個多人種的國家，白皮膚、黃皮膚、紅皮膚、黑皮膚、棕皮膚，種族歧視是有的，階級歧視更是真實存在的殘酷現實，但是陽光還是公允的溫暖了每個徜徉在太陽底下的人。

兩人尤其喜歡沿著中央公園湖畔散步，凱莉一手挽著丈夫的手臂，一手撩撥著自己被風吹亂的波浪長髮，她小鳥依人般攀附在王光群高大身軀旁，臉上盡是幸福洋溢。也許外界有人批評她是下嫁，但讀書成績向來不佳，很早就認清自己一生最大志願就是有個幸福美滿婚姻的凱莉，知道王光群是她最好的選擇。丈夫不僅高大英俊，還有著無可挑剔的學經歷，將來進入集團董事會，是指日可待的。凱莉很早就知道她不用好好念書，只要嫁個學歷好又能幹的男人便好。她也不見得一定要嫁得門當戶對，誰不知道豪門媳婦不好當？有錢婆家容得下她這樣驕縱的媳婦嗎？她又何必自找苦吃？

王光群和凱莉的婚姻可以稱得上天作之合，兩人都對彼此的選擇感到滿意，夫妻之間也真實的相愛，經濟方面更不止無虞，根本稱得上富裕，這還不包括凱莉將來要繼承的財產，和王光群在集團中的未來性。

雖然從東岸到西岸，中南邊到北邊，全美國都沒什麼兩樣的歡欣鼓舞迎接著萬聖節，但是最讓王光群感到溫馨美好、最是留戀難忘的，還是紐約那一年的萬聖節。而臺北美國學校因為萬聖節舉辦園遊會，宋勤美的出現，就成了他最為驚悚的一次萬聖節經驗。

勤美也曾經出現在「富國天廈」外，由對街飛身撲向他的座車。那天下午王光群才由廣州回臺北，帶著一身疲憊和商務上的挫折，他仍然很不習慣大陸的應酬方式，前一夜喝了不少茅臺。當那一身的素白，輕飄飄的就這樣衝撞而來，咚的一聲巨響落在了車子引擎蓋上時，王光群還以為他看見了飛蛾。不是飛舞翩翩的白色蝴蝶，而是不討人喜的白色飛蛾，撞落在不該來的地方。

王光群幾乎不用以眼睛確認，光是憑著直覺，便知道了那個向著他飛撞而來的是什麼。除了宋勤美還有誰呢？如此不顧性命也要找到他的人，還會有誰呢？當撞擊發生的那一剎那，王光群手扶車門把，整個人也有立時衝出去查看的衝動；關係著生死的事，他無法漠視不顧。但是他的司機已經第一時間下車，這讓王光群縮回了手，重新端正坐好。

他怔怔看著貼了隔熱紙的車窗玻璃上，自己一張冷漠的臉。那張臉他當然熟悉，但是這一刻他又有些詫異，原來這就是自己？真實的自己。會議室裡意氣風發的是他？面對下屬趾高氣昂的是他？果決裁定營運計畫的是他？公關應酬時笑臉迎人是他？面對岳父家族圓融自如的是他……？那些都是他，有著許許多多不同面貌的他。而他也有冷漠無情的面孔，只是他不想承認罷了。

救護車咿咿噢噢的開來，又咿咿噢噢的開走了。他聯絡了律師，又問司機情況，司機很不高興的回答說：「誰都看見的，是那瘋子突然衝了過來！行車紀錄都拍到，附近監視器也會拍到，我們一點錯也沒有。」

「人怎麼了？」王光群問。

「也不知道真暈假暈？哼！這年頭詐騙集團太多，撲車詐死，還不都是為了騙錢？反正我們一點錯都沒有。」

王光群沒有向凱莉吐實，輕描淡寫的說在家門口出了個小車禍。路人過馬路不小心，撞上正要進入車道的座車，送去醫院檢查後並無大礙，很快就能出院。凱莉抱怨司機不小心，沒有再追問什麼。王光群知道這一關是過了，但是他比誰都清楚，事情絕對還未結束。

宋勤美選擇了用一輩子尋找他，這是正常人會做的事嗎？王光群沒有辦法理解，也沒有辦法接受。從他聽母親說起勤美藉故親近母親，王光群就無法再將她當成所認識的那個清秀、潔淨的女子，宋勤美成了一種威脅，一種反常，一種迫害。

看見勤美被座車擦撞的那一刻，全身裹著雪白的身軀突然彈起，然後再重重跌落在晶亮黑色引擎蓋上，王光群覺得自己呼吸幾乎停止，不只是因為突如其來的事故讓他震驚，而是一種整顆心糾結在一起的痛，像快被什麼利器攪碎了的疼痛。王光群無法言喻這疼痛，是因為那個女人不幸的一生嗎？他不需要去打聽她過得是不是好，會如此瘋狂的追逐著不可能的夢，豈是過得好的人會做的事情？對於這個不幸又可憐的女人，王光群感到疼痛，但是那疼痛又夾雜了厭惡和生氣兩種情緒。厭惡她的不幸和可憐，更為她的不幸和可憐生氣。

臺北人基本上是不過萬聖節的，萬聖節氣氛只集中在天母和東區某些年輕、時髦、親美、有錢有閒的區塊。天母美國學校沿襲了學校傳統，會在十月底的星期六，舉辦國際美食園遊會。美食攤位大都由廠商贊助，巴西、韓國、馬來西亞、以色列……，包羅各國食物。美式食攤則賣雞肉捲、牛肉捲、熱狗、爆米花、棉花糖……。還有家長會的書店，販賣書籍、文具、糖果、餅乾、飲料。也搭有表演臺，各式唱歌、跳舞現場表演；還有驚悚鬼屋……。

學生經營的攤位多半是些遊戲攤：套圈圈、擲飛鏢、拋水球……。王光群和凱莉一大早就趕過去，為兒子班上的套圈圈攤位捧場，還帶了飲料和食物去慰勞。夫妻倆在學校開放區小繞了一圈，才找到兒子尤金，講不到兩句話，王光群便在大群大群湧入校區的眾人中，看見了他不該看見的那個女人的背影。

事隔多年，光看背影，或是老遠對街飛奔衝撞而來的身影，他仍然能夠一下認出那是宋勤美。這件事也十分困擾著王光群，他甚至不敢置信，自己竟然能在遠遠的人群裡，就認出了她，這代表了什麼意思呢？王光群不停的自我否認，認為不表示任何意義，只不過是自己的認知能力強而已。

勤美仍然穿著一身素淨，詭異的白衣白裙，遠遠看著飄飄忽忽，雜夾在男男女女、老老少少、黃種人、白種人、非洲裔……之中。王光群有著倒抽一口冷氣、背脊發涼的寒意。他的直覺就是應該立刻離開，遠離這個女人。但是一切反應都太慢了，宋勤美像是通了靈般轉過臉來，一張顏色灰敗、巴掌大小的中年女人的臉。她太瘦了，瘦得顴骨明顯聳出，太瘦的宋勤美又教王光群心內一陣絞痛，他再無法原諒她，為什麼一個好好的女人，會將日子過成這樣不堪？他不能原諒，感到厭惡。

王光群和那女人的眼睛直接對上的那一刻，他選擇逃避，移開了目光，移向老遠老遠，只要不看見就好。但是理智上他知道，必須面對。王光群是突然清醒過來的，他明快的決定，帶著妻兒離開現場。前後只有三分鐘不到吧，但是卻像花費了很長很長的時間。

那是凱莉第一次知道有宋勤美這個女人的存在，也是第一次見到。在天母美國學校時，凱莉表現得相當鎮定，聽從丈夫的話，將兒子帶離人潮眾多的現場。但是在車上凱莉發作了，她厲聲問著丈夫：「怎麼回事？到底怎麼回事？那女人是誰？你們什麼時候認識的？她找你幹什麼？說啊！你說話啊！」
兒子尤金一開始還以英文勸慰母親，但是看見凱莉情緒激動到不可收拾時，他索性撒手當什麼也沒發生，繼續低頭滑手機。

「你冷靜一點，有話回家再說。」王光群說。

「你叫我怎麼冷靜？我……？」

「可不可以不要當著孩子大吼大叫？」

「他聽不全中文。」

「他當然聽得懂。」

這時尤金才又開口了，以濃重的加州腔調說著中文：「都聽懂。」

凱莉終於安靜下來，讓丈夫能夠冷靜開車，真正的爆發當然是在回到家裡之後。少年尤金關心自己的事多過關心父母，在他的認知裡，大人的世界是煩悶、無趣至極的，所以也出不了什麼大事。他回到自己房間，繼續打他刺激的電腦遊戲。

凱莉在書房裡先砸了一只夫妻倆遊東歐時從波蘭帶回來的水晶花瓶，並且不准傭人進屋收拾。王光群不動如山的坐在書桌後頭，什麼也不說，什麼也不做，任憑凱莉發脾氣。這是他長年以來對付凱莉最好的方法，在她氣頭上說什麼、做什麼都是多餘。王光群知道，只有等凱莉冷靜下來，所有的事也就都會迎刃而解。但是這天發生的事，王光群知道不可能那麼容易解決，不過他還是有信心總會解決。

「你說話啊！不要以為不說話，我就算了。說啊！那女人是誰？你們是什麼關係？什麼時候認識的？怎麼會跑來學校？你告訴她今天會來學校的嗎？說！你說啊！」凱莉的嗓子都叫啞了，聲音越來越沒了中氣，她累壞了。

王光群知道是他開口解釋時候了，冷靜的說道：「我說的話你要相信，不要大吼大叫，否則我寧願不說。」

凱莉勉強按捺住自己，答應說：「我……相信。」

「你先坐下。」

王光群的話對凱莉來說，一直就有著特別的魔力，她在書桌對面的單椅上安靜的坐了下來。

「那女人是二十多年前認識的，那時候短暫交往過，就這樣。」王光群一個字一個字將話說得很清楚：「我去美國後，就再也沒見過她。這是第二次看見，前一次就是幾個月前我們還住『富國天廈』時撞傷的女人。也不知道怎麼找來的……。事情就這樣，沒有騙你任何事。」

「還說沒有騙我？那時候就當我是傻瓜！騙得我團團轉，還罵司機……。」

「什麼事也沒有的狀況下，你要我跟你說什麼？」

「實話實說啊！說你的老情人找上門來，希望和你重修舊好——」

王光群制止了凱莉：「你不需要胡亂臆測，誰說過要重修舊好的？」

「那來找你幹麼？不是要求復合，撲上你車幹什麼？」

「我不知道她要幹什麼，你該去問她吧，我怎麼知道她想要什麼？」

「你可以告她啊！告她跟蹤！跟蹤狂！」

「告得成嗎？以為那麼容易成案？」

「你根本不想告，不想……。」

夫妻倆一來一往的鬥嘴，始終沒有交集，這對王光群來說是意料中的事。其實這件事上，他並不需要凱莉了解或諒解，他只要事件慢慢平息，等一切風平浪靜，生活再回到原點才是他想要的。

王光群任由凱莉氣惱、怨怒了數日，知道她也曾回娘家向母親訴苦，又和信賴的姊妹淘交換過意見，大家一致給她的勸告是，有個這麼體貼、窩心的老公，幹麼為點小事大吵大鬧？擺明了是那個女人自己找上門來，老公也沒去招惹過她，何必小事鬧大？如果真給媒體捕風捉影，那才糟糕……。

三天後凱莉和丈夫說原諒他了，但是要一五一十的告訴她當年他們的戀愛經過。夜晚王光群在他們 king size 的大床上，摟著身裹法國絲綢睡衣、散發著淡淡法國香水味的妻子，悠悠說起一些他其實已經很久沒有想到過，也無意想起的事情。

王光群盡量說得輕描淡寫，但是凱莉卻頻頻追問細節，連第一次見面喝了什麼飲料、約會看過什麼電影也問明白了才滿意。

那一夜，王光群失眠了。他工作忙碌，開不完的會、訂不完的決策、交代不完的方案，還有談不完的密室交易、應酬不完的應酬。一天下來累得他向來是倒頭就能熟睡，很少失眠。這一晚躺在大床上，他睡不著，靜靜聽著妻子熟睡後的鼻息聲，聲音均勻平和，那聲音他已經習慣成了自然，從來也沒有想過改變。這就是他的全部人生，妻子、兒女、家庭、事業……，應該再沒有其他？

如果說這麼多年以來，他沒有對其他女人動過心，那也是不可能的事。他眼下經過的女人，多得如過江之鯽，教人目不暇給，各有各的風情，不同的美麗：溫婉的女祕書、幹練的女同事、年輕的女記者、才華洋溢的女設計師、溫柔體貼的頭等艙空服員……。更難忘懷的，竟然是在工作上極不習慣的內地，那裡的女人經常令人驚豔，對他而言是另類驚喜。

凱莉曾經轉述閨蜜的言論，說女人其實不都一樣？私處還有兩樣的嗎？凱莉不懂，她的閨蜜也不懂，只有男人知道，每個女人都不一樣，就是私處也不一樣。她們長得不一樣，個性不一樣，賣弄不一樣，反應不一樣，回饋不一樣，呻吟不一樣，高潮也不一樣……。就是因為每個女人都不一樣，生活才那麼繚繞趣味。

王光群懂得欣賞漂亮的女人，漂亮的女人更懂得欣賞他，他不用主動，就有女人上前隱約暗示或明白挑逗。慾望不是理性控制得了的，曖昧的事總在凱莉背後發生著，他也踰矩過，但是知道適可而止。會毀掉人生現狀的事，不適合他，他的人生走到現在這一步，也許是偶然，但也經過很大的努力，必須堅持到底才能得到獎賞。

但是這一夜凱莉的鼻息聲，讓王光群亂了思緒。那若有似無的呼吸聲，讓他想起早已遺忘很久的憐憫之情。那個多年前熟睡在醫院病床上的女人，呼吸聲比凱莉的鼻息更為細弱，更似有若無，有些零亂，像似熟睡，但又多次驚醒，只為了擔心守護她的男人會不告而別。

赴美後的王光群對自己最大的省思，就是發現自己不再有柔軟的心，再無憐憫之情，他一再激勵自己要有一顆適合經濟市場的獅子心。對勤美的愛情，就是一種憐惜，這不是在辯白他不曾愛過她，而是說愛情的本質是多樣貌的：憐惜是愛情，愉悅也是愛情，敬重也是愛情，歡喜也是愛情，醉心英俊或美貌也是愛情……。但是他早在多年前，就喪失了憐惜任何人的心。

王光群在勤美家附近見到勤美母親那一剎那，他就有了預感，他和勤美應該是到盡頭了。由勤美國宅家走出來後，他更明白他們為什麼沒有了可能，因為宋勤美的母親是他不能忍耐的那種長輩，而宋勤美的家更是他不能忍受的貧窮。那時候的王光群還年輕，年輕到無法誠實面對自己嫌棄貧窮的本性，也愧慚這樣的本性，他只忙著逃走。

和凱莉交往後的王光群，才真正成為了成熟的男人。他誠實面對了自己，知道他沒辦法在貧窮中感到喜悅、平和，他沒有那樣高貴的情操。同時他也成熟的知道，這並不可恥。年輕時的托爾斯泰酗酒、賭博，也奢華度日，直至晚年才真正決心奉獻出財產，過簡單生活。在貧窮中仍感到喜悅、平和的是聖賢，不是每個普羅大眾都能成為那樣的聖者。

王光群將司機以狐疑的眼神交給他的那本托爾斯泰的《復活》，壓在了書櫃的最底層，上面積壓了十幾本企管或趨勢專書和財經雜誌。他不是為了凱莉藏起那本書，書上並沒有他的筆跡，也沒有任何跡象顯示書和宋勤美的關係。王光群是為自己藏起那本書，他不想看見，但是他知道那本書在哪裡。

一本三十年前出版的普通版本，那個年代大家熱中讀世界文學名著，這樣的書籍很多，一點也不特別。但為什麼是《復活》呢？可以是《戰爭與和平》，可以是《雙城記》，可以是《傲慢與偏見》，可以是《包法利夫人》，卻偏偏是《復活》。托爾斯泰知道財富會腐蝕人的靈魂，卻又創造出男主角聶赫流道夫，為著曾經被他遺棄的卡莎秋，感到椎心罪惡。卡莎秋被判刑後，他以行動贖罪，願意放棄財產，向卡莎秋求婚。聶赫流道夫求婚被拒，但仍未棄卡莎秋不顧，他離開了自己舒適的貴族生活，陪同被流放的卡莎秋，前往冰天雪地的西伯利亞。

宋勤美的身影出現在天母美國學校那一剎間，王光群對她確實燃起了些許憐惜，但也只似浮光掠影。不久後他便被工作、複雜的人際關係、各式應酬、岳父家族……所淹沒。凱莉的追問、討伐、蠻纏，在一周後逐漸平息，一切再回復到原點，王光群終於鬆過一口氣，不再讓自己和早已經不存在的往昔多做糾纏。但是當年為什麼給宋勤美的書，是托爾斯泰的《復活》呢？

他不是托爾斯泰，更不是聶赫流道夫。

原以為宋勤美撲車一事已經了結，天母美國學校的追逐也結束，她應該知道進退，遠遠離開他的生活。但是她卻又出現在內湖堤頂大道上，追逐他的座車……。事情並未結束，宋勤美像是一定要有個了結，王光群開始感到真正的惱怒。他的生活裡早沒有位置容納這個女人，而她卻仍然想要侵入？

當他的座車被前方休旅車阻擋、不得前行時，王光群像獸被激怒般，所有怨怒全衝上腦門，他臉色青紫的緊咬牙關，沒有愧疚，沒有憐憫，只有氣怒。他讓司機下車處理，要求迅速解決眼前一切阻礙。

司機和他的老闆是同仇敵愾的，女子已經是第二次挑戰了他的工作，考驗到他的專業。他也感覺到這事件不比尋常，處理的好壞成了能否真正成為老闆心腹的關鍵。他沒有當成普通小事，而是仔細拿捏後小心行事。

王光群就這樣坐在座車內，看著司機與白衣白裙飄散著一頭長髮的女子糾纏，他聽不見他們都說了些什麼，也不想聽見。眼前的景象讓他覺得荒謬，甚至牽起脣角忍不住冷笑。這是從何說起？為什麼他會遇上這樣的事？誰沒有過往？婚前的交往，需要這樣用一生追逐尋找嗎？除了說這個女人瘋了，還能怎麼說呢？

他有著被掐住咽喉的窒息感。如果她不是瘋子，那麼她就是太過精明，知道什麼是對他最有力的箝制。檯面上人物怕負面新聞，隨隨便便的小事都可能讓公司股價跌跌不休，更何況集團的外姓女婿？稍有不慎不但身敗名裂，還會一無所有。她是算計清楚才找來的嗎？王光群的臉色由青變紫，他不能讓她得逞……。但是，他能下車理論嗎？唯一能做的，就是堅決不離開自己的位置。

一直到司機將座車駛回堤頂大道，寬敞的馬路和遼闊的河堤視野，讓王光群終於寬下心。他交代司機，剛才的事誰都不要說。司機明白事理的頻頻點頭，內心充滿了歡喜，自己的忠誠終於被老闆看見，從此他真的可以以老闆的心腹自居了。車子越開越順溜，也就加速的更快，駕馭一輛奔馳中的好車，是一種無法形容的舒心。

原本要去子公司主持例行月會的王光群，讓司機掉頭回敦化北路的集團大樓。車上他連續打了幾通電話，通知祕書室改變行程，準備以視訊進行月會，又將下午要去參加的會議取消……。他感覺得到自己仍有些心意混亂，也很不滿意這樣的自己。那個女人算什麼呢？連十數家公司都掌控得宜的他，怎麼會為了這麼一個什麼也不是的女人慌亂？說得過去嗎？

然而不論王光群如何斥責自己，思緒不是隨心所欲能受控管的東西，他凌亂的腦袋裡，就是磨滅不掉宋勤美那張臉。那臉孔是現在的宋勤美，還是二十多年前的她，已經很難分辨，王光群只能任由那臉在腦海中飄蕩、竄流。他能怎麼辦呢？有些事就是發生過，想要自欺欺人的否認，也是否認不了的。

去過宋勤美居住的國宅後，王光群有整整一個星期沒有與勤美聯絡，潛意識裡他真的希望兩人能就這樣無消無息的結束，不用解釋，不用糾纏。

那樣長著斑駁壁癌的牆面、油膩膩黏答答的磨石子地板、單薄的夾板隔間、廉價的折疊餐桌、厚厚油垢的狹窄廚房，還有空氣中飄散的隔夜魚腥味……，都是他陌生的。住家不就應該窗明几淨，三、四個房間和客廳、餐廳？他從小就知道，他們家不算富有，他也理解什麼叫貧窮，但是直到去過勤美家，又默然的走出了那陰暗髒汙的國宅後，他才知道對貧窮他只是稍稍「理解」，更無意融入。

勤美沒有就此消失，撥打了許多通電話到家中找他。王光群推託著沒接聽，他母親很疑惑，姊姊立刻就意識到發生了什麼事，旁敲側擊追問，並且警告他，不適合的戀情一定要速戰速決。他什麼也沒說，但是知道這樣閃躲不是辦法，他們沒有未來，拖拖拉拉對宋勤美也不公平，所有事最後他都還是必須面對。

他們相約在當初認識的花園咖啡廳見面，勤美一直低著頭，什麼話也不說。王光群從她堅定的側臉，看得出她是一切都了然於心，但是卻不放棄。

「我下個月就要去美國了。」王光群說話的時候，專心看著咖啡杯，避開了勤美的臉。

「喔。」反而是勤美抬起了頭，換成她專注的看著王光群，是害怕漏聽了任何一句話。

「我去的賓州大學，離紐約不是很遠。」王光群說著無意義的言語，內心感覺很糟，自己像個壞人、混蛋，可是他又不願意承認。

「喔。」

「這兩天，我一直在想我們的問題。我想，也許我們分開一段時間對大家都好。」

王光群終於說出了他真正想說的話，因此鬆了口氣。可是坐在對面的勤美變了臉色，原先假裝鎮定的臉，由慘白成了青灰，眼睛充滿血絲，她直愣愣瞪著王光群，問道：「分開嗎？」

「我是這麼覺得，未來的事都很難說。也許，我不該這麼自私的綁住你……，不如各自沒有束縛，也許比較好。」話就這樣順順溜溜的，不用經過大腦的，一字一句出口，王光群甚至不覺得那發出聲音的就是自己。

「可是……」勤美停頓了許久，是思慮了又思慮，好半天後她才哆嗦著雙唇，喃喃道：「我們，不能分手。」

「啊？」

「我，懷孕了。」

「啊……？」

「三個多月了。我也……不知道，還以為……那個沒來。」

王光群當時的感覺，就像被雷電擊打到，一時間根本抬不起頭來回應，只是將頭低得更低，空氣也瞬間凝結成了冰，使得他無法呼吸到氧氣。但總要說句什麼吧？他這麼想著，嘴巴開始不經大腦的蠕動，然後說道：「真的？」

「去驗過了。」

王光群也覺得不該問真、假，但是好像說什麼都不合適。於是，他再次緘默。

可能因為王光群的沉默，讓勤美覺得有了空間，或者該給他點安慰。她說：「你，生氣了？」

「啊？沒有。」他否認，說：「很意外。」

「我要生下來。」勤美說。

這句話讓王光群更加手足無措起來，他用力吸氣後道：「我要出國，怎麼可能……。你一個人，怎麼能夠……？」

「我，可以。」勤美說這話時，嘴角甚至出現了笑意。

那天晚上，他們變得彷彿陌生人，只是對坐，始終沉默。咖啡廳裡的古典音樂在兩人間纏綿悱惻，夾雜了其他客人的歡聲笑語，別人過的才像是真實的彩色生活，而他們卻陷入了古老的黑白片中，不真實，非常荒涼。

懷孕有很多辦法可以解決，不是一定要結婚，這個道理王光群懂得，但是以一個男人來說，這時他做任何提議都是不妥的。他希望勤美認清不可行的道理，自己改變主意，而他只能沉默的希望著。

懷孕？孩子？對於年輕的王光群相當抽象，尤其勤美說的懷孕，就他的理解並非是生命，只是某種巧合下的細胞結合，不像後來女兒琦琦和兒子尤金，是在他和凱莉極度期盼下誕生的孩子。可能年紀還是最重要的原因，二十多歲的王光群不知道孩子對他有什麼意義，好像只代表了束縛和責任和麻煩；可是過了三十五歲後，孩子有了意義，說是生命的延續也好，說是基因帶來的期盼也好，總之有孩子變得重要了。

年輕的王光群，對這突如其來的一切只感到意外和驚嚇，他惶惑不安，像罪犯般靜待著判決。這樣的事情完全不在他的經驗法則之中，根本不知道發生了什麼？再來將要進行的又是什麼？

然而事情詭譎多變，竟然有了他意想不到的變化，宋勤美打電話來，未言語便先已經泣不成聲。

「發生了什麼事嗎？」他問。對他而言，已經沒有更壞的消息了。

宋勤美哭了又哭，王光群好半天才明白了她說的話。她要他陪同一起去醫院，不是做產前檢查，而是要動手術，必須有人簽同意書。至於人工引產是什麼？與時有聽聞的墮胎又有什麼不同？王光群很想去圖書館查詢相關資料，但是他來不及去看書，必須立刻陪著勤美去醫院，勤美說是醫生交代，不能再拖延時間，孩子月分越來越大。

所謂的醫院，原來只是座落在永和一棟不很大的住商混雜大樓裡面的三樓而已。老舊的電梯上去，有著小小的診療室、小小的手術房，和幾間窄長形病房。老醫生穿著領口已經發黃的醫師袍，一臉冷漠，不帶情感的聲音說著些專有名詞，解釋為什麼需要立即住院進行手術。

因為勤美懷孕已經第十四周，前兩天身體覺得異樣，水腫嚴重，做了母血唐氏症篩檢，檢驗出異常值偏高。年輕的王光群根本來不及驚異或感傷，他只覺得謬誤得無法接受，卻又必須承擔。

王光群幾次想要逃離現場，任性的一走了之，像個不負責任的青少年那樣。但是他的自尊心讓他不能壞得離譜，他必須假裝鎮定的留下來。醫院裡到處充斥著濃濃的藥品與消毒水氣味，他聞著聞著，數度犯嘔，還有呼吸困難的感覺。王光群認為自己隨時可能暈倒在這所不像醫院的小醫院裡。

這是一次前所未有的痛苦經驗，他必須陪伴那個女人，看她披頭散髮，臉上一點血色也沒有的呻吟。那個據說懷著孩子的女人，忍受著各式折磨，躺在小手術房裡，吊著點滴，由護士做了陰道塞藥，讓子宮頸鬆弛，下午又吃子宮收縮劑……。如果可能，他還是希望能夠逃離現場。

隨著勤美的子宮收縮越來越頻繁，她開始頭暈、心悸、嘔吐。目睹一切的王光群明白自己是逃不了了，也有那麼一刻時間，他認真的做了想要娶她回家的打算。

勤美開始下體流出鮮血，哭喊疼痛，護士進來一陣忙亂，口口聲聲說著摸著了、要下來了……。王光群一直側著身體，他不敢直視所有發生的事，如果可能，他甚至希望關閉耳朵，不要聽見。

勤美終於被推進手術房，獨自留在病房中等待的王光群，耳朵裡還迴盪著剛才勤美的哭喊，她似乎還說了好冷？這時的王光群也覺得全身冰冷。他第一次有了要為這個受盡煎熬的女人做些什麼的想法。結婚？這念頭令他感到沉重，可是除了結婚，他又能給她什麼樣的補償呢？婚姻在當時的王光群看來，也就是一場婚宴、證書上簽字，當然也是一種他不會輕易決定的承諾。但是在當時那樣血汙斑斑，氣氛嚴峻的狀況下，與那受苦的女人結婚，成了他唯一的救贖。

既然動了念要結婚，坐在空病床上的王光群，開始認真設想許多細節，第一他必須告訴父母。太過突然，他的父母不可能輕易答應這門婚事，他母親是怎麼看待他這個寶貝兒子，他比誰都清楚。母親根本不相信，天底下會有配得上她優秀兒子的女人。他幾次交往的女友，都被母親批評得一無是處，不是長得太高，就是長得太矮，太胖太瘦也不行，一樣臺大畢業但科系不夠好，家裡是軍公教不好，經商也不行，太窮更不好……。

王光群開始想像自己要怎麼說服母親，然後再由母親去說服父親。他兩個月後即將出國，勤美可能必須先留在臺北，等他在賓州找到房子，課業穩定，一切就緒才有可能接她赴美吧？以勤美的家境，所有費用看來必須男方籌辦，到時候母親不知道又將有多少的怨言？想像著這些瑣事，可以讓時間過得快速，也可以讓他抒發不少的壓力。

其實真正進去手術房到結束手術再送病人回病房的時間，並未超過半小時，但在王光群卻是漫漫長長。自從進入這狹長窄小的病房，這是他第一次將勤美擁入懷裡，在那之前，他根本不敢或不願意碰觸她，因為害怕。為什麼害怕？怕什麼？他也說不上來，就像個做錯事的孩子。

他輕撫著勤美的背脊，發現她更加消瘦了，瘦得脊骨只隔著層皮膚。他溫柔的說：「沒事了！都過去了！我們結婚吧！結婚。」

原先還只是委屈的嚶嚶低泣的勤美，終於爆發出所有委屈和恐懼，她趴在她心愛的男人身上，嚎啕大哭，哭得王光群的白色襯衫肩背和前胸，全是濕漉漉一片。

那天晚上兩人就在小得不能再小的病房裡相擁入睡，他們都沒有真正睡著，勤美整晚緊緊的扣著王光群的手臂，一刻鐘也沒有鬆開過。王光群知道她擔心一旦鬆手，將永遠失去他的蹤跡。

王光群也憐愛的緊緊摟抱著勤美，想著這就是將與他一起度過一生的女人，心中湧起對自己的尊敬；他一直期許自己做個好人，娶宋勤美為妻子，證明了他情操是高尚的。

王光群因為確定了自己是好人，第二天當他為勤美辦理出院手續時，他抬頭挺胸，沒有任何畏縮和不安。扶著勤美上計程車時，也是那麼的理直氣壯。當勤美呢喃說，自己情況不適合回家時，王光群毫不遲疑的說：「去住旅館，休息一天再回家。」

他們住過幾次旅館，都在臺北的近郊，陽明山、淡水、基隆……。起初兩人都有些羞澀，視線甚至不敢直視櫃檯裡的女中。但是後來駕輕就熟，知道需要身分證登記，也不用在意任何人目光。

一向不太表示意見的勤美，依偎在愛人懷中，這次輕聲要求：「我想去，陽明山。」

王光群一點也不顧忌計程車上還有司機先生，他微笑著，輕吻了勤美的額頭，說：「和我想的一樣。」

陽明山上鄰近公園有家溫泉老旅館，兩人夏天去過一次，清晨睜開眼，可以由窗臺看見天空湛藍，雲朵雪白，對面碧綠的山巒間還漂浮著嵐氣。年輕的王光群更喜歡看見的，是身旁躺臥的勤美。一樣年輕的勤美，有著雪一般白皙的裸體，藏在薄薄的花布夏被底下，正含蓄的等待著他挑撥。夜晚兩人才淋漓盡致的享受過歡愛，但清早才睜開眼，他嚮往的還是那一如墜落入淵澗般，深不可測的肉體悸動。

那天他和勤美在淒風苦雨中由小醫院乘車上陽明山，抵達時已經入夜，山上溫度比平地足足低了七、八度。榻榻米房間裡沒有暖氣，他為勤美裹上厚厚的被褥，卻仍能感覺到她身體的顫抖，還有室內的濕冷。

「還冷嗎？」

「還……好。」

「我再去跟內將拿一床被子？」

「不用了。」

「我去。」他說。

走出拉門，外面是個日本式小庭園，布置著小橋、流水、假山，流水中還飼養了幾條錦鯉，游過來游過去，永遠游不出小池塘的格局。上回來，兩人在庭園裡走了一圈，驚喜這裡的雅致，此刻浸潤在冷風冷雨中的庭院，看著只覺得淒涼、造作。同樣的造景看在同樣的人眼裡，卻因為時空移轉，心境不同，感受也迥然有異。

王光群眼神呆滯，加上雨霧，逐漸的他已經看不清眼前景物，同樣念頭又次掠過心底，為什麼不此時獨自離開？他為自己的想法倒抽一口冷氣，多麼卑鄙！但是也許離開才是對兩人都好，不是嗎？但是另一個聲音卻出來制止，說他卑劣無恥，留下女人自己離開？讓她孤單的獨自留宿？面對旅館其他人無情猜測和嘲弄目光？

他真的很想很想就這樣頭也不回的下山而去，回到他熟悉的市區，熟悉的家，沒有任何負擔和責任的，繼續他熟悉的生活……。不過王光群終究沒有獨自下山，他陪勤美在旅館過了一夜。那一夜兩人什麼都沒做，也都睡得很熟，可能是因為兩日來身心交瘁，太過疲累了。

王光群清晨醒來時，勤美已經梳洗整齊，坐在他面前，專心看著熟睡的他。王光群有些內疚的一把攬過勤美，將她壓在身下，本能的親吻起她乾淨得彷彿透明的臉頰、頸項、鎖骨，當他的手開始探索起她下體時，他遭到了首次的拒絕。

「還……不行。」勤美溫柔的阻止了他的手，充滿歉意的說道：「下次……。」

王光群這才真正甦醒透徹，為自己的莽撞道歉，說：「對不起，我，忘了。」

勤美溫柔的淡淡微笑，然後再次投入王光群的懷裡，用她纖纖的手指撫弄起王光群最敏感的部位，問他：「這裡……，很難受嗎？」

他搖搖頭，但卻開始覺得難忍的慾望。

「那……，我幫你。」說著，勤美便垂下頭去，用纖纖食指，用嘴和舌尖，溫柔又熟練的撫慰著他最需要撫慰的地方。

王光群永遠不想記起那天清晨的自己，為什麼要記得呢？遺忘是最好的逃避，只要遺忘就不用煩躁，不用焦慮，更不用愧疚。他刻意的遺忘從前，記得又有什麼益處？他不是托爾斯泰《復活》裡的聶赫流道夫，勤美也不是卡莎秋。所以他不需要記得，包括勤美手術之後，在陽明山上的老旅館裡，他對勤美再一次的承諾，說要娶她，一定會和她結婚，說她是他一生唯一的愛。

說這些話時，他是真心的，只是這樣的真心能維持多久，那就不是他可以控制的事。人生充滿了變數，他又能如何為自己說過的每句話負責？就算沒有遇到凱莉，他也可能遇到別的女人，在美國結婚、工作、生兒育女……。

總是糾結在過去的宋勤美，繼續著她放不下王光群的人生，王光群認為這一切真的與他人無由。但是那個夜晚，對他而言還是充滿了悔恨、驚怕、愧對，複雜的情緒使他幾度想要無恥的逃離。他曾經真心的愛過勤美，只是那段愛情只是一個「曾經」，一個年輕時發生過的片段。他的人生，之後就再沒有宋勤美容身之地了。

王光群座落在二十六樓的書房此時已經盡黑，因為是個沒有月亮的夜晚，黑暗裡他看不見室內任何東西，包括他自己。他伸手扶著書桌邊緣，讓自己站起身來，然後再摸索著開了立燈。

當昏淡的光源照亮了整個書房的一刻，所有屬於真實生活的熟悉感又都回來了。他知道是必須做些什麼的時候了，打電話給凱莉要她帶兒子回家？她應該可以諒解發生的事，只是個婚前發生的過去式女人，不是他招惹來的，也不是他情願的。

王光群決定振作起精神，不用在乎大樓外守候的記者群，他還是得開車出門；打電話給仍在生氣的凱莉並不妥當，他必須親自去接妻子和兒子回家，然後回到他原本的生活軌道。不可否認的，那確實是個舒適的、已經無法脫離或妄想改變的生活軌道。

對於說服凱莉他有十足的把握，凱莉完全不是問題，問題在他岳父的態度。那位老先生一對鷹眼，看他這女婿時，總是發出幽幽的青光。王光群從來不曾對凱莉說過一句對他岳父的真實感受，他只是靜靜的聽著凱莉怎麼敘述她的父親，說小時候父親多麼難以親近，她隨著母親天天在家裡等忙碌的父親回家晚餐，守著一桌子母親和傭人一起燒煮的破布子蒸魚、焢肉、清炒蝦仁、炸豆腐……，都是父親愛吃的。但是父親並不常在家用餐，他總是很晚很晚，凱莉和弟弟都睡著了，父親才回到家，或是根本沒有回家。

凱莉高中畢業赴美念書的前幾日，父親到她房間小坐了一會兒，說了些女孩子隻身在國外應該注意的事，還叫她好好念書，說以後才能幫忙公司等話。這讓她第一次體認到，父親原來對她是有很深愛意的。

凱莉告訴丈夫：「你不要看我爸平常對你不苟言笑，其實他很喜歡你，也會希望你成為他的左右手。難道我們還會輸給那個家裡——那兩個敗家子嗎？」

凱莉所指的敗家子，是她父親外面小老婆生的兩名子女，雖然早早都已經入在他父親戶籍裡，但是心態上凱莉和她兩個同母弟弟，從來不承認父親外面所生養的孩子。不過王光群看得很清楚，凱莉和她的弟弟們無論如何排斥，她的父親仍然心繫那兩名非婚生子女，這是沒辦法磨滅的事實。所以王光群從來不似凱莉那麼樂觀，認為他這個女婿可以取代誰。

因為宋勤美，王光群上了新聞，連帶的使得公司形象遭到損壞，岳父當然相當震怒，他向來要求家族不要多曝光出風頭，他的家訓是——錢是要默默的賺。公關組全員出動，能擋的擋，能關說的也關說了。媒體本來就有兩個面向，除了供給新聞，也必須依靠廣告生存，所以他們同樣離不開財團的奧援，該守的分寸也不會忘記。

王光群沒有自己送上找罵，而老先生也很沉得住氣，始終沒有找他這個女婿問話。王光群以他對他岳父的了解，他可以想像老先生一開始除了生氣，一定也叫了凱莉過去，問他疼愛的長女是否想結束這段婚姻……之類的話。但是數日過去，老先生平靜後，必然還是回歸他的老派作風，應該不會再提離婚。但是老先生一對幽森森的鷹眼，仍然跟在王光群的身後，從來也沒有離開過。

就王光群所知，岳父今天中午已經乘坐私人噴射客機，飛去了上海。老先生為了一樁極為重視的兩萬多坪土地標案，前往親自坐鎮。王光群想趁著岳父不在臺北的空檔，去接回老婆、兒子。

他艱難的步出了書房，近兩百坪的房子裡除了他再無他人，凱莉連幫傭阿姨也一起帶回了娘家，要讓他徹底的孤獨。超過三米五高，又以特殊工法設計成沒有柱子的客廳，因為無人而顯得更大更遼闊了。大面的落地窗外是片陽臺花園，種植了花卉和各種草本植物，定時有園藝公司負責修剪或更換，保持了觀賞植物的最佳狀態。室內名牌沙發、桌几，牆上名家畫作，櫃檯上昂貴的雕塑品……，這一切看在王光群眼裡，都正反射出一種如他岳父眼睛裡的幽森光芒。

王光群突然胸口一緊，整個人幾乎前傾，好在他及時扶住了沙發的椅背，才沒有摔跌地上。那不是心臟的緊痛，而是每當他憶起某些深感愧疚之事，心都會這樣不由自主的緊緊揪痛一下，鼻端也會一陣酸楚。好在那種揪痛和鼻酸，來得快也去得快，幾秒鐘後，一切也就都平息如常了。他堅定的再撐持起身體，挺直腰板昂頭闊步，王光群扭開銅雕大門的門把，大步走出了他空蕩蕩的家，撇下從前以往，遺忘不必要的愧疚，繼續他的人生。

16

讓勤美離開臺北，是勤立為她做的決定。那幾天臺北的媒體，讓當事人和當事人的家屬，都彷彿處在槍林彈雨之中，隨時會中彈身亡似的。由由也認為母親應該暫時離開臺北，雖然甥舅倆都不知道葉國誠所說的新竹關西山上在哪裡？山林生活是個什麼模樣？但是他們還是這樣為勤美做了決定。

他們那天是摸黑上山的，葉國誠開著老舊的小貨車，下了高速公路交流道後，由中山路到南山，然後往上蒼蠅坑產業道路一直開，附近偶爾還會看見些燈火，因為住有稀落的人家。再進入下蒼蠅坑，一路繞行，最後竟然走到沒有路可以走了，葉國誠這才只好停下車查看所以。

夜晚的山，除了黑暗還是黑暗，尤其像這樣沒有月亮的夜晚，暗到除了黑再難看見其他。葉國誠利用車燈，看清楚了擋在面前的是倒塌的枯樹，枯樹後面仍然是黑。

「迷路了。」葉國誠說。又問勤美：「你還可以吧？」

已經兩天沒有闔過眼的勤美，幾乎連這樣簡單的問題也無法回答，她只是眨巴著紅腫的眼睛，茫茫然看著眼前的黑暗。她根本不知道自己身在何處？葉國誠承諾的山林、組合屋和菜園又在哪裡？車子外面就是深不見底的黑，什麼也沒有。

「唉！我們再掉頭找找。明明記得看見土地廟就右轉啊。」葉國誠搖著頭嘆氣。

已經在下蒼蠅坑組合屋裡待了將近一個月的葉國誠，那裡是他目前的家，他卻第二次回家迷路。第一次迷路，是他偷偷摸摸回臺北，讓有意買他竹圍房子的買主看屋。來看房子的兩夫妻很年輕，三十歲多一點，顯然是網路上熟讀了各種購屋祕訣，對他的房子挑東嫌西，說得無一是處，但是最後卻希望葉國誠以開價的六折賣給他們。

葉國誠一肚子氣惱，回到社區大廳，拜託熟識的管理員保管鑰匙，不要再有事沒事把他叫回臺北。他才走出電梯，卻立刻被一男一女攔住了去路，問他可是葉國誠？王光群的表弟？葉國誠心中一驚，還以為遇見了向他討還高利貸的流氓。

一男一女是電視臺記者，男的手上還扛著很重的攝影機，他們希望葉國誠可以對宋勤美事件表示一點意見。葉國誠一愣。在山上待了近一個月的葉國誠，沒有電視，沒有網路，沒有報紙、雜誌，根本不知道臺北發生了什麼事，就算第三次世界大戰爆發他也不知道。

「宋勤美怎麼了？」

女記者耐心的將前兩天發生的，宋勤美在豪宅樓下用大聲公叫喚王光群事件，簡單敘述一遍。葉國誠聽得匆忙，攪和了他當時沮喪的心情，一古腦的怒氣直衝腦門，他對著攝影機便開始砲轟起表弟王光群。

當時到底說了些什麼，葉國誠也不太理得出頭緒，也沒看見電視報導裡的自己。這些他都不在乎，比較在意的還是勤美鬧出這樣的事，上了報，上了電視新聞，那不是一般人承受得了的。葉國誠找去勤美工作的速食店，店長見過他來找勤美，聽勤美說是親戚，所以給了他勤美家的地址。

葉國誠去石牌路勤美家，電鈴按了又按，沒人應門，他只好開了破舊小貨車回關西山上，也是因為走夜路，心情悶煩、浮躁，他迷失了方位，車子開了好幾趟冤枉路，都碰到沒有路的山壁。後來還是等到天亮，再倒回產業道路，問了兩次開車出來採買的附近人家，才找到回家的路。

那片山窪地上有個舊有的組合屋，葉國誠初到時，屋頂遇到下雨起碼五處地方漏水，他下山買了石棉瓦鋪上，又把破洞的壁板用屋外廢棄的鐵皮擋住，門窗也修了修，這才勉強能夠在裡面安心睡覺。

地是葉國誠妹夫家的，妹夫的退休父母想要回歸田園生活，買下這片含括了田地、旱地、林地的一小片山坡。據說原先是荒廢了二、三十年的農田，老夫妻初到時遍山雜樹，蔓草長得比人還高。請了工人來整理，架起不大的組合屋，從此夫妻倆毅然離開嘈雜的臺北，搬來生活。山上一住五、六年，從無到有，兩夫妻就靠了兩雙手和鏟子、鋤頭、鐵鍬，將地挖鬆，搬開石塊，種樹、種菜。

葉國誠第一次開著老夫妻用過的小貨車獨自找上山時，反而沒有迷路，照著妹夫描述，上蒼蠅坑過了就是下蒼蠅坑，繞行幾轉後會有座土地廟，再左轉。他順利的找到了那片正逐漸荒蕪中的坡地。那些蕪雜的植物若仔細分辨，會發現有些是瓜果的藤蔓，有些是果樹，還有九層塔、金針花、小番茄、高麗菜……，更多的是生殖力強悍的番薯葉，長得滿滿一地。

妹夫的父母是有概念的人，知道什麼是水土保持，保留了所有原生樹木。那些樹有叫得出樹名的：榕樹、樟樹、土肉桂、菩提樹、麵包樹、青楓、櫸樹、大葉欖仁……，也有不認識的，高高矮矮，肥肥瘦瘦一起共生共存，生生不息在這塊土地上，已經不知道經歷過多少風霜。老夫妻恬靜的，不打擾它們，只想一起生活。

老夫妻又運來樹苗，種了更多的樹，不施化肥、除草劑，不用農藥。他們只開墾了一小方菜圃，種些自家食用的空心菜、青江菜、莧菜、油菜、紅鳳菜、高麗菜、番薯葉；架起幾個小棚架，種番茄、絲瓜、南瓜；果樹有番石榴、木瓜、檸檬、李子、青梅、桶柑、洛神花。說足夠日常食用，還可以帶些回臺北給兒孫就很滿足了。他們要的，是雙腳踏踏實實的踩在泥土上，呼吸沒有汙染的空氣。

夫妻倆因為覺得有趣，也學人家栽種了幾株咖啡樹，結滿紅豔豔的小漿果，果肉是甜的，可以生食。但是沒有製成咖啡豆，因為量少，晒乾、去殼再烘焙，工序不容易。反正什麼容易生長，他們就因為興趣種些什麼，也是一山的滿滿豐饒。

兩人每天天不亮起床，穿著磨蹭陳舊的舒適衣褲，戴著破斗笠勞動不停，鋤地、撒種、施有機肥……。有機肥料都是自家製作，用豆渣、咖啡渣、豆餅、米糠、粗糠加上木屑發酵；灌溉用山邊流過潺潺的鳳山溪水。日復一日趴在地上一株一株的拔雜草、一隻蟲子一隻蟲子從心愛的作物上抓下來。

山上除了不討喜的吃各種農作物的小蟲子外，還有蚊蟲、蛇鼠；但是討人喜歡的生物更多，夏天夜晚有臺北已經很少看見的螢火蟲，百百千千點著小燈籠飛舞著；還有各種鳥類：翠鳥、白頭翁、藍鵲、喜鵲、畫眉，不同的鳥類發出不同的啼叫；夜晚是蛙鳴、蟲叫，早早晚晚交錯唱和，比流行樂還要悅耳。

老夫妻吃素，三餐可以自給自足，餐餐有機，頓頓新鮮蔬果。收成剩餘的就運下山轉贈親友，收到的人不知有多歡喜，看著那份驚喜就是夫妻倆最大的樂趣。

習慣了深山簡居，他們根本不想回去臺北。偶爾臺北睡一晚，嫌吵得睡不著覺，外出又人擠人擠到頭暈，臺北空氣更是嫌汙濁到讓他們無法呼吸。他們興致勃勃的計畫起長居久安，要將組合屋改建成磚瓦農舍，經過縣政府的水土保持單位審查，連建築執照都已經申請下來。

但是事與願違，一次颱風天摧毀了所有農作物，組合屋頂也有多處損壞，老先生爬上屋頂修理時摔傷了腿，無法再繼續吃力的勞動，所以兩年前結束了山居生活，之後山上的組合屋就空在那裡，地與作物也全荒蕪了。

葉國誠會上山居住則完全是不得已，銀行不停的電話催討貸款，他借的高利貸也利上滾利成了天文數字，最近追債的幾次揚言要斷他手腳。他不想，也沒那個臉回父母家，尤其不願意讓成年的兒子見到自己的落魄。葉國誠悄悄聯絡了唯一的妹妹，妹夫說錢是沒得借給他的，臺北也沒有房子可以借他躲債，但是有處地方他如果願意去，倒是可以藏身。

葉國誠隻身在山上住了下來，整座山白天看還不錯，青翠蒼綠，空氣清新，飛鳥圍繞，生氣蓬勃。但是一到了夜晚，尤其深秋以後，四周淒冷得像空氣都結了冰一樣。更讓人發寒的是那片死黑，彷彿鋪天蓋地的布滿了鬼魅。整座山的黑，滿天滿地的黑，讓他感到窒息，不信鬼神的葉國誠，這時甚至希望阿括的魂魄能來與他作伴。夜夜，葉國誠抱著和阿括合照的照片才能入睡，他別無選擇的住了下來。

葉國誠花了兩天時間，簡單維修了組合屋後，終於可以閒下來坐在一張木板凳上，張望著眼前的枯枝雜草發愣。他一點也沒有想過要動手整理菜圃，或是扶起坍垮一半的瓜棚，更不想除草抓蟲子、買種子來再種些什麼。葉國誠是標準的都市人，連拔些番薯葉來煮了吃的打算也沒有。他三餐靠著每天開小貨車下山，去鎮上的7-11買瓶裝水、飯糰和便當過生活，因為沒有電、沒有冰箱，一次還不能買太多便當，最多兩天的份。

一直到勤美上山後，葉國誠的生活才有了變化。那天葉國誠去勤美石牌的家撲了空，但是他仍然不放棄的每天照三餐打電話找勤美，先是關機，後來是沒人接，終於有一天打通了電話。

接電話的是勤美母親，老太太一聽說是勤美的朋友，而且是她曾經聽女兒提起過的表哥，電視訪問裡也幫他們勤美說話的朋友。老太太鬆懈了防備心，哽咽哭訴著：「怎麼辦啊？我們勤美要怎麼辦啊？這麼多記者、這麼多人在找她，大門都不敢出去。」

葉國誠不是預先想好要接勤美山上來住的，是聽老太太不停的對他哭了又哭，他隨口說道：「要不要讓她到山上來住一陣呢？這裡空氣很好。」

除了空氣好，葉國誠實在想不出住在山上還有什麼更大的優點。

「山上嗎？」老太太不哭了，她認真在想。

「新竹關西附近，親戚借給我住的，空氣真的很好。」

老太太和兒子、外孫女商量了好幾天，最後終於有了決定，她打電話給葉國誠，請這位好朋友來接勤美去山上暫住。可以躲開記者、空氣又好的地方，一定是個有益勤美的地方。

當晚，葉國誠和勤美沒有找到路回家，葉國誠認為繼續鬼打牆的開車不是辦法，他也累了，決定就睡車上等天亮，反正那個破爛的組合屋也不會舒服過貨車多少。

勤美根本沒睡，聽著葉國誠如排山倒海的呼嚕聲，她一直眨巴著乾澀的眼睛，瞪視著車窗外的漆黑。雖然她什麼也看不見，但是就這樣看著，腦子裡空洞洞的，甚至有些記不得自己為什麼會和葉國誠同行，又為何待在這片黯黑之中。

漫漫長夜之後，天色終於逐漸的一點一點亮開，像黑色的畫布一遍一遍塗上灰白油彩，每上色一次，灰白亮度就更高一些，就這樣慢慢的，天色完全亮開了。

葉國誠也醒了，伸著伸展不開的懶腰，問勤美：「有睡一下嗎？」

勤美沒有回答。

葉國誠早習慣了勤美的沉默，他自己下車去舒展四肢。光天化日下什麼都看得清清楚楚，明明白白了，他跳上一塊大石頭，人站高了，視野更加豁然開朗，不可思議的是，找了一個晚上的家，竟然就在他腳底下不遠之處。一片山嵐飄渺中，他一眼認出那棟像是相熟已久的組合屋，火雜在綠樹、野草之間，就這樣霍然的出現矗立著。葉國誠有種從來沒有過的感動，因為他找到了回家的路。

葉國誠跳下大石頭呼喊勤美，拍打著車窗指著遠方說：「就在那裡！看我這個白癡。」

葉國誠興奮得孩子一樣的再爬回車裡，發動起小貨車，帶著勤美倒車迴轉，走出了不通的死路。

勤美在組合屋裡睡了一天一夜。她已經忘記走進這片雜草叢生的荒蕪山地，第一印象是什麼，她只是突然感到迎面而來的一陣前所未有的睏倦，頭混沌到完全無法反應，四肢也癱軟無力，站都站不穩。

她對葉國誠說：「讓我，睡一下。」

勤美就這樣不吃不喝的，在那張擱放地上的雙人床墊上，足足睡了二十四小時。再醒轉來時，又是一個清晨。她是被鳥叫聲吵醒的，不是一隻鳥兩隻鳥在啼叫，是一群鳥、數十隻的鳥在啼叫。嘰嘰喳喳，喳喳嘰嘰，吵得不得了，但是卻不刺耳，聽著聽著她就醒了。

勤美睜開眼，一時間甚至不知道自己身在何處。這種恍然不知所以的感覺，對她並不陌生，所以不會慌亂恐懼。勤美放眼看了四周，逐漸明白了自己身在一處凌亂骯髒不堪的小組合屋裡，地上還放著母親為她準備了換洗衣物的旅行袋。她終於全都記起來了，她是跟著葉國誠上山來暫住。勤立說這樣就不會受記者騷擾，對她比較好，母親相信勤立的話一定不會錯，由由也同意。

組合屋裡霉濕氣味很重，不是很好聞，但是透進屋來的光線卻十分亮梭耀眼。光亮不止來自一處，由毛玻璃和其他好幾處縫隙透進屋來，每一束光源都還游移著纖塵。勤美甚至伸出手來，想抓一把那樣的光線。

勤美甦醒透徹了，她推開木板門，蹣蹣跚跚走了出去。站在水泥平臺上，空氣是冷的、清甜的、充滿植被的氣味。放眼遠望是層層青山，近看是方曾經人工整理過的林地，雖然有點蕪亂，但和屋內鐮刀、鏟子、鋤頭滿地的凌亂不一樣。附近有菜園，有瓜棚，還有野地生長不出那樣的小番茄、茄子、絲瓜，雖然都蟲咬鳥啄過，長得斑斑駁駁。另外還有幾株茶花、桂花樹參差其間。

「醒啦？我還真怕你就這樣睡死了。」

在勤美背後說話的是葉國誠。他剛又開車下山，去便利商店買了四個排骨便當回來，還有三明治、牛奶、瓶裝水和六根香蕉。

早餐葉國誠吃完一整個三明治，勤美只吃了一半，說中午再當午餐吃。兩個人你看我，我看你，在屋裡坐了許久，最後決定搬兩張凳子到屋外去晒晒太陽。於是整個下午就這樣在屋外坐著晒太陽，看白雲，看對面山巒。已經十二月中，山山相連卻仍然青綠一片，還看見遠處山窪裡有人戴著斗笠，彎腰工作，原來也住有人家。

可能是睡得很好，勤美覺得腦子徒然清明很多，可以想一些事情了。但是想什麼呢？什麼是她此刻心中最需要想的呢？勤美當然知道，人是因為腦子才想這想那，所謂「心」裡想，那只是個形容詞。

勤美感到驚訝的是，山上的空氣、山上的清冷，讓她突然想起了多年前那個冬雨綿綿的黃昏，王光群攙扶著她由婦產科醫院出來，他們到陽明山度過的夜晚。這是她長久以來，一直拒絕去想的事情，一次也沒有。

勤美成功的把那一塊記憶阻絕在腦海之外，她不去想它，拒絕想起，也從來未與他人提起過。汪小姐、葉國誠、林惠安、賴佳荃、江莉莉、艾咪……，她說過某些事，但是從未提起人工引產和醫院的事。因為她連自己都想隱瞞，選擇了拒絕記憶。偶爾腦中掠過某個片段時，她也會立刻封存，絕不繼續回想。那是她一生一世的傷痛，不需要記得。她始終相信自己只要奮力找回那個溫柔的擁抱、甜美的愛情、給她希望和全世界的王光群，就可以彌補一切，她一點也不需要那段回憶。

但是這一刻她竟然想起來了，而且不覺得痛苦，只是漫漫的想著，像記起某部電影或小說的片段那樣。人的腦子真是個奇怪的東西，明明之前還那麼迫切嚮往著那個男人、那些事情，卻在經過了一天一夜熟睡，竟然覺得那些從前重要的事，一下子變得不再重要。她的愛情、與王光群的過往，甚至在醫院經歷的痛楚，都變得縹緲起來，不再重要。

葉國誠從腳邊拔了根枯草細稈，剔著牙問勤美：「在想什麼呢？」

「沒有。」

「怎麼會拿著大聲公，在樓下叫他呢？」這是葉國誠一直想問勤美的問題：「明知道他不可能下樓來……。」

「什麼？」勤美茫然望著葉國誠，一臉疑惑，不明白他的話。

「什麼什麼？你不記得了？」

「什麼？」

「大聲公。」

「什麼大聲公？」

「警察局……？」

「什麼？」

看著勤美茫然的表情，葉國誠剔牙的枯草稈都掉在了地上，愣了半晌，他說：「那，就算了。不記得最好。」

「嗯？」

「那，你現在，在想什麼？」

「沒有。」

勤美想起由由，想起母親，只是都片片段段的，沒有重點……。至於王光群那個人，因為記起了引產的痛苦，也就記起了他的叛逃，一切反而變得沒什麼可以再想。所有沉重的過去突然變輕輕忽忽，沒有了重量。一段沒有重量的過往，也就不再壓迫得她透不過氣。勤美記起了過往，但是卻又忘記了持著大聲公、站在「樂悅苑」樓下呼叫王光群的事。腦子還真是奇妙的組織，轉念可以十萬八千里，改變可以只在一瞬間。

勤美和葉國誠繼續這麼在屋外坐著，坐久了，勤美腦子又空了，因為沒有什麼事情可以想，她開始注意起周遭環境。是個接近年底的冬日，但因為天氣晴朗，氣溫回升，綠林裡鳥叫頻頻，還有膽子大的雀鳥就在勤美腳下跳躍，仍然是一對一對的。勤美很好奇，這些鳥兒們天冷時候都躲在哪裡了？怎麼一放晴就全飛了出來。

勤美坐的地方是組合屋外的水泥平臺，臺坡底下是大門，種植了扶桑和七里香做為矮籬，扶階而上第二排仍有當初種植鳳梨的痕跡。這裡不全然是荒山野地，只是長時間缺少整理而已。

勤美覺得自己是不是該做些什麼才好？她站起身，隨著鳥叫聲往林子深處多走了兩步。原來竹林裡還有條大溝渠寬度的溪水流過，鵝卵石晶晶亮亮的鋪陳在淺淺的溪水底下。

瞧見了流動的水，勤美便知道自己該做些什麼了。她轉頭奔回組合屋，在亂糟糟一堆雜物中找到一塊破布、一只塑膠水桶。勤美用水桶打了水，用破布擦拭組合屋裡的門、窗、拼湊桌椅、木箱、瘸腿搖晃的櫥櫃、發黴的塑膠地板……。她甚至連鋤頭、鏟子、鐮刀都擦乾淨了。

勤美還在瘸腿搖晃的櫥櫃裡找到一些碗盤和杯子，又在組合屋後頭尋到用空了的瓦斯桶，還有瓦斯爐。她拿出勤立給她的錢，要葉國誠明天下山去換一桶瓦斯回來，再買張單人床墊，夜晚葉國誠睡地上太過寒冷。

組合屋裡其實有水電配置，只是葉國誠開不出水電，就也不深究，一直過著沒水沒電的生活。他晚上點蠟燭，白天偶爾用溪水擦澡，買瓶裝水喝，這樣他也能將就著一住整個月。現在多了個女人，很多事也就將就不了。

葉國誠認真打電話問妹夫水電的問題，原來組合屋早向電力公司申請有民生用電，現在只需要申請復電；家用水和灌溉，用的是山中乾淨清澈的溪水。妹夫的父親自己築了小型水壩蓄水，安裝有過濾器，以水管引水入屋。現在，只要將水閥打開、管線整理就有水用了。

第二天葉國誠開著貨車下山去採買勤美交代的物品，順便在水電行買些材料回來整理水電管線。簡單的水電工作難不倒做過房仲的葉國誠，他不是不會做，只是懶得做而已。

勤美在竹林深處再多走幾步，發現裡面還有長得半人高的蘆葦，她折了些竹枝子和蘆葦回來，用牆角堆放的塑膠繩綁了，拿來掃地。葉國誠發現組合屋裡裡外外都變乾淨了，覺得跟個愛乾淨的女人住，不是件壞事。這讓他想起阿括，一塊花布一塊破木頭，就能把個家布置得美麗又有情趣。

但是接下去的日子，葉國誠就不這麼想了。勤美收拾完了住屋，開始關注起屋外的各種植物，能吃的、不能吃的，她都東弄弄西弄弄。勤美穿上了組合屋裡找到的長筒黑膠雨鞋，她也不是真的很懂那些植物，從前不過陽臺上弄弄花草，現在她憑著本能拔掉雜草、剪掉枯枝、撥開長得過盛的各種蕨類，給可以食用的木本、草本、藤蔓用溪水澆灌。

大量的勞動，才是讓勤美真正擺脫了夢魘般過往的重要原因。王光群這名字偶爾還是會飄忽掠過她的腦際，但是每天做不完的戶外工作，讓那名字離她越來越遙遠了。

在臺北，勤美也每天勤奮的擦洗、整理，不停的做著家務；後來又到速食店打工，人人誇讚她勤奮不偷懶。可是在山上吃力的搬運、彎著腰挖掘、蹲在地上除草、仰頭剪枯黃樹枝，還要將坍塌的瓜棚重新搭好……，與在臺北時的操勞，是完全不同的。這裡地上踩的是泥土，頭頂上是天空，呼吸的空氣不一樣，眼下看見的是有生命的樹、草、菜、瓜。這些植物有豐富的五顏六色，紅橙黃綠藍靛紫，而非單一的綠。除了不會走動挪移的植物，還有鳥、蟲、蜥蜴，全在身邊打轉。勤美從上山的第一天，就知道她不要浪費任何一分鐘，必須加緊工作，她要把這裡打理成她夢寐以求的樣貌，一個有美麗花、樹，有青草，有菜園，有瓜果，有蟲鳴，有鳥叫的地方。

臺北離她越來越遠，房子、豪宅，都離她越來越遠。這片林地裡，孕育了她所需要的一切。

原本在葉國誠看來，是不可能復原的大片雜草叢，竟然經過勤美一天復一天，慢慢地一點一滴操作，荒蕪裡長出了新的生氣。葉國誠從此再也不得閒，無法袖著手坐在組合屋外看太陽升起，又落下，看晴天螞蟻搬家，看雨天遠處山嵐繚繞。他也必須工作，有很多粗重的枯木搬運、大石塊移走，都必須他來做不可。

當然勤美整理出來的只是大略的有點模樣而已，距離老夫妻從前的種植規模還差很遠。勤美不懂施肥，不知道哪裡買種子，不知道的事很多。但是她和葉國誠卻有了荒蕪中奇蹟般繼續生長的空心菜、番薯葉、青蔥、番茄、茄子和檸檬可以供食用。

勤美還發現一種長得不是很高的樹，開著深紫紅色的花，花中間還帶硬核，她猜是洛神花，卻不確定，因為從來沒見過生鮮的洛神花，見過的只有洛神茶和洛神蜜餞。她拿去問葉國誠，葉國誠倒很肯定，笑她：「老土！連洛神花都沒見過？奇怪，冬天還有？真的是氣候異常？」

勤美摘採了還未謝盡的 些洛神花朵，除去花中硬核，放在太陽底下曝晒乾燥，再拿開水沖泡，還真能泡出紫紅紫紅的湯水。她這才相信，原來洛神花是長在樹上的。

臺北的天空應該依然晴天時明亮，陰雨或霧霾深重的時候灰暗。臺北人也和其他大都市生活的人們差別不大，有他們自己的貧窮與富裕，歡喜與憂傷，美麗與醜陋……。而勤美離開了臺北，發現自己也就離開了那些貧窮與富裕，歡喜與憂傷，美麗與醜陋。

又是新的一年。

月曆上的日期對勤美和葉國誠意義不大，不過山林的變化他們倒是都看在了眼裡。臺灣位於熱帶和亞熱帶氣候區，四季並不分明，就算時序屬歲末寒冬，遠山卻仍然蒼綠一片。不過那整片的綠林，還是逐日逐月的起著變化，樹木葉片轉黃、轉棕、轉紅，成了五顏六色的山巒，比他們來的時候的濃綠，多了層次多了變化多了美感。

黃家輝和林惠安是農曆年前一個周末上山來的，那天特別冷，氣象局說有寒流。山上溫度又比平地低了好幾度，林惠安仍然穿著飄逸的薄紗洋裝，不過加了厚褲襪和羽絨外套。她一下車就哆嗦著身子，立刻衝進組合屋，還嚷嚷著：「好冷！好冷！你們晚上怎麼活的啊？」

黃家輝也瞇著眼，憂心忡忡的看著遠山說：「離你們老遠還有幾戶人家呢！真沒想到，這種地方還真有人住……？唉！冬天冷，夏天有颱風，怎麼住啊？」

他們開車上山也迷了路，從有路走到沒路，打電話給葉國誠問了三遍，將近黃昏時才正確找到地方。黃家輝並不想來山上，他也是標準的都市人，一出臺北就感到焦慮難安，戲說自己患有「離開臺北焦慮症候群」，何況還要他借來睡袋，上山過夜。

他不肯來，不是不關心勤美，而是覺得和林惠安一起上山有些荒唐。他和勤美簽有男婚女嫁各不相干的離婚書，但是尚未去區公所登記，在法律上好像還是夫妻關係。現在又因為勤美發生了這樣的事，離婚登記、與林惠安結婚，都耽擱了下來，這時還要上山來，真是混亂。但是最後，黃家輝抵不過林惠安的蠻纏，答應開車上山。

林惠安很有心，帶來各種種子，說網路訂購的。一小包一小包裝著，還分門別類為葉菜、結球、根莖、豆、辛香、果菜、花、水果、芽菜、香草。每小袋都附有照片，寫著美麗的名字：竹葉空心菜、京水菜、沙拉菠菜、嫩莖萵苣、牛奶白菜、葉用蘿蔔、大心芥菜、小松菜、紫龍香芥菜、裂葉山茼蒿、芝麻菜、各色花椰菜、胡蘿蔔、大結頭菜、甜菜根、香椿、茴香、紫蘇、巴西利……。

葉國誠蹲在牆角，敲打著一支鬆掉的鋤頭，想把它弄緊，一邊道：「我們在桃園找到賣種子的店；臺北很多傳統市場也有賣。你那些只是包裝精美，我們買的比較便宜。」

「是嗎？我買貴了？」林惠安喃喃著。

勤美將那些印有彩色圖片的小紙袋一只一只翻來覆去看著，還仔細閱讀了上面的說明，一臉興奮，恨不得立刻撒下細如砂礫的種子，然後看它們神蹟般的冒出嫩芽，茁壯成長。

林惠安坐在板凳上，搖了搖手上捏著的沒肯交給勤美的幾小袋種子，說：「這個是苜蓿、蘿蔔嬰、青花菜芽，你幫我種，種成了給我喔。」

葉國誠翻了翻白眼，嘴巴還是不肯閒，對著牆壁板說：「你也幫幫忙，芽菜回家找隻臉盆，自己就可以種啦！這麼容易的事，比你專程上山取菜方便多了。」

「是嗎？很容易種嗎？」

一直在外面轉悠的黃家輝正好推門進來，聽見對話，便也發表意見，說：「容易歸容易，我看她還是不行，不要養出一堆蚊子。」

「那好，不要芽菜了。」林惠安改變心意，揚出最寶貴的一包種子，說：「我要這個，檸檬香茅，種好了給我，最喜歡那個味道了。」

屋裡四個人都沒再表示意見，因為沒人知道那種出來會是怎麼一回事；應該是有香味的茅草，林惠安要的是一把茅草嗎？茅草就有香味嗎？連她自己也不太知道，她見過的只有香茅香水、香茅精油、香茅香皂、香茅洗髮精……。

晚餐黃家輝也是有準備的，他不相信荒山野嶺會有什麼好吃的東西，所以買了一隻油雞和幾樣滷菜：海帶、蘭花干、滷蛋、鴨胗、滷牛腱……，還有一瓶他珍藏多年的蘇格蘭二十一年單一純麥威士忌。

勤美採摘了林子裡長的菜蔬，炒空心菜、燙番薯葉、番茄燉菜瓜、九層塔炒絲瓜。黃家輝相當慶幸自己有先見之明，帶了雞和滷菜。四個人圍坐在冰涼的塑膠拼塊地板上吃飯喝酒，唯一的舊褥墊給了林惠安坐。

山野林間的破爛組合屋裡喝酒，似乎和在城市鬧區喝酒，有著很大的差別，心靈會自我放鬆，更肆無忌憚。沒有冰塊可摻的純威士忌，兩個男人碰杯、敬酒，喝到由原本完全不認識，變成了像是相交多年老友。話題很多交集，葉國誠抱怨山上的辛苦，勞動辛苦，生活配備不足的辛苦；黃家輝謾罵電影圈裡糊口的辛苦，人吃人的社會活著的辛苦。

男人喝了酒只要不是爛醉，都會露出哲學家一般的迷濛眼神，彷彿做著最深奧的哲理思考，好不讓人心生敬畏。女人喝了酒，最先繳械的是所有的矜持，柔軟嬌媚的瞇著眼睛淺笑，釋放著雌性誘惑男性的本能氣息。林惠安小湯碗裡半碗不到的酒還沒喝完，人已經醉倒在黃家輝大腿間，摟著黃家輝要親嘴。黃家輝幾次推開她，瞇著神態迷濛的眼睛，嘴裡吐著酒氣，道：「有人在，放尊重一點。」

黃家輝沒有看任何人，包括勤美。黃家輝和勤美，兩人有著盡在不言中的情誼，語言根本是多餘的，所以沒有任何對話，也不需要互動，甚至連眼神也不曾交會過。但是他們卻能如此協調的同處一室，吃飯還歡飲。

勤美很少喝酒，葉國誠給了她只小湯碗，倒了半碗威士忌，說：「沒外人，喝吧。」

勤美抿過酒後，竟然迷戀上那加了清水仍然嗆辣的滋味，不用人勸酒，她一小口一小口喝了又喝，整張臉不久便給酒精燒炙得通紅發燙，開始蕩漾輕笑。只是那樣的蕩漾並沒有對象，她歪歪斜斜自顧自的繼續送酒入喉，也沒有人阻止她。

葉國誠只是充滿哲理的告誡勸美說：「酒，是要慢慢喝的。」

勤美唇角含笑，什麼也沒有說，又自顧自抿了酒。酒精早已經在她血管中燃燒躁動，不過那種感覺讓她歡喜，讓她情緒高亢，世界變得異常曼妙。組合屋裡因為人多，一點也不覺得寒冷，圍坐在她身邊的，又如葉國誠所說都不是外人。而組合屋外是一片冷冽和不見五指的黯黑，但是她知道，那黑暗大地裡有她每日勤做、照拂的土地，土地上孕育著各種勃勃生氣，花樹、瓜果、菜蔬，而這一切的美好陪伴她，給了她生活勇氣。

勤美張開了嘴，告訴大家：「我，要住這裡，不要回臺北了……。」

「很好。」這是黃家輝上山來唯一對勤美說的話：「很好。」

「這種房子有什麼好的？」林惠安不以為然道。

葉國誠則說：「住的人喜歡就是好。」

酒足飯飽後，黃家輝和林惠安在自己準備的睡袋裡，各自裹成蟬蛹兩隻，然後人事不知的睡了一晚。

林惠安醒來時，發現屋裡什麼人也沒有，只剩下她，有種被遺棄的驚恐，她連頭臉也顧不得梳洗，只穿上羽絨大衣便衝了出去。屋外天色大亮，但是氣溫比她想像的還冷冽，空氣像是隨時會在臉上凍成冰霜。林惠安拚命哈出熱氣來，搓著自己的臉。她走過一小片生長了番薯葉的菜圃，又看見竹枝架著的番茄、絲瓜，再踏過叢叢蕨類，卻還是沒有看見人。她只想看到人，而不是這些纏絆人腳的植物。

「人咧？人咧？都去哪裡了？」

林惠安對著整座山空喊，但是沒有得到任何回應，有的只是隱隱的、神祕的空谷迴音。不過林惠安卻越喊越覺得有勁了，有種放開了胸懷的舒暢，整個五臟六腑都因為呼喊而充氣、換氣，有重新被洗滌一番的潔淨感。

「人咧？人咧？都去哪裡了？」林惠安沒完沒了起來，扯著嗓子左左右右、上上下下，繼續呼喊。

「欸！」遠處樹叢裡，終於有人給了她反應。蹲坐在一棵盤根錯節老榕樹底下，無所事事的黃家輝站了起身，對林惠安呼喊說：「別吵啦！什麼都被你吵醒啦！」

林惠安只要有了人的反應，她就安心了。她也並不往黃家輝那兒去，決定自己去冒個小險，沿著大溝渠寬的溪水，往上溯源。這個城市女人，起碼知道這樣順沿著溪水走，應該是不會迷失方向的。她也害怕在山上迷路，到時候還要勞動眾人搜山尋找，最後搞不好落得曝屍荒野就不好了。

林惠安也不是個愛山愛水，迷戀樹木、草鳥的人，但是偶爾這樣沿著潺潺流動的小溪走走，也覺得空氣甜美，眼下層層疊疊青綠讓人神清氣爽。她已經在想，應該一個星期上山來一次，不過最後她又修正為一、兩個月來一次就夠了。

林惠安並沒有走很遠，只是路越走越陡，開始出現坡道。她本來決定回頭算了，但是好奇心讓她想爬上不高的山坡，看看上面有些什麼？順著已經有人踩出來的足印，她爬上了那不過一人高的山坡上。

上面也沒有什麼，就是樹林子，而且是冬日的樹林子，雜木、雜草夾雜了枯枝、枯葉、枯木，一片的雜蕪。但是林惠安意外的發現了藏在荒蕪中的一棵老高老高的老樹，上面積壓著滿滿一整樹的桃紅，滿滿滿的桃紅花朵，紅得豔嬌，紅得欲滴。

「櫻花！櫻花！」林惠安根本來不及細看，頭也不回的便直奔下坡道，大呼大嚷的一路叫著：「櫻花開了！來看櫻花！櫻花！」

勤美才拔了些茼蒿，預備搭配昨晚的剩菜，給大家做早餐，手上都是泥漿，在溪水裡洗菜，卻發現溪邊一叢乾枯的藤蔓裡，竟然細細發出青綠色嫩嫩小芽片。她俯下身去細看，像看見新生嬰兒一樣驚喜，滿心莫名的歡喜。雖然不知道藤蔓會長出什麼，只是愛不釋手的覺得可愛，以為活不了的藤蔓竟然還能長出細芽，看樣子春天真的近了。

聽見林惠安的呼喊，她才站起身順著聲音找上小山坡，想看看到底發生了什麼事？正好迎上奔跑下坡路、嘴裡驚叫連連的林惠安。

「櫻花！櫻花！好大一棵櫻花樹，開滿滿的花。」

「櫻花嗎？」勤美問。

「對！對！長得好……，好什麼？好茂盛？……反正開好多好多花。」

勤美信了，跟著林惠安沿著溪流往上走。草叢裡方便的葉國誠也聽見了，繫上褲子皮帶，跟上兩個女人。林惠安果然沒有說錯，三個人都在小坡頭的另一方，看見了獨自遺世綻放了整樹嬌豔桃紅花朵的大樹。

「好美！好美，對不對？」

「對！好美！」

勤美還未踏上坡臺，就先聞到了一股撲鼻的淡雅香氣，再往上一步，立刻被眼前的美麗震懾住，櫻花開了，整樹的桃紅花朵，開得一點也不含蓄，整株怒放，盛開得根本再找不到任何的樹縫。花就開在附近，每天在戶外勤作操勞，拔草、鬆土、灌溉的勤美，卻沒有發現。她甚至有些微微的遺憾，為什麼早早沒看見呢？

葉國誠提著褲腰，遠遠邊上站著，也露出驚訝的表情，但卻不靠近那棵長滿花朵的大樹，是對美麗的一種敬畏，怕自己玷汙了它似的。

黃家輝聽見聲音找上來的時候，只見兩個女人在瀑布似的桃紅花朵下仰頭癡望，另個髒兮兮男人則遠遠看著女人和花樹。

黃家輝走近了，問說：「什麼櫻花？哪裡有櫻花？」

「你瞎了嗎？這不是櫻花是什麼？」

黃家輝嗤之以鼻道：「什麼櫻花？這是梅花。」

「梅花？梅花不是白色的嗎？」林惠安不相信，說：「哪有可能是梅花？」

「說你無知還不承認，現在才一月，哪來的櫻花？」

這就是他們老夫老妻般的互動模式，兩人開始鬥嘴。林惠安說：「全世界氣候早亂掉了，臺灣櫻花也開得越來越早。」

「梅花和櫻花的花瓣不一樣，櫻花沒有香氣，樹幹也不一樣，櫻花樹幹有一條一條橫紋。你看仔細了！」

「啊？是嗎？」

「還嘴硬。」

「梅花嗎？」林惠安的口氣不再那麼強硬了，心虛道：「這是梅花？」

勤美深深呼吸，每一口吸氣都是花香，多麼宜人的氣味。她仰臉望著樹梢，千萬花花朵朵，看了很久很久，終於忍不住伸出手，先是試探的摩挲著那大海碗樣粗壯的老樹，然後開始想要撼動它，但哪裡是她搖撼得動的？樹幹絲毫未動，然而枝枝節節卻多少受到了些許震晃，花瓣如桃紅飄雪一般，從樹上飄落墜下，灑得兩個女人滿頭滿臉，衣服上也都是。

「好玩！好玩！」

林惠安也學樣的拍拍大樹，滿樹重瓣桃粉梅花，就這樣雪片般再次飄飄落下，灑在兩個女人髮間、衣服上。勤美還伸手接住了好些花朵，一朵比一朵豔美，她將花瓣貼在了自己臉上，清冷細嫩的感覺，讓人陶醉。

櫻花也好，梅花也罷，重要的是動人，美麗得讓人揪心。勤美再無雜念，她只想著一件事，就是她要在這片山頭，種滿這樣紅色的、不管是櫻花還是梅花都好，讓山頭變成一片燃燒似的紅。

二〇一五年二月二十三日

九歌文庫 1198

逆光的臺北

作者　蕭　颯
責任編輯　蔡佩錦
創辦人　蔡文甫
發行人　蔡澤玉
出版發行　九歌出版社有限公司
臺北市105八德路3段12巷57弄40號
電話／02-25776564・傳真／02-25789205
郵政劃撥／0112295-1
九歌文學網　www.chiuko.com.tw
印刷　晨捷印製股份有限公司
法律顧問　龍躍天律師・蕭雄淋律師・董安丹律師
初版　2015（民國104）年9月
定價　380元

書號　F1198
ISBN　978-986-450-011-6
（缺頁、破損或裝訂錯誤，請寄回本公司更換）

國家圖書館出版品預行編目資料

逆光的臺北 / 蕭颯著. -- 初版.-- 臺北市：
九歌, 民104.09 384面 ；14.8×21公分. --
（九歌文庫；1198）

ISBN 978-986-450-011-6（平裝）

857.7 104014014